Trois petits mots...

{ 2 }

Trois petits mots...

Virginie MAYNE

Dans les yeux de Manon
Publié le 16 avril 2018 à 21 h 22

*« **Voilà c'est fini... Nos deux mains se desserrent de s'être trop serrées. La foule nous emporte chacun de notre côté. C'est fini... Hum, c'est fini.** »*

Jean-Louis Aubert — C'est fini

C'est fini.

Voilà comment ils nous l'ont annoncé, comme ça, de but en blanc. Sans même prendre de gants. Comme on lâche une bombe. Une véritable tempête au beau milieu d'un soleil de plomb. Pire encore que tous les cyclones que j'ai connus. Un coup de massue sur la tête. Ça nous est tombé dessus sans qu'on s'y attende. Comme s'ils avaient tout prévu. Le lieu, le jour, le moment. Et même les mots qu'ils allaient employer.

Ces trois mots stupides qui résonnent dans ma tête comme un boulet de canon. J'ai l'impression d'être encore sur ce canapé à les entendre pour la première fois. Ils se répètent sans arrêt comme une chanson affreuse dont on retient les paroles contre notre gré et qui reste imprimée dans notre tête pendant des heures. Des jours. Je déteste cette mélodie. Je déteste ces mots idiots. Et plus encore, je les déteste eux.

Au début, j'avoue que j'ai eu du mal à comprendre. Qu'est-ce que ça venait faire là, maintenant ? Qu'est-ce que ça voulait dire ? Cette phrase, je l'ai déjà entendue des dizaines de fois. Le film est terminé, c'est fini. Je ne prends plus de totottes depuis des années, c'est fini. Je suis une grande fille maintenant, c'est fini. Depuis longtemps, je sais faire du vélo toute seule. Et j'adore ça. Les petites roues, c'est fini. Je ne suis plus chez les petits maintenant. Je suis enfin entrée au lycée. Alors le collège, c'est fini. Même quand mon ancien petit copain m'a larguée, c'est ce qu'il a dit, c'est fini. Juste ça. Mais ça ne m'a pas fait grand-chose parce que je ne l'aimais pas vraiment finalement. Oui, cette phrase, je l'ai entendue des dizaines, des centaines de fois. Pourtant, ça ne m'a encore jamais fait le même effet qu'aujourd'hui. Ça ne m'a jamais brisée à ce point-là...

Parce qu'aujourd'hui, c'était différent. Ces mots avaient un sens qu'ils n'avaient encore jamais eu. Une évocation nouvelle. Ils nous ont réunies sur le canapé et ils nous l'ont annoncé. Comme ça. Comme si c'était suffisant. Comme si nous n'allions pas nous écrouler sous le poids de cette nouvelle atroce. Parfois quand c'est fini, on ne veut tout simplement pas le savoir. On préfère croire en nos rêves et espérer que ça dure encore des années. Même si au fond, on sait que ce n'est qu'une illusion. Je ne voulais rien savoir. Je ne voulais pas qu'ils nous le disent. J'aurais préféré qu'ils se taisent à jamais. Qu'ils ne prononcent jamais ces trois mots affreux et stupides.

« C'est fini ! »

Est-ce qu'on peut revenir en arrière une fois que ces mots ont été prononcés ? Est-ce que c'est encore possible de tout effacer ? Faire comme si rien n'avait été dit. Croire que c'est réellement terminé et finalement se tromper. J'aurais aimé qu'il y ait un bouton retour. Comme une sorte de touche RESET. Une fois qu'on la presse, tout s'efface. Les derniers instants. Ceux qu'on préférerait oublier. Or, cette touche n'existe pas. Une fois que les mots sont dits, on ne peut plus les effacer. On ne peut rien annuler. Voilà pourquoi il faut réfléchir avant de parler, avant de dire certaines choses. Parce que parfois les mots blessent plus encore que les gestes.

Oui, les mots blessent. Ils peuvent même heurter les gens plus encore que les coups. J'aurais préféré qu'ils me frappent plutôt que d'entendre ces mots. Cette phrase m'a touchée en plein cœur. Elle a heurté mes poumons m'empêchant de respirer. Mais c'était déjà trop tard. Ils l'avaient dit. Je les ai toujours crus. Dès qu'ils parlent, quoi qu'ils disent, je les écoute. Toujours. Là pourtant, j'aurais préféré ne rien entendre. Fermer les yeux et me boucher les oreilles. Hurler comme une folle pendant des heures, des jours s'il le fallait jusqu'à ne plus avoir de souffle. Devenir aussi rouge qu'une tomate trop mûre, mais au moins ne jamais rien entendre. Comme si rien n'avait été dit. Jamais...

En général, je ne me plains pas souvent. Enfin pas plus qu'une ado normale en tous les cas. Même si je sais qu'elle n'est pas parfaite, j'aime ma vie. Enfin, je veux dire, j'ai tout pour être heureuse ou presque. Alors oui, j'aime ma vie. Pourtant ce soir, je la déteste. Je les déteste, eux. Et je hais tout ce qui s'y rattache. J'aimais ma vie parce que je pensais naïvement que rien n'était important. Or c'est faux. Tout est important dès l'instant qu'on le vit. C'est une chance qu'on nous offre. Il ne faut rien négliger. Il faut savoir profiter de chaque moment passé sur terre. Et surtout, il ne faut rien gâcher. C'est trop bête. Ils sont trop bêtes ! Je leur en veux terriblement. Je les déteste. Et probablement qu'eux aussi nous détestent pour nous annoncer ce genre de choses. Là, maintenant ! Bon sang, mais qu'est-ce qu'on a pu faire de mal pour mériter ça ?

Cette phrase veut dire que plus rien ne sera jamais comme avant. Je l'ai compris à l'instant même où ces mots ont franchi leurs lèvres. Ils ont lâché ça d'une même voix, comme s'ils ne formaient plus qu'un alors qu'en réalité, c'est fini. D'après eux. Tout va changer maintenant. Et je ne veux pas que ça change. Je n'aime pas les changements. Non, en réalité, je les déteste. Celui-là va être le pire qui puisse exister. Maintenant, je vais les haïr. Peut-être que quand je relirai ces lignes plus tard, je me dirai que je ne suis qu'une pauvre petite fille pourrie gâtée qui fait encore l'un de ses nombreux caprices. Mais je sais que cette fois, ce n'est pas le cas. Parce que là, c'est différent. Ça n'a absolument rien à voir.

C'est fini...

J'ai déjà entendu ces mots. Des centaines de fois. Mais aujourd'hui, ce n'est pas la même chose. Ça n'a pas du tout la même saveur.

Papa et maman, c'est fini.

— 2 —

Roxane Valentin ouvrit les paupières dans un sursaut. Elle était encore en sueur. Comme d'habitude... Ça faisait plusieurs nuits qu'elle se réveillait ainsi. Enfin les fois où elle arrivait à dormir évidemment. Ce qui était de plus en plus rare. Elle avait horriblement chaud et elle était toute collante. Pourtant, elle ne portait qu'une minuscule nuisette. Et pourquoi ? À qui comptait-elle plaire ainsi ? Il n'y avait plus personne pour la voir dans cette tenue, aussi aguicheuse soit-elle. Il y a quelque temps peut-être qu'il aurait réagi. Aujourd'hui, il ne risquait pas de le faire.

Ça faisait plusieurs jours que son mari était parti. Il avait quitté la maison familiale. La laissant seule avec leurs deux filles. Probablement la crise de la quarantaine, avec un peu de retard, lui qui fêterait ses 45 ans dans quelques jours. Il faut dire que ce départ soudain, Roxane ne l'avait pas vu venir. Apparemment, il avait rencontré quelqu'un. Enfin, c'est ce qu'elle avait supposé. Elle ne savait pas si c'était vrai. La seule chose dont elle était certaine, c'est qu'il n'était plus là.

Il faisait atrocement chaud dans cette chambre, malgré la fenêtre ouverte et le ventilateur au dessus du lit. C'était toujours comme ça l'été. Et pas seulement à cette période d'ailleurs. La jeune femme avait parfois du mal à s'y habituer. Voilà pourquoi elle avait enfilé cette petite nuisette légère même s'il n'y avait plus personne pour la voir ainsi vêtue. Roxane se leva pieds nus. En passant devant le grand miroir mural, elle observa sa silhouette. Elle ne s'était jamais trouvée spécialement jolie. Au fond, elle n'avait rien de bien original. Au contraire même. Elle était plutôt banale. Roxane n'était ni trop grande, ni trop petite. Disons qu'elle avait une taille moyenne. En tous les cas, elle était plus petite que lui. Même avec des talons, elle lui arrivait au niveau du nez. Ce qui était idéal pour les bisous sur le front, l'un de ses petits péchés mignons. Ses cheveux étaient assez clairs. Blonds, tirant presque sur le roux. Encore plus depuis qu'elle habitait ici et qu'ils étaient exposés au soleil presque en permanence. Même si elle avait toujours refusé d'avouer qu'elle était rousse. Ses yeux étaient plutôt petits et marron. Couleur cochon comme on dit. Et ça ne ressemblait pas vraiment à un compliment. Elle avait toujours rêvé d'avoir les yeux bleus. Hélas, la nature n'avait pas été bien clémente avec elle sur ce point. Elle devait s'en contenter.

Roxane n'était pas vraiment maigre. Sa silhouette ne ressemblait en rien aux mannequins des magazines. Ses deux grossesses avaient légèrement pesé sur ses cuisses, ses hanches et son ventre. Son reflet était marqué par les deux naissances qui avaient illuminé sa vie. Ceci dit, elle n'était pas grosse non plus. Avant de passer la barre des 40 ans, elle continuait de se promener en short en pleine ville sans avoir honte de ses cuisses et de ses formes. Il fut un temps où lui, il les adorait ses formes. Il en raffolait même. Mais ça, c'était une autre époque.

Non, Roxane Valentin n'était pas spécialement belle, mais elle n'était pas laide non plus. Elle avait quelque chose comme on dit. Et en règle générale, elle plaisait aux hommes. Encore aujourd'hui. La jeune femme se détacha de son reflet. Comme beaucoup, elle n'avait jamais aimé sa propre silhouette, et elle détestait par-dessus tout se contempler dans un miroir. Encore plus maintenant. À 40 ans, elle se trouvait vieille et hideuse. Limite fripée. Pourtant, elle était loin de l'être, même si de plus en plus, elle voyait se dessiner des petites rides au coin de ses yeux. Et c'était pire encore quand elle plissait le front. Elle avait parfois l'impression que sa vie était derrière elle. Aujourd'hui, à qui pourrait-elle encore plaire maintenant qu'il n'était plus là ? Probablement à personne. Qui se contenterait d'une femme des plus banales, tout juste bonne pour la casse ! Et avec deux enfants qui plus est. Même son propre mari, celui qui lui avait promis amour et fidélité pour la vie en avait eu marre et avait fini par se tirer. Même lui !

Roxane passa devant la porte entrebâillée de sa plus jeune fille. La maman y jeta un bref coup d'œil pour observer sa cadette dormir. Cette dernière reposait délicatement sur les oreillers, la bouche entrouverte. On entendait un faible ronflement, à chaque fois que sa poitrine se soulevait. Pour ça, elle tenait de son père. Lui aussi, il lui arrivait de ronfler parfois la nuit. En plus de prendre toute la place dans le lit évidemment ! Océane ressemblait beaucoup à son père. Comme lui, elle avait les yeux noisette et les cheveux noirs. Si son père les avait plutôt raides, ceux de la petite étaient aussi frisés qu'un mouton. Ce qui lui donnait un certain charme. Même si elle essuyait de nombreuses réflexions à l'école. Les enfants sont toujours très cruels entre eux, c'est bien connu.

Océane avait une petite fossette au creux du menton quand elle souriait. Exactement comme lui. C'était une très jolie petite fille. Comme la plupart des mamans, Roxane était très fière de ses deux enfants. Finalement, c'est ce qu'elle avait le mieux réussi dans sa vie. Les deux étaient adorables, même si la plus grande était beaucoup plus difficile. Probablement parce qu'elle était en plein dans l'âge bête, comme on dit.

La jeune maman s'arrêta une petite seconde devant la porte de sa fille aînée, fermée, comme à son habitude. Depuis maintenant quelque temps, Manon avait prétexté détester dormir la porte ouverte. Ce qu'elle avait pourtant toujours fait jusque-là. En réalité, Manon veillait très tard tous les soirs et elle pensait qu'en gardant sa porte close, ça l'aiderait à duper ses parents. Mais ils n'étaient pas nés de la dernière pluie. Roxane vérifia qu'aucune lumière ne filtrait sous la porte. Tout restait noir. Son aînée devait être en plein rêve. Ces derniers temps, elle avait beaucoup de mal à dormir. Un peu comme sa mère finalement. Ce qui était bien normal après tout. Bien souvent, les séparations sont encore plus difficiles à supporter pour les enfants. Même lorsqu'ils sont grands. Manon avait

16 ans et c'était une adolescente assez compliquée. Elle avait très vite compris que l'entente entre ses parents n'était plus aussi joviale ces derniers temps. Depuis, elle leur en faisait voir de toutes les couleurs. Elle cherchait à leur faire part de son mécontentement par tous les moyens. Ce qui était bien normal en somme, personne ne pouvait la blâmer sur ce point.

Roxane s'en voulait un peu de faire ainsi du mal à ses filles. Hélas, elle s'en serait passé volontiers, si elle avait pu ! Ils avaient tout fait pour essayer de les préserver au maximum. Malheureusement, ils ne pouvaient pas les empêcher de souffrir de la situation. Elle-même en était dévastée. C'était un véritable changement dans leur vie à tous les quatre. Il leur faudrait forcément du temps pour s'adapter.

C'était la même chose lorsqu'ils avaient pris la décision de venir s'installer ici avant la naissance des filles. Au début, ça lui avait fait tout drôle de quitter sa famille, ses amis, sa ville. Roxane était une Niçoise dans l'âme. Alors que lui, il était Réunionnais. La jeune femme avait abandonné sa vie dans le sud de la France et tous ses repères pour le suivre dans son île natale. C'était un très bel endroit évidemment, personne ne pouvait dire le contraire. Pourtant au départ, elle avait détesté cette île. Parce que ce n'était pas chez elle tout simplement. Elle détestait la ville, les gens, la nuit qui tombait d'un seul coup et de si bonne heure. Tout l'insupportait. Elle avait envie de partir. De rentrer chez elle. De retrouver Nice, tout ce qu'elle adorait. Sa mer Méditerranée. Ses amis et sa famille. Tout ce qu'elle avait laissé derrière elle. Roxane lui en avait même voulu à lui. Parce que c'était de sa faute finalement. C'était à cause de lui si elle était là aujourd'hui. Loin de tout ce qu'elle appréciait.

Et pourtant, elle avait appris à aimer l'île autant qu'elle l'adorait lui. Comment résister ? Avec le temps, elle s'était habituée à toutes ces choses qui l'avaient surprise au départ. Oui, il faisait chaud, mais la chaleur ne l'avait jamais vraiment dérangée. C'était une sudiste. Elle avait l'habitude.

Pour ce qui est de la nuit qui tombait toujours très tôt, ça ne l'embêtait plus outre mesure. Il faisait nuit à 17 h 30 et alors ? Ça n'empêchait pas les gens de vivre. Elle se couchait un peu plus tôt les soirs et se levait plus tôt les matins pour profiter du soleil plus longtemps voilà tout. Quant aux gens, ils étaient absolument adorables. C'était un vrai délice de les côtoyer chaque jour. Le métissage était une si belle couleur. Ça n'avait rien à voir avec la Métropole, c'est certain. Finalement, aujourd'hui, elle n'aurait quitté l'île pour rien au monde, tant elle s'y sentait bien. Quand elle était arrivée, elle venait de finir ses études et elle avait 22 ans. Aujourd'hui, elle en avait 40 et son amour pour la Réunion et les Réunionnais ne faisait que grandir de jour en jour. Elle avait beau n'être qu'une « zoreille », comme ils l'appelaient ici, elle était fière d'habiter sur l'île et d'y vivre chaque jour.

Roxane descendit les escaliers pour rejoindre la cuisine. Ils habitaient ici depuis dix-huit ans maintenant. Ils l'avaient achetée à leur arrivée sur l'île et la jeune femme adorait cette maison. C'était devenu leur petit cocon à tous les quatre. Le lieu où leurs deux filles avaient grandi. Celui-là même où Océane avait fait ses premiers pas. Il s'était passé tellement de choses entre ces murs. Des milliers de souvenirs étaient enfouis dans cette maison au cœur de Saint-Denis. Pour rien au monde elle ne voulait quitter ce lieu. Laisser ici leur vie et leur passé. Et pourtant... Roxane savait bien qu'ils allaient devoir en parler un jour ou l'autre. À deux, ils pouvaient s'en sortir et être les heureux propriétaires d'une petite villa dans la capitale réunionnaise. Or toute seule, elle savait bien qu'elle aurait beaucoup de mal à assumer. Roxane travaillait comme préparatrice en pharmacie. Elle adorait son métier et elle avait un bon salaire. Mais elle ne se faisait pas d'illusions. Ses revenus ne lui permettraient pas de payer la maison, les charges et tous les frais supplémentaires liés aux filles et à leur éducation. Et ce, même s'il l'aidait en lui versant une pension alimentaire tous les mois.

Oh mon Dieu, elle ne voulait pas y penser ! Ça la rendait malade. Sa vie partait totalement en vrille depuis quelques jours. Depuis qu'il était parti en somme. Presque vingt ans de vie commune balayés en un tour de main. Maintenant, ils allaient devoir vendre la maison. Le seul endroit où elle se sentait réellement chez elle depuis qu'elle était arrivée ici. Elle avait mis du temps à s'habituer à cette nouvelle vie. Cette vie qu'elle aimait tant aujourd'hui. Et maintenant, elle allait devoir tout réapprendre et recommencer à zéro. Roxane avait toujours détesté les changements. Celui-là plus encore que tous les autres. D'autant que là, elle n'était pas la seule à devoir s'y habituer. Elle savait bien que ce serait encore plus difficile pour les filles.

Roxane ouvrit la porte du réfrigérateur, tel un automate. La lumière vive lui brûla les yeux, mais elle resta là, figée. Il était à moitié vide. Depuis combien de temps n'avait-elle pas fait les courses ? La jeune femme fixa son contenu presque sans le voir. De toute façon, elle n'avait pas faim. Ça faisait des jours qu'elle n'avait presque rien avalé. Elle s'en sentait totalement incapable. Elle se contentait de faire semblant pour ses filles uniquement. Elle referma la porte machinalement et le noir régna à nouveau dans la petite cuisine. Tout était affreusement silencieux. Elle marcha dans le salon sombre tel un zombie. Ses pieds nus martelaient le sol froid. Voilà pourquoi Roxane détestait le carrelage. Parce que même ici en plein milieu de l'océan Indien, c'était glacial sous la plante de ses pieds dénudés. Mais à cette heure-ci, elle s'en fichait éperdument. Elle avait souvent râlé. Avant. Aujourd'hui, tout ça avait si peu d'importance à ses yeux. À quoi bon penser à un carrelage un peu trop froid quand tout s'écroule autour de vous ?

La jeune femme s'apprêtait à remonter dans sa chambre, lassée de sa balade nocturne, lorsque son pied heurta le coin de la table. Aïe ! Elle se retint de pousser un cri suraigu qui aurait réveillé la moitié du quartier, dont ses deux filles qui dormaient paisiblement à l'étage. Satanée table va ! maugréa-t-elle entre ses dents serrées. Elle donna un violent coup de poing contre le bois dur ce qui ne valut qu'à lui faire mal, mais à la main cette fois. Son petit orteil était déjà en feu. Pourquoi faut-il toujours que ce soit eux qui découvrent la présence de nos meubles en pleine nuit ? Déjà ses yeux la picotaient, prévoyant les larmes toutes proches. Et pourtant, elle ne saurait dire si c'était réellement la douleur liée à son petit orteil endolori ou la perte récente de l'homme qu'elle avait tant aimé qui les avaient appelées.

Jusque-là, Roxane n'avait pas encore pleuré. C'est à dire réellement pleuré. Déverser toutes les larmes de son corps jusqu'à se sentir vidée. Dénuée de toutes traces de sentiments. Sèche. Quand près de vingt ans de vie commune s'effondrent du jour au lendemain, c'est tout ce qui nous reste encore. Pleurer. Ça ne sert à rien, ça ne changera pas les choses, mais il paraît que ça fait du bien. Que ça nous aide un tant soit peu à aller de l'avant. Pourtant, pas une seule larme n'avait coulé depuis cette terrible annonce. Peut-être parce que ce n'était pas son genre. Mais ce soir, elle se fichait pas mal de savoir ce qui était son genre ou non. De toute façon, elle n'était plus vraiment la même depuis quelques jours. Quelque chose en elle avait changé à jamais. Alors, elle se mit à pleurer. Doucement et en silence.

Dans la pénombre, Roxane aperçut son téléphone portable posé sur la table en bois. Presque machinalement, elle s'en empara. Ce dernier indiquait 3 h 45. Elle aurait dû être dans son lit aux côtés de son époux, plongée dans un profond sommeil. Or, elle était incapable de dormir. Peut-être parce que c'était difficile de se retrouver dans un grand lit toute seule. C'était absolument abominable. Le téléphone toujours entre les mains, elle se dirigea vers la baie vitrée. Elle avait terriblement besoin de prendre l'air. Roxane s'approcha doucement de la terrasse, apercevant l'eau claire et limpide de la piscine. Elle ne pouvait s'empêcher de fixer l'écran de son téléphone. Pourquoi n'avait-elle pas pensé à supprimer cette stupide photo ? Elle aurait dû le faire depuis déjà longtemps. Elle aurait dû le faire maintenant. Pourtant, elle en était incapable. Roxane se contentait d'observer cette image fixement. Le sourire de son mari perdu. Et les larmes trop longtemps retenues ruisselèrent sur ses joues une nouvelle fois.

De ses doigts tremblants, Roxane saisit le code afin de déverrouiller le petit appareil. Trempant doucement son pied dans l'eau fraîche de la piscine, elle appuya sur l'option contact laissant défiler les entrées jusqu'à son prénom. Lui. Son mari. Il fut un temps, il n'y a pas si longtemps, c'était le numéro qu'elle composait le plus souvent. Tous les jours et même plusieurs fois par jour, sans compter les innombrables messages réguliers. Ce numéro, elle le connaissait par cœur. Elle aurait pu le composer les yeux fermés. Et pourtant, depuis quelques jours, il avait disparu de son journal d'appel. Envolé. Volatilisé. Elle aurait pu inventer une excuse. Prétexter un problème avec les filles. N'importe quoi. Roxane était certaine qu'il aurait répondu. Du moins avant il l'aurait fait. À n'importe quelle heure du jour et de la nuit. Maintenant, elle l'espérait simplement, mais elle n'en était plus aussi sûre qu'avant...

Sans réfléchir, la jeune femme composa ce numéro qu'elle connaissait si bien. Une nouvelle fois, sa photo s'afficha sur le petit écran. Elle n'avait pas envie de parler. Ni des filles, ni d'eux deux, ni de rien d'autre. Roxane avait simplement envie d'entendre sa voix. Elle en avait même terriblement besoin. La sonnerie retentit doucement de l'autre côté du fil. Il était si tard, il ne répondrait jamais. Même en plein jour, elle n'était plus certaine qu'il décroche finalement... Elle ne le reconnaissait plus. Il n'était plus l'homme qu'elle avait épousé. Les longs bips agaçants ne cessaient de retentir de l'autre côté de l'appareil. Pourtant, elle n'avait aucune envie de raccrocher. Elle attendrait jusqu'à la dernière seconde les yeux fixés sur la rue éclairée par de nombreux lampadaires. Et alors, elle l'entendit. Ce bip différent des autres.

— Allô ?

Cette intonation. Sa voix. Roxane retint son souffle en fermant les paupières. Un frisson glacial la parcourut. Elle avait presque l'impression qu'il était là derrière elle. Sa voix résonnait en elle de façon indescriptible, comme depuis le premier jour où elle l'avait rencontré.

— Allô ? répéta-t-il.

Non, elle n'avait pas pleuré jusque-là. Roxane était certes une femme brisée, mais c'était avant tout une mère. Elle se devait d'être forte pour ses filles qui souffraient déjà suffisamment. À quoi bon en rajouter ? Or ce soir, ses filles n'étaient pas à ses côtés. Personne ne pourrait la voir, si ce n'est les étoiles haut dans le ciel dégagé. Elles ne la jugeraient pas. Il fallait que ça sorte. Que son chagrin, sa colère s'évacuent. Alors, elle pleura longtemps et fort. Elle se fichait pas mal qu'il l'entende puisque c'était de sa faute à lui.

— Si tu veux, je passe demain, murmura-t-il faiblement.

Roxane serra les poings, tenant fermement le téléphone contre son oreille. C'était le seul lien qui la reliait encore à son mari. Voilà à quoi elle en était réduite. Après presque vingt ans de vie commune, deux merveilleux enfants et tant de choses partagées, elle était là, au beau milieu de la nuit, dehors et en nuisette à sangloter au téléphone. C'était pathétique, ridicule. Elle était la première à le penser. Si ses filles la voyaient dans cet état, que diraient-elles ?

— Tu finis à quelle heure ? demanda-t-il face à son silence constant.

— Tu me manques... souffla-t-elle.

Ces mots étaient sortis tout seuls, sans qu'elle ait le temps de les retenir. Elle ne voulait pas lui donner raison. Roxane avait toujours été une femme forte. À 22 ans, elle abandonnait amis et famille pour le suivre ici et aujourd'hui, elle bafouillait deux trois petits mots à travers un téléphone ? Ce n'était pas elle ce genre de comportement. Et pourtant, c'était vrai, il lui manquait. Oui, bien sûr, elle ne pouvait pas dire le contraire. Quand bien même ils se seraient quittés d'un commun accord, elle ne pouvait pas effacer vingt ans de sa vie comme ça. D'un simple claquement de doigts. Et au plus profond d'elle-même, elle espérait que lui non plus.

— Je passe demain soir, lâcha-t-il d'une traite. Toi aussi tu m'as manqué, avoua-t-il à demi-mot.

Roxane se laissa tomber contre le bord de la piscine. Sa jambe dénudée pendait dans l'eau plutôt froide à l'heure qu'il était. Mais elle s'en fichait. Elle ne pensait qu'à lui. Cet homme qui aurait dû être avec elle dans le lit conjugal à cet instant. Elle ne savait même pas où il était depuis quelques nuits. Il avait à peine pris quelques affaires. De quoi voir venir, au moins pour quelques jours. Et après ? Il venait de lui dire qu'elle lui avait manqué. Elle n'avait rien inventé. Dans ce cas, pourquoi était-il parti ?

—Je n'arrive pas à fermer l'œil, bredouilla-t-elle tristement.

—Je passe demain soir, répéta-t-il plus fermement. Comme ça on pourra parler.

Sur ces derniers mots, il raccrocha la laissant seule au bord de sa piscine à presque 4 heures du matin...

— 3 —

Roxane laissa couler l'eau sur son corps dénudé. Ça lui faisait un bien fou. Elle ferma les yeux et laissa le jet asperger son visage. Elle était totalement épuisée. Elle avait si peu dormi la nuit dernière, comme toutes les autres qui avaient précédé d'ailleurs. À force, ça commençait à se voir sur son joli minois. Elle avait les traits tirés et d'affreux cernes sous les yeux. Ses collègues la regardaient tristement. Ce regard, elle le connaissait bien. Elles avaient pitié. Et Roxane détestait ça. Elle n'avait aucune envie qu'on la plaigne. Certes, son mari s'était tiré, la laissant seule avec ses deux gamines, mais elle n'était certainement pas la seule dans ce cas là. Bien au contraire. C'était de plus en plus fréquent de nos jours. Malheureusement. Alors, elle ne supportait plus de lire cette pitié dans les yeux de ses amies. Si tant est qu'elles soient réellement amies. Elles bossaient ensemble, c'était parfois bien assez. Quand elle les avait vues toute la journée derrière leurs boîtes de médicaments, elle n'avait aucune envie de les retrouver devant un verre ou sur sa terrasse. Quand elle rentrait le soir après le boulot, Roxane n'avait besoin que d'une chose, retrouver sa petite famille, composée de ses filles et de son mari uniquement. Mais ça évidemment, c'était avant.

La jeune femme avait attendu ce moment toute la journée. Se retrouver seule sous une bonne douche bien chaude, ça ne pouvait que lui faire du bien. Roxane était rentrée du boulot plus tôt ce jour-là. Apparemment, elle avait des heures à récupérer alors maintenant ou plus tard, ça ne changeait plus grand-chose à présent. Ses filles n'étaient pas encore rentrées de l'école, mais ça ne lui ferait pas de mal de se retrouver un peu seule. En fait, c'est même ce qu'elle désirait plus que tout. Il l'avait abandonnée et elle, tout ce qu'elle voulait, c'était être seule avec ses souvenirs. Elle ne pouvait s'empêcher de repenser à cette nuit et à son comportement ridicule. Jamais elle n'agissait comme ça d'habitude. Elle se sentait affreusement stupide. Voilà aussi pourquoi elle avait envie d'être seule. Pour réfléchir. Penser et oublier.

Roxane n'avait pas eu de nouvelles depuis. Et c'était probablement mieux comme ça. Pourtant, elle avait attendu un message. N'importe quoi qui confirme ce qu'il lui avait dit au téléphone. Quelque chose qui lui prouve qu'elle n'avait pas rêvé. Mais le petit appareil était resté désespérément silencieux. Si ce n'est un message de Manon lui indiquant qu'elle dînerait peut-être avec des copines. Roxane n'avait pas eu le cœur à refuser. Manon avait bien besoin de se changer un peu les idées. Tiens, Roxane avait changé son fond d'écran. Enfin ! Elle avait opté pour une photo de ses deux filles. La prunelle de ses yeux. Ça au moins, ça ne changerait jamais, quoi qu'il arrive.

Il ne viendrait pas. Cette nuit pourtant elle y avait cru quand il le lui avait dit. Mais maintenant, elle se rendait compte qu'il l'avait proposé uniquement pour se débarrasser d'elle. Elle l'avait appelé à 3 h 30 un jour de semaine, bon sang ! Elle était tombée sur la tête ! N'importe qui l'aurait prise pour une folle hystérique et c'est peut-être ce qu'elle était en train de devenir. Non, il ne viendrait pas. Et pourtant, Roxane avait fait un peu de ménage dès qu'elle était rentrée. Il faut dire que ces derniers jours, elle s'était un peu laissée aller. Elle, comme la maison. Elle avait passé un bon coup d'aspirateur, nettoyer la table du salon, fait le peu de vaisselle qui traînait encore dans l'évier. Juste au cas où... Et elle était montée, laissant couler l'eau sur ses courbes de femme mûre. Elle avait passé un coup de rasoir sur ses longues jambes ciselées. Si toutefois il venait...

Lorsqu'elle massa délicatement ses cheveux sous le jet d'eau, elle n'y croyait plus. Et pourtant... C'est à cet instant que retentit la sonnette en bas. C'était un petit bruit à peine perceptible à cause de l'eau qui coulait toujours. Malgré tout, elle était certaine de l'avoir entendu. La jeune femme éteignit le robinet et sortit afin de s'enrouler dans une serviette masquant à peine sa nudité. Ses cheveux dégoulinaient le long de son dos. Elle n'était pas maquillée. Roxane jeta un bref coup d'œil dans le miroir, ce qu'elle regretta aussitôt. C'était une mauvaise idée, elle était hideuse. Mais elle n'avait plus le choix, maintenant il fallait qu'elle descende. Elle dévala les escaliers pieds nus. Son cœur battait à cent à l'heure. Elle avait l'intuition de déjà connaître son visiteur avant même de l'avoir vu à travers la baie vitrée. Elle était certaine que c'était lui. Qui ça pouvait être d'autre ? Les filles avaient leurs clés, contrairement à lui qui avait bien pris soin de rendre les siennes. Il n'en aurait plus besoin avait-il prétexté. Et du temps où il était encore là, ils ne recevaient jamais personne. Ça n'avait pas changé depuis, alors...

Roxane s'avança et elle le vit. Il était là, derrière la grande vitre séparant la terrasse du salon. La jeune femme le fixa un moment sans bouger avant d'ouvrir la seule porte qui les séparait encore. David l'observa jetant un bref coup d'œil à sa tenue. Roxane se sentit aussitôt rougir de la tête aux pieds. Elle ne portait qu'une minuscule serviette qui pouvait tomber d'un moment à l'autre. La jeune femme avait été totalement prise de cours. Or, elle ne pouvait pas dire qu'elle n'avait pas été prévenue. Il lui avait dit qu'il passerait. Et maintenant, il était là, face à elle. Et elle était à moitié nue au beau milieu de son salon. Cette situation était absolument risible et ridicule.

— Je vais me changer ! s'exclama-t-elle glaciale.

David se contenta de hocher la tête en silence. Ils ne s'étaient même pas dit bonjour. Pas de salut, pas de baiser, rien. Si ce n'est le silence froid et pesant. Qu'aurait-elle pu faire de toute façon ? Elle se sentait totalement incapable de faire la bise à l'homme avec qui elle avait partagé une grande partie de sa vie. Effleurer simplement ses joues, comme si de rien était. Comme si elle n'était déjà plus sa femme. Pour l'instant... C'était impossible pour elle.

Du coin de l'œil, Roxane observa son mari s'asseoir sur le canapé. Il agissait comme un parfait inconnu dans un univers étranger. Comme s'il n'avait pas vécu ici à ses côtés pendant des années. Il s'était assis juste au bord des fauteuils, un peu comme s'il était déjà prêt à repartir. Visiblement, il ne resterait pas longtemps. Au fond, elle s'en fichait, même si ça lui faisait mal. Elle se demandait même si c'était une bonne idée qu'il soit venu finalement. Elle se rendait compte, seulement maintenant que ça ne changerait rien.

La jeune femme gravit les escaliers quatre à quatre. David lui jeta à peine un coup d'œil observant ses longues jambes dénudées. Roxane s'enferma dans la salle de bains. C'était bizarre de le savoir là juste en dessous, dans leur salon. Maintenant qu'il était là, elle se disait que c'était une très mauvaise idée. Elle ne savait même pas si elle en avait réellement envie tout compte fait. Cette nuit, elle avait eu un coup de mou. Une petite baisse de moral passagère. Alors oui, c'est vrai, elle avait pleuré, et elle l'avait appelé à l'aide, comme une bouteille que l'on jette à la mer. C'était peut-être un aveu de faiblesse, certes. Mais à présent, c'était passé. Elle n'aurait jamais dû l'appeler et il n'aurait surtout jamais dû venir. Seulement maintenant, c'était trop tard. Il était bel et bien là, et il fallait qu'elle descende le rejoindre. Qu'elle en ait envie ou non.

Roxane jeta un bref coup d'œil dans le miroir, histoire de voir à quoi elle ressemblait. Elle n'avait pas vraiment fière allure. Elle était même absolument affreuse. Ses cheveux étaient encore mouillés et dégoulinants le long de ses épaules. Elle ne s'était pas démaquillée et les restes de crayon noir et de mascara avaient laissé de vilaines traces autour de ses yeux, fatigués par la nuit presque blanche qu'elle venait de passer. Roxane poussa un profond soupir. Tant pis. De toute façon, elle n'avait pas le temps d'y remédier. David devait déjà s'impatienter en bas. La jeune femme laissa donc tomber la serviette humide avant de passer un petit short ainsi qu'un débardeur. Ça non plus, ce n'était pas terrible, mais c'était tout ce qu'elle avait sous la main. Après un énième et dernier regard vers son reflet, Roxane se décida enfin à descendre. Sans réussir à l'expliquer, elle était stressée. Alors que c'était quand même son mari, jusqu'à preuve du contraire, mince !

D'un pas hésitant, elle s'avança vers lui, les mains sur les cuisses. Elles étaient moites, ce qui n'était pas bon signe. Quand elle était stressée, Roxane ne faisait que parler en racontant des inepties la plupart du temps. Ce n'était certainement pas la meilleure solution pour récupérer son mari. Si toutefois, c'était encore possible.

Dès qu'il l'entendit, David se tourna dans sa direction. Il n'avait même pas posé sa veste. Elle savait très bien qu'il avait du mal à la supporter. Il la mettait uniquement pour avoir bonne allure. À l'hôpital, c'était quelqu'un d'important. Mais d'ordinaire, il la jetait sur une chaise à la seconde même où il entrait dans la maison. Apparemment pas aujourd'hui. Roxane se contenta de hausser les épaules. Elle avait hâte que cet instant des plus délicats soit terminé. David l'observa, jugeant sa nouvelle tenue avant qu'elle ne vienne s'asseoir à ses côtés, laissant une certaine distance entre eux. Distance qu'il avait lui-même instaurée ceci dit. Ils restèrent là un long moment en silence. La tension était palpable. Et absolument désagréable. Finalement, c'est lui qui brisa le silence en premier.

— Qu'est-ce que tu veux que je te dise ? murmura-t-il simplement en haussant les épaules.

Roxane ferma les yeux, agacée. À vrai dire, elle s'attendait à tout sauf à cette question. Elle était en colère contre lui. Elle lui en voulait de les avoir oubliées. Abandonnées, elle et les filles. Elle le maudissait d'être parti et encore plus d'avoir posé cette question stupide. Elle voulait simplement qu'il lui explique pourquoi il avait tout foutu en l'air. Les raisons de sa soudaine folie. En fait, elle attendait des réponses pas de nouvelles questions qui viendraient s'ajouter à celles, trop nombreuses, qu'elle se posait déjà.

— Je ne veux pas te faire de mal Rox, avoua-t-il à demi-mot, sans pour autant oser la regarder.

— Je crois que c'est trop tard ! répliqua la jeune femme d'une toute petite voix.

Elle non plus n'avait aucune envie de croiser son regard. Non pas parce qu'elle se sentait coupable ou responsable. Simplement parce qu'elle ne le voulait pas. Elle se contentait de fixer la fenêtre à travers laquelle elle apercevait le chat des voisins de l'autre côté de la vitre. Elle se concentrait sur le petit animal pour éviter d'avoir à croiser le regard de son mari qui était là, assis à ses côtés. La situation était désespérément pathétique. Il n'aurait jamais dû venir. À quoi bon ?

Elle avait la terrible impression qu'il n'était plus qu'un vulgaire étranger. Roxane voulait hurler, crier, lui cracher à la figure si toutefois elle avait osé. Oui, elle aurait voulu exploser et lui faire payer le mal qu'il lui avait fait. À elle et à ses filles. Mais elle se contentait de fixer le chat qui jouait tranquillement de l'autre côté de la vitre. Elle enfonçait ses doigts dans la chair de sa cuisse. Simplement pour se retenir.

— Donc ça y est, tu ne m'aimes plus ? demanda-t-elle, comme si elle parlait à cet affreux matou à travers les carreaux.

Roxane ne savait pas vraiment pourquoi elle avait posé cette question. Elle n'était pas certaine de vouloir connaître la réponse. À quoi bon ? Il était parti. Il s'était sauvé. C'était déjà une réponse en soi non ?

Oui, c'est vrai, ils étaient très différents. Mais ils l'avaient toujours été, depuis le début. Et c'est d'ailleurs pour toutes ces raisons là qu'ils s'aimaient. Du moins, c'est ce qu'elle croyait. Il adorait un tas de choses qu'elle-même détestait, mais ils s'étaient promis fidélité quelque que soient les circonstances. Ils devaient s'aimer dans les bons comme dans les mauvais moments. Bien sûr qu'ils se disputaient. Ils n'étaient pas toujours d'accord. Mais jusque-là, leur amour était plus fort que tout. Elle pensait que ça durerait encore longtemps. Voire toujours. Roxane était parfois un peu naïve. Mais elle avait envie d'y croire. Parce qu'ils se l'étaient promis il y a des années dans une grande église face à un prêtre devant tous les gens qu'ils aimaient et qui les aimaient en retour. Ils s'étaient dit oui pour le meilleur et pour le pire jusqu'à ce que la mort les sépare. Bêtement, elle y croyait. Comme une douce illusion.

— C'est pas ça, soupira David en prenant sa tête entre ses mains.

— Alors, c'est quoi ? hurla Roxane, le faisant sursauter. Tu pars du jour au lendemain, tu quittes tout, tu fous en l'air vingt ans de vie commune, d'une vie heureuse, ne nie pas, et tu oses me dire que ce n'est pas ça ? Que tu m'aimes encore ?

Roxane avait crié. Elle avait trop longtemps contenu cette colère au fond d'elle, il fallait que ça sorte à présent. Tant pis pour les voisins ! C'était le cadet de ses soucis. Elle avait simplement envie et besoin de comprendre. Plus que tout. De savoir ce qui lui était passé par la tête.

Elle se tourna une nouvelle fois vers la fenêtre. Le chat avait disparu. Il était parti lui aussi. Peut-être qu'ils partent tous finalement, à un moment ou un autre. Ils finissent toujours par s'enfuir au bout du compte. Roxane serra les poings très fort, enfonçant les ongles dans la chair de sa paume. Elle se sentait affreusement ridicule. Elle était là, en train de comparer son mari à un vulgaire matou.

Et à nouveau, elle les sentit. Les larmes ! Oh non, pas maintenant. Pas là, devant lui. Pour qui allait-il la prendre ? Pour une pauvre petite chose fragile qui sanglote à tout va. Une femme triste au cœur brisé. Mais après tout, c'est ce qu'elle était, non ? Une pauvre femme avec un cœur en mille morceaux. Elle avait déjà pleuré au téléphone alors pourquoi pas maintenant ? De toute façon, qui pouvait vraiment la voir mise à part son mari. Cet homme qui l'avait vue dans des situations, des émotions et des positions bien pires en vingt ans de vie commune. Après tout, c'était de sa faute, c'était lui le responsable. Il n'avait plus qu'à constater ce qu'il avait lui-même causé. Admirer le boulot. Elle ne cherchait en rien à l'apitoyer. Ce n'était pas son genre. Elle avait simplement besoin de lâcher les vannes et de se laisser aller. Abandonner toutes ces émotions qui l'emprisonnaient depuis quelques jours. Depuis...

David ne la regardait pas, il se contentait de baisser les yeux, la tête toujours enfouie entre ses mains. Il n'osait pas croiser son regard, il n'avait pas le courage d'y lire tout ce qu'elle ressentait. Car au fond, il savait bien ce qu'elle ressentait. Ce n'était pas bien compliqué à deviner. Il la connaissait par cœur. Roxane ne pleurait quasiment jamais. Elle n'était pas du genre à se lamenter ou à s'apitoyer sur son sort. Lorsqu'elle avait perdu son père quelques années auparavant, elle avait à peine versé une larme. Elle était restée stoïque tout au long du trajet qui l'amenait pour dire un dernier adieu à son cher papa à plus de dix mille kilomètres de là. Et pourtant, dieu sait qu'elle l'aimait son père. C'est juste pleurer qu'elle n'aimait pas. Or, là, elle déversait toutes les larmes de son corps devant lui comme une pauvre petite chose sans défense. Et ce n'était pas la première fois. Il l'avait entendue hier au téléphone. Les trémolos dans sa voix, les soupirs, ses petits reniflements discrets. Il savait bien que c'était de sa faute et il s'en voulait. Il se sentait même terriblement coupable de lui infliger cela. Seulement, il n'avait pas le choix. C'était mieux que le pire à venir... Non vraiment, il n'avait pas le choix.

Roxane se laissa tomber sur le canapé tout en conservant un certain écart entre eux. Distance de sécurité dirons nous. Il ne fallait pas qu'elle le touche, qu'elle soit trop près sinon ce serait dur. Ça l'était déjà ceci dit. À défaut d'observer le vieux matou dehors, elle fixait maintenant ses jambes sur lesquelles venaient s'écraser ses larmes. Larmes qu'elle avait tellement de mal à retenir qu'elle n'essayait même plus. Tant pis, ça lui ferait peut-être du bien après tout.

— Tu ne m'expliques même pas, soupira-t-elle en espérant que sa voix ne déraille pas.

— Mais il n'y a rien à expliquer, répliqua-t-il en secouant la tête. Je ne peux pas. Nous avons vécu une très belle histoire tous les deux, mais aujourd'hui, c'est la fin. Nous sommes arrivés au point de non-retour, Rox. Ça ne va plus. Je ne peux plus, je suis désolé. Terriblement désolé. Mais c'est comme ça. Je ne changerai pas d'avis, ajouta David, en adoptant un ton plus ferme.

Arrête de pleurer Roxane, tu es ridicule, se flagella-t-elle intérieurement. Tu l'as entendu, il ne changera pas d'avis. Ça ne sert à rien de pleurer comme une idiote. Cette fois, tu l'as perdu, définitivement. La jeune femme tentait difficilement de digérer ces paroles. Comment ça, il n'y avait plus de retour en arrière possible ? Qui avait décidé ça ? Certainement pas elle en tous les cas. Elle n'avait absolument rien vu venir ! Les filles non plus d'ailleurs. Au moins, elle se sentait un peu moins seule. Et pourtant... En réalité, c'était la première fois qu'elle se sentait aussi seule de toute son existence. C'était si difficile de le voir là, si près, et de ne rien pouvoir faire... Un véritable supplice qu'elle avait de plus en plus de mal à endurer. Jamais elle n'aurait cru être aussi dépendante de quelqu'un. Avoir besoin de lui à ce point. Il était son port d'attache, son ancre, sa bouée en cas de naufrage. Mais aujourd'hui, la bouée avait percé, l'ancre coulée et le port lui-même était en ruines. Quel beau gâchis !

Sans même qu'elle ne s'en rende compte, Roxane s'était approchée, réduisant ainsi l'espace qui les séparait encore. Elle avait furtivement glissé sur leur beau canapé de cuir pour se retrouver à ses côtés. Si près que sa jambe dénudée frôlait le tissu de son jean. Ça la chatouillait, mais elle aimait ça. Parce qu'elle sentait qu'il était là. Il n'était pas encore parti. Pas tout à fait en tous les cas. Son jean effleurait encore sa peau. Pour l'instant. Il ne portait que très rarement des jeans et Roxane était forcée de constater que ça lui allait bien. Il avait un air décontracté, plus que d'ordinaire en tout cas lorsqu'il sortait du boulot avec ses costumes tirés à quatre épingles.

La jeune femme regardait ce jean qu'elle ne connaissait pas, observant leurs deux jambes collées serrées. Comme avant. Lorsqu'il rentrait après une dure journée de travail et qu'il s'affalait sur le canapé aux côtés de sa femme avec un verre de citronnade bien fraîche entre les mains. Finalement à cet instant, il ne manquait plus que la citronnade. Roxane aurait presque eu envie de se lever lui en chercher une dans la cuisine, mais elle ne voulait pas briser ce moment et encore moins ce lien qui les unissait. Elle voulait continuer de sentir le jean de son mari contre sa peau. Alors au lieu de ça, elle se contenta d'approcher sa main, doucement, furtivement. Elle avait à peine bougé. Et pourtant, tous deux avaient les yeux rivés sur cette main hésitante qui finit par se poser, toute tremblante sur la cuisse de David. Ce dernier ne dit rien et n'esquissa pas le moindre geste pour la retirer, comme Roxane l'aurait pensé. Au contraire, il se contenta de la regarder. Un peu tristement.

— Viens là, soupira-t-il presque aussitôt.

Il ouvrit son bras et Roxane vint se lover au creux de son épaule, un peu timidement. Une nouvelle fois, elle ne put retenir ses larmes et elle se mit à pleurer là contre lui. Un peu maladroitement, David lui tapota le dos tout en la laissant pleurer son saoul. Elle en avait visiblement besoin. Roxane abandonna son chagrin dans les bras protecteurs de son mari. C'était un peu le comble que ce soit lui parmi tant d'autres qui la console. Elle avait entendu dire une fois que l'on reconnaît le grand amour quand le seul être qui pourrait vous consoler est justement celui qui vous a fait tout ce mal. Il était son grand amour, incontestablement. Elle le savait depuis bien longtemps déjà. Depuis qu'elle lui avait dit oui devant monsieur le maire. Ou peut-être même avant, quand leur regard s'était croisé pour la première fois.

Roxane resta ainsi longtemps à sangloter dans le creux de son épaule. Sa chemise allait être trempée. Heureusement qu'elle ne s'était pas remaquillée sans quoi elle serait également tachée de noir. Pas sûre que David apprécie, lui qui tenait tant à ce que ses vêtements soient toujours impeccables, propres et bien repassés. Roxane ne l'aurait jamais cru, mais ça lui faisait du bien de pleurer. Et c'était encore mieux de pouvoir le faire dans ses bras à lui. Elle aimait le contact apaisant de sa main dans son dos. Il ne disait rien, se contentant de la caresser doucement. Et ça lui faisait du bien. Ça apaisait les choses, sur le moment du moins. Mais elle savait bien que tout lui retomberait dessus à nouveau dès qu'elle quitterait ses bras. Alors, elle voulait juste profiter, penser au présent et à rien d'autre. Le reste les rattraperait bien assez tôt.

Les sanglots s'étaient quelque peu apaisés, mais Roxane ne voulait pas bouger. Elle se refusait à faire le moindre geste de peur de tout briser encore une fois. Quand elle était là, dans ses bras, c'était un peu comme avant finalement. Sauf qu'avant, elle ne pleurait pas. Avant, elle était heureuse. Une mère et une femme comblée. Avant...

C'est David qui se retira le premier, sentant que le torrent de larmes était passé. Tout en douceur, il appuya son front contre celui de sa femme. Sa femme... Ça lui faisait drôle de l'appeler encore de cette façon après tout ça... Et pourtant, elle était et resterait toujours sa femme, quoi qu'il arrive. Du moins tant qu'ils n'auraient pas signé les papiers affirmant le contraire. Et pour l'instant, ils n'en avaient parlé ni l'un ni l'autre.

Roxane baissa les yeux pour éviter de croiser son regard, mais trop tard. Il savait bien qu'ils étaient rouges d'avoir trop pleuré. Les rares fois où il l'avait vue pleurer, mis à part maintenant évidemment, c'était lorsqu'elle préparait les quiches dont il raffole. En épluchant les oignons. Voilà ce qu'il était devenu, un pauvre oignon qui fait pleurer sa femme. Lamentable. Il s'en voulait évidemment... Alors, il l'observa, le front toujours collé au sien. Elle était belle. Il l'avait toujours trouvée sublime sa Roxane. Même lorsqu'elle-même avait du mal à s'aimer, il l'aimait pour deux. Et aujourd'hui... Bon Dieu ce qu'il s'en voulait. Mais il le lui avait dit, il ne pouvait pas faire autrement. Sur ce point, il ne lui avait pas menti.

C'est elle qui s'approcha davantage. Ils étaient déjà si près l'un de l'autre. Plus près qu'ils ne l'avaient été depuis des semaines. Leurs deux fronts se touchaient, se cherchaient. Ils tentaient de s'apprivoiser, de se retrouver peut-être aussi. C'est ce que Roxane voulait plus que tout. Le retrouver. Ses lèvres cherchèrent celles de son mari, furtivement, timidement. Elle avait peur qu'il se recule, se dérobe. Peur qu'il la repousse. Il le lui avait dit : il ne reviendrait pas en arrière. Et pourtant, il n'en fit rien. Au contraire même. Il répondit à son baiser avec fougue et passion. Presque avec envie. Comme s'il la désirait encore. Malgré tout. Ils s'embrassèrent comme si c'était la première fois. Ou peut-être la dernière, ils ne savaient plus vraiment. Leur langue se cherchait comme deux adolescents. Ils étaient fiévreux, presque amoureux, encore.

— Tu es sûre que c'est une bonne idée ? murmura David en se retirant, l'espace d'une seconde, à peine.

Pour toute réponse, Roxane l'embrassa encore. Non, ce n'était pas une bonne idée. Bien sûr que non. Ils auraient dû parler, régler leurs différends, essayer de comprendre comment ils avaient fait pour en arriver là, chercher des solutions pour que les filles en pâtissent le moins possible. Tout, au lieu de se jeter dessus. Mais à cet instant, Roxane s'en fichait. Oui, c'était une mauvaise idée, mais elle en avait envie. Et après tout, c'était son mari, non ? Jusqu'à preuve du contraire, on a encore le droit d'embrasser son mari quand on en a envie. Même si les choses sont un peu compliquées. Qui sait, c'était peut-être un moyen de les régler. Même si là-dessus, Roxane avait des doutes.

— Tu sais que je ne resterai pas après, continua David, en se dérobant une nouvelle fois.

Roxane le fit taire d'un énième baiser. Oui, elle le savait ou du moins elle s'en doutait, mais elle ne voulait surtout pas y penser. Pas maintenant. Pour ne pas briser cet instant si précieux. Elle aurait aimé qu'il reste. Qu'il partage avec elle son dîner. Qu'il aille prendre sa douche et qu'elle entende l'eau couler sur son corps dénudé ainsi que sa voix qui chantonne de vieilles mélodies. Qu'il se couche à ses côtés ce soir et qu'il la prenne tendrement dans ses bras avant qu'elle ne s'endorme. Qu'ils reprennent leurs vieilles habitudes en somme. Malheureusement, elle savait bien que rien de tout ça ne se produirait et que ce soir, elle serait seule dans son lit comme les jours précédents. Alors, elle préférait simplement ne pas y penser et profiter de l'instant présent sans se poser de questions. Chose qu'elle faisait rarement, elle qui aimait bien tout planifier.

Elle avait peur qu'il ne soit là que pour une chose finalement. Son corps plus que son cœur. Parce que, son cœur, il l'avait pris en otage lorsqu'il était parti quelques jours plus tôt. Aujourd'hui, il venait simplement contempler les dégâts, et c'est elle-même qui le suppliait. Parce qu'il restait forcément quelque chose...

— 4 —

Il reste forcément quelque chose. Voilà ce que Roxane ne cessait de se répéter lorsqu'elle posait ses lèvres sur celles de son mari. Il ne la quittait plus des yeux, la fixant de son regard perçant. Elle avait l'impression qu'il tentait de lire en elle. Il y arrivait si bien avant. Il connaissait tout d'elle. De ses défauts à ses qualités, sa couleur ou son parfum de glace préférés, la pointure de ses chaussures ou la taille de son soutien-gorge. Elle n'avait pas de secrets pour lui.

Pourtant aujourd'hui, il semblait la redécouvrir. Comme s'il la voyait et la touchait pour la première fois. Comme si tout était nouveau. Ce n'était pas déplaisant, bien au contraire. Disons plutôt que c'était déroutant, mais il ne s'en plaignait pas. Il essayait de profiter de chaque instant qu'on lui offrait. Avant, qu'il ne soit trop tard.

Doucement, David retira enfin sa veste en l'observant. Roxane le regardait elle aussi tout en se répétant ces quelques petits mots, comme quoi il restait toujours quelque chose. Il se jeta sur elle à cet instant même, la renversant sur le canapé du salon sous les yeux de cet affreux matou, qui était revenu de l'autre côté de la fenêtre. David l'embrassait fougueusement, oubliant toute retenue. Elle était toujours sienne.

Il se retira l'espace d'une infime seconde afin de retirer sa chemise laissant apparaître son torse dénudé. Roxane ne le quitta pas des yeux profitant de ce moment qu'elle aurait pensé ne jamais revivre. Comme quoi, la vie est parfois faite de surprises. Des choses peuvent arriver sans qu'on s'y attende.

À nouveau, David se pencha vers sa femme caressant ses courbes. Elle avait bien fait de se raser les jambes finalement, songea-t-elle intérieurement. Tout ça lui avait manqué. Ces moments de tendresse partagés, ce besoin de sentir l'autre contre soi. En réalité, ils ont raison ceux qui affirment qu'on ne peut pas s'en passer une fois qu'on y a goûté. Et c'est d'autant plus vrai lorsque l'être que l'on désire à ce point est parti loin.

Roxane se laissa aller alors que David retirait son short minuscule et sa culotte en glissant ses doigts exactement là où il fallait. Elle regrettait de ne pas avoir mis sa lingerie fine, celle des grandes occasions parce que là, elle était certaine que c'en était une. C'était trop tard pour y remédier. Elle voulait profiter de chaque seconde, car elle avait peur que ça ne dure pas. Elle était même terrorisée à cette idée. Roxane ne pouvait s'empêcher de regarder son mari, de le toucher pour être certaine qu'elle ne rêvait pas. Elle avait tellement de mal à y croire.

David se leva pour retirer son pantalon qu'il jeta négligemment sur le sol du salon et Roxane se mordit la lèvre tout en l'observant. Mais enfin que se passait-il, ils étaient totalement fous. Ils étaient nus au beau milieu de leur salon, l'un sur l'autre sur leur vieux canapé usé. Et si les filles arrivaient ? Océane n'avait pas encore fini l'école, mais si Manon décidait de rentrer plus tôt spécialement aujourd'hui. Bien sûr elle avait reçu ce SMS pour la prévenir qu'elle dînerait avec des copines, mais quand même. Que penserait-elle en les voyant dans cette position des plus gênantes ? Et Océane ? Le bus la déposait chaque jour à la même heure au coin de la rue, mais si jamais elle rentrait plus tôt, avec la maman d'une copine comme ça arrivait parfois, que dirait-elle en voyant ses parents dans une telle situation ? Elle n'avait que 7 ans et même si elle était très évoluée pour son âge, elle aurait sûrement du mal à comprendre.

C'était totalement insensé. Et ça ne leur était encore jamais arrivé. Une telle chose. Pas comme ça. Pas ici. Du moins, pas depuis qu'il y avait les filles. Se retrouver nus en plein après-midi et au beau milieu du salon alors que les filles pouvaient rentrer d'une seconde à l'autre. C'était totalement inconscient. Et pourtant, ni l'un ni l'autre ne semblait y prêter attention, trop obnubilés par leur désir ardent.

Ils s'embrassaient toujours avec ce qui semblait être de l'amour ou du moins ce qu'il en restait. Très peu de choses avaient réellement changé à vrai dire. Presque rien. Si ce n'est qu'ils n'avaient encore jamais fait ça et qu'ils ne l'auraient jamais fait s'il n'y avait pas eu toute cette histoire. Ils avaient absolument tout des parents modèles. Et même s'ils étaient bien loin d'être un petit couple plan-plan, ils étaient un père et une mère avant toute chose. À cet instant, ils étaient en train de faire une énorme erreur. Elle le savait très bien et lui aussi probablement. Ils auraient dû parler, tenter de régler leurs problèmes avec une bonne discussion plutôt que sur l'oreiller. Ou bien là sur les coussins du canapé en l'occurrence.

— Tu prends toujours la pilule ? demanda David en se retirant, l'observant de ses grands yeux, presque inquiets.

Roxane soupira, vaguement agacée par cette question soudaine tout en hochant la tête. Elle n'avait absolument aucune envie de parler de ça maintenant. Ni même d'y penser d'ailleurs. Bien sûr qu'elle prenait toujours ce fichu cacheton. Elle travaillait chaque jour dans une pharmacie, alors elle savait exactement ce qui pouvait arriver si elle arrêtait de le prendre. Elle adorait les enfants et ses filles plus particulièrement, mais elle n'avait aucune envie d'en avoir un autre maintenant étant donné les circonstances. Elle ne faisait pas partie de ce genre de femmes qui pensent que faire un autre enfant peut sauver un mariage en péril. Bien sûr, elle aimait David plus que tout, mais elle n'était pas aussi égoïste. Alors, elle hocha la tête à nouveau, tout en cherchant les lèvres de son mari, qu'elle n'aurait jamais dû quitter. Elle ne voulait surtout pas perdre de temps. Et en profiter encore, avant qu'il ne change d'avis.

— Tu ne me mentirais pas sur un truc comme ça, hein ? insista David en se dérobant pour la énième fois.

Roxane tourna la tête exaspérée. Bien sûr que non, elle ne mentait pas. Comment pouvait-il ne serait-ce que penser à une chose pareille ? Elle n'était pas aussi stupide. Mais merci de le penser. Visiblement il avait une très haute estime d'elle désormais. Des milliers de questions se bousculaient dans son esprit en ce moment. Des questions qu'elle aurait adoré poser à son mari sans être certaine de vouloir connaître les réponses. Elle était encore trop trouillarde pour ça. Pour entendre la vérité et surtout pour l'accepter. Il était encore trop tôt. Pour l'instant, la seule chose dont elle avait réellement envie c'était profiter. Et ne penser à rien d'autre. Simplement faire le vide autour d'elle. C'était la seule façon de surmonter tout ce merdier. Pour une fois, elle allait vivre au jour le jour. Chose qu'elle détestait plus que tout habituellement.

La jeune femme se laissait porter au rythme des doigts de son mari qui détachaient son soutien-gorge. Pour ça, il était expert. Il avait appris au fil des années. Elle adorait ce simple geste qui paraissait des plus anodins, mais qui pour elle représentait beaucoup. C'est ainsi que ça commençait à chaque fois. Quand les filles étaient couchées, que toutes les lumières étaient éteintes et que ses doigts s'aventuraient doucement dans son dos. C'était le signal. Sa façon de lui dire qu'il avait envie d'elle sans prononcer le moindre mot. Voilà pourquoi elle adorait ce simple geste. Aujourd'hui plus encore que d'habitude. Ça voulait dire plus. Elle le sentait. Parce qu'il était parti avant de revenir finalement. Il était là sur le canapé en train de dégrafer son soutien-gorge. Elle aurait dû en mettre un plus joli. Un ensemble en dentelle, ça aurait fait plus d'effet. Même si elle était certaine que ça n'aurait rien changé au fond. Au fil des années, il se fichait pas mal de ce genre de détails. Mais quand même. Elle se serait sentie plus belle, plus femme aussi peut-être. Et par-dessus tout, plus désirable pour lui donner envie de rester un peu plus longtemps auprès d'elle.

David l'embrassait partout. Sur les épaules, dans le cou, sur les joues et sur les lèvres. Surtout sur les lèvres. Avec fougue passion et envie. Beaucoup d'envie. Du moins, c'est l'impression qu'elle avait. Il la serrait fort contre lui et elle sentait son corps dur et chaud contre le sien et en elle. Roxane avait du mal à y croire et pourtant, elle était heureuse. Ça faisait des jours qu'elle attendait ce moment sans vraiment se l'avouer. Elle était beaucoup trop prude, trop sage pour ça. Pour accepter de telles pensées. Ils étaient en train de s'unir réellement sur le cuir de leur canapé, avant, elle aurait eu honte, mais aujourd'hui, elle était juste heureuse. Et amoureuse aussi. Folle de son mari.

Pour elle, c'était un symbole fort de s'unir justement sur ce canapé qu'ils avaient acheté ensemble il y a des années. C'était l'un de leurs premiers biens lorsqu'ils s'étaient installés ici. Dans cette maison qu'ils avaient longtemps partagée, mais qu'ils ne partageraient plus, elle l'avait bien compris. Et pourtant, ces baisers-là, ces caresses, ça voulait forcément dire quelque chose. Ce n'était pas possible autrement. S'il avait seulement envie de coucher avec elle, il n'aurait pas fait tout ça. Il n'aurait pas mis autant de volonté et surtout autant d'amour dans ses gestes. Il la couvrait de baisers, tendres et délicats. Il l'aimait tout simplement comme il l'avait fait jusqu'à maintenant. Roxane ne savait pas ce que ça voulait dire et si seulement ça voulait dire quelque chose. Probablement pas. Il le faisait parce qu'il en avait envie, là, maintenant, rien de plus. Il fallait qu'elle arrête de se poser toutes ces questions. Parce que de toute façon, elle n'aurait jamais les réponses. David ne lui dirait rien. Il n'avait jamais été très bavard auparavant, ça n'allait pas changer maintenant.

Roxane avait aimé ce moment. Elle l'avait même adoré. C'était peut-être le dernier... Pour de bon cette fois. Mais elle préférait ne pas y penser. À quoi bon se faire du mal maintenant ? Alors qu'elle venait de vivre un moment de plénitude en sa compagnie comme il savait si bien lui faire vivre. Avant...

David était resté contre elle un moment. Elle était contente qu'il ne se soit pas enfui de suite. Au fond, il n'avait pas l'air pressé de partir. Tant mieux parce qu'elle n'avait aucune envie qu'il s'en aille. Pas maintenant. Pas si vite. Roxane le prit dans ses bras, doucement. Avec tendresse. Pour en profiter encore un peu. La tête de David était callée contre l'épaule de sa femme. Roxane n'osait pas bouger de peur de briser ce doux moment et pourtant, elle sentait que quelque chose n'allait pas. Ou plutôt que lui n'allait pas bien. Il était tendu, crispé, pas du tout naturel. Et sa respiration non plus n'était pas habituelle. Elle était saccadée, étrange. Un peu comme s'il allait se mettre à pleurer. Lui ! C'était quand même un comble ça. Que ce soit lui qui pleure. Se pouvait-il qu'il ait des regrets ? Là, maintenant après avoir senti son corps près du sien.

Sans se poser de questions, Roxane le serra fort contre elle. Comme elle l'avait fait de nombreuses fois avec ses filles la nuit lorsqu'elles faisaient un cauchemar. Pour les consoler et les rassurer aussi un peu. Parce qu'elle était leur maman et que rien ne pouvait leur arriver tant qu'elle était là. Elle les protégerait toujours quoiqu'il arrive. Avec les filles, ça marchait à chaque fois. Avec David, elle n'en savait rien. À vrai dire, elle n'avait encore jamais essayé. Avec lui, c'était différent. Ce n'était pas un amour maternel, pourtant, elle ressentait le même besoin envers lui. Celui de le consoler, le protéger contre le reste du monde. Alors, elle le serra très fort. Exactement comme elle le faisait avec Océane et Manon. Parce qu'elle en avait envie et surtout parce qu'elle avait attendu ça depuis des jours.

Doucement, Roxane lui frotta le dos, comme lui-même l'avait fait un peu plus tôt. Pour lui montrer que ce n'était pas bien grave finalement et qu'elle était toujours là en somme. Quoi qu'il arrive. Pour le meilleur et pour le pire...

Ainsi, Roxane cherchait à lui prouver qu'elle ne lui en voulait pas. Ou si, peut-être un peu, mais elle était prête à lui pardonner. Elle l'avait même déjà fait. Comment lui en vouloir alors qu'elle l'aimait à ce point-là ? C'était impossible. Lorsque David avait relevé la tête, ses yeux étaient rouges. Pourtant, elle savait bien qu'il n'avait pas pleuré, ce n'était pas son genre, mais il n'en était pas loin. Roxane avait toujours trouvé ça touchant un homme avec les larmes aux yeux, même si elle-même ne pleurait jamais. Mis à part ces derniers temps évidemment. Et ça l'était davantage lorsqu'il s'agissait de David. Lui d'ordinaire si fort, si costaud, un homme, un vrai en somme comme le veulent les clichés. Pas le genre à pleurer dans les bras d'une femme, même si c'était la sienne.

David s'était assis sur le bord du canapé. Leurs jambes restaient enlacées alors que leur regard se croisait à peine. Roxane n'avait tellement pas envie qu'il s'en aille. Et pourtant, elle sentait bien qu'il était sur le point de le faire. Il le lui avait dit dès le départ qu'il ne resterait pas. Elle ne pourrait pas le faire changer d'avis. Il était plutôt têtu son David et il avait pris sa décision. Avant même de venir ici et de faire ce qu'ils venaient de faire. Roxane se releva à son tour, s'asseyant à ses côtés, leurs jambes toujours entrelacées.

— Tu n'es pas un salaud, murmura-t-elle, en caressant sa jambe doucement. Au contraire.

Elle aurait voulu lui dire qu'à ses côtés, elle avait passé les plus belles années de sa vie et qu'elle n'oublierait pour rien au monde. Elle l'aimait beaucoup trop pour ça. Elle aurait tout donné pour lui. Mais à quoi bon le lui dire? Il le savait déjà. Depuis des années. Il voyait bien à quel point elle était heureuse lorsqu'il était là.

— Ce n'était pas une bonne idée Rox, soupira David en prenant sa tête entre ses mains à nouveau. Tu ne pourras jamais oublier si on recommence.

— Tant pis, murmura la jeune femme en essayant de prendre sa main dans la sienne.

— Quoi tant pis ? demanda-t-il en se tournant vers elle, les yeux rougis et hagards, comme s'il était réellement perdu.

Du moins, elle espérait que c'était ça, qu'il ne savait plus où il en était. Elle préférait ça plutôt qu'il regrette. Parce qu'elle, elle ne regrettait rien. Ça avait beau être une erreur, elle était contente de l'avoir fait tout simplement parce qu'elle en avait eu envie.

— Tant pis si je n'oublie pas, répliqua-t-elle. De toute façon, tu sais très bien que je n'oublierai jamais. Pas complètement en tous les cas. Je ne veux pas et je ne peux pas, murmura-t-elle. Vingt ans de vie commune et deux enfants, ça ne s'oublie pas comme ça.

David hocha vaguement la tête. Évidemment. C'est d'ailleurs pour ça qu'il avait pris cette décision. C'était plus simple. Parce qu'il savait très bien qu'elle aurait beaucoup de mal à oublier. D'ailleurs, ce n'est pas ce qu'il lui demandait au fond. Il ne voulait pas qu'elle balaie vingt ans de vie commune d'un revers de la main. Bien sûr, que non. Lui même en serait totalement incapable. Non, il fallait simplement qu'elle s'habitue à cette nouvelle situation. Et pour ça, il n'avait pas trouvé d'autres solutions que celle-ci. Certes un peu radicale, mais c'était le seul choix qui s'offrait à lui.

Sur la table du salon, son portable se mit à vibrer une seule fois rapidement, annonçant l'arrivée d'un nouveau message. David y jeta un bref coup d'œil tout comme Roxane. Il avait totalement oublié qu'il l'avait posé là. Intérieurement, Roxane en voulait un peu à ce vulgaire objet de venir les interrompre. Parce que sans lui, cet instant magique n'aurait peut-être jamais eu de fin. Évidemment, c'était illusoire de penser ça, Roxane le savait. Mais naïvement, elle y avait cru.

Profitant de cet intermède, David attrapa le téléphone auquel il ne prêta pourtant guère attention. Il se contenta de regarder l'heure affichée, en gros sur le haut de l'écran. Il était déjà 17 h 07. Il fallait qu'il rentre. Il aurait déjà dû être parti depuis longtemps. Les filles n'allaient pas tarder à revenir et il n'avait aucune envie qu'elles le trouvent ici. Pourtant, il avait très envie de les voir bien sûr. Elles lui manquaient terriblement. Chaque jour un peu plus. Mais ce n'était pas une bonne idée. Il ne pouvait pas partir, revenir, repartir. Elles ne comprendraient pas et Roxane non plus d'ailleurs. Alors, il fallait qu'il s'en aille maintenant. Finalement, ce message c'était une bonne chose. Le signal comme quoi il fallait y aller. Il ne l'avait même pas regardé, il ne savait pas qui l'avait envoyé, il s'en occuperait plus tard. Lorsqu'il serait parti. De toute façon, il n'avait que ça à faire pour occuper sa soirée. Comme tous les soirs...

— Il va falloir que j'y aille, dit-il en se relevant machinalement. Je récupère quelques affaires si ça ne t'ennuie pas et je me sauve.

Roxane ne releva pas. À quoi bon ? De toute façon, il ne lui demandait pas son avis. Elle savait déjà comment ça allait se terminer lorsqu'il était arrivé. Il le lui avait dit très clairement alors elle n'allait pas le supplier maintenant, elle savait que ça ne servirait à rien. Si ce n'est peut-être à l'éloigner davantage. Au fond d'elle, elle espérait secrètement que ce moment qu'ils venaient de partager pourrait se reproduire. Même si c'était une erreur. Il y a parfois des erreurs que l'on reproduit plusieurs fois avant de se rendre réellement compte que c'en est une.

La jeune femme savait se contenter du peu qu'on lui offrait. Alors, elle se redressa, sans même un soupir, s'asseyant sur le canapé en ramenant ses jambes contre sa poitrine dénudée. Sans bouger, elle l'observa remonter les escaliers menant aux chambres. Sans le voir, elle l'imaginait en train de rassembler quelques affaires dans la grande armoire qu'ils partageaient encore il y a à peine quelques jours. Elle entendait doucement ses pas au dessus d'elle. Comme un murmure à peine perceptible qui lui redonnait du baume au cœur et un semblant d'espoir. Roxane ne savait pas trop si elle avait le droit d'y croire cette fois. Elle avait tellement peur d'être déçue et de souffrir une nouvelle fois.

Poussant enfin un long soupir qu'elle avait retenu trop longtemps, Roxane se redressa pour attraper ses vêtements sur le sol et c'est là qu'elle le vit. Le petit téléphone de son mari que ce dernier avait reposé sur la table basse. Elle n'était pas du genre à fouiller dans les affaires des autres, encore moins celles de son mari. Elle lui avait toujours fait une confiance aveugle. Avant... Là, elle se sentait comme attirée par l'objet qui se trouvait juste sous ses yeux. Non, elle ne devait pas et pourtant, elle ne pouvait pas s'en empêcher. Elle voulait savoir alors peut-être que...

Roxane jeta un bref coup d'œil en direction des escaliers pour vérifier que David ne redescendait pas avant d'approcher une main tremblante vers le téléphone. Elle appuya sur le bouton principal éclairant aussitôt l'écran. Le cœur de la jeune femme battait à cent à l'heure. La curiosité la dévorait, elle voulait savoir qui était l'auteur de ce message qu'il avait reçu tout à l'heure. Elle n'aimait pas ce qu'elle était en train de faire, ça ne lui ressemblait pas. Elle avait l'impression d'être une vulgaire lycéenne qui espionne son copain. C'était minable d'en être arrivée là, à son âge. D'autant qu'elle ne vit absolument rien finalement. David avait désactivé l'affichage automatique des messages. Comme s'il avait quelque chose à cacher. Seul le prénom du contact qui avait envoyé ce fameux message la frappa. Message qu'elle ne pouvait même pas lire. Une certaine Clara... De quoi attiser encore plus sa curiosité et sa jalousie.

C'était qui cette Clara ? Une nouvelle conquête de son mari ? Sa remplaçante peut-être même ? Celle qui prendrait sa suite et sa place aussi bien dans le cœur que dans la vie de David... Qu'est-ce qu'elle pouvait bien lui dire cette fille ? Roxane n'avait jamais été de nature jalouse. Peut-être parce qu'elle n'avait jamais eu à l'être jusque-là. Elle faisait confiance à David. Du moins avant qu'il ne la laisse tomber, peut-être pour cette Clara. Des milliers de questions envahissaient à présent l'esprit torturé de Roxane. Des questions auxquelles elle n'aurait probablement jamais de réponses. Elle devrait rester là avec ses interrogations et ses doutes.

À l'étage, la première marche craqua, ce qui la fit sursauter. Elle avait râlé mille fois pour qu'il la change et la remplace par une autre, non défectueuse. Mais finalement, c'était une chance qu'elle fasse autant de bruit, sans quoi David l'aurait retrouvée la main dans le sac. À peine quelques secondes plus tard, ce dernier faisait son apparition dans les escaliers et Roxane eut tout juste le temps de se lever et de se défaire de son air coupable. Elle n'avait même pris la peine de se rhabiller finalement. Elle avait juste passé son soutien-gorge et sa petite culotte pour masquer sa nudité.

Elle l'observa avec son sac sur l'épaule. Il avait sûrement embarqué les dernières affaires qui restaient encore ici. C'était peut-être mieux, ça lui éviterait de tomber dessus tous les jours et de ressasser ces mauvais souvenirs. David lui adressa un bref sourire avant de se diriger vers la porte un peu gêné. Roxane le suivit sans trop savoir comment réagir. La seule chose dont elle était certaine, c'est qu'il fallait le laisser partir.

— Bon eh bien j'y vais ! dit-il simplement des plus mal à l'aise.

Voilà où ils en étaient arrivés. Ils n'avaient plus rien à se dire. Ou plutôt si, mais ils n'osaient pas. Ils ne savaient plus comment se parler. Roxane se contenta de hocher la tête, et elle le regarda s'éloigner comme s'ils étaient seulement deux ados qui se quittent pour mieux se retrouver. Or, elle savait bien que là c'était beaucoup plus définitif. Ils le savaient tous les deux. Pourtant, Roxane avait le sourire en l'observant franchir le grand portail blanc. Ils avaient passé un très bon moment. Peut-être le dernier certes, mais elle était heureuse de l'avoir partagé avec lui. Alors, elle souriait, un peu bêtement. Un sourire faiblement masqué par les cinq lettres d'un prénom féminin...

— 5 —

La sonnette retentit à nouveau quelques minutes plus tard. Le sourire de Roxane ne l'avait pas quittée depuis que David était parti. Ça lui avait fait du bien de se donner à son mari une dernière fois. Bien sûr, ça lui avait redonné espoir, mais ça l'avait surtout rendue vivante. Elle s'était sentie à nouveau aimée, désirée et surtout désirable. Et si c'était lui ? S'il revenait pour lui dire qu'il s'était trompé et qu'il regrettait. S'il était là, derrière la porte pour lui dire qu'il revenait à la maison. Si le cauchemar était enfin terminé. Si...

À l'ouverture de la porte, Roxane manqua de trébucher contre une énorme valise aux couleurs fuchsia. Sans aucun doute possible, elle ne pouvait pas appartenir à David. Elle connaissait toutes ses affaires par cœur et jusqu'à présent son mari n'avait jamais aimé les couleurs dites féminines. Non, ce n'était définitivement pas lui qui revenait. En levant les yeux vers son étrange visiteur, Roxane se trouva nez à nez avec une jeune femme qu'elle ne s'attendait pas du tout à voir sur le pas de sa porte.

— Gwen ! s'exclama-t-elle une fois sa surprise passée, mais enfin qu'est-ce que tu fais là ?

La jeune femme en question haussa les sourcils en faisant la moue. Eh bien, vive l'accueil ! Gwenaëlle Girandier espérait mieux en venant jusqu'ici. Mais bon avec sa sœur, il fallait s'y attendre. Roxane n'avait jamais été très expressive. Pour cela, elles étaient très différentes. Gwenaëlle venait tout juste d'avoir 37 ans et elle croquait la vie à pleines dents, c'est le moins qu'on puisse dire. Ce qui était loin d'être le cas de son aînée, surtout en ce moment. C'est d'ailleurs pour cette raison qu'elle avait fait tout ce chemin. Même si les deux femmes étaient loin de se ressembler que ce soit physiquement ou mentalement, elles avaient toujours été très proches lorsqu'elles étaient plus jeunes.

Bien sûr, depuis que Roxane avait déménagé sur l'île, elles se voyaient beaucoup moins souvent, mais ça ne les empêchait pas de s'appeler régulièrement. Elles restaient des heures au téléphone à se parler de tout, de rien, de leurs vies respectives, des enfants de Roxane, des histoires d'amour foireuses de Gwen. Et dernièrement, cette dernière avait bien senti que sa grande sœur n'avait pas le moral. Alors sans réfléchir, elle avait sauté dans le premier avion et elle était là. Parce qu'elle sentait que Roxane en avait besoin et elle était prête à tout pour sa grande sœur. Si elle allait mal, alors elle devait être à ses côtés. C'était aussi simple que ça. En plus, elle avait besoin de vacances, ce qui tombait plutôt bien finalement.

— Eh ben sympa l'accueil, ça donne envie de faire autant de kilomètres pour te voir dis donc ! répliqua Gwen, ironique, comme à son habitude.

— C'est pas ça, mais bon tu aurais pu prévenir, enfin je veux dire, c'est un peu compliqué en ce moment et puis...

— Quoi, t'as plus ta chambre d'amis ? la coupa Gwen en haussant les sourcils.

— Si bien sûr, soupira Roxane, résignée. Mais si tu me l'avais dit, je serais venue te chercher à Roland Garros[1].

— Si je t'en avais parlé, ça aurait un petit peu gâché la surprise quand même ! sourit Gwenaëlle. Bon et sinon tu comptes me dire bonjour, ou bien ? ajouta-t-elle en déposant tous ses sacs au sol, tendant les bras en direction de sa grande sœur.

Roxane leva les yeux au ciel avant de prendre sa frangine dans ses bras tandis qu'un faible sourire se dessinait sur ses lèvres. Évidemment, ça lui faisait plaisir de la voir, surtout après tout ce temps loin l'une de l'autre. Pour elles qui avaient toujours été très proches, la distance n'était

---

[1] Aéroport de la Réunion, situé à Saint-Denis.

pas toujours simple à supporter. Les SMS, le téléphone, ça n'avait jamais remplacé le contact physique. Alors forcément, elle était contente de pouvoir la prendre dans ses bras, enfin, mais elle n'était pas certaine que ce soit réellement le bon moment pour faire une apparition surprise. Avec tous les problèmes qu'elle avait en ce moment avec David, Roxane avait beaucoup trop de choses en tête, elle n'aurait certainement pas beaucoup de temps à consacrer à sa sœur. Non franchement, elle aurait dû prévenir avant de faire autant de kilomètres.

Gwen ne lui ressemblait pas beaucoup. Pour elle, la vie était un peu comme un vaste jeu, elle passait son temps à s'amuser, à sortir, à faire la fête. Elle avait de nouveaux amis chaque semaine. Pour ça, il n'y a pas à dire, elle était très sociable. Encore un point sur lequel elles étaient différentes. Gwen n'avait jamais eu de petits amis stables. Pas un seul de ses compagnons n'était resté plus d'un mois à ses côtés. Ce qui expliquait sûrement le fait qu'elle n'ait pas encore d'enfant à bientôt 40 ans. Elle passait son temps à profiter. Tout ce que Roxane n'avait jamais fait finalement.

— Tu veux boire quelque chose ? proposa-t-elle à sa cadette.

— Oh oui, c'est pas de refus, soupira Gwen en s'affalant sur une chaise sous la pergola. L'avion m'a totalement épuisée. Les vols de jour c'est plus du tout pour moi, impossible de fermer l'œil. Les gosses n'ont pas arrêté de pleurer à côté de moi, un véritable calvaire !

— Tu es arrivée à quelle heure ? lui demanda Roxane tout en sortant un verre du placard. Comment tu as fait pour venir jusque-là ?

— On a atterri vers 16 heures, le temps que je récupère mes valises, j'avais appelé un taxi qui m'attendait juste devant l'aéroport. Il m'a conduite dans un garage à Saint-Denis où j'ai loué une voiture, comme ça je ne t'embêterai pas, ajouta-t-elle avec un clin d'œil.

— Tu sais très bien que tu ne me déranges pas, mais tu aurais quand même dû me prévenir avant de débarquer, la réprimanda Roxane avec un ton faussement sévère.

Tout en disant cela, la jeune femme déposa un verre ainsi qu'une bouteille de coca, la seule qu'elle avait trouvée dans le frigo, devant sa sœur, avant de s'asseoir à son tour à la table.

— Ohlala, tu n'as pas autre chose ? bougonna Gwen en désignant la bouteille d'un froncement de sourcils. Je ne sais pas moi, du vin par exemple. Tiens un rosé ce serait parfait, suggéra-t-elle.

— Figure-toi que depuis que David est parti, il n'y a plus vraiment de vin dans ce frigo, alors tu devras te contenter de ça, répliqua Roxane agacée et légèrement vexée.

Gwenaëlle hocha la tête, d'un air désolé, tout en se servant un verre de coca. Tant pis pour le vin, elle saurait s'en passer, même si ça lui aurait fait un bien fou à cet instant précis. À vrai dire, la jeune femme ne s'attendait pas à ce que David fasse irruption dans la conversation aussi rapidement. Elle aurait plutôt pensé que sa sœur ferait tout pour éviter d'en parler, faire comme si tout allait bien en somme. Comme si elle supportait très bien la situation. Prendre sur elle quoi, comme elle le faisait à chaque fois depuis des années. Mais vu que Roxane avait prononcé son prénom la première, autant en profiter. C'était peut-être une bonne chose qu'elle veuille en parler finalement.

— Justement en parlant de David, tu es sûre que ça ne va pas s'arranger ? hasarda Gwen après avoir avalé la moitié de son verre.

Finalement, elle était contente que ce ne soit pas du vin. Ça lui éviterait d'avoir la tête qui tourne plus tard. Surtout si elle devait jouer aux psychologues auprès de sa sœur. Après tout, elle était là pour ça. C'est pour cette raison qu'elle avait bravé les kilomètres, pour l'aider à surmonter cette douloureuse épreuve. Au final, elle ne savait pas grand-chose si ce n'est que David était parti. Voilà. C'est tout ce que lui avait dit Roxane au téléphone lorsqu'elle l'avait appelée. C'est fini. Ces trois petits mots simplement, mais au fond, Gwenaëlle avait bien compris que c'était bien plus important. Sa sœur n'avait jamais connu personne d'autre que David. Ça avait toujours été lui, rien que lui. C'était le père de ses enfants, celui avec qui elle avait passé près de vingt ans. La moitié de sa vie en somme. C'était le premier et jusqu'à présent, Roxane avait toujours imaginé que ce serait le dernier. Et pas seulement elle d'ailleurs. Tout le monde le pensait.

Évidemment, Gwen imaginait à quel point c'était difficile pour Roxane, même si elle-même ne pouvait pas réellement savoir ce que c'était puisqu'elle n'avait jamais vécu une telle chose. En fait aussi loin qu'elle s'en souvienne, elle n'avait jamais été amoureuse. Elle se demandait même si elle connaissait ce sentiment. Celui dont tout le monde ne cessait de parler, dans les magazines féminins, les livres, les films, même dans la rue. Partout, on ne cesse de nous rebattre les oreilles en nous parlant d'amour et de grands sentiments. Tout ça, Gwenaëlle Girandier ne connaissait pas. Parce qu'elle n'avait jamais voulu connaître et finalement, elle ne s'en portait pas plus mal. Ça ne l'avait jamais empêchée d'être heureuse. Fort heureusement.

Roxane baissa les yeux, troublée par la question de sa sœur. Elle n'avait aucune envie de parler de David maintenant. Ou plutôt si, elle en mourait d'envie. Vous savez c'est un peu comme lorsque l'on prépare une surprise pour quelqu'un. On sait qu'on ne doit rien lui dire sous prétexte de tout gâcher et pourtant, au fond de nous on meurt d'envie de tout révéler. De partager notre excitation avec quelqu'un. Justement avec cette personne dont on ne devrait pas. Elle voulait parler de David. Parce que tout le lui rappelait, même le plus minuscule détail. C'est comme ces gens amoureux qui prononcent le nom de l'élu de leur cœur dans chacune de leur phrase. C'est énervant. Mais eux, ils ne peuvent tout simplement pas s'en passer et au fond ils ne s'en rendent même pas compte. Elle était exactement dans cet état d'esprit là. Vouloir tout ramener à lui tout le temps. Parce que ces verres qu'elle avait sortis là, ils les avaient achetés ensemble. Et cette nappe, David l'adorait. Elle n'avait plus de vin dans son frigo parce que David n'était plus là. Et d'ailleurs, le frigo c'est lui qui l'avait choisi parce qu'il aimait son design et le fait qu'il dispose d'un distributeur d'eau accessible de l'extérieur. Tout lui rappelait son mari, sans arrêt. Même le simple fait que sa sœur soit là, parce que la dernière fois qu'elle leur avait rendu visite, il était là lui aussi. Et puis, c'est un peu grâce à Gwen qu'ils s'étaient rencontrés. David... Ce prénom la hantait depuis des jours et des nuits. Alors oui, bien sûr, elle avait envie d'en parler. Il faut mettre des mots sur ce qui nous hante, non ? Et pourtant, elle ne voulait pas raviver la douleur et ce serait ça aussi si elle disait quoi que ce soit à Gwen. Ça lui rappellerait sans cesse qu'il n'était plus là.

— Ce dont je suis sûre, c'est que je n'ai pas envie d'en parler, répliqua sèchement Roxane.

— Pourtant, tu devrais tu sais, tu...

— Ti Gwen !!

Un petit boulet de canon atterrit sur les genoux de Gwenaëlle au même moment, l'empêchant de terminer sa phrase. À cet instant, Roxane bénit l'arrivée de ses deux filles. C'était devenu ces deux seuls rayons de soleil depuis le départ de David. Même celui qui illuminait l'île chaque jour n'était plus suffisant. Elles étaient les seules qui puissent lui redonner le sourire ces derniers temps.

Océane, la plus jeune se jeta sur les genoux de sa tante, trop heureuse de la revoir. Elle la voyait si peu avec tous ces kilomètres qui les séparaient que les retrouvailles étaient toujours de grandes effusions de câlins, de bisous et de gestes tendres. Malgré le fait qu'elle ne la voyait que peu de fois sur de courtes périodes, Océane avait toujours été très proche de sa tante. Et cette dernière le leur rendait bien. Gwenaëlle adorait ses nièces. Même si elle les voyait trop peu à son goût, c'était un peu les deux filles qu'elle n'avait pas encore et elle s'en occupait comme telle. Bien qu'elle soit beaucoup moins laxiste et sévère que Roxane. Disons que c'était un peu comme une bonne copine, légèrement plus âgée. Une vraie tatie de compétition en somme.

Gwenaëlle serra très fort sa plus jeune nièce dans ses bras avant de relâcher son étreinte en la tenant par les épaules afin de mieux l'observer. Elle ne pouvait s'empêcher de faire ce constat à chaque fois qu'elle les voyait : qu'est-ce qu'elles avaient changé encore une fois ! Océane avait grandi et elle avait l'impression que ses cheveux étaient un peu plus longs. D'un noir de jais exactement comme son père. En réalité, ils avaient chacune la leur. Océane, c'était son père. Ça, c'est certain, David ne pouvait pas la renier. Elle lui ressemblait tellement.

Quant à Manon, elle aussi avait beaucoup changé. Elle ressemblait davantage à une femme qu'à une enfant à présent. Ses cheveux étaient encore plus longs que la dernière fois et plus clairs également. Sûrement les effets du soleil. Il est certain que plus tard, elle aurait une chevelure de feu. Exactement comme sa mère..

Gwenaëlle regrettait de ne pas les voir plus souvent, avec tous ces kilomètres, elle ratait tellement de choses dans la vie de ses nièces. Surtout à cet âge-là. Mais cette fois-ci, elle avait bien l'intention d'y remédier. Elle n'était pas pressée de rentrer chez elle, retrouver sa petite vie mouvementée, sa routine à elle. Voilà un point positif au fait de ne pas avoir d'attaches finalement, elle pouvait partir n'importe quand, autant de temps qu'elle le voulait. Gwen comptait bien profiter de ses nièces encore plus que d'habitude. Sans oublier la mission qu'elle s'était fixée de redonner le sourire à sa sœur évidemment. Et rien que pour ça, elle savait qu'elle aurait besoin de temps.

— Qu'est-ce que tu fais là ? s'exclama Manon en haussant les sourcils bien qu'elle ait beaucoup de mal à cacher son sourire.

— Eh bien, c'est de mieux en mieux l'accueil ici, riposta Gwenaëlle en se levant. Tu ressembles de plus en plus à ta mère ma parole, commenta la jeune femme ce qui lui valu un froncement de sourcils de la part de sa nièce. Allez, viens plutôt m'embrasser puisque je suis là !

Manon ne se fit pas prier, se jetant au cou de sa tante qu'elle était ravie de retrouver. Finalement, elle était bien contente que le dîner prévu avec ses copines ait été annulé parce que Sophie avait la varicelle. Elle aussi adorait Gwenaëlle. Elle était tellement différente de Roxane. On avait parfois du mal à croire qu'elles étaient sœurs ces deux-là. Oh bien sûr, Manon aimait beaucoup sa mère. Mais, elle avait 16 ans et comme toutes ces adolescentes rebelles, elle avait décidé d'entrer en guerre contre ses parents. Et leur fichue décision n'avait évidemment rien arrangé. Alors finalement, la venue à l'improviste de Ti Gwen, comme elles l'avaient toujours appelée, ce n'était pas une mauvaise chose. Bien au contraire. Sa tante avait toujours eu le don de choisir ses moments, comme si elle avait une sorte de sixième sens. C'était l'effet Ti Gwen, voilà tout !

— Ça me fait tellement plaisir de vous revoir toutes les deux, s'exclama la jeune femme en attrapant ses nièces par les épaules pour les serrer contre elle, ébouriffant leurs cheveux au passage.

— Faut que je te montre mes dessins ! s'extasia Océane, aux anges en sautant à pieds joints.

— Elle s'est mise au Disney, lui expliqua sa grande sœur. Elle en a tapissé tout le mur de sa chambre. Elle est persuadée de faire des chefs-d'œuvre, se moqua gentiment Manon en adressant un clin d'œil à sa tante.

— De toute façon, t'es juste jalouse ! répliqua la plus jeune des deux sœurs Valentin, croisant les bras sur sa poitrine, boudeuse.

— Bon OK, je reconnais ton dessin de la petite sirène n'est pas trop mal, sourit la plus grande.

Sa cadette lui adressa une grimace avant de lui tourner le dos, ce qui fit sourire Gwenaëlle. Les chamailleries de ses nièces lui avaient tellement manqué. Océane avait toujours adoré dessiner et du haut de ses 7 ans, on peut dire qu'elle était plutôt douée. Oh certes, ce n'était pas parfait, mais elle avait un sacré potentiel. Elle avait beau être encore toute jeune, elle rêvait de devenir architecte et personne n'avait de doutes sur le fait qu'elle y arrive un jour tant elle en avait la volonté. Même si on ignorait tous d'où lui venait cette folle passion. Il faut bien que quelqu'un ait son échappatoire. Quelque chose qui vous fait oublier tout le reste quand vous avez la triste impression que rien ne va. Pour elle, c'était sans conteste le dessin. Alors si ses crayons de couleur pouvaient l'aider à oublier, même pour un instant, que son papa et sa maman étaient en train de se séparer, c'était très bien comme ça.

La petite fille avait hâte de montrer ses nombreuses améliorations à sa tante qu'elle entraînait déjà par la main. Elle était tellement contente qu'elle soit là qu'elle n'allait pas la lâcher de sitôt. C'était une façon pour elle de s'éloigner de son quotidien devenu beaucoup trop gris ces derniers jours. Gwenaëlle l'aiderait à y remettre un peu de couleurs et de gaité. Finalement, ce n'était pas une mauvaise chose que sa sœur soit là, songea Roxane. Ça permettrait de divertir ses filles et peut-être, qui sait, de leur redonner le sourire, propre à leur jeune âge. Pour la jeune maman, c'était trop difficile tant elle était rongée par le chagrin. Elle ne pouvait pas l'oublier ou tout simplement le mettre de côté l'espace d'un instant. Avec Gwen, ce serait plus simple. Elle était tellement insouciante, rien ne semblait jamais l'atteindre, tel un roc en pleine tempête. Malgré les apparences, Roxane était beaucoup plus frêle que sa frangine. Alors, vraiment, c'était une bonne chose qu'elle soit là. Elle changerait les idées de ses filles pendant qu'elle-même pourrait se consacrer seule à son douloureux chagrin.

— Je te rejoins dans une seconde ma bichette, annonça Gwenaëlle à sa plus jeune nièce en déposant un doux baiser sur sa joue d'enfant. Il faut que je parle à ta maman. Monte préparer tes beaux dessins, j'ai vraiment trop hâte de les voir.

Océane hocha la tête avant de gravir les marches quatre à quatre, précédée de sa grande sœur. Manon n'avait jamais été très démonstrative. Pour ça, elle tenait de sa mère. Une fois les embrassades terminées, après avoir échangé quelques mots, elle s'était empressée de monter dans sa chambre, dans laquelle elle s'était enfermée pour la soirée, en attendant le dîner. Si Océane avait sans cesse besoin de compagnie, Manon, elle recherchait la solitude. Davantage encore depuis qu'elle était adolescente.

Gwenaëlle observa sa jeune nièce monter les escaliers avec un petit sourire sur les lèvres, parfois, elle se revoyait elle au même âge et ça la troublait. Dès que sa nièce eut disparu en haut des marches, elle se tourna vers Roxane. Sa mine pâle ne lui inspirait rien de bon. Elle paraissait épuisée, même si devant ses filles, elle essayait de sourire autant que possible. Des sourires qui sonnaient atrocement faux. Roxane était triste et tout en elle le laissait ressentir. Gwenaëlle ne savait pas réellement comment faire pour l'aider, après tout, elle n'était pas magicienne. Même si elle allait faire le maximum. C'est pour ça qu'elle était venue, non ?

— Je suis là pour quelque temps, expliqua Gwen à l'intention de son aînée, malgré le fait que cette dernière lui tourne le dos. Alors, profites-en pour t'occuper de toi, tu en as vraiment besoin et tu ne l'as jamais fait jusque-là. Ne te laisse pas ronger par le chagrin, vis ! Oui c'est triste, oui tu vas passer des moments difficiles, mais le plus important, c'est que tu réussisses à les surmonter. Peut-être que tu y arriveras seule, mais il est aussi possible que tu aies besoin de quelqu'un, poursuivit-elle. Ce n'est pas une honte d'avoir besoin de parler à des professionnels de temps en temps. Alors, réfléchis, et surtout prends soin de toi, moi je m'occupe du reste. Tu peux compter sur moi Rox, je ne te laisserai jamais tomber.

Dans les yeux de Manon
Publié le 25 avril 2018 à 20 h 16

« Moi aussi j'ai une fée chez moi… et je sais bien qu'elle est déréglée, mais je préfère l'embrasser ou la tenir entre mes doigts, moi aussi j'ai une fée chez moi »

Zaz — La fée

Finalement, tout n'est peut-être pas fini.

J'ai été un peu radicale et ferme la dernière fois dans mes propos, mais à présent, les choses sont légèrement différentes parce que Ti Gwen est là. Comme d'habitude, elle a débarqué sur son cheval blanc sans prévenir personne. Elle a toujours été beaucoup plus chevalier servant que princesse. Même si elle adore les robes de soirée et les talons aiguilles. Ce que je veux dire, c'est qu'elle sait y faire en général. C'est le genre de femme qui aide tout le monde en oubliant parfois de s'aider elle-même. D'aussi longtemps que je la connaisse, elle n'a jamais eu de copain, ni même de véritables compagnons dans sa vie. Ce qui ne l'empêche pas de donner de nombreux conseils de couple à qui veut bien l'entendre. Parfois, ça peut énerver ceux qui pensent toujours tout savoir, tout connaître, même si au fond, ils n'ont encore rien vu de la vie. Mais quand ça vient d'elle, c'est difficile de lui en vouloir. Peut-être parce qu'elle sait y faire et puis au fond, elle a souvent raison et ça, les gens le remarquent forcément à un moment donné.

Depuis que je suis toute petite, j'ai toujours voulu lui ressembler parce qu'elle a absolument tout pour elle. C'est une femme superbe, avec un charme naturel qui éblouit tout le monde sur son passage. Elle est blonde comme les blés avec de grands yeux bleus en forme de biche, qu'elle rehausse avec du mascara et du crayon noir. Et surtout, elle a toujours le sourire. Un vrai rayon de soleil. Quand elle entre dans une pièce, vous pouvez être sûre qu'elle réchauffe les cœurs et les esprits. Immédiatement. Juste parce que *c'est elle. Bien sûr, elle ne nous a jamais présenté un tonton potentiel, mais je sais que les hommes lui tournent autour. Ce serait difficile de faire autrement. Seulement, elle est libre, indépendante et elle ne veut absolument pas s'encombrer d'un homme qui lui volerait tout ça. Peut-être que c'est elle qui a raison au fond. Je ne sais pas. Mais ce que je sais, c'est que je l'admire.*

En réalité, elle s'appelle Gwenaëlle, mais avec ma petite sœur, on l'a toujours surnommée Ti Gwen. Déjà parce qu'elle n'est pas très grande. Elle doit mesurer environ un mètre soixante-deux à tout casser, c'est sûrement pour ça qu'elle ne lâche jamais ses talons aiguilles, hauts de dix centimètres. Ensuite, parce qu'elle a toujours refusé que quiconque l'appelle « Tata «. « Tata, c'est pour les vieux ! » dixit ses propres mots. Et puis tatie, c'était pas assez fun pour elle, même si ça sonnait beaucoup mieux. Ti Gwen, c'était parfait et beaucoup moins commun. Et surtout Ti Gwen c'est elle et personne d'autre. Ainsi, elle se sentait unique d'une certaine façon. Alors, c'est resté. Tout le monde l'avait toujours appelée ainsi dans la famille et au fond, c'était un peu comme un deuxième prénom qui lui collait à la peau.

Et ça tombait plutôt bien puisqu'elle détestait le sien. Moi pourtant j'aime beaucoup le prénom Gwenaëlle. C'est tellement plus original que la jeune fille des sources [2]! La preuve, même en cherchant bien, je n'ai jamais trouvé une seule héroïne de roman, de films ou de séries télévisées qui se prénomme Gwenaëlle. Un second rôle à la limite. On pourrait penser le contraire, mais moi, ça me prouve à quel point ce patronyme est exotique et magnifique. C'est la seule que je connaisse, c'est peut-être pour ça aussi que j'aime autant ce prénom, parce qu'il me rappelle celle qui le porte si bien. Les auteurs, eux, pourtant ne l'ont jamais choisi pour nommer leurs personnages. Franchement, ils ne savent pas ce qu'ils ratent, c'est moi qui vous le dis !

Elle le mériterait. Ti Gwen a tout d'une véritable héroïne, un peu comme un super héros, mais au féminin. J'ai toujours été pour l'égalité des sexes de toute façon. Je ne vois pas pourquoi, parce que nous sommes des femmes, on devrait avoir moins de poids, au sens figuré j'entends, que nos homologues masculins. On devrait tous avoir les

---

[2] En référence au film *Manon des sources* réalisé par Claude Berri en 1986

mêmes droits, les mêmes pouvoirs. Mais ça, c'est un autre sujet et je ne veux pas entrer dans le débat aujourd'hui.

Revenons à nos moutons, c'est-à-dire à Ti Gwen (je ne suis pas certaine qu'elle apprécierait la comparaison alors ne lui dites rien). Avec elle dans les parages, je me dis que peut-être les choses vont pouvoir s'arranger entre mes parents. Si elle est là, ce n'est pas pour rien. Elle a dû sentir qu'on avait besoin d'elle et de ses super pouvoirs. Si elle leur parle comme elle sait si bien le faire, ils réaliseront peut-être qu'ils ont pris la mauvaise décision, qu'ils ont été beaucoup trop radicaux. Je suis sûre qu'elle est venue exprès, dans le seul but de les réconcilier. D'ailleurs, ils ne sont pas réellement fâchés, ils ont juste du mal à voir la réalité en face. Ils se sont englués dans un quotidien parfois trop pesant. C'est l'habitude qui les a eus. Les repas à heures fixes, les petits films que l'on regarde devant la télévision parce qu'on se sent trop fatigués pour ressortir. Les restaurants en amoureux qu'ils ont oubliés depuis longtemps. Il leur manque simplement un peu de nouveauté, de surprise aussi peut-être. Un petit brin d'adrénaline qui raviverait la flamme. Parce que cette dernière était encore bien loin d'être totalement éteinte. Il y avait encore les braises, tout au fond. Tout le monde le savait autour d'eux. Peut-être tout le monde sauf eux justement. Il suffirait de leur faire ouvrir les yeux pour qu'ils retrouvent la raison.

J'étais persuadée que Ti Gwen était cette personne. Celle qui arrangerait la situation d'un coup de baguette magique. Certes, elle n'avait pas de supers-pouvoirs, comme on en voit dans les films, un claquement de doigts et hop tout repart. On efface le mauvais pour ne penser qu'au meilleur. Non, elle, elle savait simplement écouter, donner les bons conseils au bon moment, et surtout, elle savait mieux que quiconque comment faire pour vous changer les idées quand tout va mal. Ça, c'était ses super pouvoirs à elle, et ils avaient déjà beaucoup d'importance aux yeux de certains. Aux miens par exemple. Je compte sur elle parce que je suis persuadée qu'au fond elle a la solution. Alors, c'est peut-être ça finalement un véritable ange gardien, non ?

— 7 —

Voilà maintenant plus d'une semaine que Gwenaëlle Girandier avait fait irruption chez les Valentin. Comme elle l'avait dit à sa sœur, elle s'occupait des filles comme si c'était les siennes. Elle était tellement heureuse de les avoir à ses côtés, de les voir évoluer dans leur vie de tous les jours autrement qu'à travers un écran que c'était un réel plaisir pour elle. Elle les avait amenées se promener le long du Barachois où elles avaient enjambé les canons avec un large sourire. Elles avaient même fait des centaines de photos. Gwen les avait traînées au bowling où elle les avait laissées gagner, bonne joueuse. Ti Gwen leur avait appris sa bonne vieille technique pour faire un strike à coup sûr et elle était ravie de voir leurs petits yeux s'illuminer en voyant toutes les quilles tomber les unes à la suite des autres.

Chaque jour, Gwenaëlle déposait ses nièces à l'école grâce à la voiture qu'elle avait louée et elle revenait les chercher à la fin de la journée. Les deux jeunes filles étaient enchantées, elles qui avaient l'habitude de prendre le bus d'ordinaire. Tant d'attention les ravissait autant l'une que l'autre. Océane se contentait d'être heureuse comme une petite fille de son âge, un peu insouciante. Quant à Manon, du haut de ses 16 ans, elle comprenait que tout ça cachait autre chose. Une faille que sa tante tentait tant bien que mal de dissimuler. Ou peut-être un manque qu'elle essayait de combler comme elle pouvait. Malgré tout, la demoiselle ne disait rien, peut-être pour ne pas perturber sa sœur ou tout simplement parce qu'elle aussi avait besoin de cette douce parenthèse. Pour une fois, elle voulait rester une petite fille, oublier qu'elle serait bientôt une adulte et se laisser chouchouter. Ça lui permettait de ne pas penser au reste, tout ce qu'Océane avait encore du mal à comprendre du fait de son jeune âge.

Gwenaëlle faisait de son mieux pour distraire ses nièces, deux victimes innocentes qui n'avaient en rien à subir les foudres de leurs parents. C'est une chose qui l'avait toujours révoltée. Et c'est peut-être pour ça d'ailleurs qu'elle n'avait pas d'enfants elle-même. Outre le fait qu'elle n'ait jamais trouvé le papa idéal évidemment. D'après elle, c'était impossible d'aimer quelqu'un pour la vie. On ne peut pas se contenter d'aimer une seule personne pour toujours. Pour Gwenaëlle Girandier, les âmes sœurs, c'était du grand n'importe quoi. Elle n'avait jamais cru au prince charmant contrairement à sa grande sœur, peut-être parce qu'elle n'avait absolument rien d'une princesse. Ou tout simplement parce qu'elle, elle ne l'avait jamais rencontré, contrairement à Roxane. Pourtant aujourd'hui, le beau prince s'était tiré. Or, si l'amour n'est pas éternel, ce n'est jamais aux enfants d'en pâtir. Parce qu'ils n'ont rien demandé dans l'histoire. On n'a pas le droit de les faire souffrir sous prétexte que papa et maman ne s'aiment plus. Les parents, eux, devraient s'aimer pour la vie, c'est ainsi que ça devrait marcher dès lors qu'on décide de faire des enfants. Parce qu'on n'est plus seulement deux, on est une famille. Et ça devrait compter dans la balance.

D'ailleurs, c'est le seul amour auquel Gwen croyait dur comme fer, celui de ses parents. Eux, ils s'étaient aimés jusqu'au bout. Jusqu'à ce que la mort elle-même décide de les séparer. La jeune femme était déjà adulte quand c'était arrivé et elle n'avait absolument rien pu faire pour éviter cette séparation douloureuse et brutale. Alors que là, Gwen pouvait agir. Ou au moins, elle pouvait faire de son mieux pour que ses nièces souffrent le moins possible de la situation. Elle n'avait aucune envie que Manon et Océane deviennent les victimes collatérales d'un amour qui tombe en ruine.

Quant à Roxane, comme le lui avait conseillé sa sœur, elle en avait profité du mieux qu'elle pouvait. Même si profiter était finalement un bien grand mot pour décrire ce qu'elle avait fait en réalité. Disons qu'elle avait traîné sa peine de la chambre au salon, du lit au canapé avec quelques haltes à la salle de bains sans craindre le fait que ses filles ne la surprennent. Elle pouvait vivre son chagrin tranquille, en solitaire. Sa morosité la rongeait chaque jour davantage et elle n'était plus certaine d'avoir envie de la combattre. Elle n'en avait tout simplement pas la force. Quand les filles étaient là, c'était différent. Elle se forçait, pour elles uniquement. Les pauvres étaient déjà suffisamment tristes comme ça. Mais depuis que Gwenaëlle les occupait du mieux qu'elle pouvait, qui se préoccupait de sa peine ? Les soirs, quand la petite troupe rentrait, il était souvent tard et il était temps pour les filles d'aller au lit si elles voulaient être en forme pour l'école le lendemain. À part un léger baiser pour lui dire bonne nuit, elles ne prêtaient guère attention à leur mère. Et c'était peut-être mieux comme ça finalement. Roxane n'avait aucune envie que ses filles souffrent de leur séparation. C'était leur problème, à elle et David. C'était très bien qu'elles continuent de s'amuser. C'est même ce que Roxane voulait plus que tout. Tant pis pour elle après tout.

Seule Gwenaëlle semblait remarquer la mauvaise mine de sa sœur aînée. Parce qu'elle la connaissait bien. Et surtout, elle était là pour ça. Pour tenter de prendre soin d'elle, même si c'était une tâche qui s'avérait difficile ces derniers temps. Plus difficile encore que ce à quoi elle s'attendait en venant ici. Pour l'instant, elle préférait se concentrer sur ses nièces. Leur jeune âge leur donnait la priorité. Et puis elle était certaine que d'une certaine façon, le fait de savoir ses filles heureuses aiderait Roxane à faire face. Même si à première vue, ce n'était pas flagrant. Il fallait lui laisser du temps. Certainement beaucoup de temps. Après tout, ce n'était peut-être pas plus mal qu'elle rumine seule dans son coin. C'était certainement une étape nécessaire dans son processus d'acceptation. Ce n'est jamais facile de dire adieu à quelqu'un que vous avez aimé. Surtout si vous avez passé vingt ans de votre vie à ses côtés et s'il vous a fait deux beaux enfants. Ça, Gwen le savait très bien. Ça ne lui faisait pas plaisir de voir sa sœur avec une tête à faire peur lorsqu'elles rentraient de leur balade, heureusement les filles ne semblaient pas s'en apercevoir, encore trop excitées par leur folle journée. Alors, Gwen se contentait de froncer les sourcils en espérant que ça puisse avoir une quelconque répercussion sur son aînée. Un jour peut-être elle aurait une sorte de révélation, du moins, c'est ce que Gwenaëlle espérait chaque soir en rentrant.

Aujourd'hui, les filles s'étaient levées de bonne heure. Elles avaient essayé de ne pas faire de bruit, mais Roxane les avait entendues quand même, incapable de fermer l'œil. Comme tous les jours depuis quelque temps. Pourtant, elle n'avait pas bougé, préférant faire semblant de dormir encore. Nous étions samedi et elles allaient se promener autour de l'île. Toutes excitées, Océane et Manon avaient préparé leurs affaires la veille en compagnie de Gwen. Leurs baskets et le sac à dos les attendaient au bas de l'escalier ce matin. Roxane ne se souvenait même plus où elles allaient. Elles le lui avaient dit pourtant bien sûr, mais elle avait écouté d'une oreille distraite, pensant déjà à la journée déprimante qui l'attendait. Ça ne lui serait jamais arrivé d'habitude, de ne pas savoir où se trouvaient ses filles quand elles n'étaient pas avec elle, mais Roxane avait une confiance aveugle envers Gwen. Et puis, il faut dire qu'elle n'était pas vraiment dans son état normal ces temps-ci.

Décidément, ce n'était peut-être pas une bonne chose d'avoir pris une semaine de congé, pour ressasser tout ce qui se passait dans sa tête en ce moment. La preuve, elle n'écoutait même plus ses filles alors qu'elles ne demandaient pas mieux que de lui raconter ce qu'elles allaient faire. Gwen avait sûrement dû froncer les sourcils encore une fois, mais à quoi bon ? Roxane n'y prêtait même plus attention. Elle s'en voulait parfois de ne plus se préoccuper autant de ses filles, mais Gwen avait si bien pris le rôle de la maman de substitution que ça l'aidait à déculpabiliser. Après tout, elles ne manquaient de rien. De toute façon, elle ne leur apporterait rien de bon en ce moment. Gwen était plus à même de les rendre heureuses que leur propre mère, ce qui la rendait malade.

À l'instant même où elle avait entendu le portail se refermer et la voiture démarrer, Roxane était descendue pour traîner sa peine dans le salon. Elle ne travaillait pas aujourd'hui, elle aurait pu en profiter pour sortir, changer d'air, mais elle n'en avait aucune envie. Ça servirait à quoi d'aller ruminer au bord de l'océan alors qu'elle pouvait très bien le faire ici ? Le décor ne changerait rien à son chagrin. Ça ne la rendrait pas moins triste de voir les vagues se jeter sur les pierres du barachois, sous les canons. Elle n'avait aucune envie de se donner en spectacle devant tout un tas de gens. Celui d'une âme en peine, en larmes devant des inconnus. Très peu pour elle. Ici au moins, elle serait tranquille.

Et pourtant, elle maudissait cet endroit. Cette maison qu'elle avait tant aimée autrefois, elle la haïssait aujourd'hui. Tout était trop vide, trop silencieux. Elle le voyait partout. Il marchait dans la cuisine, attrapant une pomme dans la corbeille à fruit avant de s'installer à la table de la salle à manger face à son ordinateur. Il aurait relevé la tête dans sa direction pour lui adresser un sourire chaleureux, complice, tendre, aimant... Aujourd'hui, la place qu'il occupait auparavant était déserte. Désespérément vide de son précédent occupant. Certainement pour toujours. Jusqu'à ce qu'un autre vienne prendre sa place, un jour peut-être.

Mais Roxane ne voyait personne d'autre que lui ici. Elle imaginait sa silhouette qui flottait là face à elle dans un halo de lumière, un peu comme un fantôme qui souriait en permanence, montrant toutes ses dents magnifiquement blanches. Vous savez, comme on le voit dans les films quand le personnage principal n'est plus là. Avec les violons en arrière-plan. Seulement, on n'était pas dans un film. Ce n'était que la triste réalité. Et depuis qu'il l'avait abandonnée, c'était plutôt elle le fantôme. Elle et personne d'autre. Elle se traînait comme une âme en peine dans sa propre maison. Depuis combien de temps n'avait-elle pas avalé quelque chose de solide ? Un vrai repas, quelque chose de consistant. Ça faisait des jours qu'elle ne s'était pas assise à la table du salon face à une assiette. Elle était totalement incapable de savoir ce qu'elle avait mangé la dernière fois et quand. Avant l'arrivée de Gwen, elle se forçait pour les filles, même s'il lui arrivait de sauter les repas du midi, lorsqu'elles étaient toutes les deux à la cantine. Mais maintenant... Les filles mangeaient à leur faim certes, mais elle ? Non, ce n'était pas David le fantôme dans l'histoire, mais bien elle.

Roxane se traîna jusqu'à la télé tel le véritable automate qu'elle était devenue depuis quelque temps. Elle s'affala sur le canapé et commença à zapper chaîne après chaîne jusqu'à trouver quelque chose de suffisamment intéressant. Ce genre de programme extrêmement productif qui ne lui ressemblait pas du tout, mais aujourd'hui, c'est tout ce dont elle était capable. Et encore, même ça c'était sûrement trop en considérant son état. Au fond, elle savait que ce genre de choses arrivait à tout le monde. N'avoir plus envie de rien, comme si la terre s'était arrêtée de tourner. Ou plutôt non, comme s'elle continuait sa ronde, mais sans vous. Elle avait l'impression d'être à côté de ses pompes, à côté de tout. Comme si sa place n'était plus réellement là, mais alors où était-elle ? Roxane aurait tant aimé le savoir. Elle avait mal comme jamais elle n'avait eu mal auparavant. Et cette douleur était si vive, si lancinante qu'elle l'empêchait d'être elle-même à nouveau. Elle s'était déjà cassé le poignet une fois, quand elle était plus jeune. Une chute bête en jouant au volley en famille un soir d'été. Elle avait vu des milliers d'étoiles et elle avait eu mal toute la nuit. Très mal. Mais là, c'était encore pire. Rien n'était comparable à ce qu'elle vivait en ce moment. Qu'est-ce qu'un poignet fracturé, un vulgaire os brisé en comparaison d'un cœur déchiré ? Explosé en mille morceaux... Le seul organe dont elle avait réellement besoin pour vivre venait d'être piétiné et n'était clairement plus en état de marche. Roxane n'avait envie que d'une chose, que ça s'arrête enfin.

Parce que ça allait bien s'arrêter un jour, non ? C'est ce qu'ils disaient tous « ça va passer, tu vas finir par oublier », même lui, il le lui avait dit. David. Son David. Il lui avait servi le même baratin que tous les autres. Ces phrases toutes faites qu'on sort sans réellement les penser au fond. Tout le monde dit toujours « Tu vas finir par oublier », oui peut-être, mais quand ? Parce que dans de telles circonstances, on ne vous fournit pas de date de guérison. Pour ça, on ne vous dit rien. On est mal et on ne sait même pas quand on s'en sortira. C'est peut-être ça en fait, une sorte de lente dépression. Se sentir tomber. Descendre dans un gouffre des plus profonds sans en voir le bout et sans savoir si on pourra remonter un jour. Elle se sentait chuter, petit à petit, depuis des jours et elle n'avait aucune idée de l'état dans lequel elle serait au moment de l'atterrissage. Elle ne savait même pas si elle atterrirait un jour finalement. Même les larmes ne voulaient plus couler. Elles aussi, elles avaient fini par l'abandonner. Comme tout le monde. Comme David...

Parfois, il lui arrivait d'avoir des idées noires. Des pensées tellement lugubres qu'elles la rendaient plus triste encore. Si toutefois c'était possible. Elle y avait pensé, plus d'une fois même. Elle avait songé à plusieurs options. Les médicaments restaient probablement celle qu'elle préférait entre toutes. Certainement celle qu'elle jugeait la moins douloureuse. Elle partirait sans rien sentir si ce n'est peut-être une sorte de flottement. Mais elle savait bien qu'elle ne le ferait jamais... D'abord parce qu'elle n'était pas assez courageuse pour mettre fin à ses jours. Même pour ça elle était lâche. Comme pour le reste. Elle n'avait quasiment rien fait de sa vie parce qu'elle s'était donnée corps et âme à David. Elle lui avait tout offert. Elle faisait tout pour lui, mettant de côté sa propre existence. Et elle n'était même pas fichue d'y mettre un terme. Quoi qu'il se passe dans sa vie et même si c'était dur à supporter, elle ne passerait jamais à l'acte. Par manque de courage peut-être, mais surtout pour ses filles. Elle les aimait beaucoup trop pour leur infliger une chose pareille. Roxane savait ce que c'était que de perdre l'un de ses parents beaucoup trop tôt et elle n'avait aucune envie que ça arrive à ses enfants. Ou du moins le plus tard possible. Alors non, elle ne mettrait jamais à l'œuvre ses terribles idées noires qui la tourmentaient. Elle devrait s'en sortir autrement. Faire face et affronter les choses. Comme elle l'avait toujours fait jusque-là.

Roxane se leva en soupirant, ce qu'elle faisait de mieux ces derniers temps. Elle n'en pouvait plus d'être là, dans cette pièce, dans cette maison avec tous ces meubles qui l'insupportaient au plus haut point. Ces bibelots, ces petites choses qu'ils avaient accumulés au cours des dernières années, à quoi leur servaient-ils aujourd'hui ? Elle les avait en horreur. Si elle s'était écoutée, elle les aurait tous balancés, les uns après les autres à travers la pièce pour ne plus jamais avoir à supporter leur vue. Parce que ça lui rappelait trop de souvenirs. Des choses qu'elle aurait préféré oublier désormais pour ne plus avoir à souffrir. Tous ces cadres joliment posés. Des instants de vie capturés. Ce qu'il y a de bien avec les souvenirs, c'est qu'on peut les renouveler. Ils se remplacent les uns les autres sans disparaître pour autant. Elle avait rencontré David. Elle s'était mariée avec lui. Elle avait eu des enfants et ils avaient vécu ensemble. Au fil du temps, ils s'étaient construit une vie presque parfaite et des souvenirs qui l'étaient tout autant. Et maintenant que se passerait-il ensuite puisque David n'était plus là ?

Un peu naïvement peut-être, Roxane avait toujours pensé qu'ils s'aimeraient jusqu'à la fin. Que les pages de leur histoire se rempliraient de leurs deux mains. À présent qu'elle était toute seule, est-ce qu'elle serait capable de tenir encore le stylo et de griffonner ces pages ? Elle n'en était plus certaine. Tout était devenu flou depuis quelque temps. Son avenir était des plus incertains désormais et ça lui faisait peur. Elle détestait cette sensation, elle qui aimait tant tout planifier.

Oui, Roxane voulait tout casser, peut-être que ça pourrait la soulager, même un temps. Et pourtant, même ça, elle n'en avait pas le droit. À cause des filles encore une fois. Elle ne pouvait pas foutre en l'air la maison sous prétexte qu'elle était triste. Parce que même si David était parti, elle n'était pas seule à vivre ici. Elles avaient beau être encore mineures toutes les deux, les filles habitaient ici et elles avaient voix au chapitre également. Roxane n'avait aucune envie de les perturber davantage. C'était déjà allé beaucoup trop loin. Plus rien n'était comme avant. Tous leurs repères avaient été modifiés. C'était autant difficile pour les filles que pour elle. Même s'il ne leur manquait pas la même chose. Si elle avait perdu son époux, les filles, elles n'avaient plus leur père à leurs côtés. Un homme, ça se remplace, même si c'est celui que vous pensiez être l'homme de votre vie. Des types prêts à l'aimer, elle était presque certaine d'en trouver d'autres, même si pour l'instant, elle n'en avait pas du tout envie. Mais un père ?

C'est peut-être pour ça aussi qu'elle lui en voulait autant. Il ne l'avait pas seulement abandonnée elle, il avait surtout abandonné les filles en quittant la maison. Et ça, c'était impardonnable. Encore plus que de la quitter elle, même si elle en souffrait énormément. En claquant la porte de chez eux, il tournait le dos à ses enfants, même si évidemment, il continuerait de les voir. Jamais elle n'empêcherait David de voir ses filles. Néanmoins, ça la rendait malade. Pire encore que le reste.

« *Les photos, les cadres, sont pourtant bien là, vestige de gloire, douloureuse joie...* »

Roxane sursauta lorsque la voix aigüe de Christophe Willem envahit l'espace. Elle ne se souvenait même pas d'avoir allumé la télévision. Et pourtant, il était bien là, sur son écran dans un fond noir qui reflétait si bien son humeur à elle. Elle avait certainement dû le faire automatiquement, comme tout ce qu'elle faisait ces derniers temps. Et le pire, c'est qu'il avait raison. Tout était encore là, à la même place. Rien n'avait bougé. Les cadres restaient posés sur la commode, comme si David allait rentrer ce soir, comme avant. Aaah ! Roxane prit sa tête entre ses mains. Elle avait envie de crier, de hurler même. Peut-être que ça la soulagerait. Un peu...

« Vidés de l'histoire, il était une fois un Il, une Elle et...»

Et contrairement à la chanson, c'est « il « qui s'était envolé. Aussi simplement que ça, il était parti. Il avait tout quitté, peut-être sur un coup de tête. Peut-être aussi parce qu'il était en train d'écrire une autre histoire. Avec une autre femme. Une autre « Elle «. Cette fameuse Clara. Ce prénom n'arrêtait pas de la hanter depuis qu'elle l'avait vu inscrit sur l'écran de son mari. Même sans la connaître, elle imaginait son visage et elle la maudissait. Aussi sûrement qu'on déteste une personne qui prend votre place. Ce n'est jamais plaisant de se sentir remplacer auprès de quelqu'un qu'on a aimé si fort. C'est peut-être même ce qu'il y a de pire. Ce n'était pas le genre de Roxane de haïr quelqu'un qu'elle ne connaissait pas et pourtant, elle haïssait cette femme quelle qu'elle soit parce qu'elle avait pris sa place dans la vie de celui qu'elle aimait. Elle n'était certainement pas méchante, mais elle était là où elle n'aurait jamais dû être. Et ça aussi, ça lui donnait envie de hurler. Pour déverser sa haine et son dégoût à l'égard de cette femme.

« Je vais funambule sur un fil de verre, toutes mes pendules tournent à l'envers »

C'était vrai, Roxane avait l'impression d'être à contre-courant. Un peu comme si elle était tombée dans une ravine juste après un cyclone et qu'elle n'arrivait plus à en sortir. Elle avait beau nager, se débattre, elle restait là, prête à couler, emportée par le courant. Elle allait se noyer dans son propre chagrin, ensevelie sous une marée de rancœur qui la rongeait de l'intérieur. Elle n'avait plus de force. Ses muscles refusaient de lui obéir. Elle était fatiguée. Épuisée même et elle n'arrivait plus à avancer. Pourtant, il le fallait. Elle ne devait pas baisser les bras. Jamais...

« Il faudrait en rire, c'est tellement banal. Mélotragédie à deux balles... »

Soudain, Roxane se mit à rire. Un rire aigu qui sonnait affreusement faux. Si ça continuait comme ça, elle allait devenir folle. Complètement folle. Il allait la rendre malade. C'est peut-être même ce qu'il voulait au fond. La discréditer et tout lui prendre. Sa vie, ses enfants... Pour l'instant, ils n'en avaient pas parlé. C'était tombé sous le sens que les filles resteraient là. Pour le moment en tout cas. C'était déjà suffisamment compliqué pour elles, ils n'allaient pas en plus les forcer à quitter la maison dans laquelle elles avaient grandi. Donc, elles resteraient avec Roxane, c'est ce qui était prévu. Mais peut-être que David avait changé d'avis finalement. Il ne voulait rien lui laisser. Absolument rien. Comme si ça lui faisait plaisir de lui faire du mal.

David savait très bien qu'en partant, il allait la briser et pourtant il l'avait fait. Sans se soucier d'elle et sans aucune raison. C'était tellement stupide et ridicule comme situation. Banale comme le dirait si bien Christophe Willem... Pourquoi se rendre malade pour des histoires pareilles ? Des milliers de femmes vivaient la même chose chaque jour. C'était arrivé à certaines dans son entourage. Des connaissances qui avaient toutes relevé la tête. Avec plus ou moins de temps, mais elles avaient refait surface sans exception. Il y a pire que de se faire quitter par son mari, il y a se laisser mourir à cause de lui. Pour elle, c'était une atroce tragédie, mais ça n'en restait pas moins quelque chose qui arrivait presque tous les jours à des milliers de femmes. Dont elle faisait partie à présent.

« Je sais y a bien pire, je sais l'hôpital, mais puis-je au moins dire que ça fait mal... »

Et les mots étaient encore bien faibles pour décrire ce qu'elle ressentait au fond d'elle. Ça ne lui faisait pas seulement mal, ça la rongeait à l'intérieur. Roxane avait mal au ventre depuis des jours. Elle se tordait de douleur, voilà pourquoi elle était incapable d'avaler quoi que ce soit. Plus rien ne passait. Ça gargouillait à l'intérieur, ça lui brûlait la gorge à chaque fois qu'elle touchait la moindre nourriture. Et elle ne gardait rien. Quand elle n'était pas avachie sur le canapé, elle était à quatre pattes au dessus de la cuvette des toilettes. Elle avait toujours détesté vomir. Mais peut-être aussi que c'était une façon de rejeter sa tristesse. Il fallait bien que ça sorte quelque part. Ce n'était pas bon pour sa santé, elle le savait. Ni pour son corps. Elle avait beaucoup maigri en l'espace de quelques jours. Mais qu'est-ce que ça pouvait bien faire puisque de toute façon plus personne n'était là pour s'en soucier.

« Et là moi je fais quoi, après toi, mes rêves sont vides, je ne fais que des faux pas... »

Vide... C'est exactement comme ça qu'elle se sentait. Elle était vide. Pas seulement ses rêves, tout. Elle, y compris. Son corps et surtout son cœur. Il n'y avait plus rien d'elle, de Roxane Valentin et de tout ce qu'elle était autrefois. Sans lui, elle avait l'impression de ne plus exister. Comme si sa destinée ne tenait qu'à cet homme qui l'avait lâchement abandonnée. Toute sa vie, elle la lui avait consacrée corps et âme, bec et ongles. Alors maintenant qu'il n'était plus là... Il avait tout emporté sur son passage. Un peu comme un putain de cyclone qui dévaste une île en un rien de temps. Aujourd'hui, le cyclone, il s'appelait David et l'île ravagée c'était elle. Roxane avait toujours trouvé ça stupide de donner un nom aux tempêtes. À quoi bon nommer quelque chose qui fait autant de mal à tout ce qu'elle touche ? Et pourtant aujourd'hui, elle savait que c'était possible. On pouvait briser quelqu'un et porter le plus beau prénom du monde. David. Qu'est-ce qu'elle l'avait chéri. Quand elle était plus jeune c'est ainsi qu'elle voulait appeler son enfant, si toutefois elle avait garçon. Et puis le destin en avait décidé autrement en lui faisant rencontrer celui qui deviendrait son mari. Oui elle l'avait chéri, peut-être trop d'ailleurs... Elle lui avait tout donné. Parfois, entre tout et trop, il y a peu de lettres qui changent. Roxane le comprenait aujourd'hui à ses dépens.

« *Je fais quoi, ici-bas. Les beaux souvenirs me brûlent de froid. Sans toi, moi je sers à quoi...* »

C'est vrai ça, à quoi servait-elle sans lui ? Roxane se posait réellement la question depuis quelques jours. Parce qu'elle savait très bien que sans lui elle n'était rien. Et c'est peut-être ça qui lui faisait le plus peur finalement. Réussir à trouver sa place en étant à nouveau toute seule. Juste Roxane et rien d'autre. Elle n'avait jamais eu une grande confiance en elle. Elle n'était pas spécialement jolie, ni réellement douée en quoi que ce soit. La seule chose qu'elle savait faire au mieux c'était être une bonne épouse. Et une mère hors pair. Même si en ce moment c'était un petit peu compliqué de ce côté là également. Alors maintenant qu'est-ce qui lui restait finalement ? Plus rien... Le néant, le vide sidéral. Et ça lui faisait peur. Est-ce que c'est ce qui lui donnait si froid ? Les poils se hérissaient doucement sur ses bras. Elle était frigorifiée. Ici, à la Réunion, alors que le soleil perçait de l'autre côté des fenêtres, inondant la petite terrasse et la surface de la piscine.

Et elle n'avait pas seulement froid, elle avait mal. Émotionnellement, et physiquement. Ses boyaux se tordaient de douleur autant que son esprit. Il fallait absolument qu'elle mange quelque chose. C'est exactement ce que son corps lui réclamait à cet instant. Elle le savait à ces gargouillements désagréables et à ce sentiment de vide à l'intérieur. Comme partout ailleurs. Il fallait qu'elle mange. C'est parfois un très bon remède. Même si évidemment, ça ne résout rien, ça vous permet de vous sentir mieux. Et dans son état, ce n'était pas négligeable. Hélas, personne n'avait encore inventé le médicament qui guérit les cœurs brisés. Elle était pourtant certaine que ce mec-là ferait fortune !

Alors pour l'instant, son seul médicament, c'était la nourriture. Il fallait absolument qu'elle se mette quelque chose sous la dent. Or elle en était incapable. Même si elle le voulait, son corps le lui refusait. Comme s'il lui réclamait quelque chose qu'il ne pouvait pas tolérer. Assez risible comme situation. Roxane aurait d'ailleurs rigolé si elle n'était pas aussi mal. Tout ce qu'elle avait avalé de solide ces cinq derniers jours, elle ne l'avait pas gardé. Ça lui avait un peu rappelé ses premiers mois de grossesse quand elle était enceinte de Manon et qu'elle passait son temps à vomir la tête dans la cuvette des WC. Sauf que là, la situation était beaucoup plus désagréable. Parce qu'elle n'était pas enceinte cette fois et qu'il n'y avait rien de positif à la clé.

Mais enfin qu'est-ce qui lui arrivait ? Était-elle en train de devenir complètement folle ? Même sa vue commençait à se brouiller. Roxane avait beau se concentrer sur la corbeille à fruits juste là sous ses yeux, ces derniers lui apparaissaient flous. Elle ferma les paupières, puis les rouvrit succinctement. Rien à faire. Elle n'avait jamais eu de problème de vue jusque-là. Elle ne portait pas encore de lunettes, pas même pour lire...

Que se passait-il à la fin ? Même ses mains se mettaient à trembler, tandis que la sueur perlait sur son front. Le carrelage de la cuisine était loin, puis près, trop près, avant de s'éloigner à nouveau. Roxane poussa un profond soupir. C'était si violent. Ou peut-être était-ce à cause de la chute... Aïe... Il était si froid le sol...

— 8 —

— Vous vous sentez mieux ? demanda la petite infirmière en entrant dans la chambre.

Roxane hocha vaguement la tête en signe d'approbation même si elle n'était pas certaine de la réponse. En réalité, rien n'avait changé, elle était toujours aussi triste et dévastée, mais physiquement parlant, sa tête avait cessé de tourner et sa vue était redevenue aussi claire que possible. Alors en considérant cela, oui, on pouvait dire qu'elle allait mieux. De toute façon, c'est uniquement de ça dont voulait parler cette fille en blouse blanche. Le reste l'importait peu au fond. Ses états d'âme et ses petits problèmes de cœur n'intéressaient pas grand monde. Même elle, ça la désespérait. C'est peut-être pour cette raison qu'elle se retrouvait clouée sur un lit d'hôpital affublée d'une de ces robes affreuses.

Ils lui avaient planté une aiguille dans le bras afin de lui redonner des forces qu'ils avaient dit ! Des glucides directement injectés dans son corps fragile. Elle avait tout gagné ! Roxane allait enfin pouvoir s'alimenter à nouveau normalement. Non pas qu'elle en ait tellement envie, mais ce serait toujours mieux que ce truc pointu vissé dans son bras. Elle avait toujours détesté les piqûres, mais c'est vrai que sur ce coup-là, elle l'avait un peu cherché.

Même en réfléchissant bien, Roxane avait du mal à se souvenir de ce qui s'était passé. La dernière chose dont elle se rappelait, c'était de s'être réveillée à l'arrière d'un camion de pompiers. Lorsqu'elle avait ouvert les yeux, elle se trouvait allongée sur une civière face à des types en uniformes rouge et noir. Contrairement à beaucoup de femmes, elle, l'uniforme ne l'avait jamais fait fantasmer. Au contraire, sa première réaction avait été de flipper. Elle s'était demandé ce qu'elle faisait là. Prenant leur boulot très à cœur, ils s'étaient empressés de la rassurer en lui répétant de ne pas s'en faire, que tout allait bien. Mais bien sûr oui ! Elle était étendue dans un camion entourée de pompiers qu'elle ne connaissait pas, sans aucun souvenir de ce qui s'était passé, mais tout allait bien, évidemment. De toute façon, sa vie partait totalement en vrille en ce moment, ce n'était que la dure continuité de tout ce qui lui arrivait depuis quelques jours.

Roxane repensa à ce dicton stupide qui dit « Un de perdu, dix de retrouvés ». Ça aurait pu se réaliser pour la première fois lorsqu'ils avaient tous débarqué chez elle pour la traîner avec eux. Roxane avait jeté un coup d'œil au pompier assis près d'elle. Et si c'était le destin qui le lui avait envoyé, lui et ses collègues pour remplacer celui qu'elle avait perdu ? Cette pensée lui avait donné une soudaine envie de vomir, ou peut-être était-ce plutôt la route... Ils ne devaient plus être très loin de l'hôpital. Le beau gosse en uniforme lui avait tendu un petit sachet en plastique dans lequel elle n'avait pas pu s'empêcher de vomir. Encore une fois. Simplement de la bile, vu qu'elle n'avait absolument rien dans l'estomac. Bon sang, la honte ! Même s'il devait certainement avoir l'habitude, ce n'était pas comme ça qu'elle pourrait remplacer David.

Et ce n'était pas demain la veille que ça arriverait. Pourtant, il était mignon cet homme-là. Exactement son genre d'ailleurs. Un brun, un peu ténébreux avec des yeux sombres et une barbe de quelques jours. Même si elle ne craquait pas particulièrement pour les pompiers, c'est vrai que l'uniforme lui allait à ravir, laissant apparaître ses muscles saillants. Oui, il était craquant. Il lui avait adressé un petit sourire poli, un peu gêné. Il faut dire qu'une femme qui vous gerbe sous les yeux y a mieux comme image. De toute façon, Roxane n'avait aucune envie de séduire qui que ce soit. Pas plus lui qu'un autre. Parce que la seule chose qu'elle voyait, c'est qu'il n'était pas David. Elle n'arrivait pas à s'imaginer aux côtés d'un autre homme que son mari. Enfin ex-mari devrait-elle dire maintenant. Est-ce que ce sentiment-là allait disparaître au fil du temps ou bien est-ce qu'elle penserait toujours à lui lorsqu'elle rencontrerait un autre homme ? Est-ce qu'à chaque fois il y aurait le fantôme de l'homme qu'elle avait aimé, l'empêchant d'être heureuse à nouveau ? Toutes ces questions lui vrillaient la tête.

Et c'est dans cet état-là qu'elle s'était retrouvée ici. Bien que son mari y travaille comme pédiatre, Roxane avait toujours détesté les hôpitaux. Ces endroits lui fichaient la frousse. Et cette odeur l'insupportait. Pourtant, les médicaments ne la dérangeaient pas d'ordinaire, par contre le reste... Ça lui avait toujours fichu le moral à zéro de voir tous ces gens malades et souffrants entassés dans des chambres beaucoup trop petites. Elle n'avait pas vraiment besoin de ça en ce moment.

Roxane poussa un profond soupir. Elle repensa à cette question que lui avait posée l'infirmière. En réalité, rien n'allait mieux. Tout ne faisait qu'empirer. Elle était pourtant persuadée d'être au fond du trou, mais non, elle continuait de tomber encore et toujours. Et elle se demandait simplement quand ça allait s'arrêter.

— Ce n'était pas bien méchant, la rassura la jeune femme en blouse blanche, ils préfèrent vous garder en observation pour cette nuit, mais dès demain vous pourrez rentrer chez vous.

Roxane hocha la tête sans répondre pour autant. Chez elle... Pour se retrouver toute seule encore une fois dans cette grande maison qu'elle trouvait tellement vide à présent. Depuis l'arrivée de Gwen, les filles n'étaient presque jamais là et... bon sang les filles ! Mais qu'est-ce qui lui avait pris de faire une telle chose sans penser une seule seconde à ses enfants ? Elle avait juré qu'elle ne mettrait jamais fin à ses jours pour elles, et pourtant, qu'est-ce qu'elle avait fait ? Elle s'était laissée mourir à petit feu en refusant de s'alimenter sous prétexte qu'elle était triste. Roxane était totalement irresponsable. Heureusement que Gwen était là parce qu'en ce moment, elle était une bien meilleure mère qu'elle.

L'infirmière continuait de tourner autour du lit de sa nouvelle patiente, vérifiant ses constantes notées sur un vulgaire dossier au pied de son lit. Elle s'approcha également de sa perfusion, observant que le liquide passait bien dans les veines de Roxane. Cette dernière semblait d'ailleurs avoir repris des couleurs, signe que le glucose faisait effet. C'était une bonne chose. Elle avait hâte de sortir tant cette ambiance « hôpital « la mettait mal à l'aise. Il faut dire qu'il y a mieux comme décor pour refaire surface que les murs sinistres d'une chambre tout sauf douillette. Si elle s'était sentie oppressée chez elle, c'était encore pire ici. Et même si elle n'était encore jamais venue en ces lieux, si ce n'est pour la naissance de ses deux filles, tout lui rappelait David dans ces décors qu'il lui décrivait chaque soir en rentrant du boulot. Avant...

Et puis, Roxane ne pouvait s'empêcher de penser à une chose, et s'il passait par là ? David Valentin était l'un des plus grands médecins de cet hôpital. Il y travaillait depuis plus de quinze ans, il connaissait tout le monde ici et réciproquement. N'importe qui pouvait le prévenir que sa femme, si tant est qu'elle le soit encore, se trouvait là dans l'un des services, même si ce n'était pas le sien. Elle avait passé l'âge pour être encore admise en pédiatrie...

Avait-elle envie de le voir ? Elle n'en était pas certaine, ou du moins si, mais pas comme ça. Pas dans cet état. Elle avait une tête à faire peur. Comment tenter de séduire à nouveau un homme que l'on a tant aimé avec un teint cadavérique et des cernes de plusieurs jours sous les yeux ? C'était peine perdue. La seule chose qu'elle risquait, c'était de l'apitoyer et même ça, elle était certaine que ça ne marcherait pas. David n'était pas comme ça. Et elle ne voulait pas qu'il ait pitié d'elle. À quoi bon ? Au contraire, elle voulait qu'il la croie forte et courageuse, même si c'était loin d'être le cas depuis son départ. Que penserait-il s'il la voyait dans cet état ? Qu'elle jouait sur la corde sensible ? Elle n'en avait aucunement l'intention.

Comment espérer le faire revenir avec cette affreuse robe d'hôpital qui ne la mettait pas du tout en valeur. Loin de là. D'autant que l'interne y avait laissé une horrible tache de sang lorsqu'il avait tenté maladroitement de la piquer pour sa perfusion. À deux reprises. Roxane ne lui en avait pas voulu parce qu'il était jeune et qu'il était là pour apprendre, mais il n'empêche qu'elle se trimbalait avec une satanée marque rougeâtre qui s'étendait le long de son flanc et jusque sur les draps qui n'y avaient pas échappé. Il y a mieux comme image quand on souhaite être sexy aux yeux d'un homme.

— J'imagine que vous n'avez pas pris d'affaires de rechange ? lui demanda l'infirmière avec un petit sourire désolé en constatant la tache à son tour.

Roxane secoua la tête en signe de négation. Évidemment que non, elle n'avait rien pris. Il faut dire qu'elle n'avait pas vraiment prévu de se retrouver ici ce matin. Alors, elle n'avait pas eu le temps de préparer quoi que ce soit pour l'accompagner jusqu'ici. Et à quoi bon, puisqu'elle n'allait pas rester de toute façon.

— Je vais essayer de vous trouver une nouvelle tenue. Bon, ce sera la même que celle-ci évidemment, ce n'est pas tellement joli, je le reconnais, mais au moins, il n'y aura pas cette vilaine auréole.

Sur ces mots, la jeune infirmière tourna les talons sans se départir de son sourire. Roxane sentait bien que ce n'était pas totalement sincère. Elle le faisait parce qu'elle y était obligée. Elle devait agir ainsi avec tous ses patients sans exception. Roxane détestait cette gentillesse de façade. Elle avait l'impression que tout le monde prenait des pincettes avec elle, comme si elle était une sorte de petit oiseau fragile. Elle l'avait senti avec ce pompier d'abord, maintenant avec cette infirmière. Ils avaient peur de quoi au juste ? Qu'elle avale une boîte de médocs et qu'on la retrouve inanimée et sans vie ? Évidemment que c'est ce qu'ils croyaient, sinon, ils n'agiraient pas comme ça avec elle. Cette façon qu'ils avaient de la regarder... Elle détestait ce regard. Plein de compassion. Pire même, de pitié.

Finalement, le seul qu'elle avait envie de voir là, maintenant, c'était David. Tant pis pour la tenue et sa tête fatiguée, après tout, il l'avait vue dans des situations bien pires. Il avait absolument tenu à assister à ses deux accouchements pendant lesquels il lui avait tenu la main sans la lâcher une seconde. Alors après ça, elle était certaine qu'il pouvait supporter n'importe quelle situation. Il l'avait vue souffrir, malade, enceinte jusqu'aux dents, triste et les yeux mouillés de larmes. Il avait tout vu d'elle parce qu'elle était sa femme. Pour le meilleur et pour le pire. Ils avaient déjà vécu le meilleur durant toutes ces années. Aujourd'hui, le pire était arrivé, et elle avait besoin de lui.

Alors, la jeune femme attrapa son portable. Heureusement qu'elle l'avait sur elle au moment de sa chute. Elle sélectionna le nom de contact qui correspondait à David. Mon mari <3. Elle n'avait même pas changé ce stupide prénom dans son répertoire, toujours associé à ce cœur, comme si rien n'avait changé. Pourtant, le cœur était bel et bien brisé...

Roxane hésita plusieurs fois avant d'envoyer son message. Elle ne savait pas vraiment quoi lui dire parce qu'elle ne savait pas comment il allait réagir. Ses doigts tremblaient sur le clavier et c'est bien la première fois qu'une telle chose lui arrivait. Douter pour parler à son mari. Un homme à qui elle avait toujours tout dit, à qui elle faisait entièrement confiance. Finalement, elle opta pour quelque chose de neutre et banal.

Roxane, 05/05/18 à 16 h 19 :

« Je suis à l'hôpital, rien de grave ne t'en fais pas. J'aurais bien aimé que tu sois là. Ça me ferait plaisir que tu passes. Je t'embrasse... »

Roxane ne voulait pas l'inquiéter, seulement le prévenir et l'inviter à venir la voir, sans pour autant le forcer. Elle était persuadée qu'après un tel message, David courrait à son chevet pour savoir comment elle allait. Du moins, c'est ce qu'il aurait fait avant tout ça. Sa réponse ne tarda pas à arriver. Roxane sentit le petit objet vibrer entre ses doigts. Elle avait peur de découvrir ce qu'il avait bien pu lui dire. Hâte, mais peur. Ça non plus, ça ne lui était jamais arrivé jusqu'à présent.

David, 05/05/18 à 16 h 26 :

« Mince... J'espère que ce n'est pas trop méchant. Je ne vais pas pouvoir passer, je vois Marc ce soir. Prends soin de toi. »

Bon sang ! La jeune femme faillit jeter son téléphone à travers la pièce tant elle était déçue par cette réponse brève et sans intérêt. Finalement, elle aurait préféré le silence, plutôt que ça. Mais enfin à quoi s'était-elle attendue ? Qu'il allait revenir en courant la bouche en cœur avec un joli bouquet de fleurs pour se faire pardonner ? Autrefois, c'est ce qu'il aurait fait, seulement les temps avaient changé. David était parti, pour de vrai, et elle devait absolument se mettre cette idée dans le crâne une bonne fois pour toutes : il ne reviendrait pas.

La dernière fois, elle y avait cru pourtant. Un peu naïvement, elle avait espéré. Quoi ? Qu'il regretterait ? Mais enfin, redescends sur terre, Roxane ! Tu te mets dans tous tes états pour lui, à cause de lui. Tu mets ta vie en danger, tu oublies celle de tes filles. Tout ça pour lui. Et la seule réponse que tu obtiens en retour, c'est qu'il préfère voir ses amis. Marc passait avant elle, bien qu'elle soit à l'hôpital. Arrête de rêver ma pauvre fille ! David ne reviendra plus. C'est fini. Il te l'a dit. Pourquoi tu refuses encore d'y croire ? Pourquoi tu ne veux pas te rendre à l'évidence ? C'est pourtant clair, non ? Les larmes refusaient de couler. À quoi bon. Il ne voulait pas venir, elle n'allait quand même pas le forcer. Comment le pourrait-elle d'ailleurs. Ce n'était pas son genre de toute façon et elle savait à quel point David aurait détesté. Elle n'avait pas d'autres choix que d'accepter l'inacceptable : il s'en fichait éperdument.

La porte s'ouvrit à la volée et Roxane manqua de sursauter. Ça aussi, ça l'insupportait, cette façon qu'avaient les gens d'entrer dans les chambres d'hôpital comme dans un moulin. Elle aurait aimé avoir plus d'intimité. Surtout en ce moment. L'espace d'une seconde, elle avait imaginé que ce soit David. Elle le voyait déjà arriver vêtu de sa blouse blanche et s'avancer vers elle malgré le message qu'il venait de lui envoyer. Si les uniformes de pompier ne lui avaient jamais fait aucun effet, les blouses saillantes des médecins en revanche avaient tout leur charme. D'autant que le blanc était la couleur qui allait le mieux à David. Elle le lui avait toujours dit. Oui, Roxane avait espéré qu'il puisse pousser cette porte malgré le message et cette triste situation.

Elle ne fut qu'à demi déçue en découvrant la véritable identité de son visiteur. Ce n'était que l'infirmière. La jeune femme tenait entre ses mains la nouvelle chemise de nuit qu'elle lui avait promise. Aussi hideuse que la précédente, mais propre celle-ci. Elle la déposa à ses côtés sur le lit sans se départir de son éternel sourire.

— Merci, s'exclama simplement Roxane. C'est pour bientôt ? demanda-t-elle en désignant le ventre arrondi de la jeune femme, qu'elle avait aperçu tout à l'heure.

Roxane ne savait pas vraiment pourquoi elle avait demandé ça. Ce n'était pas dans ses habitudes d'être curieuse d'ordinaire. Et puis, elle ne se risquait jamais à poser une telle question de peur de se tromper. Ça lui était arrivé une fois, quelques mois après son accouchement et elle savait à quel point ça pouvait être blessant. Seulement là, elle était sûre d'elle. L'infirmière ne cessait de caresser son ventre, comme le font toutes les femmes enceintes. Au final, ça lui importait peu de le savoir, elle ne la connaissait même pas cette femme. Mais c'était simplement pour faire la conversation et peut-être aussi un peu pour oublier ses propres problèmes.

— Pour septembre, mais c'est vrai que je suis déjà énorme, sourit-elle. Vous avez des enfants, vous ?

— Oui, j'ai deux filles, répondit Roxane avec une petite pointe de fierté comme à chaque fois qu'elle parlait de Manon et Océane. C'est votre premier ?

— Oui et même si je suis infirmière, et que je vois des nourrissons tous les jours, je flippe un peu, je vous avoue, grimaça-t-elle.

— Ne vous inquiétez pas, ça va très...

Roxane s'arrêta comme hypnotisée par ce qu'elle venait de voir. Non... C'était impossible. Pas ça. Elle avait eu du mal à savoir pourquoi il était parti et elle ne croyait pas beaucoup à toutes ses explications, mais celle-là semblait être la pire de toutes. Voilà pourquoi il ne lui avait rien dit. Parce que la vérité était beaucoup trop horrible et affreuse pour être révélée. Il lui avait menti et il ne s'était pas douté une seconde qu'elle pourrait apprendre la vérité. Qu'elle la prendrait en pleine face en voyant le ventre déjà fort arrondi d'une infirmière.

Qu'est-ce qu'il avait imaginé ? Qu'elle ne serait pas effondrée en apprenant une telle chose de cette façon aussi brutale ? Et dire qu'elle était en train de discuter avec elle tranquillement alors que... Ça la dégoûtait. Une nouvelle fois, elle ressentit cette stupide envie de vomir. À force, elle était habituée même si elle détestait toujours autant cette sensation. Et plus que tout, elle détestait cette femme qu'elle ne connaissait même pas.

— Ça va madame ? demanda l'infirmière avec cet air inquiet qui semblait sincère.

— J'ai besoin d'être seule, répliqua sèchement Roxane, en reposant sa tête sur les oreillers, prenant bien soin de lui tourner le dos.

La jeune femme haussa les sourcils, sans rien dire. Elle avait plutôt l'habitude des changements d'humeur brutaux de ses patients, tellement qu'elle ne s'en formalisait même plus. C'était leur façon à eux de surmonter leur hospitalisation. Certains avaient plus de mal que d'autres, elle ne leur en voulait pas. C'est pour ça qu'en général, elle préférait le service pédiatrique dans lequel elle évoluait le plus souvent. Mais aujourd'hui, on lui avait demandé de changer d'étage. Toujours ce fichu manque d'effectif auquel les hôpitaux n'échappent pas.

Puisque cette femme ne voulait plus d'elle ici, elle allait s'en aller. De toute façon, elle avait vérifié toutes les constantes et son chef n'aurait pas vraiment apprécié qu'elle discute de sa vie personnelle avec ses patients durant son service. Même si cette femme avait l'air plutôt sympa jusque-là. Sans un mot, elle se contenta de tourner les talons après avoir jeté un dernier coup d'œil à sa patiente, s'assurant qu'elle n'avait plus besoin d'elle.

Roxane ferma les yeux en entendant la porte claquer dans son dos. Elle n'en pouvait plus d'être ici. Les larmes roulèrent doucement et en silence sur ses joues, terminant leur course sur l'oreiller blanc alors que dans son esprit cette image ne voulait plus s'effacer. Un prénom sur un badge. Cinq lettres. Des lettres qu'elle avait déjà vues ailleurs auparavant. Clara...

— 9 —

— Tu es totalement irresponsable !

Roxane poussa un profond soupir face à ces éclats de voix. Gwen ! Elle était certaine que sa sœur finirait par débarquer pour la sermonner. Cette dernière était entrée tel un boulet de canon en hurlant comme une furie dans la petite chambre jusque-là plutôt calme. Elle n'en avait rien à faire qu'elles se trouvent dans un hôpital. Elle en voulait tellement à son aînée. Mais enfin qu'est-ce qui lui était passé par la tête ?

— Et si les filles t'avaient vue gisant inconsciente sur le carrelage de la cuisine, tu te rends compte ?

C'est vrai que Roxane n'y avait pas pensé, pas une seconde. Elle n'avait aucune idée de la façon dont elle s'était retrouvée ici. Le dernier souvenir qu'elle avait, c'était l'intérieur du camion de pompier, mais avant, tout était flou. Pourtant, elle était persuadée que ce n'était pas les filles qui les avaient alertés. Certainement une intuition maternelle. Et vu la façon dont Gwen réagissait, elle en était maintenant persuadée.

— Bien sûr que non tu n'y as pas pensé, parce que tu ne penses à rien en ce moment, à part à ton chagrin, poursuivit Gwenaëlle sur un ton qui n'admettait aucune réponse de la part de sa sœur. Oui, tu es triste parce que ton mari t'a quittée. Et alors ? Tu crois que tu es la seule à qui ça arrive ? Bien sûr que non ! Alors, cesse un peu tes jérémiades et relève la tête. Tu as deux filles putain, tu...

— Bon ça va, tu as fini ? la coupa Roxane, avant qu'elle ne devienne trop vulgaire.

Gwen fronça les sourcils, les mains sur les hanches. Son visage était cramoisi tant elle était en colère. Elle avait toujours été très impulsive, pour ça elle était très différente de sa sœur. En général, quand quelque chose n'allait pas, elle le disait, et ce, sans mâcher ses mots. Et elle se fichait pas mal du fait que la personne qui supportait son courroux soit son aînée. D'autant qu'elle l'avait bien mérité.

— J'ai passé l'âge des leçons de morale, tu ne crois pas ? reprit Roxane, bien que légèrement penaude.

— Ça, permet moi d'en douter ! la réprimanda sa sœur, les sourcils toujours froncés. Ça faisait combien de temps que tu n'avais rien mangé ?

Roxane soupira à nouveau en tournant la tête, évitant de croiser le regard de sa cadette. Qu'est-ce que ça pouvait bien changer au fond ? Le résultat restait le même, elle était là, dans une chambre d'hôpital à se faire sermonner par sa petite sœur. Vive le tableau !

— Tu te rends bien compte que ça ne peut plus durer, reprit Gwen plus doucement. Pense un peu à tes enfants, c'est le plus important, tu ne crois pas ?

— Les enfants ? Mais lesquels ? Les miens ou celui qu'il va avoir bientôt ? Tu crois qu'il a pensé une seule seconde aux filles, lui, lorsqu'il a fait ça ? répliqua Roxane les yeux rouges et la voix tremblante.

Gwenaëlle écarquilla les yeux sans comprendre où sa sœur voulait en venir. Se pouvait-il qu'elle soit en train de délirer ? Après tout, c'était possible vu qu'elle n'avait pas mangé depuis plusieurs jours. Gwen était infirmière alors elle savait que ça arrivait parfois à certains patients. En plus, elle avait fait une mauvaise chute lors de son malaise. Sa tête en avait peut-être souffert d'une façon ou d'une autre. Elle avait déjà vu ce genre de phénomène auparavant. Même si en règle générale les patients dans ce cas-là étaient beaucoup plus âgés que sa sœur. C'était une possibilité.

— Attends, qu'est-ce que tu racontes là ? De quoi tu parles exactement ? hasarda Gwen.

— Je l'ai vue. Elle, je veux dire... Je l'ai vue. Elle était là il y a à peine une demi-heure à l'endroit exact où tu te trouves en ce moment et elle est enceinte jusqu'aux dents. Ça veut dire que...

Gwen fronça les sourcils. Cette fois, elle avait vraiment du mal à suivre les raisonnements de sa sœur. Elle se demandait même s'ils n'avaient pas un peu abusé sur les médicaments...

— Attend, de quoi tu parles là ? Qui était là ?

— Elle. Clara ! Et elle est enceinte, je te dis. Tu te rends compte ?

— Pas bien non. Tu veux dire que ton infirmière, c'est... Clara. La Clara ?

Roxane fusilla sa sœur du regard. On aurait dit qu'elle faisait exprès de ne pas comprendre. C'était vraiment désagréable. Elle avait raconté l'histoire du SMS à sa petite sœur peu de temps après son arrivée. Il fallait absolument qu'elle en parle à quelqu'un sans quoi, ça allait finir par lui bouffer l'esprit. Alors, elle lui avait tout déballé. La visite de David, leur bêtise et la réception de ce fichu SMS qu'elle avait aperçu. Non, elle ne connaissait pas son contenu, mais elle savait qui était l'expéditeur. Clara. Il y avait beaucoup trop de coïncidences. David l'avait quittée sans lui donner la moindre explication, donc sans aucune raison *a priori*. Et finalement, la raison était venue à elle sous les traits d'une femme au ventre bien arrondi. À présent, il n'y avait plus de doutes.

— Ça me paraît un peu gros quand même reprit Gwen. Ton infirmière est enceinte, OK. Mais tu as peut-être tiré des conclusions un peu trop hâtives, tu ne crois pas ? Qui te dit que c'est David qui a mis la petite graine ? Tu ne sais pas ce qu'il y avait dans ce message après tout. Tu as juste vu un prénom sur un écran, ça ne veut pas dire que c'est forcément elle et que ton mari l'a engrossée. En plus, Clara, c'est plutôt un nom courant, même ici.

— Ce sont des choses que l'on sent, répondit simplement Roxane.

Pourtant, avant de tomber sur ce fichu badge, elle n'avait absolument rien vu venir. Roxane lui avait parlé, elle l'avait même trouvée sympathique avant de réaliser que c'était de sa faute si David était parti. Savoir que votre mari vous trompe, c'est une chose, mais tomber nez à nez avec l'autre femme c'est différent ! C'était déjà difficile de se sentir remplacer mais c'était pire encore lorsque votre rivale avait un ventre gros comme un ballon. Et malgré tout le mal qu'elle pensait d'elle, Roxane était bien forcée de reconnaître qu'elles avaient certains traits de ressemblance.

Pourtant, à bien y réfléchir, elle l'avait trouvée laide. Oui, elle était peut-être aveuglée par sa jalousie, mais non cette fille n'était pas jolie. Déjà, elle était jeune, trop jeune pour David. Elle devait avoir quoi ? 25 ans tout au plus, ce qui faisait quand même vingt ans d'écart. Ce n'était pas rien ! Et puis, elle avait cette affreuse fossette quand elle souriait. Ce fameux sourire qui semblait si faux et peu sincère. Sa joue se creusait laissant apparaître un léger trou, comme chez les enfants. Sur eux, c'était mignon tout plein, mais sur cette fille... Est-ce que c'est ça qu'il avait trouvé sexy chez elle ? Est-ce que c'est ça qui lui avait donné envie de lui faire un enfant à elle aussi ? Qu'est-ce qui lui avait plu finalement ? Sa jeunesse, son insouciance ou le fait qu'elle travaille ici comme lui ?

Roxane s'était toujours sentie un peu inférieure face à David. Lui, il était pédiatre dans un grand hôpital alors qu'elle ne faisait que travailler dans une petite pharmacie de quartier. Elle n'était même pas pharmacienne, simplement préparatrice. Même si au fond, ils œuvraient pour la même cause, avec la santé et le bien-être des gens en ligne de mire, elle n'avait pas le même salaire à la fin du mois, même si évidemment ils partageaient tout. Disons que la part qu'elle apportait à l'édifice était beaucoup moins importante. Jusque-là, ça ne l'avait jamais dérangée outre mesure. De toute façon, elle n'aurait jamais pu être médecin. Elle avait essayé, mais très vite abandonné. Elle n'en avait pas la force, ni même l'énergie et elle n'aurait pas pu supporter le regard des malades et surtout celui de leurs proches. Alors, elle préférait leur donner des médicaments plutôt qu'un diagnostic.

Ça n'avait jamais dérangé David non plus. Même si aujourd'hui, il voulait plus. Quelqu'un qui travaillait ici avec lui. Une petite infirmière en blouse blanche par exemple. Ou bien quelqu'un de plus jeune tout simplement. À 45 ans, il ne serait pas le premier à quitter sa femme pour la remplacer par une petite jeunette d'une vingtaine d'années. Et certainement pas le dernier non plus ! Il faut croire que ce genre de pratique était de plus en plus à la mode de nos jours. À croire qu'à partir d'un certain âge, les hommes préféraient jeter plutôt que recycler...

Encore une fois, Roxane avait envie de crier, de hurler même tant elle avait mal. Elle détestait cette femme sans la connaître. Ça ne lui ressemblait pas. D'ordinaire, elle était quelqu'un de gentil. Avec tout le monde. Elle ne voulait jamais blesser les gens, leur faire de mal. Pourtant, à cet instant, elle haïssait une femme dont elle ne savait rien, si ce n'est un prénom et une aventure qu'elle avait supposée. Et si elle s'était trompée ? Après tout, Gwen avait raison, des Clara, il devait y en avoir des tonnes non ? Même ici. Mais il y avait trop de coïncidences pour que ce soit un simple hasard. Avant elle ne comprenait pas, mais là, tout s'éclairait. Une mauvaise lumière. Quelque chose qui vous aveugle et vous fait mal aux yeux. Et au cœur...

— Tu te souviens de ce que je t'ai dit l'autre fois ? hasarda Gwen. À propos des professionnels et des gens qui pourraient peut-être t'aider ?

— Mais je ne suis pas folle ! s'écria Roxane en tapant violemment du poing sur le matelas.

— Je sais et je n'ai jamais dit ça, la calma sa sœur en posant une main rassurante sur son bras. Il n'y a pas que les fous qui ont besoin d'aller voir des psys. Bien au contraire. Je ne te parle pas de psychiatre là, mais de psychologue. N'importe qui peut en avoir besoin à un moment de sa vie quand tout devient trop compliqué. Ils sont là pour ça. Et tu n'as pas à en avoir honte, au contraire.

Roxane secoua la tête. Elle n'avait aucune envie d'écouter ce baratin. Sa sœur pouvait bien lui dire ce qu'elle voulait, la jeune femme n'avait aucune envie de faire partie de ces gens qui vont chez un psy. Si elle n'arrivait pas à s'en sortir, toute seule, comment une inconnue pourrait-elle l'aider ? Elle n'y croyait pas. Roxane ne voulait en aucun cas passer pour une cinglée. Parce que malgré tout ce que l'on peut dire, c'est les personnes un peu dérangées qui ont besoin de parler à des gens qu'ils ne connaissent pas en espérant que ça les aide. Elle n'avait pas l'impression d'avoir des névroses, son mari était simplement parti. Elle allait bien finir par s'en remettre, non ?

De toute façon, qu'est-ce qu'elle pourrait bien leur raconter à ces gens ? Sa vie avec David, ses filles, son départ, sa tristesse. En quoi ça les regardait ? Elle n'avait aucune envie de déblatérer sur sa vie auprès d'inconnus. Plus elle était malheureuse et plus ils seraient heureux, c'est ça ? Ils se délectaient du malheur des autres pour le bien de leur métier ? Qui peut avoir envie de ça ? Pas elle en tous les cas. Elle n'irait pas. Jamais. Elle ne parlerait pas de ses problèmes à de vulgaires inconnus qui se fichaient pas mal d'elle et de David. Elle était la seule à s'en soucier encore d'ailleurs puisque lui avait d'autres préoccupations visiblement à en juger par le profil de cette Clara. Tout était joué d'avance et ce n'était certainement pas l'avis d'une tierce personne, encore moins celui d'un psy, qui y changerait quoi que ce soit. C'était trop tard et ça, elle l'avait bien compris.

— Tu sais, contrairement à ce que tout le monde peut penser, toi la première, il n'y a pas que les faibles qui en ont besoin, poursuivit Gwen. Même si je suis forte aux yeux de tous, quand papa est mort j'ai eu besoin de parler moi aussi. J'étais triste et je ne savais plus vers qui me tourner. Alors, elle m'a aidée. J'ai beaucoup parlé avec elle, justement parce que c'était une inconnue et que je savais qu'elle ne me jugerait pas.

Roxane observa sa sœur. Elle aussi l'avait toujours crue forte et presque invulnérable. Comme si la douleur ne l'atteignait jamais dans la tour de verre qu'elle s'était construite. Or, sa sœur semblait avoir plus de secrets pour elle qu'elle ne le pensait. Lorsque leur père était décédé, des années plus tôt, elles avaient toutes deux réagi différemment. Ni l'une, ni l'autre n'avaient pleuré pendant des heures, se larmoyant sur leur sort, mais leur réaction n'avait pas été la même. Roxane s'était davantage concentrée sur ses proches et ceux qu'elle aimait. Elle redoublait d'amour pour combler ce manque qu'allait laisser la mort de son père. Elle appelait sa mère chaque jour et discutait avec elle pendant des heures. Quant à Gwenaëlle, elle s'était renfermée dans un terrible mutisme, ce qui ne lui ressemblait guère, elle qui était d'ordinaire si guillerette et enjouée. Elle se concentrait sur son boulot, tout ce qui comptait pour elle au fond. Après, elle n'en avait plus jamais reparlé à personne. Alors, qui aurait pu deviner qu'en réalité, elle discutait avec quelqu'un d'autre, quelqu'un qu'elle ne connaissait pas ?

— Pourquoi tu ne nous l'as pas dit ? demanda Roxane, désireuse de changer de sujet, parce que parler de sa sœur, c'était beaucoup mieux que de parler d'elle-même.

— Eh bien parce que je pensais exactement comme toi. J'avais peur d'être prise pour une folle, une illuminée, si je vous avouais que je racontais ma peine à quelqu'un pour me sentir mieux. Quoi qu'il en soit et malgré ce que je pouvais penser à l'époque, ça m'a fait énormément de bien, affirma Gwen. Et je maintiens que c'est exactement ce dont tu aurais besoin en ce moment.

— Sauf que là, personne n'est mort, répliqua sèchement Roxane.

— Si, ton histoire d'amour, une histoire de vingt ans et pour toi, ça comptait beaucoup. Je sais que tu n'y crois pas, mais essaye au moins. Tu sais, poursuivit Gwen, la peine dépend des gens, de ce qu'ils ressentent. Ce n'est pas forcément une situation ou un événement précis. Je sais que tu tenais énormément à David, vous avez partagé beaucoup de choses ensemble. Tu as vécu plus de la moitié de ta vie à ses côtés, mais aujourd'hui, tu dois apprendre à vivre sans lui.

Roxane secoua la tête en signe de négation. Elle sentait déjà les larmes perler au coin de ses yeux noisette. Bien sûr qu'elle le savait, mais le fait de l'entendre dire à haute voix de la bouche de sa sœur lui brisait le cœur une nouvelle fois. Ça la terrorisait, elle s'en sentait totalement incapable. Elle n'arrivait déjà pas à l'admettre et à l'accepter alors comment pourrait-elle le surmonter ?

— Tu en es capable, lui assura sa cadette, mais tu vas devoir puiser au plus profond de toi même. Ça risque de prendre du temps, peut-être même beaucoup de temps, mais quoi qu'il arrive, je serai là. Je serai là pour toi et pour les filles. Tu vas t'en sortir Rox, t'es bien plus forte que tu ne le crois.

Gwen lui adressa un faible sourire en guise d'encouragement tout en prenant la main de sa grande sœur dans la sienne. Elle détestait la voir ainsi. Jusque-là, elle avait toujours beaucoup aimé David. Ils s'entendaient bien et discutaient souvent de tout et de rien ensemble. Un peu comme deux potes qui se retrouvent après des années sans se voir, mais pour qui rien n'a changé. C'est exactement ce genre de relations qu'ils avaient tous les deux, plus que celle d'un beau frère et d'une belle sœur. Ils étaient comme deux bons amis. À chaque fois qu'elle venait à la Réunion, ils passaient de longues soirées assis tous les deux devant un match de foot, une passion qu'ils partageaient. Et puis, elle voyait bien à quel point il aimait ses filles. C'était un excellent père. Il lui rappelait un peu le sien d'ailleurs, c'était sûrement pour cette raison que Roxane était tombée amoureuse de lui. C'était bien un truc de psy ça. Toutes les petites filles cherchent à retrouver leur père chez l'homme qu'elles aiment. C'était peut-être pour ça aussi qu'elle-même n'avait jamais trouvé personne. Parce qu'aucun homme n'était assez bien pour rivaliser avec son père, à ses yeux.

David était un homme bien, il aimait Roxane plus que tout. Ça aussi, Gwen en avait toujours été persuadée. Il l'aimait éperdument et d'un amour sincère. Ça se voyait dans son regard. Il y avait comme une petite étincelle, quelque chose qui brillait à chaque fois qu'il posait les yeux sur elle. La jeune femme l'avait toujours remarqué et elle n'était d'ailleurs pas la seule à le penser. Tout le monde l'avait toujours dit. Tous ceux qui les connaissaient du moins. Parfois Gwen jalousait un peu cette relation presque parfaite qui les unissait. Elle aurait tant aimé que ça lui arrive à elle aussi un jour. Mais c'est de ça dont elle avait eu peur. La fin. Le moment où il vous dit qu'il se tire et qu'il vous laisse comme ça, en plan. Toute seule.

Aujourd'hui, Gwenaëlle détestait David plus que n'importe qui au monde. Parce qu'il avait fait du mal à sa grande sœur et ça, c'était la pire chose qu'on puisse faire. Pas sa sœur ! C'était la personne la plus importante à ses yeux. Et en une fraction de seconde, David lui avait brisé le cœur. Alors oui, Gwen le détestait et elle lui aurait volontiers arraché les yeux de ses propres mains, si elle l'avait pu.

— Et puis, tu n'as pas le droit de te mettre dans cet état à cause d'un homme, compris ? s'exclama Gwen avec un clin d'œil. Tu te souviens ce qu'on s'était dit quand on était petite : aucun mec entre nous. Croix de bois, croix de fer ! Et là, David est en train de nous séparer parce que tu n'es plus du tout la même. Je peux t'assurer que les mecs ne valent pas la peine que tu te mettes dans cet état à cause d'eux. Même pas David. Des hommes, il y en a des milliers sur terre alors si ce n'est plus lui, ce sera un autre, dit-elle fermement face au regard noir de Roxane.

Une nouvelle fois, elle serra fort la main de son aînée. Elle savait bien que tous ces mots n'étaient que de vulgaires paroles et certainement pas ce que sa sœur avait envie d'entendre en ce moment. Pourtant, il le fallait et un jour, Roxane se rendrait compte qu'elle avait raison. C'était encore trop tôt pour qu'elle l'accepte, mais un jour viendrait où elle le reconnaîtrait. Quand le temps aurait effacé toute sa douleur, la remplaçant par de simples souvenirs d'un passé oublié. Mais pour l'instant, la seule chose qui pouvait réellement la soulager, c'était de laisser échapper sa trop vive douleur par le biais des larmes. Elles seules pouvaient l'aider. Alors, elle les laissa couler doucement le long de ses joues pâles.

D'abord décontenancée, Gwen ouvrit la bouche sans savoir réellement quoi faire. Elle n'avait pas vraiment l'habitude des larmes et des effusions d'émotion. Ce n'était pas son genre d'exprimer ce qu'elle ressentait. Surtout pas en présence de quelqu'un qui pourrait être témoin de ses faiblesses. Mais elle comprit très vite que sa sœur en avait besoin. Il fallait qu'elle pleure pour oublier. Dans chaque larme, sa douleur s'éteignait un peu plus. Jusqu'au jour où elle finirait par disparaître complètement.

Avec tendresse, Gwen prit sa sœur dans ses bras, elle n'était pas douée pour ce genre de choses, mais elle voulait l'aider plus que tout. Sans rien dire, elle la laissa pleurer, longtemps, contre son épaule. Elle se contentait de caresser ses cheveux doucement, et en silence, embrassant sa nuque à plusieurs reprises en lui chuchotant des mots tendres.

Roxane pleurait de nombreux souvenirs qu'elle voulait oublier. Elle pleurait un mari qu'elle avait tant aimé. Un mariage qui prenait fin. Un homme à qui elle avait tout, voire trop donné. Une vie entière qui était sur le point de s'écrouler. Une femme qui venait de prendre sa place. Elle pleurait à cause de toutes ces années auxquelles elle ne voulait plus penser. Toutes ces choses qui la hantaient depuis des jours se déversaient sur l'épaule de sa petite sœur. Elle ne pleurait presque jamais et pourtant aujourd'hui, elle sentait qu'elle en avait affreusement besoin. Et lorsque sa sœur prit congé, un peu plus tard, elle se rendit compte, à quel point elle avait été naïve. Elle avait refusé de comprendre, pourtant maintenant, elle était bien forcée de le reconnaître... Lorsque David avait refermé la porte lors de leur dernière rencontre, c'est à cet instant qu'il l'avait réellement quittée.

— 10 —

Cette fois, elle n'avait plus le choix, il fallait y aller. Roxane respira un bon coup avant de pousser la lourde porte de bois. Elle se demandait encore ce qu'elle faisait là. Ça faisait maintenant presque une semaine qu'elle avait quitté l'hôpital et retrouvé sa maison. Là-bas, rien n'avait changé. Gwen et les filles étaient aux petits soins pour elle, tant elles étaient contentes de la revoir ici. Même Manon semblait avoir mis sa crise d'ado de côté. L'espace de quelques jours au moins. Et pourtant au fond, Roxane n'était pas heureuse. Comment le pourrait-elle ? Ses sentiments et son chagrin restaient les mêmes. Elle traînait toujours cette fichue tristesse derrière elle tel un fardeau. Plus rien ne lui donnait envie et elle avait de plus en plus de mal à faire semblant. Y compris devant les filles. Bien sûr, Roxane voulait les protéger, plus que tout, mais sa peine l'emportait contre ses bonnes volontés. Gwen ne pouvait s'empêcher de soupirer ou de secouer la tête face à ce comportement qu'elle avait de plus en plus de mal à supporter. En réalité, Roxane avait compris une chose qu'elle refusait d'admettre jusque-là, elle avait réellement besoin d'aide.

Cette fois, elle était certaine qu'elle ne pourrait pas s'en sortir toute seule. Gwen avait raison. Il fallait qu'elle voie quelqu'un. Même si elle avait longtemps refusé cette option, elle se rendait compte à présent que c'était certainement l'une des dernières solutions. Il fallait qu'elle voie le bout du tunnel, et ce, par n'importe quel moyen. Après tout, même si elle allait voir quelqu'un, elle n'était pas obligée d'en parler à qui que ce soit. Il lui suffisait d'y aller et de voir si ça marchait. Même si elle avait beaucoup de mal à y croire.

De toute façon, elle ne croyait plus à grand-chose alors c'est sûrement pour cette raison qu'elle s'était résolue à appeler après de longues hésitations. C'est une voix de femme plutôt chaleureuse et douce qui lui avait répondu. Elle préférait. Déjà qu'elle était réticente, elle n'aurait jamais pu raconter sa vie et ses déboires sentimentaux à un homme. Avec une femme, elle se sentirait plus en confiance. Elle aurait moins l'impression d'être jugée. Roxane n'avait pas vraiment su quoi dire au téléphone. Elle avait simplement bégayé un faible « J'aimerais prendre un rendez-vous » alors que son cœur battait à tout rompre dans sa poitrine. Elle qui le pensait brisé, il semblait plutôt en forme à cet instant. Imperturbable, la femme à l'autre bout du fil lui avait proposé une date. Le 10 mai. À 15 h.

Roxane avait failli s'étouffer en entendant cette date-là. C'était une telle coïncidence qu'elle avait du mal à le croire. Se pouvait-il que cette femme soit devin en plus d'être psychologue ? David était né le 10 mai. Quel drôle de hasard ! Ceci dit, Roxane accepta. Quelle meilleure date pour entreprendre une thérapie que celle-ci. À présent que le jour J était arrivé, la jeune femme était on ne peut plus stressée. Elle n'était même plus certaine d'avoir envie d'y aller tout compte fait. Qu'est-ce qu'elle allait bien pouvoir lui dire ? Elle détestait parler d'elle, se lamenter. Encore moins devant de parfaits inconnus. Mais tout était si différent ces derniers temps...

Voilà pourquoi elle se trouvait là aujourd'hui, dans la salle d'attente de cette femme dont elle entendait la voix étouffée de l'autre côté de la porte. Enfin, salle d'attente c'était un bien grand mot. Roxane avait été surprise en poussant cette grande porte en bois. Elle ne s'était pas du tout attendue à ça à vrai dire. C'était tout simplement un immeuble avec de nombreux habitants et une psy perdue en plein milieu. Roxane avait observé les noms écrits au rez-de-chaussée, sur les boîtes aux lettres. Elle en avait reconnu certains comme étant des patients de la pharmacie. Elle s'était immédiatement sentie parano. Et si quelqu'un la voyait ici ? Que penseraient-ils alors ? Elle avait toujours cette fichue honte qui ne la quittait pas. Même si elle avait finalement daigné franchir le seuil de cette porte, elle n'avait pas l'intention d'en parler à qui que ce soit. Roxane ne voulait pas qu'on la prenne pour une folle. Elle n'était pas cinglée. Elle était juste malheureuse...

Roxane avait monté les marches doucement jusqu'au troisième étage. Tout ici ressemblait à un immeuble quelconque, tout simplement parce que c'en était bel et bien un. Seule la plaque lui indiquait qu'elle était au bon endroit. Tremblante, elle avait frappé un petit coup léger avant de pousser la porte. C'était ouvert. Face à elle se trouvait ce qui semblait être une salle d'attente. Elle s'y aventura voyant que c'était la seule issue. Une simple chaise lui tendait les bras alors elle s'y assit timidement. Elle entendait des voix étouffées de l'autre côté du mur. Probablement une autre âme malheureuse. Comme elle. La jeune femme commençait à se ronger les ongles. Ridicule. Alors qu'elle avait si souvent grondé Manon à ce propos. Et puis, elle avait chaud aussi. Ses vêtements lui collaient à la peau. Elle s'était pourtant habillée légèrement ce matin.

La jeune femme jeta un furtif coup d'œil à sa montre. Il était 15 h 07. Elle était en retard. Ce qui ne faisait qu'augmenter son stress. La jeune femme observa les petites cartes de visite qui trônaient sur la table de verre à ses côtés. « Psychothérapie », « Thérapie de couple ». Autant de termes qu'elle avait toujours trouvés ridicules jusque-là. Elle n'avait jamais cru à ces choses là. Mais de toute façon, en ce moment, elle ne croyait plus en rien, alors... Roxane ne cessait de se trémousser sur sa chaise en tenant la bride de son sac entre ses mains moites. Le stress la consumait comme jamais auparavant. Si elle s'écoutait, elle prendrait ses jambes à son cou pour partir en courant et quitter cette salle d'attente dans laquelle elle n'aurait jamais dû se trouver.

Elle était sur le point de se lever lorsque la porte d'entrée claqua, la faisant sursauter. Ça y est, l'autre âme en peine venait de sortir, dans quelques minutes ce serait son tour. Elle ne savait même pas ce qu'il fallait dire, comment commencer. Elle... Et alors la porte s'ouvrit. Roxane manqua de sursauter à nouveau bien qu'elle s'y attende finalement. Elle avait envie de repousser encore ce moment où elle se retrouverait face à cette femme à qui elle allait devoir raconter toute sa vie ou une partie au moins. Son cœur battait à cent mille à l'heure. Le stress, la peur, tout se mélangeait à cet instant dans son esprit.

Son regard se porta sur la praticienne qui venait d'arriver. C'était une petite femme d'à peine 1m50, une blondinette avec des yeux clairs et des joues roses. Une zoreille visiblement. Roxane ne savait pas trop à quoi elle s'attendait. Au fond, elle ne l'avait pas vraiment imaginée avant de venir. C'était plutôt la conversation qui l'intriguait finalement. Ce qu'elles allaient se dire, ce que Roxane devrait lui raconter. Les mots, plus que l'apparence.

— Vous me suivez, dit-elle simplement.

Ce n'était pas vraiment une question, ni une affirmation. À présent, Roxane faisait ce qu'elle voulait. Après une brève hésitation, elle se leva enfin. Elle avait du mal à empêcher ses jambes de trembler. La voix de son interlocutrice était douce et posée, semblable à celle qu'elle avait entendue au téléphone. Sans trop savoir pourquoi, Roxane se dit qu'elle inspirait confiance. Pourtant, elle ne lui avait pas adressé le moindre sourire, restant neutre, le visage fermé. Comme si elle agissait avec des pincettes.

La praticienne ne savait pas encore face à qui elle se trouvait, qui était cette nouvelle patiente et ce qui l'amenait ici, alors elle préférait rester de marbre. Elle accueillait toujours les nouveaux venus de cette façon. Roxane avait du mal à savoir si elle préférait ce comportement-là ou celui de l'infirmière, celle qui lui souriait tout le temps. Comme pour se donner bonne conscience. Ou tout simplement parce qu'elle avait quelque chose à se reprocher.

La jeune femme suivit la psy dans la pièce principale, tout en chassant l'image de cette Clara de son esprit. Ce n'était pas le moment de penser à elle. Roxane observa les lieux avec curiosité. On se serait cru dans un salon, sauf qu'il y avait très peu de meubles. Seuls quelques fauteuils et un grand canapé recouvert de coussins bariolés occupaient l'espace. C'était plutôt neutre. Un vrai cabinet de psy en somme, même si c'était la première fois qu'elle en voyait un pour de vrai.

Roxane hésita au milieu de la pièce, tandis que la petite dame allait s'asseoir sur le canapé. Elle était toute petite remarqua Roxane. Debout, elle la dépassait d'une bonne tête malgré le fait qu'elle porte des talons. Or malgré sa petite taille, elle était imposante de par son charisme et la posture qu'elle avait prise. Mi-ferme, mi-décontractée. Elle avait beau rester sur ses gardes, Roxane sentait qu'elle pouvait avoir confiance.

— Installez-vous, dit la praticienne en observant Roxane. Choisissez celui que vous voulez. La place qui vous convient le mieux.

La jeune femme observa les différents fauteuils qui s'offraient à sa disposition. Elle ne pouvait s'empêcher d'hésiter, comme si son choix serait déterminant pour la suite de l'entretien. Si elle optait pour le bleu, elle serait triste toute sa vie, alors que si elle prenait l'autre, le bonheur allait lui sourire à nouveau... Elle choisit le rouge. Celui qui se trouvait face au canapé. Face à cette femme. Seul le tapis au sol les séparait encore, mettant une sorte de distance entre elles. Distance que Roxane préférait garder pour l'instant.

Elle n'était pas encore certaine d'être prête. Elle avait posé ses mains moites sur ses cuisses pour les empêcher de trembler. Elle ne savait pas du tout par où commencer. Si c'était à elle de parler. Tout balancer là, comme ça sans préambule ? Lui dire pourquoi elle était là. Ou tout simplement attendre que ce soit son interlocutrice qui démarre l'entretien. Cette situation la mettait mal à l'aise. Elle détestait ne pas savoir, être dans le flou. Parce que jusque-là dans sa vie, elle avait toujours tout contrôlé. Enfin jusqu'à ce que tout parte en vrille évidemment...

Elle ne connaissait strictement rien à tout ça et au fond, elle aurait préféré ne jamais connaître. Cela voudrait dire que David était toujours avec elle. Et qu'elle-même ne serait pas dans ce fichu cabinet. Ça ne ressemblait en rien à ce qu'elle avait imaginé. Elle voyait un divan rouge sur lequel elle se serait allongée face à une femme se contentant de répondre « Hum, hum » vaguement, aux moments les plus opportuns. Des choses qu'elle avait pu voir dans les films. Mais la réalité était toute autre. Là, on n'était pas au cinéma. Et elle se trouvait assise, et non allongée, face à une parfaite inconnue qui la dévisageait. Ce regard-là la mettait mal à l'aise. Qu'est-ce qu'elle pouvait bien penser ? C'était évident qu'elle s'était fait des idées à son propos. Elle avait sûrement dû repérer ses cernes, son teint pâle et ses yeux fatigués. Est-ce qu'on lisait déjà sur son visage qu'elle s'était fait larguer ? Que son mari l'avait lâchement abandonnée au bout de vingt ans d'une si belle union ? Est-ce qu'avec l'habitude, elle avait déjà lu tout ça ? Et surtout est-ce qu'elle la jugerait pour toutes ces raisons qui l'avaient poussée à venir ici ?

— Très bien, s'exclama la petite dame sans sourire pour autant, voyant que le silence s'éternisait. Je vais donc commencer par me présenter si vous le voulez bien. Je me prénomme Véronique Vivano. J'ai 54 ans et deux enfants. Une fille et un garçon. Ça fait bientôt dix ans que je vis à la Réunion. J'habite à Sainte-Marie et j'exerce là-bas les débuts de semaine et à Saint-Denis le reste du temps. Mais cela peut varier en fonction de mes rendez-vous. Avant cela, je vivais à Noirmoutier. Or, je ne regrette absolument pas d'avoir rejoint l'île sur laquelle je me sens beaucoup plus épanouie.

Roxane avait analysé chaque information. Elle avait été un peu étonnée par cette technique. Elle pensait que ce serait uniquement à elle de parler. Ceci dit, ça ne la dérangeait pas, au contraire même c'était une façon de la mettre en confiance. Et puis, elle était contente de savoir tout ça. Au moins, elle se rendait mieux compte à qui elle avait affaire et à qui elle s'apprêtait à raconter ses déboires sentimentaux.

Vivano, c'était plutôt rigolo pour une psy. C'est d'ailleurs pour cette raison que son nom s'était détaché des autres lors de ses recherches sur Internet. Ça lui faisait penser à un poisson. Il était très courant à la Réunion, presque autant qu'une truite en métropole. Elle en avait mangé des tas depuis qu'elle était sur l'île et encore plus depuis que Manon avait décrété être végétarienne, pour protéger les animaux que l'on maltraitait dans les abattoirs. Un bel acte en soi, même si Roxane soupçonnait une énième crise d'adolescence de la part de sa fille qui cherchait chaque jour un nouveau moyen de les pousser à bout.

Une autre information avait retenu l'attention de Roxane, elle aussi avait deux enfants et donc certainement un mari qui l'attendait sagement à la maison. Alors comment pourrait-elle comprendre ? Elle avait beau avoir un nom rigolo et écouter les problèmes des autres à longueur de journée, elle, elle avait une vie de rêve. Elle l'avait dit elle-même, elle se sentait épanouie ici. À nouveau, Roxane sentit ses yeux la piquer. Mais bon sang qu'est-ce qu'elle avait à pleurer sans arrêt en ce moment ? Oui, son mari était parti, oui, elle se trouvait là dans le cabinet d'une psychologue et oui, sa situation était pire que ridicule. Mais ce n'était pas une raison pour chialer comme une madeleine. Ça n'arrangerait rien !

— À votre tour maintenant, s'exclama la femme d'une voix douce avec une esquisse de sourire. Dites-moi pourquoi vous êtes ici, ajouta-t-elle d'un ton encourageant.

Pourquoi ? Parce que sa petite sœur l'avait forcée. Parce que son mari était parti du jour au lendemain. Parce que depuis elle était à terre, au fond du trou comme elle ne l'avait jamais été et elle ne savait pas du tout comment se relever. Parce qu'elle voulait que tout ça s'arrête, pour elle, pour ses filles et pour tous ceux qui l'aimaient, parce qu'ils n'avaient aucune envie de la voir sombrer. Et parce qu'elle n'avait pas trouvé d'autres solutions que celle-ci bien qu'elle n'y croyait pas du tout. Mais est-ce qu'elle pouvait vraiment dire tout ça à cette femme qu'elle ne connaissait même pas alors qu'elle avait été incapable d'en parler à qui que ce soit jusque-là ?

Madame Vivano l'observait sans un mot, comme si elle attendait le bon moment. Elle avait l'habitude, c'était toujours comme ça la première fois. Elle les laissait prendre leur temps sans jamais les forcer, ce qui n'aiderait en rien. Beaucoup avaient déjà du mal à franchir le seuil de cette porte, alors elle n'allait pas en plus les brusquer. Si elle avait choisi ce métier, c'était pour aider les autres, comme elle n'avait pas su s'aider elle-même. C'était toujours plus facile avec des inconnus qu'avec sa propre personne, c'est bien connu. Elle baissa les yeux doucement, sentant que sa patiente n'était pas encore tout à fait prête.

Roxane avait terriblement chaud et elle se demandait encore ce qu'elle faisait là. Son regard ne cessait de fuir vers la fenêtre derrière laquelle elle voyait la vie. Elle apercevait des appartements, le ciel bleu, la montagne au loin. Les décors n'avaient pas changé. Le monde n'avait pas changé. Il ne s'était pas arrêté de tourner sous prétexte que son mari l'avait quittée. Elle en voulait aux autres de continuer si tranquillement alors qu'elle-même était effondrée. Comment pourrait-elle expliquer une telle chose à cette femme qui la fixait de ses petits yeux trop clairs ? Roxane se sentait affreusement mal à l'aise, comme pas à sa place. Elle se souvenait d'un de ses professeurs au lycée, Monsieur Benoit, qui les interrogeait à chaque début de cours pour vérifier qu'ils connaissaient leur leçon sur le bout des doigts. Elle tremblait à chaque fois, pas parce qu'elle ne la connaissait pas, mais parce qu'elle avait peur. C'était exactement ce qu'elle ressentait à cet instant. Elle avait l'impression de se retrouver face à ce même professeur. Évidemment qu'elle savait mot pour mot ce qu'elle voulait dire et ce pour quoi elle était là. Seulement, elle était terrorisée à l'idée de se lancer. De parler devant quelqu'un qu'elle ne connaissait pas et de lui livrer des choses si privées et intimes.

La jeune femme ferma les yeux, l'espace d'une seconde, une minuscule seconde pendant laquelle elle aperçut le visage de cette fille. Clara. Celle qui lui avait volé ce qu'elle avait de plus cher après ses enfants. Une fois encore, elle sentit les larmes lui piquer les yeux. Et elle comprit qu'elle n'en pouvait plus et qu'il fallait que ça cesse. Que ce trop-plein d'émotion sorte avant de la bouffer de l'intérieur.

Alors, Roxane se mit à parler. D'abord tout doucement, puis de plus en plus fort. Elle ne prit même pas la peine de se présenter. À quoi bon ? Véronique Vivano comprendrait bien assez vite à qui elle avait affaire et qui était cette femme face à elle. Roxane commença par ce qui avait scellé le commencement de tout ça, « C'est fini ». Ces trois petits mots qu'il lui avait dit et qu'ils avaient ensuite répétés aux enfants. Le début de quelque chose, c'est forcément la fin d'une autre, non ? La fin de son histoire d'amour marquait le début de cette satanée thérapie, et inversement. Alors, elle continua de parler et de délivrer tout ce qu'elle avait sur le cœur. Du début de leur relation à la fin si brutale des derniers jours. Elle mentionna la naissance de ses filles, la vie qu'ils avaient partagée pendant tant d'années, et tout ce qui faisait qu'elle avait si mal aujourd'hui. Roxane avait tout lâché d'une traite comme si enfin elle ouvrait les vannes. Tout se libérait dans ce grand salon transformé en cabinet. Elle parlait et elle pleurait. Les larmes noyaient ses joues, transformant sa voix en un flot irrégulier et certainement peu compréhensible. De quoi avait-elle l'air ? D'une pauvre fille...

Dès qu'elle eut terminé sa très longue tirade, Véronique Vivano lui tendit simplement un mouchoir, sans bouger, se contentant de tendre le bras, et sans un mot. Roxane l'attrapa essuyant les larmes sur ses joues. Elle se sentit soudainement tellement honteuse. Qu'allait-elle penser, cette femme ? Qu'est-ce qui lui avait pris de se mettre dans cet état-là devant une inconnue ? De lui livrer autant sur son intimité ? Qu'est-ce qu'elle croyait ? Que dire tout haut ce qui la rongeait allait faire disparaître la douleur ? Elle était bien trop naïve.

— C'est plein d'émotion ce que vous venez de me dire là, intervint soudainement Véronique Vivano, la faisant presque sursauter.

Roxane semblait s'être habituée à son silence. Peut-être même qu'elle préférait ça plutôt qu'un jugement quelconque.

— Ce qui vous arrive n'est pas anodin, poursuivit-elle. C'est un chagrin d'amour et certains peuvent faire très mal. La fin d'un amour qui a énormément compté pour vous et le deuil d'une histoire. Et vous allez devoir suivre exactement le même processus que pour un deuil. Il va vous falloir l'accepter pour le supporter. Parce que ce n'est pas une personne, mais votre histoire d'amour qui est morte aujourd'hui. Et ça fait tout aussi mal.

Roxane repensa à ce que lui avait dit sa sœur à ce propos. Elle avait raison. La séparation pouvait être aussi terrible que la perte d'un être cher. Parce que là, il était parti de son plein gré. C'est lui qui l'avait choisi. Il était là bien vivant, quelque part, mais il ne serait plus jamais là, vivant avec elle.

11

En sortant du petit cabinet, Roxane était tellement épuisée, qu'elle avait l'impression d'avoir descendu le Grand Brûlé à la course. Chose qu'elle n'avait jamais pratiqué bien évidemment, mais elle l'imaginait. Pourtant, même sans avoir fait d'efforts physiques, c'était fatigant de se mettre à nu, d'avouer tout ce qu'elle avait sur le cœur. Et surtout, ça l'avait épuisée de pleurer toutes les larmes de son corps. Roxane ne s'attendait pas à ça en se rendant chez le psy. À vrai dire, elle ne savait pas vraiment à quoi s'attendre. Elle y avait été parce qu'elle ne voyait plus d'issues. C'était un peu son dernier espoir. Elle ne croyait en rien quant au résultat, elle n'était pas aussi naïve. Et pourtant, elle n'aurait jamais pensé être aussi éreintée à la fin de cet entretien. Elle se sentait affreusement vide, lessivée. Comme si les larmes avaient effacé une partie de sa douleur, de celle qui ne la quittait plus depuis des jours. C'était très certainement passager, elle ne croyait pas aux miracles et au fond, cette fatigue la brisait tout autant que la douleur. Elle en avait marre de pleurer, de se lamenter. En fait, elle en avait marre d'être triste et pourtant, c'était le seul sentiment qu'elle côtoyait en ce moment.

Roxane s'arrêta devant une vitrine pour constater son reflet dans la glace. Il ne faisait pas encore nuit, mais il y avait peu de monde en ville à cette heure-ci. Et heureusement parce qu'elle faisait peur à voir. Ses yeux et son nez étaient rougis par les larmes et les coups de mouchoirs répétés. Son mascara avait coulé, collant ses cils entre eux et laissant de vilaines traces sur ses joues. Et sous cet affreux maquillage, on apercevait toujours ses cernes, horribles et terriblement marqués. Preuve que ses nuits étaient plus blanches que roses ces derniers temps. Elle ne pouvait pas rentrer comme ça. Elle ne voulait pas s'afficher ainsi devant ses filles. Elles ne méritaient pas ça. De toute façon, elle n'avait aucune envie de rentrer.

Elle avait fini par haïr cette maison qu'elle avait tant chérie autrefois. Et surtout, Roxane n'avait aucune envie de répondre aux nombreuses questions que sa sœur ne manquerait pas de lui poser. Pourtant, elle ne lui avait rien dit pour aujourd'hui, mais Gwen se douterait forcément de quelque chose, surtout si elle rentrait avec une tête pareille ! Elle avait comme un sixième sens pour tout ce qui la concernait. C'était génial parfois, mais là cette dernière n'avait aucune envie de parler. Elle l'avait suffisamment fait avec sa psy. C'était tellement étrange de dire une chose pareille. Sa psy... Elle n'aurait jamais cru ça possible un jour.

Alors, pour retarder le moment où elle n'aurait plus d'autres choix que de rentrer chez elle, Roxane avait déambulé dans les rues. Le soleil avait commencé sa descente. Instinctivement, Roxane s'était rapprochée du Barachois. Elle avait toujours adoré cet endroit. C'était un des premiers qu'elle avait visités en arrivant sur l'île. Avec David, ils avaient passé de très longues soirées ici, main dans la main à écouter les vagues se jeter contre la promenade. Ils escaladaient les canons en riant, se prenant pour les maîtres du monde. Ici, ils avaient été heureux. Plus tard, les filles étaient venues faire du manège pendant que leurs parents les regardaient d'un œil attendri. Oui, c'est pour ça qu'elle adorait ce lieu. Parce qu'il symbolisait sa vie d'avant, celle où tout était rose et sans accro.

Roxane s'approcha encore des canons, se penchant vers l'océan, si bleu et plutôt calme aujourd'hui. Calme... Tout ce qu'elle n'était pas à cet instant. C'était la guerre dans son esprit. Tout se bousculait dans sa tête maintenant que l'émotion du rendez-vous était passée. Elle était en colère, elle se sentait trahie d'avoir été abandonnée et surtout, elle était triste. Encore et toujours. Elle avait parfois l'impression que la tristesse ne l'abandonnerait jamais. Son humeur contrastait tellement avec le décor qu'elle avait sous les yeux. La jeune femme avait cru que cet endroit réussirait à l'apaiser, mais visiblement même ça, ça ne suffisait plus. La beauté des paysages ne pouvait plus rien pour elle. Elle était lasse et triste, voilà ce qui restait de la si joyeuse Roxane Valentin.

Les larmes roulaient doucement sur ses joues sans qu'elle ne cherche à les arrêter. À quoi bon de toute façon ? Roxane avait le regard dans le vide comme si elle fixait quelque chose qu'elle seule pouvait voir. Au loin, le soleil avait vivement commencé sa course pour rejoindre l'horizon, se perdant parmi les nuages. Dans quelques minutes, il irait se coucher pour se reposer un peu avant d'illuminer une nouvelle journée. C'était un très beau spectacle. Autrefois, Roxane aurait adoré. Elle avait toujours beaucoup aimé les couchers de soleil. Toutes ces couleurs l'avaient toujours fascinée. Et celui du Barachois était certainement l'un des plus beaux qu'elle ait jamais vus. Il baignait la falaise et la route du Littoral ainsi que toute la côte, les illuminant d'une douce et faible clarté avant de se jeter à son tour dans l'océan Indien.

Les touristes étaient nombreux à regarder le spectacle, comme si c'était la première fois qu'ils le voyaient. Certains prenaient même des photos pour immortaliser l'instant qu'ils garderaient encore longtemps dans leur mémoire. Roxane, quant à elle, la seule chose dont elle se rappellerait, ce serait ce fichu rendez-vous qui avait précédé la beauté et les larmes qui avaient coulé. Sans cesse, elle ne pourrait s'empêcher d'associer les deux à présent. Sur sa droite, un jeune couple s'embrassait avec toute la fougue et la passion de leur âge. Ils étaient beaux, amoureux, insouciants. En réalité, ils lui rappelaient un peu son couple d'autrefois, celui des débuts. Un tendre amour est très vite remplacé par un autre. Ainsi va la vie. C'est ce qui fait sa beauté. L'amour en lui-même ne meurt jamais. C'était plutôt positif comme idée, même si elle avait du mal à être aussi optimiste en ce moment, trop obsédée qu'elle était par son chagrin.

Un violent coup de klaxon la fit sursauter, la tirant de ses rêveries. La circulation commençait déjà à être dense à cette heure-là. Les gens venaient de débaucher pour la plupart et rentraient chez eux, ce qu'elle se refusait de faire. Un adolescent avait bravé les feux tricolores pour traverser et un automobiliste mécontent avait protesté. Cette brutale interruption l'avait totalement coupée du spectacle et Roxane n'avait plus aucune envie de s'y replonger. Elle n'était pas d'humeur, même la beauté la laissait totalement insensible à l'heure qu'il était. À quoi bon continuer de la contempler puisqu'elle ne pouvait pas l'apprécier à sa juste valeur ? Mais elle ne voulait pas rentrer pour autant. Il était encore trop tôt, elle ne manquerait pas de croiser les filles qui rentraient tout juste de l'école et elle préférait éviter. Roxane n'avait absolument rien d'une mère en ce moment alors il valait mieux qu'elle s'efface, au moins le temps que ça passe. De toute façon, elles n'étaient pas seules, elles avaient Gwen. Ça la rassurait de savoir que sa sœur était là pour réparer ses bêtises, elle se sentait un peu moins coupable.

Presque naturellement, ses pas la menèrent dans un petit bar où elle s'installa en terrasse. À cette place, elle pouvait voir le soleil terminer sa course et disparaître, comme happé par l'horizon. Les canons et les palmiers se dessinaient nettement devant l'océan sur lequel se reflétaient les derniers reflets du soleil. Même ici, Roxane apercevait toujours ce jeune couple qui semblait incapable de se séparer. La jeune femme préféra baisser les yeux et porter son regard sur la carte que venait de lui apporter la serveuse. Ça ne servait à rien de se faire du mal. D'ordinaire, elle ne regardait que le côté « sans alcool » lorsqu'elle avait l'occasion de s'arrêter dans un bar ce qui n'arrivait quasiment jamais. Mais ce soir, elle avait envie de quelque chose de fort. Noyer son chagrin autrement qu'avec un simple jus de papaye. Il lui fallait autre chose. Quelque chose qui l'aide à surmonter sa peine, ce soir au moins. Son regard s'arrêta sur un rhum blanc qu'elle s'empressa de commander avant de changer d'avis.

Roxane observa longuement le liquide dans son verre avant de le porter à ses lèvres. Elle n'avait quasiment jamais bu d'alcool de sa vie, ou alors il y a très longtemps. Avant, quand elle était jeune. Tout simplement parce que David le lui avait toujours interdit. Oh bien sûr, il ne l'avait jamais dit clairement, mais il avait su se faire comprendre. Dès leur première rencontre, il lui avait dit détester ces femmes qui osaient accompagner leur mari avec un verre de vin. Il trouvait ça vulgaire, comme un bon macho. Ce qui ne l'empêchait pas de boire une petite bière avec Gwen devant un match de foot. Avec elle, c'était différent. Roxane n'avait jamais rien dit, de toute façon, elle n'aimait pas particulièrement ça. Peut-être parce qu'elle aimait plus David que le goût de l'alcool.

Aujourd'hui, si elle voulait plonger corps et âme dans l'alcool l'espace d'une soirée, elle en avait parfaitement le droit. Personne ne pourrait rien lui dire. Même si David n'avait jamais fait de réflexion, son regard parlait pour lui. Là au moins, il ne la verrait pas. Le liquide inondait sa trachée, la brûlant vivement à l'intérieur. Ça ne pourrait que lui faire du bien. Au fond, elle prenait ça comme une sorte de provocation. Comme si elle lui disait en face : « Regarde moi bien, t'as voulu t'en aller, eh bien, je n'en ai rien à cirer ». Elle ne le pensait pas, évidemment, mais ce soir au moins, elle avait envie d'y croire. Dans d'autres circonstances, elle aurait trouvé ce comportement ridicule, digne d'une adolescente, mais à cet instant c'est exactement ce dont elle avait besoin.

— Roxane ?

La jeune femme était tellement concentrée sur son verre et sa substance qu'elle n'avait pas failli entendre son interlocuteur. Qui aurait pu la reconnaître ici de toute façon ? Finalement, Roxane se rendait compte qu'elle ne connaissait pas grand monde sur l'île. En vingt ans, elle s'était fait que très peu d'amis et ceux qu'elle avait n'étaient que de vagues connaissances. Les seules personnes qu'elle aurait pu compter parmi ses amis, c'était avant tout ceux de David. Comment aurait-elle pu rencontrer des gens, elle ne sortait que très rarement et jamais toute seule. Il faut dire que David était très protecteur. Elle avait toujours aimé ça avant, mais au final, ça l'avait coupée du monde. Les rares personnes qu'elle côtoyait, c'était les clients de la pharmacie, les habitués, bien souvent des personnes âgées qui venaient récupérer leurs médicaments. Mais elle était prête à parier qu'aucun d'eux ne mettait jamais les pieds dans ce bar.

— Qu'est-ce que tu fais là ? insista la voix.

Roxane avait raison, ce n'était pas l'un de ses clients qui se trouvaient là face à elle. En levant les yeux, légèrement voilés à cause de l'alcool, la jeune femme put distinguer la silhouette familière du meilleur ami de son mari. Marc. Décidément, c'était pas de veine ! Ce type était certainement la dernière personne qu'elle avait envie de croiser à l'heure qu'il était. Et pourtant, il était bel et bien là, face à elle, prêt à s'asseoir.

— Je peux ? demanda-t-il en désignant la chaise libre face à la jeune femme.

Cette dernière l'observa par-dessus son verre presque vide. Elle n'avait aucune envie de discuter avec lui et qui que ce soit qui puisse lui rappeler le mari qu'elle avait perdu. Pourtant, malgré sa volonté, elle hocha la tête sans dire un mot. C'était son grand problème, elle avait toujours eu du mal à dire non. Et puis, de toute façon, il se serait assis quoiqu'il arrive, alors... Elle avala une nouvelle gorgée de son breuvage, histoire de se mettre dans de bonnes conditions en imaginant la conversation qu'ils s'apprêtaient à avoir.

Marc prit place face à elle tout en levant la main pour appeler la serveuse. Il commanda un Ti punch à la coco et Roxane reprit la même chose qu'auparavant en prenant bien soin de terminer son verre. Ce serait dommage de gâcher, elle avait toujours détesté ça ! Et puis, elle en aurait bien besoin d'un deuxième pour affronter son tête-à-tête avec Marc.

— Comment ça va ? demanda-t-il simplement en portant son verre à ses lèvres.

— À ton avis ? répondit Roxane, sur la défensive.

Elle n'avait absolument aucune envie de faire la conversation à cet homme qui était si proche de son mari. Qu'est-ce qu'il cherchait à la fin ? Venir constater les dégâts et admirer le spectacle ? Vérifier qu'elle était bien à terre ? C'était beaucoup trop facile et elle ne voulait surtout pas lui donner satisfaction. Ni à lui, ni à David. Ça avait beau être le meilleur ami de son mari, Roxane ne l'avait jamais porté dans son cœur. Elle le côtoyait et le tolérait simplement parce qu'il était important pour David, mais ça n'allait guère plus loin.

La jeune femme avait toujours eu beaucoup de mal avec lui, même si évidemment, elle n'en avait jamais rien dit. Elle avait eu beau mettre David en garde à maintes reprises, il avait toujours fait la sourde oreille. Il adorait Marc, alors évidemment, il ne voyait rien. Vu de l'extérieur les choses sautaient plus facilement aux yeux. C'était un fêtard invétéré qui, à 45 ans, passait son temps à boire et à faire la fête. Ce n'était d'ailleurs pas étonnant qu'elle le croise ici, ce devait être un de ses lieux de prédilection. Il connaissait les bars de Saint-Denis comme sa poche, voire même de l'île si tant est que ce soit possible. Roxane avait toujours détesté le fait qu'il entraîne David dans ses frasques. Forcément, lui, il n'avait rien à perdre, ni femme, ni enfants. Personne ne l'attendait bien sagement à la maison. Alors, elle lui en voulait de lui voler son mari aussi souvent.

Et puis, il y avait autre chose. Quelque chose qu'elle détestait chez lui encore plus que le reste. C'était un séducteur, il l'avait toujours été. Il collectionnait les femmes comme certains collectionnaient les timbres. Depuis qu'elle le côtoyait, il n'avait jamais eu une seule relation durable.

Tout le monde ici connaissait sa réputation, mais personne ne semblait s'en soucier. Et surtout pas David. Il trouvait même ça drôle et s'amusait à lancer les paris chaque weekend. Est-ce que cette fois elle serait brune, métisse ou blonde oxydée ? Roxane détestait le fait qu'il entraîne son mari dans ces conneries. Parce que David, lui, n'était pas célibataire. Il avait une femme et des enfants qui l'attendaient sagement à la maison pendant qu'il s'éclatait avec son pote, comme des gamins de 15 ans. Alors qu'ils en avaient le triple. Voilà sûrement pourquoi elle détestait autant ce type.

Pourtant, Roxane n'avait pas toujours dit ça. Il fut un temps même où elle pensait exactement le contraire. Elle avait beau mépriser ces femmes qui tombaient sous le charme de ce séducteur de pacotille, elle en avait fait partie, il y a très longtemps. C'était avant David. L'année même de ses 18 ans. Elle était sortie fêter ça avec ses copines. La boîte était bondée. Elles n'avaient pas l'habitude, alors elle en avait profité. Il était arrivé, comme ça. À l'époque, elle le connaissait simplement de vue. Parce qu'au lycée, tout le monde le connaissait. Il était plutôt beau garçon, même si elle préférait les petits bruns. Et puis surtout, il savait y faire avec les filles. Roxane n'y avait pas échappé. Elle était jeune et naïve. Elle s'était laissé avoir par ses belles paroles et ses mots tendres. Que du pipeau ! Mais elle l'avait compris trop tard. Elle était si fière qu'un type comme lui, beau et populaire, s'intéresse à une fille comme elle, si simple et tellement banale. Alors, elle avait succombé. Il ne s'était pas passé grand-chose. Un simple baiser qui avait à peine duré plus d'une minute et que personne n'avait remarqué. Sauf que pour elle, c'était le premier. Ça n'avait jamais été plus loin. Il s'en fichait totalement, ça aussi, elle l'avait compris trop tard. En réalité, voilà pourquoi elle le détestait. Parce qu'elle s'en voulait d'être tombée aussi facilement dans ses filets. Comme toutes les autres.

Ils n'en avaient jamais reparlé. Ni l'un ni l'autre. C'était un peu comme si ça n'avait jamais eu lieu. Comme s'il avait oublié alors qu'elle y pensait à chaque fois qu'elle le voyait. David l'avait désigné pour être le parrain de Manon. Parce que c'était son meilleur ami, alors c'était normal. Roxane avait eu beau refuser, elle n'avait pas eu le dernier mot. Elle n'avait pas les bons arguments parce qu'elle ne lui avait rien dit, pas un mot. Avec David, ils n'avaient jamais abordé le sujet. Et c'était sûrement mieux ainsi. Finalement, Roxane n'avait jamais su s'il était au courant ou non. Et pour ça aussi, elle haïssait Marc, parce qu'elle détestait mentir à son mari.

Quand ils avaient aménagé à la Réunion, en 2000, Roxane s'était dit que ça mettrait une distance bénéfique entre eux. 12000 kilomètres, c'est exactement ce qu'il fallait pour oublier cet obstacle entre l'amour d'un côté et l'amitié de l'autre. Même si Marc venait les voir de temps en temps, ça ne durait que quelques jours. Jusqu'à ce qu'il décide de venir s'installer sur l'île à son tour. Un an après la naissance de Manon, en 2003. Évidemment, avec le temps, Roxane s'était habituée à sa présence, mais ce n'est pas pour ça qu'elle avait appris à l'apprécier. Elle le tolérait et c'était déjà pas mal.

Roxane avala une nouvelle rasade de son breuvage. Il fallait absolument qu'elle oublie tout ça. Et pour l'instant, elle n'avait rien trouvé de mieux que l'alcool. Elle s'apprêtait déjà à héler le serveur pour commander un autre verre lorsque Marc l'arrêta en posant une main sur la sienne. Roxane la retira aussitôt, comme électrisée par ce contact. Elle avait beau être à moitié saoule, elle savait qu'elle ne voulait aucune proximité avec lui.

— Tu devrais arrêter de boire Rox ! suggéra-t-il en fronçant les sourcils.

La jeune femme lui lança un regard noir. Elle détestait qu'il l'appelle de cette façon. C'était le surnom qu'utilisaient les gens qu'elle aimait. C'est-à-dire sa famille. Et puis, elle détestait par-dessus tout ce petit ton condescendant qu'il prenait avec elle. C'était ridicule.

— Je dis ça pour toi ! C'était déjà le combientième ? ajouta-t-il en désignant le verre vide face à elle.

Non, mais je rêve ! songea Roxane. Pour qui il se prenait celui-là ? Jusqu'à preuve du contraire, elle était plus que majeure et elle avait parfaitement le droit de boire autant qu'elle le voulait. Ce n'était certainement pas ce sale type qui allait l'en empêcher. Il ne serait jamais de son côté quoiqu'il arrive. C'était le meilleur ami de David. David à qui il raconterait tout de cette soirée dans les moindres détails. Elle passerait pour une pauvre fille minable qui aller se saouler dans les bars au moindre pépin. Il serait même capable de lui réclamer la garde des filles. Bravo Roxane ! Tout ça à cause de ce type.

— Merci, mais t'es pas mon père ! Je suis assez grande pour savoir ce que j'ai à faire, répliqua-t-elle aussi froidement que possible en se levant pour partir le plus loin possible de Marc.

Il n'avait pas tout à fait tort sur un point, elle avait trop bu. Elle avait seulement pris trois verres, mais elle n'avait pas l'habitude de boire. Elle les avait ingurgités beaucoup trop vite. Dès qu'elle fut debout, Roxane chancela et se rattrapa à la chaise in extremis. Elle sentit le regard de Marc sur elle. Elle était persuadée qu'il s'empresserait d'en parler à son meilleur ami. Il s'en ferait même une joie. Il fallait qu'elle se tire d'ici au plus vite. Ou du moins aussi vite que ses jambes ankylosées le lui permettraient. Elle avait l'impression de peser une tonne. Qui avait dit que l'alcool rendait léger ? Ou bien, elle avait tout simplement passé l'âge. Sa vision était troublée. Elle avait du mal à distinguer la porte du bar. Pourtant, il fallait qu'elle parte, qu'elle s'éloigne de ce type nocif pour elle et pour sa famille.

Elle était persuadée que c'était de sa faute à lui si David l'avait abandonnée. C'est lui qui avait dû l'inciter à fréquenter cette Clara. Parce qu'elle était plus jeune, plus jolie, plus tout finalement. Il n'y avait que lui pour pousser David à faire une chose pareille. Aussi stupide. Parce que lui, il n'avait pas de famille, pas d'enfants et surtout aucune attache. Il se fichait de tout et de tout le monde.

Voilà pourquoi il fallait qu'elle s'en aille, le plus loin possible. Mais sa tête était tellement lourde... Qu'est-ce qui lui avait pris de boire autant bordel ? Ah oui, pour oublier. La belle affaire ! Elle avait la gorge en feu, les yeux troubles et elle était incapable de mettre un pied devant l'autre. Pourtant, il fallait qu'elle avance. Mais... Une nouvelle fois, elle manqua de trébucher. Elle aurait certainement atterri la tête la première si Marc ne l'avait pas rattrapée in extremis.

— Je vais te ramener, s'exclama-t-il en la soutenant pour quitter le bar. Inutile de me remercier, promets-moi juste de ne pas gerber dans ma voiture.

Roxane ne prit même pas la peine de relever la tête vers lui. Elle était incapable de protester. Décidément, ces derniers temps sa vie partait complètement à vau-l'eau. Enfin sans mauvais jeu de mot, parce que ce soir, elle partait surtout à vau-le rhum...

12

Les filles étaient aux anges. Ça se voyait sur leurs yeux qui s'étaient illuminés dès qu'elles avaient vu l'océan. Gwen avait eu de la chance de trouver une place juste à côté de la plage. Elle adorait cet endroit. À chaque fois qu'elle venait à la Réunion, elle faisait un détour par ici et elle avait eu envie d'y amener les filles. Histoire de leur changer les idées. Après tout, elle était là pour ça. Il faut dire qu'à la maison, ce n'était pas rose tous les jours, loin de là.

La semaine dernière, Marc avait été obligé de ramener leur mère dans un état lamentable. Roxane avait passé sa soirée penchée sur la cuvette des toilettes et depuis elle se traînait dans la maison tel un zombie, comme elle le faisait déjà depuis des semaines en somme. Heureusement, les filles n'avaient rien vu, elles dormaient déjà. Mais Gwen avait préféré les éloigner un peu de la maison, au cas où ça recommence. C'était sûrement ce qu'il y avait de mieux à faire pour l'instant. Tant que leur mère avait décidé de se comporter comme une gamine de 16 ans, ce serait à elle de remplir le rôle qui lui était imparti. Du plus loin qu'elle s'en souvienne, Roxane avait toujours été irréprochable, c'était elle la plus responsable de la famille. Elle n'avait jamais fait de crise d'adolescence. Gwen n'aurait jamais cru que ça puisse se produire aussi tard !

Malgré l'heure matinale, la plage était déjà bondée. Elles étaient venues tôt pour être sûres d'avoir une bonne place et d'en profiter au maximum. Elles s'installeraient sur le sable et prendraient un sandwich ici, ce serait plus simple. Et puis, plus tôt elles partiraient, plus vite elles échapperaient à cette ambiance tendue qui régnait à la maison. Si elles n'avaient rien vu l'autre soir, les filles se rendaient bien compte que leur mère n'allait pas bien. Surtout Manon. À 16 ans, elle n'était pas dupe. Ça leur avait fait un choc de voir leurs parents se séparer, eux qui étaient si soudés. Elles n'avaient pas compris ce qui se passait et le comportement de leur mère dernièrement n'arrangeait rien. Bien au contraire. Ça ne faisait qu'empirer la situation qui était déjà suffisamment compliquée comme ça.

La plage était une excellente idée avait pensé Gwen. Ça ne pouvait que leur faire du bien. Et puis, elle avait beau être ici pour s'occuper de ses nièces, elle comptait bien en profiter pour parfaire son bronzage. Il était hors de question qu'elle revienne en Métropole blanche comme un cachet d'aspirine. Si seulement elle pouvait avoir la peau aussi hâlée que celle de ses nièces, elle signerait tout de suite. À ses côtés, Océane avait déjà jeté sa serviette sur le sable blanc pour courir vers l'océan.

— Tu ne vas pas trop loin ma bichette, lui cria Gwen.

— De toute façon, avec la barrière de corail, elle risque pas grand-chose, y a à peine un mètre d'eau ici, maugréa Manon, en donnant un coup de pied dans le sable.

Gwen lui jeta un coup d'œil en coin. Même dans un endroit aussi paradisiaque que celui-ci, Manon ne se séparait pas de son caractère de cochon. Pourtant, Gwen était prête à parier que sa nièce était très heureuse d'être ici. Sauf qu'elle avait 16 ans, alors elle ne l'avouerait jamais. Oh, elle connaissait ça. Elle était exactement pareil à son âge, si ce n'est pire. Il fallait voir le résultat quelques années plus tard. Ça valait le coup !

Sans prêter plus attention aux remarques de Manon, Gwen installa sa serviette sur le sable blanc tout en gardant un œil sur Océane au loin. Même s'il n'y avait que très peu d'eau par ici, comme l'avait si bien fait remarquer Manon, on n'était jamais trop prudents. Elle avait déjà entendu parler de noyade avec moins d'eau encore qu'il n'y en avait ici ! Voilà pourquoi elle surveillait sa jeune nièce comme le lait sur le feu. Elle n'avait aucune envie d'achever Roxane avec un nouveau drame ! Au moins ici, elles ne risquaient pas de se retrouver nez à nez avec un requin grâce à la barrière de corail qui longeait la côte. C'est principalement pour cette raison que Gwen venait toujours près de la Saline-Les-Bains pour se baigner. Elle ne voulait en aucun cas faire un remake des *Dents de la mer* !

Sur sa gauche, Manon n'avait absolument pas bougé. Elle se tenait droite, le regard figé vers sa cadette, ses vêtements toujours sur le dos.

— Tu ne veux pas bronzer un peu ? demanda Gwen en retirant son paréo.

— Pour avoir des plaques rouges partout et ressembler à une écrevisse ? Non merci, maugréa la jeune fille.

Gwen soupira en s'allongeant sur sa serviette, les yeux rivés sur le lagon et la silhouette d'Océane qui se découpait au bord de l'eau. La petite fille s'amusait avec des morceaux de coraux qu'elle jetait dans l'eau pour les voir rebondir à la surface. C'était tellement plus facile avec les enfants ! La moindre distraction leur faisait oublier leur tristesse. Alors qu'avec les ados... La tâche était beaucoup plus compliquée.

— Tu m'aides ? demanda-t-elle à sa nièce en lui désignant la crème solaire. Pour éviter d'avoir des taches rouges justement, ajouta-t-elle avec un clin d'œil.

Manon poussa un profond soupir avant de lever les yeux au ciel. Elle n'avait aucune envie d'être ici. Elle détestait la plage, le sable qui vous colle à la peau et vous suit partout où vous allez. Le soleil qui vous brûle dès que vous avez le malheur de vous étendre sur le sable, trop chaud. Elle détestait les coups de soleil qu'elle ne manquait jamais d'avoir après une journée comme celle-ci, même si elle finissait toujours par brunir un peu après quelques jours. Et elle n'aimait pas non plus se baigner. En tous les cas, pas ici ! Il y avait à peine quelques centimètres d'eau, aucune vague, aucun mouvement. Elle détestait cet endroit, elle détestait cette île et surtout, elle détestait ses parents ! Elle leur en voulait tellement. Et elle savait très bien que Gwen ne les aurait pas traînées ici s'il n'y avait pas eu cette satanée histoire de séparation. Elle ne leur aurait même pas rendu visite d'ailleurs si son père n'était pas parti... Manon adorait sa tante, mais pour une fois, elle aurait préféré qu'elle ne soit pas là. Ça aurait voulu dire que tout allait bien, que ses parents étaient toujours ensemble et qu'ils s'aimaient encore, comme avant. Mais ce n'était pas le cas. Leurs parents avaient bien prononcé ces mots atroces. « C'est fini... »

Gwen l'observait toujours, sa crème à la main. En maugréant, Manon s'approcha. Après tout, elle n'y était pour rien. Au contraire même, elle essayait du mieux qu'elle pouvait de leur changer les idées. La jeune fille lui prit le tube des mains et commença à en étaler sur les épaules et le dos de sa tante qui ne put s'empêcher de sourire un peu niaisement. Manon préféra l'ignorer tout en badigeonnant sa peau de crème. Ti Gwen était vraiment impossible quand elle voulait.

— Tu devrais en mettre toi aussi, lui conseilla Gwen en se tournant à demi dans sa direction. Votre mère bronze immédiatement, je l'ai toujours enviée pour ça, ou détestée au choix. Moi, je finis toujours rouge écrevisse après chaque exposition.

Manon secoua vaguement la tête pour toute réponse. Elle n'avait absolument aucune envie de faire la conversation. Heureusement, sa sœur la sauva en arrivant en courant, les aspergeant de ses petites mains mouillées. Manon tourna la tête, vaguement agacée. Presque tout l'énervait de toute façon en ce moment.

— Fais attention ! s'exclama-t-elle sévèrement à l'intention de sa cadette.

— Tu devrais venir, répondit cette dernière, l'eau est super bonne !

Gwen esquissa un sourire, ravie qu'au moins l'une de ses nièces s'amuse, avant de lui lancer une serviette. La petite fille l'attrapa au vol tout en sautant au cou de sa sœur. Elle était trempée de la tête aux pieds et Manon, encore tout habillée, se mit à crier en tapant des pieds. Gwen jeta des coups d'œil alentour. Elle n'avait pas vraiment envie que toute la plage les dévisage.

— Arrête Océane ! s'énerva Manon en fronçant les sourcils. Mes habits sont trempés maintenant, t'es contente ?

— Ben au moins, t'es obligée de venir avec moi dans l'eau ! ricana Océane, avec toute la naïveté d'une petite fille de son âge. Allez viens ! insista-t-elle en tirant sa grande sœur par le bras.

Manon se tourna brièvement vers sa tante qui haussa les épaules avec un sourire. Alors, elle soupira encore une fois. Pour ça, il n'y a pas à dire, elle tenait vraiment de sa mère. En râlant, la jeune fille retira son haut, puis son jean qu'elle laissa tomber à ses pieds. Elle détestait se mettre en maillot de bain au milieu de tout le monde. Elle avait l'impression que les gens autour d'elle l'épiaient, même si la plupart du temps personne ne prêtait vraiment attention à elle. Ça l'avait toujours mise mal à l'aise. Et ça ne s'arrangeait pas en grandissant. Elle n'était même pas certaine de s'être rasée correctement ! Même si elle avait accepté de venir jusqu'ici, en râlant comme d'habitude, elle n'avait absolument pas prévu de se baigner. Mais pour sa sœur, elle allait faire un effort. Comme toujours.

Océane attrapa sa main, trop heureuse, pour l'attirer au bord de l'eau. Elle était tellement contente de passer un moment avec sa sœur, comme avant quand elles étaient plus petites. Elles avaient beau avoir presque dix ans d'écart, Océane se souvenait de certaines choses. C'est Manon qui lui avait appris à nager. C'est elle aussi qui lui tenait la main lorsqu'elle avait fait ses premiers pas. Elle était même certaine que c'était elle qui avait entendu ses premiers mots. Et aujourd'hui, elle était très contente de lui tenir la main et d'être avec elle tout simplement.

— Eh Ti Gwen, tu viens avec nous ? demanda la petite fille en se retournant vers sa tante.

Son sourire était si sincère, tellement innocent que Gwen ne pouvait pas refuser. Elle s'empressa de retirer le reste de ses vêtements qu'elle laissa tomber sur le sable, où ils allèrent rejoindre ceux de Manon. Elle avait eu raison de les amener ici. C'était toujours mieux que l'ambiance tendue qui régnait à la maison ces derniers temps. La jeune femme s'élança à son tour vers ses deux nièces, attrapant la petite main tendue d'Océane.

— Et les affaires, qui va les surveiller ? ronchonna Manon, les mains sur les hanches.

— Qui voudrait te voler ton jean ? Il est tout troué, rigola sa petite sœur en faisant un clin d'œil complice à Gwen.

— Y a mon portable là-bas ! Et ça vaut beaucoup plus cher qu'un jean troué. Tu verras quand tu en auras un !

— Arrête de stresser Manon. Je jette un œil, lui assura Gwen. Pour une fois au moins profite et arrête de faire la tête sans arrêt. Je suis sûre que tu en meurs d'envie.

Manon se renfrogna, rentrant la tête dans les épaules sans dire un mot. Elles étaient arrivées au bord de l'eau, qui venait leur chatouiller les orteils. Océane riait aux éclats, plongeant ses petites mains dans l'eau avant de se tourner vers sa sœur qu'elle arrosa à nouveau.

— Eh ! protesta Manon, alors qu'un faible sourire commençait à se dessiner sur ses lèvres.

Sa carapace était en train de céder. Enfin ! Gwen les contempla toutes les deux d'un œil attendrissant. Les deux filles ne cessaient de s'éclabousser, courant et gesticulant dans l'eau. Gwen priait pour qu'elles ne se fassent pas mal avec les nombreux coraux, mais elles avaient l'air si heureuses à cet instant qu'elle n'osait pas les interrompre. Ce petit moment de détente ne pouvait pas leur faire de mal, bien au contraire. Manon rayonnait à nouveau et ça faisait plaisir à voir. Elle redevenait la petite fille qu'elle était autrefois. Celle qui riait à chaque instant avec ses petits bras potelés et ses couettes blondes. Gwen sourit, un peu nostalgique, plongée dans ses souvenirs. Avec la distance, elle n'avait pas vu ses nièces grandir, du moins pas autant qu'elle l'aurait souhaité. Elle avait beau venir presque tous les ans à la même période, chaque fois elle peinait à les reconnaître, tant elles avaient changé, mûri et grandi. Les années filaient à toute vitesse et personne ne pouvait rien contre le temps. Pas même elle et ses supers pouvoirs comme aimaient le répéter Océane et Manon.

La plage commençait déjà à se remplir petit à petit. Elles avaient bien fait d'arriver tôt sans quoi elles n'auraient pas pu en profiter. Il faut dire que le temps était splendide. Le ciel était d'un bleu azur, parsemé de nuages qui moutonnaient au-dessus des montagnes qu'on apercevait au loin. Il faisait bien meilleur ici qu'à Saint-Denis ! Décidément, elles avaient eu raison de quitter la capitale pour la journée. La chaleur était étouffante et malgré le peu de tissu que contenait son bikini, Gwen était en sueur. Elle devrait faire comme les filles qui chahutaient dans l'eau, mouillées de la tête aux pieds. Elle-même n'avait pas été plus loin que les chevilles. L'eau n'avait jamais vraiment été son élément. Ce qui n'était visiblement pas le cas de ses nièces qui s'en donnaient à cœur joie. Elles auraient certainement faim en sortant songea Gwen. Elle n'avait rien emporté dans leur sac, si ce n'est un paquet de gâteaux. De toute façon, avec cette chaleur aucune nourriture n'aurait apprécié de rester enfermée dans un sac, même hermétique, toute la journée en plein soleil.

La jeune femme retourna sur la plage où elle renfila son paréo, qu'elle noua négligemment sur ses hanches. Elle jeta un dernier regard en direction de ses nièces après avoir attrapé son portefeuille et se dirigea vers le snack au bout de la plage. Ils faisaient de très bons sandwichs et les serveurs étaient toujours très sympas. Elle revenait chaque année ici pour le simple plaisir de déguster une nouvelle fois leur citronnade. Elle n'en avait jamais goûté de meilleure jusqu'à présent.

Gwen observait la carte pour faire son choix lorsque quelque chose, ou plutôt quelqu'un, attira son attention un peu plus loin. Elle l'avait à peine vu, l'espace de quelques secondes seulement, mais pourtant, elle était sûre de ne pas se tromper. Elle pencha la tête, pour mieux voir et il apparut à nouveau. Il avait beau être de dos, elle le reconnaîtrait entre mille. Il fit volte-face et alors leur regard se croisa.

Bon sang ! Gwen fronça les sourcils, mais il n'osa pas soutenir son regard. Il attrapa des verres vides sur une table pour les déposer sur le plateau qu'il avait entre les mains. Pourquoi c'était lui qui tenait ce plateau ? Qu'est-ce qu'il faisait là à jouer les serveurs sur cette plage ? Une nouvelle fois il disparut dans les cuisines et la jeune femme le suivit du regard sans comprendre. Est-ce qu'il travaillait ici ? Mais enfin pourquoi ? Et surtout depuis quand ? Est-ce que sa sœur était au courant ? Un milliard de questions se bousculaient dans son esprit, questions auxquelles elle n'avait pas le moindre début de réponse.

— Mademoiselle ? insista le serveur alors que les gens derrière elle dans la file commençaient à s'impatienter.

Tirée de ses rêveries, Gwen tourna la tête vers l'homme au comptoir. Elle avait encore du mal à se défaire de cette image. Parce qu'elle était persuadée d'avoir vu David servir les gens dans ce bar alors qu'il était médecin à l'hôpital de Saint-Denis, et qu'il n'avait absolument rien à faire ici...

— 13 —

Pour son deuxième rendez-vous, Roxane était beaucoup moins tendue. Peut-être parce qu'elle connaissait les lieux et qu'elle savait plus ou moins ce qui l'attendait. Pourtant, elle avait toujours cette horrible boule au ventre en prenant place face à Véronique Vivano, comme à chaque fois. S'il n'y avait pas eu toute cette stupide histoire avec David, elle n'aurait pas eu besoin d'être là. Elle pourrait être chez elle avec ses filles et sa sœur, qu'elle voyait si peu. Elle aurait même pu les suivre à la plage. Ça faisait si longtemps qu'elle n'y avait pas été, ça lui aurait fait du bien. Oui, sans David, elle serait en train de vivre sa vie tout simplement au lieu d'être là dans ce fichu cabinet à parler de ses maux à une inconnue. Pour toutes ces choses, elle le détestait, le haïssait même, de lui faire subir tout ça. Parce qu'elle ne l'avait pas mérité.

— Comment vous sentez-vous aujourd'hui ? lui demanda Véronique avec cette même expression neutre et figée qui l'avait tant déconcertée la dernière fois.

Roxane croisa son regard. Comment se sentait-elle réellement ? Est-ce qu'elle le savait seulement ? Pas mieux ce qu'il y a de sûr, mais pas forcément pire non plus. Disons qu'elle survivait et c'était déjà pas mal. Elle essayait de continuer malgré le fait qu'elle ait perdu tous ses repères. Elle se sentait toujours aussi vide, mais surtout elle se sentait...

— En colère, répondit-elle doucement. Je le déteste pour ce qu'il m'a fait. À moi et aussi aux filles. Je le déteste d'être parti, de m'avoir salement abandonnée et d'avoir foutu notre vie en l'air, comme ça sur un coup de tête. Finalement, je crois que je le déteste autant que je l'ai aimé.

— Vous avez parlé au passé, est-ce que ça veut dire que vous ne l'aimez plus ? s'enquit la praticienne.

— Bien sûr que non, s'offusqua Roxane. Je l'aime toujours autant qu'avant si ce n'est plus. Je l'aime tellement que je pourrais en crever. Et c'est exactement pour ça que je le déteste. Parce que moi je n'arrive pas à oublier. Je ne peux pas mettre vingt ans de ma vie de côté sous prétexte qu'il est parti. Alors que lui, ça ne lui pose aucun problème visiblement. Il le fait même très bien. Et pour ça, je lui en veux. Je n'avais absolument rien demandé ! Et je ne comprends pas pourquoi je devrais souffrir et pas lui. Je...

Roxane se tut soudain en se rendant compte de la virulence de ses propos. Mais enfin que lui arrivait-il de parler ainsi de son mari avec une totale inconnue ? Et pourtant, c'était la vérité, elle lui en voulait. Tellement. Terriblement. Parce que sans lui, il n'y aurait pas tout ça. Est-il possible de haïr quelqu'un qu'on aime ? Jusque-là, elle ne s'était encore jamais posé la question. Elle ne pensait pas que les deux sentiments puissent s'associer aussi facilement. Que la haine rejoigne l'amour. Et pourtant...

Tout se brouillait dans son esprit. L'espace d'une seconde, elle avait été aveuglée par la haine qu'elle ressentait envers David. Il fut un temps où elle aimait tout de lui, même ses innombrables défauts et Dieu sait qu'il en avait. Comme tous les hommes, lui dirait Gwen. Roxane, elle, ne les voyait pas ou si peu parce que l'amour qu'elle lui portait effaçait tout. Mais aujourd'hui, ces sentiments s'étaient violemment effrités. Et elle ne savait plus lesquels étaient les plus forts. Finalement, ils avaient raison, tous, en disant que de l'amour à la haine, il n'y a qu'un pas.

Roxane sursauta lorsque Véronique Vivano lui tendit un mouchoir toujours avec ce même regard qu'elle affichait en permanence, dénué de toute expression. Roxane attrapa le Kleenex en reniflant. Elle ne s'était même pas rendu compte qu'elle pleurait. Encore... Elle ne savait plus faire que ça. Elle, qui ne versait d'ordinaire aucune larme ,était en train de rattraper quarante ans sans pleurer. Autant dire qu'elle n'avait pas fini d'user des mouchoirs.

— Pardon, murmura-t-elle d'une voix mal assurée, encore rythmée par les sanglots.

Elle ne savait pas très bien pourquoi elle s'excusait au final. Si c'était pour avoir pleuré, pour s'être énervée contre David ou pour être autant à fleur de peau ces derniers temps. Peut-être un peu des trois finalement.

— Ne soyez pas désolée, c'est normal de pleurer. Il faut que les sentiments s'en aillent de toutes les façons possibles. Les larmes en font partie.

Véronique lui tendit un nouveau mouchoir voyant que l'autre était en lambeaux entre ses mains tremblantes. Roxane épongea ses joues noyées d'un trop-plein de sentiments qui était en train de ruiner son maquillage.

— Est-ce que ces derniers jours vous avez l'impression de transpirer plus que d'ordinaire ? demanda la praticienne en fixant sa patiente de son regard si troublant.

Roxane fronça les sourcils, elle n'était pas certaine de bien comprendre le sens de la question. Néanmoins, elle hocha la tête. C'est vrai qu'elle l'avait remarqué, mais elle avait mis ça sur le compte de la chaleur. Ils venaient d'avoir un très bel été alors ce n'était pas étonnant de transpirer un peu. Bon d'accord, beaucoup. Mais une psy n'allait quand même pas la juger sur ça ? Et puis, elle prenait bien garde de s'habiller uniquement avec des vêtements noirs pour éviter de se retrouver avec de vilaines auréoles sous les bras.

— Et avez-vous également eu des fuites non prévues dernièrement ? poursuivit Véronique.

Deuxième froncement de sourcils de la part de Roxane. Mais enfin sa psychologue était-elle tombée sur la tête ? Que venaient faire ces questions ici ? Quel rapport avec David ? Même si elle était bien forcée de reconnaître que oui, elle avait eu des fuites. Oh pas grand-chose, mais à 40 ans, ça l'avait inquiétée, même si elle n'en avait parlé à personne. Elle avait bien d'autres choses à penser ces derniers temps, pour se soucier de quelque chose d'aussi insignifiant et naturel.

— Là encore, reprit Véronique, c'est une façon de vous débarrasser de ces sentiments qui vous oppressent. Ils s'en vont comme ils le peuvent et vous les expulsez de votre corps, de vote tête et de votre esprit par des voies naturelles et diverses. Les larmes, la transpiration, les fuites... Tous ces éléments sont la preuve que votre corps réagit. C'est une bonne chose.

Eh bien, Roxane était rassurée. Elle qui n'avait pas osé l'avouer de peur qu'on lui annonce qu'elle était déjà pré ménopausée à seulement 40 ans ! En réalité, c'était encore une des conséquences de l'abandon de David. Déjà qu'il l'avait laissée seule, il lui créait des désagréments d'ordre physique. Elle aurait dû en rire et pourtant cette dure constatation la fit pleurer. Encore... Les larmes roulaient sur ses joues sans qu'elle puisse les arrêter. Elle se sentait minable, secouée par de nombreux spasmes qui la remuaient et l'empêchaient presque de respirer. Est-ce qu'un jour tout ça allait cesser ? Elle n'en pouvait plus de se sentir aussi lasse, elle avait l'impression de ne même plus se reconnaître. Ce n'était pas elle cette femme qui ne faisait plus que pleurer et qui avait tant de mal à se tenir debout. Non, tout cela ne lui ressemblait pas. Et pourtant... Elle n'était plus que ça. L'ombre d'elle-même.

— Levez-vous ! ordonna alors Véronique Vivano.

Cette voix la fit sursauter. Elle avait presque oublié qu'elle se trouvait encore au milieu de ce cabinet trop obnubilée par sa peine et ses sanglots. Est-ce qu'elle allait lui demander de partir ? Même sa psy commençait à en avoir marre de sa compagnie... Ceci dit c'était compréhensible. Même elle avait beaucoup de mal à se supporter, elle était devenue invivable. Peut-être que c'était pour cette raison qu'il était parti ? Parce qu'elle était devenue trop chiante, sans même s'en rendre compte, pour qu'il puisse encore vivre à ses côtés.

— Levez-vous ! répéta Véronique et la jeune femme fut forcée d'obéir. Ce qu'il vous faut Roxane, c'est quelque chose qui vous aide à vous défouler.

Vous connaissez la théorie comme quoi briser des objets aide les gens à aller mieux ? Je ne vous propose pas d'exploser mes meubles. Il y en a déjà peu et je pense qu'ils pourraient encore me servir. Par contre, je vous suggère de frapper sur ce coussin.

Roxane l'observa un instant comme si elle était devenue totalement folle. Véronique Vivano s'était levée à son tour et elle tenait un gros coussin devant elle, collée contre sa poitrine. C'était absolument ridicule. Roxane n'allait pas faire ça. Frapper sur cette femme, même avec l'aide d'un coussin, pour évacuer sa haine et sa colère, c'était absurde. Ça ne ferait pas revenir David et surtout ça ne l'aiderait pas à oublier. Sa peine resterait identique, même après quelques coups. Et puis, elle dépassait la psy d'une bonne tête, elle allait simplement lui faire mal et finir au trou pour agression, voilà tout ce qu'elle allait gagner.

— Allez-y Roxane, frappez ! Vous pouvez y aller, ne vous en faites pas pour moi, pensez seulement à vous, à votre colère. Et frappez !

Roxane regarda la petite bonne femme puis le coussin qu'elle tenait fermement contre sa poitrine. C'était ridicule et pourtant... Elle frappa. Un coup minuscule d'abord. Elle s'était retenue parce qu'elle ne voulait pas faire blesser la praticienne et surtout parce qu'elle avait encore du mal à extérioriser toute cette haine qu'elle ressentait au fond d'elle. Elle avait honte de frapper, honte de crier et surtout par-dessus tout, elle avait honte de souffrir et d'avoir mal...

— Frappez Roxane. Pensez à David, au mal qu'il vous a fait et frappez ! Il faut évacuer tout ça, il faut que ça sorte. Frappez Roxane !

Alors, elle frappa. Un premier coup. Elle repensa à son mariage, à ce jour sublime où ils s'étaient dit oui devant leurs amis et leur famille et elle frappa. Elle pensa à la naissance de leurs filles. Ces deux petits bouts qu'elle avait couvés dans son ventre pendant neuf mois. Elle les avait chéries et protégées et aujourd'hui, elles aussi, elles souffraient de la situation alors elle frappa. Elle revit le sourire de son mari, elle ressentit ses caresses sur sa peau, et elle frappa encore et encore.

Sans même s'en rendre compte, Roxane s'était mise à hurler. À chaque coup qu'elle portait, elle criait, le visage ravagé par les larmes. Elle frappait à se faire mal aux poignets et aux cordes vocales. Elle frappa jusqu'à ce qu'elle n'en puisse plus. Elle avait tout donné. Et même si elle ne se sentait pas beaucoup mieux maintenant, elle était forcée de reconnaître que ça lui avait fait du bien. Chaque coup qu'elle avait donné dans ce coussin, c'était un peu de sa douleur qui s'enfuyait. À cet instant, sa rage et sa colère étaient telles qu'elle aurait pu tout casser sur son passage. Mais une nouvelle fois, ce sont les larmes qui furent les plus fortes et elles vinrent l'anéantir et la mettre totalement K.O. comme pour lui montrer qu'elle n'avait pas encore gagné le combat. Au contraire, elle était lamentable et vaincue.

Véronique sembla sentir le changement qui opérait sur sa patiente. Elle retira le coussin, il n'y en avait plus besoin. Pour la première fois dans sa très longue carrière, elle se sentit impuissante. Des clients, elle en avait vu défiler ici dans son cabinet. Pour diverses raisons. Des femmes dont le mari était parti, elle en avait vues aussi. C'était même plutôt courant finalement. Mais avec Roxane, elle sentait que c'était différent. Elle avait ce petit quelque chose en plus. Elle était anéantie et cette blessure profonde qui la rongeait de l'intérieur lui faisait beaucoup de peine. Un sentiment qu'elle avait toujours refusé d'éprouver pour ses patients. Elle n'en avait pas le droit. Ce ne serait pas très professionnel de sa part, il fallait qu'elle mette de la distance... Seulement ce cas-là était différent, elle le sentait au fond d'elle, sans vraiment pouvoir l'expliquer de façon rationnelle.

Oui pour la première fois depuis qu'elle exerçait ce métier, Véronique Vivano ne savait pas comment réagir face à cette femme brisée. Alors, elle fit la seule chose dont elle était capable à cet instant, elle la prit dans ses bras et elle la serra fort contre son cœur.

Dans les yeux de Manon
Publié le 24 mai 2018 à 20 h 31

« Je fume, je bois, j'ai tous les vices… Je vous déteste, je vous maudis ! »

La salsa du Démon — Le Grand Orchestre du Splendid

Mes parents sont nazes. Enfin particulièrement ma mère. Depuis que mon père est parti, c'est une vraie loque. Si c'est comme ça qu'elle compte le récupérer autant vous dire que c'est pas gagné ! Au contraire, on dirait même qu'elle fait tout pour le faire fuir si ce n'était pas déjà fait. Depuis quelque temps à la maison, c'est vraiment pas la joie ! Même si Ti Gwen essaie de nous changer les idées. Je sais bien que c'est pour ça qu'elle a débarqué ici. Elle fait tout pour qu'on se rende compte de rien avec ma sœur, mais je ne suis pas dupe. Et puis, elle est aussi discrète qu'un éléphant au milieu d'un magasin de porcelaine. Je reconnais qu'elle fait des efforts, mais je préférerais que ce soit ma mère qui en fasse.

Comme c'est pas le cas, je fuis la maison le plus souvent possible. Un peu comme papa finalement, sauf que moi, je suis obligée de rentrer tous les soirs. Quoique je suis même pas sûre que quiconque remarquerait mon absence si je décidais de découcher. À part peut-être Ti Gwen, elle a des yeux partout. C'est pas infirmière qu'elle aurait dû faire, mais flic.

Pourtant, l'autre soir, je suis presque sûre qu'elle a rien vu. Ou peut-être qu'elle a fait semblant de ne rien voir. Je préfère ça parce que j'étais vraiment dans un sale état. C'est Antoine qui m'a déposée avec son scooter. Si maman l'avait su, elle m'aurait tuée, parce qu'elle refuse toujours que je monte sur ces « engins de malheur », dixit ses propres mots. *Enfin, avant elle refusait... Quand elle se souciait encore de nous et de ce qu'on pouvait faire. Moi je trouve que c'est toujours mieux que de traverser Saint-Denis de nuit et toute seule. Même si au final, on était pas bien loin de la maison, on sait jamais sur qui on peut tomber.*

Avec les potes, on s'était calés au parc de la Trinité, près du circuit de Skate. Comme Robin est majeur, c'est lui qui s'était chargé de l'alcool. Il a le permis alors il avait tout planqué dans le coffre de sa voiture. On l'a aidé à tout décharger. Y en avait tellement qu'on a dû faire presque cinq aller-retour chacun. Je me suis demandé s'il en avait laissé un peu au Jumbo ou s'il avait dévalisé tous les rayons. Y en avait pour tous les goûts. De la vodka au punch en passant par du rosé, pour les filles, il avait précisé. Avec ça, c'est certain, on ne pouvait que passer une bonne soirée.

J'ai pas compté tous les verres que je me suis enfilés, mais tout ce que je sais, c'est que j'en ai bu beaucoup. D'habitude, ma mère ne veut jamais que je boive, sous prétexte que je n'ai pas encore l'âge légal pour. Eh bien là, on peut dire que je me suis lâchée. Et si vous vous posez la question, oui c'était totalement fait exprès ! Elle le saura peut-être jamais, mais si toutefois elle finit par l'apprendre, ça lui fera les pieds. Tu sais maman, c'est toujours comme ça, plus tu me l'interdis, et plus j'en ai envie. Je me dis que peut-être alors, tout redeviendra enfin comme avant.

Je ne sais pas combien de verres j'ai bus, mais tout ce que je sais, c'est que j'ai arrêté au moment où j'ai commencé à voir Robin en double. Non pas que ça me dérange parce que Robin, il est vraiment canon, mais je crois qu'il préfère Alizée. Pourtant, c'est bien à moi qu'il a proposé de se mettre à l'écart pour fumer un joint. J'ai jamais fumé de ma vie, même si je lui ai affirmé le contraire bien sûr. J'aurais peut-être pas dû... Il a rien dit, mais je suis sûre qu'il s'est rendu compte que j'avais menti quand je me suis mise à tousser comme si j'étais sur le point de m'étouffer alors que j'avais à peine tiré une taffe. Il m'a expliqué qu'il avait l'habitude de fumer et que ça ne lui faisait plus rien. Moi, j'avais la bouche en feu, encore pire que la première fois où j'ai mangé du rougail[3] et peu à peu j'ai eu l'impression de voir voler des éléphants roses comme dans *Dumbo*. Sauf que les miens, ils portaient des justaucorps et à paillettes s'il vous plaît !

Tout ce que je sais, c'est que j'ai passé un super moment parce que juste après, Robin m'a prise dans ses bras. Et tout ça, sous les yeux d'Alizée. Elle était verte, et ça n'avait rien à voir avec les effets du Zamal[4] cette fois — je le sais parce qu'elle avait pas de justaucorps, elle. Non, si elle avait cette tête-là, c'est simplement parce qu'elle était dégoûtée. Si maman apprend tout ça, je suis sûre qu'elle me tuera, mais ça valait le coup. Et puis de toute façon pour ça, faudrait déjà que maman agisse encore comme une mère avec nous !

---

[3] Le rougail réunionnais est un plat originaire des Mascareignes à base de piment utilisé comme sauce pour accompagner certains plats
[4] Nom donné au cannabis sur l'île de la Réunion

— 15 —

Roxane étouffa un énième bâillement. Elle n'en pouvait plus de toutes ces foutues boîtes de médicaments qu'elle était censée ranger dans des étagères alors qu'elle n'arrivait même pas à ranger le bordel qui régnait dans son cœur et dans sa tête. Encore une fois, elle n'avait pas dormi de la nuit. Mais depuis que Gwen était là, elle n'osait plus descendre pour noyer sa peine au bord de la piscine. Elle n'avait aucune envie que sa sœur la surprenne et lui fasse la morale. Alors, elle restait dans son lit, les yeux fixés sur le plafond blanc et les pales du ventilateur qui répétaient inlassablement le même mouvement. Elle était incapable de fermer les yeux, car dès qu'elle avait les paupières closes, elle imaginait sa présence, elle le sentait presque à ses côtés jusqu'à ce qu'elle tende la main et que cette dernière ne se heurte qu'au vide et à l'absence. Tellement cruelle et pourtant si réelle. Il fallait qu'elle arrête d'y penser, qu'elle se concentre sur les boîtes de comprimés de toutes les couleurs si elle ne voulait pas faire une bêtise. Mais c'était plus fort qu'elle. Ça la hantait jour et nuit sans qu'elle ne sache quoi faire pour s'en débarrasser.

La jeune femme était tellement perdue dans ses pensées qu'elle entendit à peine le tintement de l'entrée, annonçant l'arrivée d'un client dans la petite pharmacie. De toute façon, Marine s'en chargerait. Et c'était mieux pour tout le monde. Son grand sourire valait mieux que les cernes de Roxane. En venant ici, les gens voulaient de la fraîcheur, de la bonne humeur, tout ce qu'elle était désormais incapable de donner, même en se forçant. Elle n'y arrivait plus. Tout simplement parce qu'elle n'en avait plus la force. Elle entendit simplement Marine accueillir le nouvel arrivant.

Il faut dire qu'elle parlait fort Marine, et elle était loin d'avoir sa langue dans sa poche. C'est ce qui faisait son charme. Roxane l'aimait bien, même si au fond elles n'avaient jamais eu l'occasion de sympathiser bien qu'elles travaillaient ensemble depuis plus de trois ans maintenant. Marine venait de Saint-Pierre, à l'opposé de l'île. C'était une grande et belle jeune femme au teint hâlé qui approchait de la trentaine. Ses longs cheveux châtains cascadaient dans son dos et un sourire était constamment figé sur son visage. Pour le plus grand plaisir des clients, particulièrement les hommes qui appréciaient son charisme. C'était une chic fille même si elles n'avaient pas grand-chose en commun. Il faut dire que Marine était aussi exubérante que Roxane était réservée. Malgré tout, ça ne les empêchait pas de travailler ensemble dans la bonne humeur. Enfin en temps normal évidemment.

— Roxane ?

Cette dernière sursauta en entendant la voix de Marine dans son dos. Elle échappa même la boîte de Doliprane qu'elle avait entre les mains, ce qui fit sourire sa jeune collègue.

— Oh, je ne voulais pas te faire peur. C'est juste qu'il y a une personne un peu spéciale qui demande à te voir, ajouta Marine avec un clin d'œil appuyé.

Roxane sursauta à nouveau en écarquillant grand les yeux. David ? Une personne très spéciale ça ne pouvait être que lui. Il était là, il l'attendait pour discuter, pour rattraper les choses et s'excuser. Alors, tout rentrerait dans l'ordre et elle retrouverait sa vie comme avant. Oui, ça ne pouvait être que lui. Même si depuis toutes ces années où elle travaillait ici, il n'était encore jamais venu la chercher. Il faut dire qu'avec ses horaires de folie à l'hôpital, il n'en avait pas vraiment le temps. Mais après tout, comme on dit, il y a un début à tout.

Un faible sourire se dessina sur ses lèvres en imaginant leurs futures retrouvailles. Peut-être qu'elle lui en ferait baver un petit peu au début, mais pas trop longtemps, elle aurait beaucoup trop peur qu'il s'échappe à nouveau. Et ça, elle ne le supporterait pas. Alors, elle se dépêcha de ramasser la boîte de Doliprane, la plaça sur l'étagère et se précipita à l'intérieur de la pharmacie pour découvrir...

— Gwen ?

Le sourire de Roxane s'effaça aussitôt lorsqu'elle se retrouva face à sa sœur. Elle laissa retomber ses bras le long de son corps. Elle était déçue, dépitée et en même temps elle s'en voulait d'y avoir cru. Elle était tellement stupide. Évidemment que ce n'était pas David. Qu'est-ce qu'il serait venu faire ici ?

— Eh bien cache ta joie ! maugréa Gwen. Je vois que tu as l'air ravi de me voir, ça fait plaisir.

— Quand je l'ai vue entrer, je me disais bien qu'il y avait un petit air de ressemblance, mais alors là maintenant que vous êtes l'une à côté de l'autre, c'est vraiment flagrant ! s'exclama Marine en les examinant à tour de rôle.

— Je suis quand même un peu plus souriante !

Roxane adressa un regard noir à sa cadette alors que Marine, elle, éclatait de rire. Gwen allait être contente, elle venait de trouver un bon public en la personne de Marine. Même si Roxane, elle, était loin de trouver ça drôle.

— Qu'est-ce que tu fais là ?

— C'est bien ce que je disais, reprit Gwen, je suis plus drôle qu'elle. Dis-moi... ajouta-t-elle en se tournant vers la collègue de sa sœur.

— Marine, l'informa cette dernière.

— Oh joli prénom ! Donc Marine, est-ce que ma chère sœur accueille tous les clients comme ça ou bien j'ai le droit à un traitement de faveur ?

— Bon écoute Gwen si tu es venue pour faire le pitre, tu peux repartir parce qu'on a du travail. La patronne est dans son bureau et elle peut sortir d'une seconde à l'autre, alors on a autre chose à faire que de rire à tes blagues, qui sont loin d'être drôles soit dit en passant.

Sur ces derniers mots, Roxane adressa un regard plus que glacial à sa jeune collègue qui cessa aussitôt de ricaner en baissant les yeux.

— En fait, je venais pour te proposer de sortir ce soir. Je pense que ça te ferait le plus grand bien.

— Eh bien tu te trompes complètement, j'ai absolument aucune envie de sortir. Et puis, au cas où tu l'aurais oublié, il y a les filles, on ne peut pas les laisser toutes seules sous prétexte que tu as décidé de jouer les adolescentes attardées.

Gwen fronça les sourcils sous le coup du compliment. Au fond, elle s'y attendait. Elle se doutait bien que sa sœur ne sauterait pas de joie face à sa proposition. Mais elle n'avait pas encore dit son dernier mot.

— Manon a 16 ans, elle serait tout à fait capable de se garder toute seule, mais pour ta gouverne, ajouta-t-elle en voyant que Roxane s'apprêtait à l'interrompre, j'ai discuté avec ta voisine et elle accepte de garder les filles ce soir. Tu n'as plus d'excuses maintenant. On ne rentrera pas tard. Et je le répète, je pense que ça te ferait le plus grand bien.

Roxane soupira. Bien sûr, elle était très heureuse que sa sœur soit là, mais parfois elle avait simplement envie d'être seule pour laisser libre cours à son chagrin. Seulement, la vie continuait malgré tout. Parce que le monde ne s'arrête pas de tourner simplement parce que votre mari s'est fait la malle. Mais une chose est sûre, sortir n'était certainement pas la solution. Elle ne l'avait jamais fait avant lorsqu'elle était encore avec David, ce n'est pas maintenant qu'elle allait commencer. Elle trouvait ça vraiment ridicule, et surtout plus de son âge. Mais malheureusement, elle connaissait très bien sa sœur et elle savait que lorsque cette dernière avait quelque chose en tête, il était très difficile, voire même impossible, de la faire changer d'avis.

— Si je peux me permettre, intervint Marine, je trouve qu'elle n'a pas totalement tort. Tu as plutôt mauvaise mine ces derniers jours.

Roxane se tourna vers sa jeune collègue. Non, mais de quoi je me mêle ? Cette dernière faisait mine de ranger les médicaments dans son coin, sans perdre une miette de la conversation entre les deux frangines. Comme si Roxane avait besoin de ça. Elle avait déjà beaucoup de mal à se débarrasser de Gwen, ce n'était pas pour que Marine en rajoute une couche alors qu'on ne lui avait strictement rien demandé ! Mais visiblement, elle n'avait pas l'intention de se taire.

— Son mari est parti, ce qui explique les cernes et la mauvaise humeur accentuée.

— Gwen ! s'emporta Roxane les poings serrés.

— Il n'y a aucune honte à avoir, reprit Marine.

Décidément, c'était vraiment impossible de la faire taire aujourd'hui songea Roxane. À cet instant, elle serait volontiers retournée dans l'arrière-boutique pour continuer de ranger toutes ces boîtes qui l'attendaient, même si en temps normal, elle détestait cette tâche. En réalité, à l'heure actuelle, elle aurait aimé se trouver n'importe où plutôt qu'ici entre ces deux nouvelles alliées qui semblaient s'être liguées contre elle. Comme si elle avait besoin de ça franchement !

— Je n'ai encore jamais été mariée, poursuivit Marine, mais j'imagine que ça ne doit pas être évident. Tu devrais vraiment te changer les idées, ta sœur a raison. Et puis, tu sais, sortir ne signifie pas forcément qu'on est des ados attardées. Les adultes aussi ont le droit de faire la fête, surtout dans une situation comme la tienne.

— Oh, mais je sens que nous allons vraiment bien nous entendre toutes les deux ! s'écria Gwen en venant taper dans la main de sa nouvelle amie, ce qui fit pousser un profond soupir à Roxane, un de plus.

Elles s'étaient vraiment bien trouvées ces deux-là. Et Roxane sentait qu'elle n'allait pas tarder à en faire les frais, ce qui ne lui plaisait pas du tout.

— Je connais un bar plutôt sympa sur Saint-Gilles, j'y vais assez régulièrement avec des amis à moi. Les barmans sont vraiment cools et le rosé y est excellent. Si ça vous dit, on y va ce soir. Enfin si vous voulez bien de ma compagnie, bien sûr.

— On ne va pas... commença Roxane.

— Évidemment que tu viens avec nous, la coupa Gwen. Ça ne t'ennuie pas que je te tutoie, j'espère ? On doit avoir à peu près le même âge et puis c'est plus simple comme ça. Comme on dit si bien, plus on est de fous, plus on rit. Et moi aussi, j'ai désespérément besoin de faire la fête ce soir, même si mon mari ne m'a pas quittée.

— Parce que tu es mariée toi ? demanda Marine en haussant les sourcils, intriguée.

— Ça va pas ? Le mariage, c'est une vraie source d'emmerdes, crois-moi. Tu perds ta liberté et tu te retrouves engluée aux côtés d'un homme, qui bien souvent te laisse tomber à la première occasion. Non, vraiment, très peu pour moi. Mais ça n'empêche pas d'avoir envie de m'amuser, au contraire même. Le célibat, il n'y a que ça de vrai si on veut faire la fête.

Gwen jeta un regard en coin en direction de sa sœur. Elle ne croyait pas à ce genre de discours, du moins pas complètement, mais elle voulait par tous les moyens prouver à son aînée que sa vie ne s'arrêtait pas simplement parce que celui avec qui elle la partageait avait choisi de fuir.

Tout n'était pas encore terminé. Roxane avait de longues années devant elle. Seule ou accompagnée, peu importe. Gwen avait réellement envie que sa sœur se bouge, qu'elle réagisse enfin, une bonne fois pour toutes et qu'elle arrête de jouer les martyres comme elle le faisait depuis des semaines. Les lamentations avaient assez duré, maintenant il était temps de se reprendre en main.

Pensant la conversation terminée, Roxane tourna les talons, prête à rejoindre l'arrière-boutique et les dizaines de cartons qui l'attendaient.

— On compte sur toi Rox. Ce soir ! On partira vers 21 h 30 alors tiens-toi prête.

Sur ces mots, Gwen quitta la pharmacie et Roxane la suivit du regard en secouant la tête, se rendant compte qu'une fois encore elle n'avait pas su s'opposer à sa sœur.

— 16 —

David soupira en se relevant du canapé dans lequel il était avachi depuis des heures. Il aurait dû se lever depuis longtemps, il le savait, mais il n'en avait pas le courage. Une terrible migraine lui vrillait le crâne depuis quelques jours sans qu'il ne puisse rien faire pour s'en débarrasser. Elle était apparue en même temps qu'un terrible mal de dos. Il avait beau être médecin, il n'avait pas de remède miracle. Et ces douleurs-là étaient plus que coriaces. Visiblement, elles n'avaient pas l'intention de le lâcher de sitôt.

Il serait volontiers resté prostré sur le canapé si seulement le mystérieux visiteur qui s'acharnait sur sa sonnette avait bien voulu le laisser tranquille. Les cris stridents résonnaient dans tout l'appartement et jusque dans son crâne qui menaçait d'exploser d'une minute à l'autre. Bon sang, on ne peut donc jamais être tranquille chez soi ? David jeta un bref coup d'œil à la pendule alors que la sonnette continuait sa désagréable mélodie. 13 h 30. Est-ce une heure pour venir déranger les gens ? se demanda-t-il intérieurement avec un brin de mauvaise foi.

— J'arrive ! maugréa-t-il en dévalant l'escalier qui menait à sa porte d'entrée.

— Eh bien on peut dire que tu en as mis du temps, s'exclama son visiteur dès que David lui eut ouvert.

Marc ! Évidemment, il aurait dû s'en douter. Ça faisait plusieurs jours qu'il ne l'avait pas vu, tout simplement parce qu'il ne voulait voir personne. Il avait besoin de prendre un peu de temps pour lui, pour réfléchir et se retrouver. À contrecœur, David se décala pour laisser passer son ami qui le précéda dans l'appartement. Maintenant qu'il était là de toute façon...

— Tu ne répondais pas à mes messages alors je me suis dit que j'allais venir te rendre une petite visite. Mais vu ta tête, on dirait que je dérange.

David haussa les épaules en passant une main sur sa barbe naissante. Il se serait volontiers passé des commentaires acerbes de Marc. Si c'était pour lui faire ce genre de réflexions qu'il était venu, il pouvait repartir. Mais bien sûr, il se garda bien de lui dire quoi que ce soit. Il n'avait aucune envie de se disputer avec son ami aujourd'hui. Même ça, il n'en avait pas le courage.

Marc ne s'offusqua nullement de l'absence de réponse, de toute façon, il n'en attendait pas vraiment. Ce dernier se contenta de jeter un œil à l'appartement de son ami. S'il était souvent venu dans la maison que David partageait avec Roxane à Saint-Denis, c'était la première fois qu'il mettait les pieds ici. C'était plutôt coquet. Le coin-cuisine se trouvait à la droite de l'entrée et juste en face trônait le canapé ainsi qu'un grand téléviseur. Marc s'avança un peu pour accéder à la terrasse par le biais des grandes baies vitrées laissées ouvertes. La vue du balcon était imprenable. On pouvait admirer les hautes montagnes se noyant dans le ciel d'un bleu éclatant. Pourtant, Marc était certain que ce n'était pas pour la vue que David avait choisi cet appartement à Saint-Paul.

— C'est plutôt sympa ici ! commenta-t-il en rejoignant son ami dans le salon.

— Je t'offre une petite bière ? demanda David.

— C'est plutôt sympa, mais je ne comprends pas, poursuivit Marc sans même prêter attention à la demande de son hôte. Qu'est-ce que tu es venu faire ici ? C'est loin de tes filles, de ta femme, je croyais qu'elles étaient tout pour toi. Alors, excuse-moi, mais là, j'ai vraiment du mal à te suivre.

David soupira. Il n'avait pas du tout l'intention de se justifier. Ni auprès de Marc, ni auprès de qui que ce soit d'ailleurs. Il était suffisamment grand pour prendre ses propres décisions tout seul sans rendre de compte à personne. Et celle-ci était mûrement réfléchie. Pensant gagner du temps, il ouvrit le réfrigérateur, en sortit deux bières et en déposa une devant son ami tout en gardant l'autre pour lui. Tant pis pour la migraine ! De toute façon, elle n'avait pas l'intention de le quitter de sitôt. Et ce n'était certainement pas les propos de Marc qui aideraient la douleur à fuir.

— Tu sais, j'ai vu Roxane l'autre jour. Et franchement, elle m'a fait de la peine. J'ai même été obligé de la ramener chez vous. Enfin chez elle, puisque maintenant c'est ici chez toi.

— C'est plus près de l'hôpital, se contenta de répondre David.

Il ne comptait pas faire le moindre commentaire à propos de Roxane. Encore moins avec Marc. Comment pourrait-il comprendre ? À 45 ans, il n'avait encore jamais eu de véritables relations et il venait là pour lui faire la morale ? Plutôt gonflé ! D'autant que David savait très bien ce qui s'était passé entre eux il y a des années, même s'ils n'en avaient jamais parlé tous les deux, ni avec sa femme d'ailleurs. À quoi bon ? C'était avant que Roxane et lui ne commencent à sortir ensemble et vu l'aversion qu'avait sa femme pour son meilleur ami, il savait qu'elle considérait ça comme une erreur et que ça ne se reproduirait pas. Cependant, Marc était plutôt mal placé pour venir lui faire la morale.

Et puis au fond, il ne mentait pas, c'était bien pour se rapprocher de l'hôpital qu'il était venu s'installer ici. Du moins celui de Saint-Paul qui n'était qu'à deux pas. Juste au cas où. De la terrasse, il pouvait même entrevoir le toit de ce dernier, c'était plus simple comme ça. Et peu importe si Marc n'était pas capable de le comprendre.

— Il me semblait pourtant que tu travaillais à Saint-Denis, mais...

— Bon, écoute Marc, tu m'emmerdes ! J'ai quitté Roxane parce que je ne l'aimais plus. Ce n'est quand même pas toi qui va me faire la leçon alors que tu ne restes jamais plus de quelques semaines avec une femme ! Qu'est-ce que tu cherches à la fin ? C'est elle qui t'envoie ? Si c'est le cas, tu peux repartir parce que je ne changerai pas d'avis.

— Pas du tout, tu sais très bien qu'elle ne peut pas me voir. Je suis ton ami et je me fais du souci pour toi, c'est tout. J'ai un peu de mal à te reconnaître ces derniers temps alors je voulais m'assurer que tu n'étais pas en train de faire une grosse connerie que tu finiras par regretter.

Et là-dessus, Marc était réellement sincère. Il avait toujours eu une tendresse particulière pour Roxane, et pas seulement parce que c'était la femme de son meilleur ami. C'était une personne admirable et une mère dévouée. David avait énormément de chance de vivre à ses côtés, et même s'il ne l'aurait jamais avoué, Marc l'avait toujours un peu envié pour ça. Ce n'était pas de la jalousie, non. Plutôt une sorte d'admiration. À ses yeux, le couple que formait son meilleur ami avec Roxane avait toujours été une sorte de modèle. Et il s'en voudrait de ne rien faire pour essayer de recoller les morceaux, parce qu'il s'entait bien que David n'était pas réellement dans son état normal ces derniers temps. Depuis sa séparation en fin de compte...

Pour une fois, Marc espérait sincèrement qu'il allait pouvoir le faire changer d'avis et revenir sur sa décision. Même si jusque-là, et depuis le début de leur amitié, David n'en avait toujours fait qu'à sa tête, ce qui lui avait plutôt réussi jusque-là, il faut bien l'avouer. Cette fois, c'était différent.

— Je sais ce que je fais, je t'assure, reprit David après un trop long silence. Cette séparation, c'est ce qu'il y avait de mieux pour elle et moi. C'est peut-être le démon de la quarantaine, je ne sais pas, mais ce dont je suis certain, c'est que j'ai pris la bonne décision. Et ne t'en fais pas pour moi, je vais bien !

Tout en disant ces mots, David avala une grande gorgée de sa Dodo[5], essayant d'oublier la douleur lancinante qui ne voulait plus quitter son dos et son crâne. Oui, il allait bien...

---

[5] La bière Bourbon, plus communément appelée Dodo, est une bière blonde commercialisée sur l'île de la Réunion

— 17 —

Mais enfin qu'est-ce qu'elle faisait ici ? C'est la question que Roxane ne cessait de se poser depuis qu'elle avait mis les pieds dans ce bar, précédée par Gwen et Marine qui semblaient être devenues les meilleures amies du monde. Roxane aurait très bien pu les abandonner là toutes les deux qu'elles ne s'en seraient rendu compte ni l'une ni l'autre. C'est même certainement ce qu'elle aurait fait si elle n'avait pas été si loin de chez elle. Saint-Gilles/Saint-Denis, ça lui prendrait douze heures et neuf minutes à pieds, elle avait vérifié sur Google Map, juste au cas où. Contrairement à David qui faisait le Grand Raid[6] chaque année, elle n'avait jamais été une grande sportive. Et faire trente-six kilomètres à pieds, de nuit qui plus est, la tentait autant que d'aller nager en compagnie des requins. C'est dire !

Quelle idée elle avait eu de les suivre jusqu'ici ? Elle aurait dû s'en tenir à sa première idée, à savoir rester tranquillement chez elle à se morfondre. Ou au moins, quitte à venir jusqu'ici, elle aurait dû insister pour prendre sa voiture. Elle n'aurait eu aucun scrupule à les abandonner ici, si seulement elle avait eu les clés. De toute façon, ni Marine, ni Gwen ne seraient en mesure de prendre le volant pour regagner Saint-Denis ce soir. Super ! Dans quelle galère Roxane s'était-elle embarquée ? Déjà qu'en règle générale elle n'aimait pas beaucoup ça, là c'était vraiment le summum.

Les gens s'agglutinaient dans ce petit bar, somme toute assez banal, où il faisait aussi sombre qu'au fin fond d'une cave. Ils gesticulaient et la bousculaient à chacun de leurs mouvements ce qui avait le don de

---

[6] Principal ultratrail organisé tous les ans sur quatre jours au mois d'octobre sur l'île de la Réunion. Autrement appelé, Diagonale des Fous, il consiste à traverser l'île. C'est l'un des plus difficiles du monde en son genre.

l'exaspérer. Même la musique l'assourdissait. Et puis qui passait encore ce genre de chansons de nos jours franchement ? Michel Delpech à plein volume, merci bien[7]. Elle n'osait même pas imaginer ce que Manon aurait pensé de cette playlist. À croire que le DJ avait grandi dans les années 1970 et ne comptait pas en sortir. C'est pas comme ça qu'ils allaient réussir à rajeunir leur clientèle. Non pas qu'ils en aient réellement besoin parce que Roxane était bien forcée de reconnaître qu'il y avait des gens de tous les âges sur la piste. Si tant est qu'on puisse appeler ça une piste bien sûr ! Roxane fut obligée de zigzaguer entre les danseurs, situés partout et nulle part pour atteindre le bar, sur lequel elle s'accouda en soupirant.

— J'aimerais avoir un verre d'eau, demanda-t-elle au serveur lorsque ce dernier s'approcha d'elle pour prendre sa commande.

Encore une chose qu'elle détestait plus que tout dans ce genre d'endroit, c'était le fait qu'elle soit obligée de crier pour se faire entendre. Ce qui était toujours très charmant lorsque vous rencontriez quelqu'un pour la première fois. Elle s'était souvent demandé comment les serveurs faisaient pour ne pas être sourds à force de crier comme ça.

— Hum, impossible ! répondit celui qui se trouvait face à elle, preuve qu'il avait bel et bien entendu.

Roxane leva les yeux dans sa direction en haussant les sourcils. Décidément, où était-elle arrivée pour qu'on refuse même de lui servir un verre d'eau ? Elle était certaine que ce genre de choses était interdit. Si elle tombait dans les pommes, là, maintenant, il ferait sûrement moins le malin.

---

[7] Ici, c'est bien l'héroïne qui parle, et non l'auteure, qui, elle, aime beaucoup Michel Delpech ! 😊

— Vous n'avez pas dit le mot magique, reprit le barman alors que Roxane s'apprêtait à tourner les talons pour quitter cet endroit de malheur.

— Pardon ?

La jeune femme le dévisagea totalement incrédule. Elle était en train de rêver ou bien elle venait bel et bien de se faire réprimander par un serveur de pacotille ? Cette phrase stupide, elle l'avait répétée mille fois à ses filles dès qu'elles oubliaient la bonne formule lorsqu'elles réclamaient quelque chose. Sauf que ses filles avaient 16 et 7 ans et qu'elle-même en avait 40. Alors, elle appréciait moyennement le fait de se faire reprendre de la sorte par un serveur sorti d'on ne sait où. Même si évidemment ; il avait raison, elle aurait dû lui dire s'il vous plaît, ce n'était pas une raison.

Roxane l'observa un brin vexée. À vue d'œil, il devait avoir quarante-cinq ans, peut-être plus, ou moins, elle n'avait jamais été très douée pour déterminer l'âge des gens. Son crâne rasé et ses yeux sombres lui donnaient un certain charme, tout comme son look un brin cowboy. Il portait une chemise noire, près du corps et manches longues qui moulait à la perfection les muscles de ses bras. Les premiers boutons ouverts laissaient apercevoir un torse imberbe sur lequel Roxane distinguait la naissance d'un tatouage. Elle était bien forcée de reconnaître qu'il était très séduisant.

Mais aussi charmant soit-il, ça ne lui donnait pas tous les droits. S'il s'attendait à des excuses de sa part, il pouvait toujours courir. Il ne voulait pas la servir ? Qu'à cela ne tienne, elle irait directement à la source, c'est-à-dire au robinet dans les toilettes. Et là, elle n'aurait pas besoin de prononcer le mot magique pour que son verre se remplisse enfin.

Elle s'apprêtait à tourner les talons lorsque le séduisant barman déposa un grand verre sous son nez avec un petit sourire qui ne lui plaisait pas, mais alors pas du tout. Roxane jeta un bref coup d'œil au liquide rosé qui dansait dans son verre avant de reporter son attention sur le type qui lui faisait face.

— Ce n'est pas...

— De l'eau ? Non, la coupa-t-il. Cadeau de la maison.

— Merci, maugréa-t-elle en attrapant le verre un brin méfiante avant d'y tremper ses lèvres.

Le liquide coula aussitôt dans sa gorge et elle fut forcée de reconnaître que c'était bien meilleur que l'eau qu'elle avait réclamée. C'était fruité, sucré avec un petit goût de bonbon qui s'accrochait à son palais à chaque gorgée.

— Rosé limé, lui indiqua-t-il. Vous sembliez en avoir besoin.

— Merci, répéta-t-elle en se déridant un peu. Et désolée de ne pas vous avoir dit s'il vous plaît, c'est juste que... Vous passez toujours ce genre de musique ? demanda-t-elle avec une grimace.

— Vous n'aimez pas ? Je peux changer si vous voulez. Dîtes-moi ce qui vous plairait.

— Eh bien, je ne sais pas, je...

— Ah Roxane, tu es là ! s'exclama Gwen en la rejoignant, passant un bras par-dessus ses épaules.

La jeune femme adressa un regard d'excuse en direction du barman, mais ce dernier était déjà parti pour s'occuper d'autres clients. L'espace d'une seconde, Roxane en voulut presque à sa sœur de l'avoir fait fuir et d'avoir interrompu ce petit moment. Le premier qui lui avait fait plaisir depuis qu'elle avait mis les pieds dans ce satané bar.

— Il faut absolument que tu respectes la coutume du bar ! s'écria Marine en arrivant dans son dos, à son tour.

— La... quoi ? bredouilla Roxane.

Qu'est-ce que c'était encore que cette histoire ? Sans vraiment savoir pourquoi Roxane sentait qu'elle n'allait pas du tout apprécier cette nouvelle lubie. Déjà que sa sœur était coriace, si elle était encouragée par une tierce personne et sous l'emprise de l'alcool qui plus est, elle savait qu'elle ne pourrait plus rien faire pour lui échapper.

— Il faut que tu danses sur le bar !

Il fallait que... quoi ? Roxane plissa les yeux en observant sa sœur. Elle ne pensait vraiment pas que Gwen avait bu autant en si peu de temps. Pourtant à sa connaissance, Gwen n'avait jamais eu aucun souci avec l'alcool. Elle connaissait ses limites et savait à quel moment s'arrêter pour ne pas que ça se termine mal. Mais là, visiblement, elle s'était laissé aller parce qu'elle en tenait une sacrée couche ! Qu'elle danse sur le bar, et puis quoi encore ?

— C'est la tradition ! ajouta Marine. Tu ne peux pas ressortir d'ici sans l'avoir fait au moins une fois, c'est la règle !

Non, mais c'est pas possible, elles étaient toutes les deux complètement allumées. Ce n'était pas avec un simple verre de rosé, qu'elle n'avait même pas encore terminé d'ailleurs, que Roxane allait pouvoir rivaliser.

— N'importe quoi ! Je n'ai plus 18 ans alors ce genre de fantaisie, franchement, ce n'est plus de mon âge ! maugréa-t-elle.

— Mais arrête enfin de toujours tout ramener à ton âge Rox, tu es loin d'être une mamie grabataire et il va falloir que tu te le mettes dans le crâne une bonne fois pour toutes !

Gwen lui adressa un regard faussement sévère qui n'admettait visiblement aucune réplique. Évidemment, elle, elle n'avait pas encore franchi la barre des 40 ans, alors elle ne pouvait pas comprendre.

— Et puis, je peux t'assurer qu'il n'y a pas d'âge pour ça, ajouta-t-elle voyant le regard peu convaincu de son aînée. Allez viens. Tu avais promis que tu ferais tout pour t'amuser, tu ne vas pas te défiler maintenant, l'encouragea Gwen en escaladant l'un des tabourets pour se hisser sur le bar en deux temps trois mouvements.

Roxane l'observa horrifiée. Oui, elle avait promis de s'amuser, mais pas non plus au point de faire n'importe quoi. Et là clairement, ça dépassait les limites qu'elle s'était fixées. Il était absolument hors de question qu'elle monte là-dessus. Pour rien au monde !

— De toute façon, je ne sais pas danser, se justifia-t-elle auprès de Marine qui s'apprêtait déjà à rejoindre Gwen en la tirant par le bras.

Mise à part la valse, qu'elle avait été forcée d'apprendre pour son mariage, Roxane n'avait jamais su se déhancher avec classe. Elle faisait toujours les mêmes mouvements, quel que soit le rythme ou le tempo, qu'elle alternait en fonction des chansons. Elle en avait deux ou trois en stock, mais pas plus. Et il était absolument hors de question qu'elle aille les expérimenter là-haut. Même si le ridicule ne tue pas *a priori* comme on le dit si bien, elle préférait ne pas prendre de risques. Sauf que...

C'était sans compter les mains de Gwen et Marine qui se tendaient vers elle pour la forcer à les rejoindre. Et en bas, certains clients, de sexe masculin et particulièrement imbibés, s'apprêtaient à leur venir en aide en attrapant Roxane par les hanches pour la hisser sur le comptoir. Cette dernière fut obligée de grimper pour éviter de se faire tripoter par des mains dont elle ne connaissait même pas les propriétaires. Voilà comment, elle se retrouva contre son gré sur le comptoir de bois d'un bar dans lequel elle venait pour la première fois, accompagnée de sa jeune sœur et de sa collègue. Décidément, sa vie était pathétique ! Elle avait passé l'âge pour ces conneries !

C'est précisément à cet instant que Roxane croisa le regard du barman resté au sol, un verre entre les mains. Il lui adressa un sourire charmeur et elle fut bien forcée de reconnaître qu'il avait l'air d'apprécier le spectacle. Si elle en croyait son regard, il était même très loin de trouver ça ridicule. Alors seulement Roxane laissa tomber toutes ses barrières et commença à se déhancher en entendant les premières notes d'Imany.

« *Take a breath, rest your head, close your eyes, you are right...* [8] »

Roxane ferma les yeux comme le lui susurrait la chanteuse et se mit à bouger de droite à gauche, en rythme avec la musique. La jeune femme attrapa la barre au-dessus de sa tête et continua ses va-et-vient avec son bassin comme si elle était seule au monde. Ses cheveux virevoltaient sur ses épaules et elle en jouait. Si un agent passait par là, il n'hésiterait pas une seconde et l'embaucherait pour la prochaine pub L'Oréal. Et à cet instant, Roxane savait qu'elle le valait bien.

« *Just lay down, to my side, do you feel my heat on your skin...* »[9]

Elle se trémoussait sans penser au reste, à sa souffrance, aux filles, à David... Il n'y avait qu'elle en ce moment et cette musique qui l'embarquait toute entière. Les paroles roulaient sur sa peau la faisant frissonner, mais aussi étrange que cela puisse paraître étant donné les circonstances, elle était bien. Et ça faisait très longtemps que ça ne lui était pas arrivé.

---

[8] Respire, repose ton esprit, ferme les yeux, tu te sens bien
[9] Couche-toi, tourne-toi vers moi, sens-tu ma chaleur sur ta peau ?

«Take off your clothes, blow out the fire

Don't be so shy, you're right, you're right... »[10]

Oh non, elle n'avait plus envie d'être timide. Pour la première fois de sa vie, Roxane se sentait femme et désirable. Et pas seulement aux yeux de son mari. À ses côtés, Gwen et Marine se dandinaient de façon plus ou moins lascive, en faisant semblant de remonter jupe et t-shirt, comme le suggérait Imany. Un peu timidement, Roxane se surprit à faire pareil, laissant apparaître des bouts de peau, même si elle en montrait beaucoup moins que sa sœur ou sa jeune collègue.

En s'autorisant un bref coup d'œil dans la foule de danseurs, elle vit que tous, ou presque, l'observaient et l'incitaient à poursuivre. Peut-être qu'elle ne dansait pas très bien et alors ? Elle s'amusait et c'est tout ce qui comptait. Elle était bien... You're right.

« In the dark, I see you're smile... do you feel my heat on my skin...[11]

»

Du regard, elle chercha une nouvelle fois le barman dans la foule. Ce dernier ne la quittait pas des yeux. Il lui souriait et Roxane lui rendit son sourire. Non, ce n'était pas David et pourtant, lui, il était là à la voir

---

[10] Enlève tes vêtements, éteins le feu, ne sois pas si timide, tu te sens bien, tu te sens bien

[11] Dans le noir, je vois ton sourire. Sens-tu ma chaleur sur ta peau ?

bouger sur ce bar et ses yeux parlaient pour lui. Ce n'était pas David, mais c'était un homme et elle était une femme, peut-être que ça suffisait. Pour ce soir au moins. David serait toujours là, dans sa tête, mais ça ne l'empêchait pas de s'amuser et d'en profiter. Après tout, c'est Gwen qui avait raison, elle était encore jeune contrairement à ce qu'elle répétait sans cesse à ses filles et elle avait de nombreuses années devant elle. Alors, Roxane ne comptait pas les vivre dans la nostalgie, tournée vers un passé qu'elle avait perdu et qu'elle ne pourrait pas retrouver alors que le futur lui tendait les bras.

Perdue dans ses pensées, Roxane avait presque oublié où elle se trouvait. Elle mit quelques secondes à réaliser, mais étonnamment, elle ne ressentit aucune honte en analysant la situation. Au contraire même, elle se sentait grisée par ce qu'elle venait de vivre, même si c'était somme toute assez banal. Si Manon avait vu ça, elle l'aurait sûrement regardé avec des yeux horrifiés avant de chercher par tous les moyens un endroit où se planquer pour éviter de se faire ridiculiser par sa mère. David, lui, l'aurait certainement empêchée de monter là-haut, refusant que sa femme ne s'expose de cette façon devant autant de mâles en rut. Sauf qu'ils n'étaient là ni l'un, ni l'autre, alors pour une fois ce soir elle avait le droit de se lâcher et d'en profiter. De toute façon, s'ils avaient été présents dans ce bar, Roxane n'aurait certainement jamais osé se trémousser comme elle venait de le faire. Pourtant, elle ne faisait rien de mal, mis à part passer du bon temps et penser enfin à elle.

Dès que la chanson fut terminée, Gwen descendit de son perchoir aussitôt suivie par Marine. Roxane s'apprêtait à les rejoindre lorsqu'elle aperçut une main tendue dans sa direction. D'abord surprise, elle l'accepta volontiers et se retrouva bien vite de l'autre côté du comptoir en compagnie du serveur qui l'attrapa par la taille pour l'aider à regagner la terre ferme.

Un instant, ses mains s'attardèrent sur les hanches de la jeune femme qu'il n'avait pas quittée des yeux durant toute la chanson. Leur regard se croisèrent une fraction de seconde et Roxane sentit son cœur battre plus vite. Qu'était-il en train de se passer ? Déstabilisée, elle s'empressa de contourner le bar pour rejoindre Gwen et Marine. Ce n'était pas le moment de trop réfléchir à ce qu'elle ressentait sous peine de gâcher ce moment fabuleux qu'elle venait de vivre.

Dès qu'elle parvint à leur hauteur, ses compagnes de soirée se mirent à applaudir comme des gamines et Roxane leur intima d'arrêter avant de se faire remarquer par toutes les personnes présentes dans le bar. Ce qui était certainement déjà le cas si l'on en croyait les regards qu'elle avait aperçus dans sa direction depuis qu'elle était redescendue.

— Wahou ! s'extasia sa jeune collègue. Alors là, si c'est ça que tu appelles ne pas savoir danser, je veux bien que tu me donnes des cours ! Tu as été vraiment...

— Époustouflante, oui ! approuva Gwen. Dis donc, je crois que tu m'avais caché certaines choses. Tu aurais quand même pu me dire que ma sœur s'était transformée en une bombasse ultra sexy depuis ma dernière visite.

Roxane sourit timidement, un peu gênée. Elle était bien loin d'en penser autant. Même si elle était bien forcée de reconnaître qu'elle s'était sentie différente perchée là-haut, et surtout qu'elle était loin d'avoir détesté.

— Merci, se contenta-t-elle de répondre.

Et à l'instant où ses yeux cherchèrent une certaine personne derrière le comptoir, elle sut que ce n'était pas seulement pour tous ces compliments qu'elle remerciait sa sœur de l'avoir traînée jusqu'ici.

— 18 —

Ce jour-là, David était heureux parce qu'après des semaines sans les avoir vues, il passait enfin la journée avec ses filles. Et il les aurait rien que pour lui. Non pas que ça l'ait déjà dérangé de devoir les partager avec Roxane. Au contraire même, il adorait leur sortie à quatre et leurs moments familiaux. Mais une journée entière rien que tous les trois, ça n'avait pas de prix. Et il comptait bien en profiter parce qu'il ne savait pas quand il les verrait à nouveau. Rox ne l'empêcherait jamais de voir ses filles, il en était parfaitement conscient, mais il n'avait pas envie de les perturber en les arrachant à leurs habitudes. Pourtant, en choisissant son appartement à Saint-Paul, la première chose qu'il avait fait en entrant, c'était de vérifier qu'il y avait une chambre supplémentaire pour accueillir ses filles. Au cas où. Parce qu'il ne pourrait jamais se passer d'elles totalement. C'était déjà un calvaire de les voir seulement de temps en temps. Ce n'est pas comme ça qu'il avait imaginé les choses. Mais c'était le prix à payer et il le savait. Il n'avait pas pris sa décision à la légère. Tout avait été mûrement réfléchi. Il n'avait tout simplement pas le choix. Mais une chose est sûre, aujourd'hui, il n'avait pas du tout envie de penser à tout ça.

Son entrevue avec Roxane avait été rapide, et c'était sûrement mieux ainsi. Elle était sortie quelques secondes à peine le temps de lui confier les filles qui lui avaient toutes deux sauté au cou lorsqu'elles l'avaient vu. Océane y avait mis beaucoup plus d'entrain que Manon, même si elle avait fait un effort pour une fois. Finalement, elles s'étaient toutes deux jetées dans la voiture et il s'était retrouvé là comme un con, les bras ballants face à cette femme qu'il avait tant aimée sans savoir quoi lui dire. Loin d'avoir la même réaction que ses filles, elle ne lui avait même pas dit bonjour, se contentant d'un vague « Fais attention à elles », froid et totalement impersonnel. Même si ça lui avait fait drôle sur le coup, il n'avait rien dit. Il comprenait sa réaction. C'était même totalement légitime, il ne pouvait pas lui en vouloir. Elle s'était retirée presque aussitôt en lâchant : « On dîne à 20 heures, soyez à l'heure ». Rien de plus. Et elle avait disparu derrière les murs de cette maison qu'il connaissait par cœur. Treize petits mots, pas un de plus et lui n'en avait même pas lâché un seul. De toute façon, c'était trop tard. Il avait déjà prononcé la sentence irrévocable. Ces trois petits mots qui avaient mis un terme à leur relation : C'est fini. Aujourd'hui, il se rendait compte à quel point c'était bel et bien le cas...

David s'était empressé de regagner sa voiture où ses filles l'attendaient. Manon l'avait regardé longuement avant de pousser un profond soupir. Il avait beau sourire à outrance et sous-entendre que tout allait très bien, son aînée n'était pas dupe. La situation lui pesait, il le savait bien, mais il ne pouvait pas faire grand-chose pour y remédier. À part peut-être tâcher de passer une bonne journée. Même si ça ne leur ferait rien oublier, ça leur permettrait de constater qu'ils auraient encore des moments heureux à partager ensemble. Même sans leur maman...

Heureusement, le sourire de sa fille revint bien vite au fur et à mesure qu'ils approchaient de la destination qu'il avait choisie. D'ailleurs était-ce vraiment un hasard ? *Sans soucis*[12]... Un endroit qui portait si bien son nom. David aurait tant aimé que ce soit le cas. Que leur vie soit exempte de soucis, comme ici, dans ce petit coin tranquille de la Réunion. Grand marcheur, David avait toujours aimé faire découvrir l'île à ses filles. Si elles râlaient un peu au début, à cause de la fatigue, la chaleur ou d'un début de mal aux pieds, elles étaient rapidement extasiées devant les paysages grandioses qui se dévoilaient sous leurs yeux. Il aurait donné cher pour immortaliser leur sourire à l'instant où elles découvraient de

---

[12] Lieu dit de l'île de la Réunion, situé sur la commune de Saint-Paul

nouveaux décors somptueux. C'était toujours le même, un mélange de fascination et d'admiration. Peut-être à son égard ou bien tout simplement en remerciement à l'encontre de Mère Nature. Leurs grands yeux s'illuminaient, se remplissant de mille étoiles et leurs lèvres s'étiraient en un merveilleux sourire innocent faisant fondre son cœur de papa. C'est exactement de ça dont il avait besoin aujourd'hui. Pour se donner de la force et le courage nécessaire pour vivre loin d'elles jour après jour.

Chassant ces sombres pensées, David coupa le moteur pour signifier à ses filles qu'ils étaient arrivés à destination. L'une comme l'autre observaient autour d'elles. La première avec son air sceptique de jeune adolescente et la seconde avec toute l'innocence liée à son jeune âge. Elles allaient apprécier, David en était certain. Sans un mot, il leur tendit à chacune un sac à dos dans lequel il avait pris soin de glisser une bouteille et quelques gâteaux secs, au cas où. Une fois parés, ils se dirigèrent d'un bon pas vers le petit chemin de terre qui les mènerait à la destination qu'il avait choisie. Commençant par un bon dénivelé sur quelques mètres, ils auraient ensuite droit uniquement à du plat avec une vue imprenable sur le cirque de Mafate[13]. Le sentier idéal pour passer un bon moment en famille. Même si leur famille était quelque peu décimée et amputée de la figure maternelle. Tout ça par sa faute...

— C'est trop dommage que maman soit pas là, murmura Océane en faisant une grimace digne d'une petite fille de 7 ans.

Manon lui jeta aussitôt un regard noir en priant pour que son père n'ait pas entendu cette maudite phrase. Ce n'était vraiment pas le moment... Mais bien sûr, Océane était beaucoup trop petite pour le comprendre. Manon jeta un bref regard en direction de son père qui détourna aussitôt les yeux pour ne pas lui montrer qu'il avait bel et bien

---

[13] Avec Cilaos et Salazie, l'un des trois grands cirques naturels du massif du Piton des Neiges

entendu. Il ne pouvait pas en vouloir à sa fille de 7 ans quand même... Et pourtant, lui aussi regrettait le fait que Roxane ne soit pas à leurs côtés aujourd'hui. Ils n'étaient encore jamais venus ici, mais il était certain que Roxane aurait adoré. Seulement, il ne voulait pas y penser maintenant. Ça ne servait à rien de regretter, il avait fait ce qu'il avait à faire.

Il préférait se concentrer sur leur balade. Si tout se passait bien, ils monteraient pendant quarante-cinq minutes, peut-être un peu plus avec la présence d'Océane et après, ils n'auraient plus qu'à profiter et en prendre plein les yeux. Au début de l'ascension, ils montèrent en silence, concentrés sur leurs pas, mais très vite Océane, et sa bonhomie habituelle, vint briser le silence. Elle n'avait pas vu son père depuis trop longtemps pour une petite fille de son âge. Elle avait besoin de lui raconter ses petits tracas du quotidien, ce qu'elle lui disait habituellement lorsqu'elle rentrait de l'école et lui du boulot. Océane lui parla de sa jeune maîtresse qu'elle n'aimait pas beaucoup parce qu'elle lui préférait sa copine Zélie, à qui elle offrait toujours des images. Elle raconta aussi les dernières péripéties de Loulou, son doudou, qui s'était malencontreusement retrouvé dans la friture parce que Gwen avait renversé la friteuse, remplie d'huile, dans la voiture alors que Loulou se trouvait à l'avant, par terre...

— Ti Gwen a dit que de toute façon à mon âge, j'avais plus besoin de doudou, mais tu comprends, je peux pas me séparer de Loulou. Il a partagé toute ma vie !

David tentait désespérément de se concentrer sur les paroles de sa cadette, mais il avait de plus en plus de mal à suivre le fil. Il lui semblait qu'Océane avait parlé de voiture, de friture et de doudou, mais ça s'assemblait très mal dans son esprit. Il leva les yeux vers le haut de la pente qu'il trouvait absolument interminable. Mais que lui arrivait-il ? D'ordinaire ce genre de sentier était un jeu d'enfant pour lui qui avait déjà fait le Grand Raid à plusieurs reprises. Et il était très loin d'avoir fini parmi les derniers. Pourtant, aujourd'hui il suait à grosses gouttes après seulement quinze minutes d'effort. Et encore, effort, le mot était bien important pour qualifier les quelques pas qu'ils venaient de faire.

— Ça va papa ? demanda Manon, en fronçant les sourcils. T'as pas l'air bien.

— Si, si c'est... la chaleur, prétexta David, ce qui ne sembla pas vraiment convaincre son aînée. Et alors, la voiture ? demanda-t-il à Océane avec un entrain qu'il espérait naturel, mais qui sonnait bien trop faux.

Par chance, la petite ne remarqua rien, contrairement à Manon qui, elle, n'était pas dupe. Elle sentait bien que quelque chose clochait, mais elle n'avait pas envie de gâcher cette journée qu'elle attendait depuis trop longtemps.

— Ben la voiture, elle pue vachement ! s'exclama la petite fille, du coup maintenant on est obligé de rouler les vitres ouvertes. Et Loulou a dû aller au bain deux fois, pourtant il aime vraiment pas ça. Et moi non plus parce qu'il a une odeur toute bizarre après.

— Ouais, ça s'appelle la lessive ! Et ça sent toujours meilleur que celle qu'il se traîne habituellement. Un peu la même odeur qui règne dans ta chambre quoi !

Océane fronça les sourcils en adressant une grimace à sa sœur. Manon faisait tout pour agir le plus normalement possible et ça passait par le fait de taquiner sa frangine, comme à chaque fois. Pourtant, elle voyait bien que quelque chose n'allait pas. Elle espérait de tout cœur que le problème ne venait pas d'elles...

David ferma les yeux une seconde pour tenter de faire taire le malaise qui menaçait de le terrasser. Il aurait tellement aimé s'intéresser aux petits soucis d'Océane et de Loulou, d'ordinaire c'est d'ailleurs ce qui le préoccupait le plus au monde, mais aujourd'hui, tout ça lui paraissait tellement loin...

Devant ses yeux, tout devenait flou, alors qu'ils n'avaient même pas encore atteint le plat. Il se demandait d'ailleurs s'il réussirait à l'atteindre un jour. Même Océane, du haut de ses 7 ans, avait moins de difficultés que lui. Il cligna plusieurs fois des yeux, mais rien à faire, sa vision était totalement trouble et une douleur lancinante lui vrillait les côtes. Il avait l'impression de revenir de la Diagonale des fous alors qu'il n'avait même pas fait le tiers de ce qu'il y faisait habituellement. Pourquoi fallait-il que ça tombe spécialement aujourd'hui alors qu'il avait prévu cette escapade en compagnie de ses filles ? Ça faisait des jours qu'il avait tout organisé pour que cette journée soit la meilleure possible. Bon sang, il ne pouvait pas être tranquille ne serait-ce qu'un après-midi, un seul pour profiter encore de leur présence ? Pourtant, pour une fois, il n'avait pas eu mal à la tête, ni au dos, en se levant comme c'était le cas depuis des jours. Il pensait que c'était bon signe. Visiblement, il se trompait...

— Ça va papa ? T'as une drôle de tête !

David se tourna vers Océane qui l'observait, sourcils froncés. Il avait presque oublié leur présence tant il était concentré sur la douleur qui était à deux doigts de le mettre à terre. Il fallait qu'il s'accroche, qu'il tienne, devant les filles au moins. Il avait l'habitude des crampes, il en avait déjà eu plus d'une, il lui suffisait de boire un bon coup d'eau et tout irait mieux.

— T'es tout jaune ! reprit la petite fille. Un peu comme Wilfried l'autre fois à l'école. Sauf que lui après il a vomi tout son petit-déj sur son contrôle. Pourtant, il avait eu une bonne note. C'était pas beau à voir. La maîtresse a dit que c'était une gastro orthopédique.

— Entérite, la reprit Manon vaguement agacée par la naïveté de sa petite sœur.

D'ordinaire, ça la faisait toujours rire qu'Océane utilise un mot pour un autre, ce qui lui arrivait régulièrement. Ça lui rappelait l'héroïne du dernier livre de Virginie Grimaldi[14], une auteure qu'elle adorait, même si elle n'aurait avoué à personne qu'elle lisait ce genre de romans le soir, cachée sous ses draps alternant entre éclats de rire et chaudes larmes. Aujourd'hui pourtant, ça ne lui arrachait même pas un sourire. Parce qu'à 16 ans, Manon comprenait bien que son père n'était pas au mieux de sa forme et que c'était plus grave que ce qui était arrivé à ce pauvre Wilfried et son devoir.

— Je ne pense pas que papa va vomir. N'est-ce pas, papa ?

— Non, non, ça va aller, répondit David en se forçant à sourire. C'est juste une crampe. Écoutez, continuez un peu plus loin, vous ne devriez pas tarder à trouver le haut de la balade, après ce sera plat.

Il s'en voulait de les forcer à poursuivre sans lui alors qu'il avait tout organisé depuis des jours afin que cette journée soit inoubliable pour ses filles et lui. Seulement, il préférait les abandonner un moment, le temps que la douleur se taise plutôt que de leur offrir un tel spectacle. Elles n'avaient pas besoin d'assister à ça. David avait toujours détesté montrer ses faiblesses, particulièrement devant les prunelles de ses yeux qui l'avaient toujours considéré comme une sorte de super héros. Alors, il les rejoindrait quand ça irait mieux, c'était préférable. De toute façon, ce n'était que l'histoire de quelques minutes, rien de plus.

— Manon, surtout, ne lâche pas la main de ta sœur, il y a le vide en bas. Je vous rejoins. Juste cinq minutes.

Sceptique, Manon scruta son père. Ça ne lui ressemblait pas de les laisser toutes seules alors qu'il semblait si heureux de les voir en début de

---

[14] Il s'agit du roman *Il est grand temps de rallumer les étoiles*, de Virginie Grimaldi paru aux éditions Fayard en 2018

matinée. Mais elle n'avait pas envie d'inquiéter sa petite sœur, peut-être pour rien qui plus est. Elle préférait croire son père et cette histoire de crampe. Elle en avait eu certaines pendant les cours de sport à Leconte[15] et elle savait à quel point ça pouvait faire mal. Contrairement à ce qu'elle aurait aimé, son père n'était pas infaillible. Mais si ce n'était que ça, ça allait passer. Juste cinq minutes, c'est ce qu'il avait dit. Alors, elle attrapa la main toute menue de sa sœur et la prit dans la sienne, jetant un dernier regard, un peu inquiet, en direction de son père. Ce dernier lui fit un petit signe qu'il voulait rassurant, accompagné d'un sourire.

Ses filles avaient à peine tourné à l'angle du sentier que David s'appuya contre un arbre. Il n'aimait pas beaucoup laisser Manon et Océane toutes seules. En temps normal, il ne l'aurait jamais fait. Seulement, il n'avait aucune envie de se montrer faible face à elles. Jamais elles ne devraient avoir cette image-là de leur père. Il voulait rester le papa super héros, celui qu'il avait toujours été.

D'un geste maladroit, il attrapa sa petite bouteille d'eau dont il but la moitié d'une traite. Une main sur son dos qui le faisait souffrir et l'autre appuyée sur l'arbre contre lequel il se tenait toujours, David ferma les yeux avant de reprendre son souffle. Il allait se ressaisir, rejoindre ses filles et admirer avec elles la vue somptueuse qu'offrait la canalisation des orangers[16]. Malgré tout, il sentait que cette vilaine crampe-là allait durer plus longtemps que toutes celles qu'il avait déjà eues.

---

[15] Lycée Leconte-de-Lisle situé à Saint-Denis
[16] Magnifique sentier de randonnée, situé en grande partie sur les remparts du cirque de Mafate

Dans les yeux de Manon
Publié le 27 mai 2018 à 20 h 30

« Je le disais y a longtemps, mais pas de la même manière… le plus fort c'est mon père. »

Lynda Lemay — Le plus fort c'est mon père

Papa… Un petit mot pour décrire un être qui a tellement d'importance. Je pense que toutes les petites filles seraient d'accord pour dire que leur père est un héros. Et ce n'est pas Marie Gillain [17]qui dirait le contraire. Comme beaucoup de jeunes filles, j'ai voulu épouser mon père quand j'étais plus petite. Un jour, je devais avoir 5 ans, on avait organisé une sorte de cérémonie où je portais une magnifique robe blanche. Comme toutes les petites filles, je croyais au prince charmant, aux contes de fées, aux belles phrases du style : « Ils vécurent heureux et eurent beaucoup d'enfants ». Oui, même à 5 ans. J'étais persuadée que mon père était le prince charmant qu'il me fallait. Peu importait la différence d'âge, les liens du sang, à 5 ans, on se fiche pas mal de ce genre de choses. C'est ma mère qui nous avait mariés à l'époque. À croire qu'elle n'était pas du tout jalouse !

Je vous rassure, l'envie m'a passé aujourd'hui, mais ça ne m'empêche pas de rechercher un mec qui ressemble à mon père. Avec ses qualités et un peu de ses défauts. Même si je doute qu'au fond ce soit possible parce que je pense que mon père est unique. Et c'est probablement très bien comme ça.

---

[17] Référence au film *Mon père, ce héros* de Gérard Lauzier, 1991, avec Marie Gillain et Gérard Depardieu

J'aime mon père plus que tout, pourtant je crois que je ne le lui ai jamais dit. Je l'ai déjà avoué à ma sœur, à ma mère, plusieurs fois même, mais jamais à mon père. Ça ne veut pas dire que je l'aime moins, bien au contraire, mais peut-être qu'on est plus pudique avec les hommes. Entre femmes, on se comprend. On peut se dire des choses que quelqu'un du sexe opposé aurait peut-être plus de mal à interpréter. Même si je t'aime, c'est devenu plutôt universel. Tout le monde le dit à tout le monde de nos jours. Comme si ces mots n'avaient plus aucune valeur. On dit je t'aime comme on dit bonjour, c'est naze. Moi j'aimerais le dire uniquement à ceux qui le méritent réellement. Mon père en fait partie, bien évidemment, pourtant il ne l'a jamais entendu de ma bouche. Je me dis que de toute façon je n'ai pas besoin de le crier sur les toits pour qu'il le sache parce que ça paraît évident. Je l'aime. Je le sais et il le sait lui aussi.

Je me souviens, quand j'étais petite, on jouait pendant des heures, enfermés dans la chambre rien que tous les deux. On s'asseyait sur le lit et il m'inventait des histoires abracadabrantesques dans lesquelles il s'octroyait le rôle de Super Papa. J'aimais ces moments rien qu'à nous que je n'aurais partagés avec personne d'autre. Pour rien au monde... Il aimait me rappeler que j'étais la plus belle des petites filles. Et si je ne l'ai jamais vraiment cru venant de n'importe qui d'autre par la suite, quand ça venait de lui, je savais que c'était la vérité et qu'il le pensait réellement. Parce que Super Papa ne ment jamais et surtout pas à sa fille...

20

Roxane sentit un frisson la parcourir et elle passa ses bras autour de ses épaules pour tenter de se réchauffer. Quelle idée elle avait eu de ne pas prendre de gilet. Même s'il avait fait beau en cette fin de mois de mai, la fraîcheur était tombée avec la nuit avancée. Et puis il faut dire qu'elle avait eu tellement chaud dans ce bar où ils étaient tous serrés comme des sardines, n'en déplaise à Patrick Sébastien !

Une nouvelle fois, Marine et Gwen l'avaient traînée sur Saint-Gilles. Et même si elle avait été beaucoup moins réticente que la dernière fois, elle avait ressenti le besoin de s'isoler un peu de l'effervescence du bar. Il fallait qu'elle se ressource, qu'elle réfléchisse à ce qu'elle faisait là. Elle se sentait tellement décalée, entourée de tous ces gens qui avaient, pour la plupart, l'âge d'être ses enfants. Elle n'était pas à sa place ici. D'autant qu'elle n'avait pas pris un seul verre d'alcool parce qu'elle avait proposé de jouer les SAM[18] pour éviter de répéter l'erreur de la dernière fois où elles avaient dû attendre de dessaouler pour rentrer. Ce qui ne lui était absolument jamais arrivé. Boire au point de ne même pas pouvoir prendre le volant, c'était une grande première.

Tout ça alors que David venait récupérer les filles le lendemain aux aurores. Elle avait à peine eu le temps de remercier sa voisine et de se changer avant d'accueillir son ex-mari. C'était hors de question qu'elle réitère l'expérience. Seulement celui qui a inventé le proverbe comme quoi sans alcool, la fête est plus folle n'avait certainement jamais fait de soirée avec sa collègue, sa frangine et une flopée de jeunes mineurs

---

[18] Acronyme signifiant «Sans Accident Mortel" et désignant le capitaine de soirée, à savoir celui qui ne boit pas et prendra le volant. Mais ça, tout le monde devrait déjà le savoir !

boutonneux dans un bar comble. Là sans alcool, c'était plutôt elle qui allait devenir folle !

L'air frais lui fit du bien, même si elle avait la chair de poule. Au moins, ça avait le mérite de lui remettre les idées en place. Elle fit quelques pas pour s'éloigner un peu de l'animosité. De jeunes couples s'embrassaient dans tous les coins. Ils étaient à peine plus âgés que Manon. Une nouvelle fois, Roxane se sentit de trop dans le décor. Qu'est-ce qu'elle faisait là ? Ce n'était plus de son âge tout ça. Elle poursuivit son chemin, prête à rejoindre la voiture où elle n'aurait plus qu'à les attendre. Peut-être même qu'elle réussirait à faire un petit somme, ce qui lui éviterait d'être totalement sur les rotules les trois prochains jours. Parce qu'à 40 ans, on récupère beaucoup moins vite qu'à 20, elle était bien forcée de le reconnaître ! Ça aussi, elle l'avait remarqué la dernière fois... Pourtant, elle était là à nouveau. Comme quoi l'adage «on apprend de ses erreurs«, n'était pas toujours vrai lui non plus. Roxane, elle, réessayait deux ou trois fois, histoire d'être bien sûre. Parce qu'on est jamais trop prudent.

Un violent coup de klaxon la tira de ses pensées. Une bande de jeunes, probablement éméchés, la dépassa dans une Clio blanche en l'apostrophant. En règle générale, Roxane avait toujours détesté ce genre de comportement, qu'elle trouvait puéril et machiste. Ça l'avait d'ailleurs choquée dès son arrivée à la Réunion. Les femmes ne pouvaient pas faire un pas dans la rue sans se faire klaxonner, siffler ou autre. Elle n'avait jamais vu ce type de comportement en Métropole. Ou du moins pas de façon aussi systématique et appuyée. Ici, c'était monnaie courante et elle détestait ça. Même si elle n'était pas réellement une féministe affirmée, elle faisait partie de celles qui pensent que les femmes ne sont pas des animaux que l'on se permet de siffler à tout bout de champ, simplement parce qu'elles laissent apercevoir leurs jambes ou portent un jean un peu trop taille basse. Mais si ça la dérangeait en temps normal, ce soir-là, elle se sentit flattée. Les petits jeunes qui venaient de la dépasser avaient tout juste 20 ans et pourtant, ils l'avaient klaxonnée, elle. Alors qu'elle avait deux fois leur âge. Comme quoi, elle était encore pas si mal du haut de ses 40 ans. Roxane poussa un profond soupir. Elle était vraiment pathétique. Avant, elle n'aurait jamais réagi comme ça. Seulement avant, il y avait encore David et elle ne se serait jamais retrouvée au cœur de Saint-Gilles en pleine nuit.

La jeune femme s'approcha de la voiture qu'elles avaient garée non loin de là, proche de la plage. Jetant un coup d'œil alentour, Roxane put constater qu'elle était seule. Elle n'avait jamais beaucoup aimé la nuit. Tout est toujours plus accentué dans le noir. Les bruits, les ombres, mais aussi les émotions. Ce soir, elle se sentait d'humeur nostalgique. Plus encore que d'ordinaire. Peut-être était-ce cette plage qui voulait ça. C'était tellement romantique comme lieu et elle, elle était là, seule... *Amoureuse solitaire.* Ça lui rappelait cette chanson qu'elle aimait beaucoup. La voix de Juliette Armanet se mit à résonner dans sa tête, ce qui l'apaisa un peu.

« Solo dans ma peau, sur la plage, j'me la joue mélo, je drague, les nuages... »

Roxane attrapa ses chaussures à la main et avança pieds nus dans le sable fin. Elle avait du mal à savoir où elle en était réellement. Avec sa vie, avec ses filles, son mari, qui ne l'était plus vraiment... Tout était beaucoup trop compliqué pour elle en ce moment. Elle aurait tant aimé que tout redevienne comme avant. Avant que sa vie ne bascule totalement.

« Solo dans l'bateau, je mets les voiles, mais solo je prends l'eau, des matelots... »

Roxane plongea son regard au loin. Même s'il faisait nuit noire, elle voyait distinctement les petites lumières scintiller sur l'eau. Parfois, elle aurait tant aimé se retrouver elle aussi au beau milieu de l'océan pour oublier tous ses problèmes et retrouver son insouciance. Et pour noyer sa peine aussi... Le bruit apaisant de l'eau lui faisait du bien, même si en temps normal, elle ne serait jamais restée là, toute seule, sur cette plage en pleine nuit. Plus grand-chose n'était normal de toute façon depuis...

— C'est beau n'est-ce pas ? Même de nuit, j'ai toujours trouvé l'île magnifique.

Roxane sursauta en poussant un petit cri de surprise. Elle se retourna vivement et se retrouva face à une ombre qu'elle n'arriva pas tout de suite à distinguer. Jusqu'à ce que ses yeux s'acclimatent petit à petit à l'obscurité et que l'homme à qui appartenait la voix s'avance. Alors, elle reconnut la silhouette de celui qui se trouvait devant elle. C'était lui, le barman de la dernière fois. Elle avait beau ne l'avoir vu qu'une seule fois et peu de temps, elle savait qu'elle ne se trompait pas. Il portait une chemise près du corps qu'elle imaginait bleu ciel dans la pénombre ainsi qu'un jean sombre. Roxane ne put s'empêcher de remarquer qu'il était toujours aussi séduisant. Et visiblement, il l'avait suivie jusqu'ici, ce qu'elle avait un peu de mal à comprendre étant donné qu'ils se connaissaient à peine.

— Excusez-moi, je ne voulais pas vous effrayer, reprit-il avec un léger sourire. Je ne travaille pas ce soir, j'étais dans ce bar quand je vous ai vue en sortir.

— Alors, vous m'avez suivie ! répliqua-t-elle sur un ton qu'elle aurait voulu moins agressif.

— Je n'ai pas pu m'en empêcher effectivement. Même si j'aime mon île plus que tout au monde, ce n'est pas très prudent de s'y promener seule la nuit. Vous devriez faire attention.

— Vous êtes garde du corps les soirs de repos ?

L'homme sourit et malgré la pénombre, Roxane crut distinguer un éclat de malice dans ses yeux, ce qui la força à détourner le regard.

— Non, uniquement barman depuis près de quinze ans. Stéphane, enchanté.

Il tendit la main dans sa direction et la jeune femme regarda cette dernière un long moment avant de répondre à son tour.

— Roxane, dit-elle en prenant sa main dans la sienne, l'espace de quelques secondes seulement.

Elle fut bien forcée de reconnaître que ce contact, bien que furtif, l'avait déroutée. Gênée, elle plongea à nouveau son regard vers l'océan qu'elle ne pouvait pas voir totalement, mais qu'elle entendait distinctement, tout proche. Elle fixa l'un des petits points brillants à la surface. Seulement, ce n'était pas les lampes des pêcheurs de nuit qu'elle voyait là, devant elle, mais le visage de David qui se matérialisa sous ses yeux. Il était là et il lui souriait comme il le faisait autrefois à l'époque où tout allait bien entre eux.

« Où es-tu mon alter, où es-tu mon mégot pour moi t'étais ma mère,
mon père, mon rodéo je traverse le désert l'amour en solitaire... »

— L'autre soir, quand vous avez dansé sur le bar, vous aviez l'air d'avoir quelque chose à oublier. Est-ce toujours le cas aujourd'hui ?

Roxane se sentit troublée qu'un inconnu qu'elle avait croisé à peine plus de trente minutes ait pu lire en elle aussi facilement. Était-elle aussi transparente ou bien était-ce simplement le signe qu'il avait fait attention à elle plus que quiconque ces derniers temps ?

— Il y a beaucoup de choses que je préfère oublier, se contenta-t-elle de répondre sans pour autant croiser son regard.

« Reviens moi mon alter, reviens moi mon héros, je veux retrouver ma terre, ma bière et mon tricot, plus traverser le désert, l'amour en solitaire... »

Par chance, Stéphane n'insista pas et Roxane lui en fut reconnaissante. Elle n'avait pas envie d'entrer dans les détails et de se justifier auprès d'un inconnu. Encore moins cet homme qu'elle ne pouvait s'empêcher de trouver craquant. Et puis, le fait de ne pas en parler l'aidait un peu à ne pas y penser.

— J'ai toujours trouvé que la plage des Brisants [19] était l'endroit idéal pour réparer les cœurs brisés, s'exclama-t-il en regardant au loin à son tour. Peut-être qu'elle porte bien son nom...

Une nouvelle fois, ses mots eurent une répercussion particulière chez Roxane. Jamais elle n'aurait pu imaginer en suivant sa sœur et sa collègue le soir même qu'elle se retrouverait sur cette plage avec un parfait inconnu. Un homme qu'elle ne connaissait peut-être pas encore,

---

[19] Située à Saint-Gilles-les-Bains, entre le port de plaisance et la plage de l'Ermitage

mais qui la troublait bien plus qu'elle ne voulait bien l'admettre. Comment ressentir une telle chose alors qu'elle n'avait que David dans le cœur et dans l'esprit ? Évidemment, le lieu et le contexte étaient plutôt romantiques. Seulement, ce n'était certainement pas avec Stéphane qu'elle aurait dû partager ce moment, mais avec David, son mari. Le seul homme qu'elle ait jamais aimé et celui avec qui elle avait partagé la majeure partie de sa vie.

« Solo sur mon île, sur ma plage, j'me tiens plus qu'à un fil,
j'ramasse mon coquillage, fragile... »

— Vous savez Roxane, bien souvent pour réparer un cœur brisé, il suffit de lui laisser une chance d'aimer à nouveau.

Cette fois Roxane ne put se retenir. Elle sentit couler sur ses joues les larmes qu'elle avait tenté de ravaler jusque-là. Elle était absolument ridicule de laisser aller son chagrin ainsi devant un homme qu'elle aurait pu trouver plus que séduisant dans d'autres circonstances. Ce qui évidemment ne risquait pas d'être réciproque si elle se mettait dans des états pareils sans aucune explication. Pour qui allait-il la prendre maintenant ?

— Excusez-moi. Vous devez me trouver tellement...

— Touchante ? la coupa-t-il.

— J'aurais plutôt dit ridicule, reprit Roxane en séchant ses larmes d'un revers de la main.

Néanmoins, un bref sourire se dessina sur ses lèvres. Le compliment, parce qu'elle l'avait pris comme tel, lui avait fait plaisir et l'avait touchée. Comme quoi, il en fallait peu.

— Je ne sais pas pourquoi vous pleurez et j'espère sincèrement que ce n'est pas à cause de moi, mais ce que je sais par contre, c'est que j'ai réellement envie de vous embrasser. Là, maintenant.

Roxane retint son souffle. Non, pas ces mots... C'était encore beaucoup trop tôt pour les entendre et encore plus pour les accepter. Pourtant, il avait raison. Quand on tombe de cheval, ne dit-on pas qu'il faut remonter de suite sous peine de ne plus jamais pouvoir le faire ensuite ? Seulement, elle était incapable de recommencer. D'aimer à nouveau. De donner son cœur en miettes à une nouvelle personne. De se sentir heureuse dans d'autres bras. Elle ne pouvait pas faire ça parce qu'elle aurait eu l'impression de trahir David, ses filles et sa vie entière. Même si c'était lui qui était parti et avait tout brisé, elle avait encore l'espoir fou de pouvoir tout réparer. Même si elle était la seule à y croire encore.

« Solo dans ma gueule, j'peux plus voir, te voir dans toutes ces gueules, en miroir... »

La jeune femme secoua la tête, comme pour essayer d'effacer les mots que Stéphane venait de prononcer, mais ils semblaient gravés dans son esprit. Il avait dit «j'ai réellement envie de vous embrasser«. Il ne la connaissait pas, ou si peu. Il l'avait vue à demi saoule en train de danser sur un bar, il l'avait surprise en larmes sur une plage déserte en pleine nuit et pourtant, malgré tout ça, il avait envie de l'embrasser, de lier ses lèvres aux siennes, de l'attirer contre lui. Pourquoi ? Jusque-là, David avait été le seul à vouloir tout ça, du moins c'est ce qu'elle avait toujours pensé. Mais peut-être qu'elle se trompait. David était celui qu'elle avait choisi, mais qui était prêt à la choisir, elle ? Probablement plus d'hommes qu'elle ne l'aurait pensé. À commencer par ce Stéphane qui était là, face à elle et qui ne demandait que ça. Une nouvelle fois, Roxane était totalement perdue... Elle ne savait plus quoi faire, ni même comment réagir.

Stéphane avait vu de suite que cette femme-là n'était pas comme les autres, même si ça pouvait paraître cliché de penser ce genre de choses. Jusque-là, il se l'était toujours interdit. Il était bien loin d'être du genre romantique et fleur bleue. Ça, c'était pour les femmes, ces midinettes au grand cœur. Lui, c'était un homme, un vrai. Certainement un peu macho sur les bords, mais il le reconnaissait. Jusqu'à ce que cette femme franchisse la porte du bar. En l'espace de quelques secondes, elle avait fait voler en éclat toutes ses certitudes. Malheureusement, il avait peur d'être allé un petit trop loin et surtout, beaucoup trop vite. Il ne voulait pas la brusquer. Surtout pas...

Jetant un bref coup d'œil dans sa direction, Stéphane remarqua le trouble sur son visage. Malgré les larmes qui avaient fait couler son maquillage sur ses joues, elle restait magnifique. Ça lui donnait même un certain charme. On lui avait dit un jour que les femmes sont plus désirables après avoir pleuré. Il n'y avait jamais cru, mais en regardant Roxane à cet instant, il révisait son jugement. Plus il la voyait et plus il avait envie de la prendre dans ses bras. Elle était loin d'être parfaite, il le savait, mais elle était belle.

À bientôt 50 ans, il ne cherchait plus une poupée de porcelaine, sans défaut, la peau lisse et parfaite. Au contraire, il voulait une femme, une vraie... Une de celle qu'on ne croise pas forcément dans les magazines. Les petites rides au coin de ses yeux prouvaient qu'elle avait appris de la vie et qu'elle était prête à en apprendre encore. Elle était naturelle, voilà pourquoi il avait tant envie de la serrer contre lui, mais il avait compris que c'était encore trop tôt pour elle. Il allait devoir faire preuve de patience avec cette femme. Ça ne lui était encore jamais arrivé, mais pour ses beaux yeux, il était prêt à essayer. Même si après avoir lancé un énième regard vers Roxane, ça risquait d'être plus difficile qu'il ne l'imaginait.

Stéphane plongea la main dans sa poche et en extirpa un paquet de cigarettes. Il s'était promis d'arrêter, mais comme souvent les bonnes résolutions, on les oublie aussitôt prises. Voilà pourquoi il avait toujours un paquet dans sa poche, au cas où. Et là, il sentait qu'il en avait vraiment besoin. Il en attrapa une qu'il tint du bout des doigts et mit sa main en paravent pour l'allumer avant de tirer sa première taffe. Ça lui fit instantanément du bien lorsque la nicotine s'engouffra dans ses poumons. N'en déplaise à son médecin !

— Écoutez, oubliez ce que j'ai dit, d'accord ? lâcha-t-il sans oser croiser son regard à nouveau. Non pas que je n'en ai plus envie, bien au contraire, se reprit-il immédiatement un peu confus. Mais je ne voulais surtout pas vous effrayer et là je sens que...

— Je peux ? le coupa Roxane en se tournant pour la première fois dans sa direction.

« Solo dans ma fête, c'est dommage, à deux c'est tellement chouette de fumer ta cigarette sur la plage... »

Stéphane fronça les sourcils, sans comprendre, et elle lui désigna la cigarette du regard. Il la lui tendit aussitôt et l'observa la porter à ses lèvres pour tirer une taffe à son tour. Roxane ferma les yeux en laissant la fumée s'échapper. Ça faisait des années qu'elle n'avait pas touché à une cigarette. La dernière fois, c'était le jour de sa rencontre avec David. Peut-être que c'était un signe. Il avait une sainte horreur du tabac, alors elle n'y avait plus jamais touché. Jusqu'à aujourd'hui. Elle tira une nouvelle taffe qui inonda sa cage thoracique. C'était bon... Et peut-être que la cigarette n'était pas la seule chose agréable qu'elle pouvait partager avec lui ce soir. Peut-être que...

Roxane se tourna vers Stéphane et croisa son regard. Ses yeux étincelaient dans la pénombre. Il était réellement craquant. Et il avait envie de l'embrasser. Non seulement il le lui avait dit, mais elle le lisait partout sur son visage. Elle observa ses joues et la naissance d'une barbe de quelques jours. Elle imaginait cette même barbe la picoter lorsqu'elle approcherait ses lèvres des siennes. Et justement, elle baissa les yeux vers ses lèvres pulpeuses, charnues et terriblement désirables.

Alors, sans plus réfléchir, elle s'avança et posa sa bouche contre celle de Stéphane. Les yeux mi-clos, elle se laissa totalement aller contre ses lèvres. Roxane entendait l'océan au loin, qui la berçait délicatement, mais elle ne pensait plus à rien si ce n'est à ce baiser qu'elle n'aurait jamais imaginé échanger ce soir. Elle le fit durer le plus possible pour se dire qu'elle en était encore capable, qu'elle pouvait aimer à nouveau, éprouver encore du plaisir et se sentir grisée dans les bras d'un homme qui n'était pas David. Mais avant tout, si elle avait accepté et même provoqué ce baiser, c'est parce qu'elle en avait envie. Elle ne le faisait pas à contrecœur, elle le voulait réellement.

« *Mais dans le fond je m'en fous, c'est pas grave... Sans toi je devenais flou...* »

Pourtant, à l'instant où leurs lèvres se détachèrent, Roxane se sentit aussitôt mal à l'aise. Comme si elle n'avait pas le droit de faire ce qu'elle venait de faire. Comme si en embrassant Stéphane, elle venait de tromper David, et plus encore, comme si c'était elle-même qu'elle trompait en agissant de la sorte. C'était une erreur, elle n'aurait jamais dû...

— Je suis désolée, murmura-t-elle. Pardon...

Elle lui lança un regard empli de tristesse, les larmes perlant à nouveau au bord de ses yeux. Malheureusement à cet instant, c'est tout ce qu'elle pouvait lui donner. En pleurs, Roxane secoua la tête avant de s'enfuir sur le sable blanc à toutes jambes sans se retourner une seule fois...

« Un point c'est tout... »

21

À force, Roxane connaissait le chemin par cœur. Elle arpentait les rues comme par habitude et poussa la lourde porte verte comme si elle l'avait déjà fait des centaines de fois auparavant. Elle qui ne voulait pas venir au départ, elle se rendait à son troisième rendez-vous. Elle ne voulait pas s'y habituer. Et pourtant... N'avait-elle pas déjà fini par prendre goût à ses discussions avec Véronique Vivano ? Cette inconnue, qui n'en était plus vraiment une maintenant, à qui elle pouvait confier des choses dont elle n'osait parler à personne d'autre. Malgré tout, en s'asseyant dans la petite salle d'attente, elle ne put s'empêcher de se demander ce qu'elle faisait là. Jusqu'à ce que Véronique apparaisse avec son sourire si énigmatique et cette compassion qui semblait figée sur son visage. Elle fit signe à Roxane de la précéder dans ce qu'elle appelait son cabinet sans même prononcer le moindre mot. Comme elle l'avait déjà fait deux fois auparavant.

La jeune femme prit place sur le fauteuil qu'elle avait occupé lors des deux séances précédentes. Même si elle avait l'impression de connaître le décor par cœur, elle ne pouvait s'empêcher d'observer partout autour d'elle. Tout sauf croiser le regard de cette femme qui la déstabilisait toujours autant. Ce cadre-là, était-il déjà là lors de sa dernière visite ? Elle n'en avait pas l'impression.

— Comment vous sentez-vous aujourd'hui ? l'interrogea soudainement Véronique après un trop long silence.

Roxane avait presque failli sursauter. Elle s'était habituée au silence, ça lui permettait de réfléchir. Pourtant, au prix où elle payait ses séances, il valait mieux parler plutôt que d'attendre bêtement que le temps passe sans rien dire, ce qu'elle aurait pu faire n'importe où ailleurs. Et gratuitement qui plus est. Mais elle ne savait absolument pas quoi répondre à cette question. Comment allait-elle ? Elle n'en avait aucune idée. Depuis des semaines, elle nageait en eaux troubles, elle était dans le flou. Et si ça continuait comme ça, elle ne tarderait pas à se noyer complètement.

— Je... je ne sais pas, murmura-t-elle finalement. Je ne vais pas mieux. Mais je ne vais pas plus mal non plus. Je crois que... je vais. Et c'est déjà pas mal, n'est-ce pas ?

Véronique se contenta de hocher la tête. Elle n'avait pas l'intention de dire quoi que ce soit de plus pour l'instant. Elle avait senti dès le départ qu'il y avait quelque chose de nouveau chez sa patiente. C'était peut-être son regard ou bien sa posture. Quoi qu'il en soit, quelque chose avait changé chez elle depuis leur dernière séance et elle comptait bien découvrir de quoi il s'agissait. C'était son métier après tout, comprendre les failles, les analyser et peut-être aider à les combler si elle le pouvait. Quand elle sentait quelque chose, Véronique se trompait rarement. Une sorte d'intuition ou tout simplement l'expérience, elle ne saurait le dire.

— En effet, c'est une bonne chose, finit-elle par dire, voyant que Roxane ne reprendrait pas la parole. Que ressentez-vous aujourd'hui ?

Roxane fronça les sourcils. Ne venait-elle pas déjà de répondre à cette question ?

— Je viens de vous le dire, je...

— Je ne vous ai pas demandé comment vous vous sentiez, mais ce que vous ressentiez au plus profond de vous. Ce n'est pas la même chose, la coupa Véronique.

Elle avait décidé de la faire réagir un peu. Ce n'était pas bon qu'elle continue de se cantonner dans son petit confort. Certes elle avait pleuré, crié, mais elle n'avait pas encore été au bout. Il fallait que ça sorte, sans quoi, elle ne pourrait pas surmonter cette épreuve. Et Véronique était justement là pour ça, pour l'aider à refaire surface.

Finalement, cette question était presque aussi difficile que la précédente. Roxane n'avait jamais beaucoup aimé parler d'elle, encore moins de ses sentiments. Pourtant, quand elle était plus jeune, elle tenait un journal intime où elle inscrivait chaque jour ce qu'elle pensait. C'est à lui qu'elle confiait ses joies, ses peines, ses premières amours et tout ce qu'elle ressentait au plus profond d'elle-même. Elle déversait tout sur le papier pour se libérer et ça lui faisait du bien. Seulement, il y avait une différence entre écrire dans un cahier auquel personne n'aurait jamais accès, elle y veillait, et tout avouer à une femme de chair et d'os qu'elle ne connaissait même pas il y a peu. Pourtant, elle sentait qu'elle n'avait pas le choix et que ça lui ferait du bien de se libérer une fois de plus, même si ce coup-là, ce n'était pas avec un stylo.

— Je me sens seule, finit par murmurer Roxane. Oui, voilà, comment je me sens en réalité. Je suis également triste et en colère, mais le pire sentiment de tous, c'est la solitude. Bien sûr, il y a mes filles. Je passe beaucoup de temps avec elles, même si je ne suis pas vraiment de bonne compagnie ces derniers temps. Je veux être là pour elles, parce que ce n'est pas compliqué seulement pour moi et j'en ai parfaitement conscience. Et puis, il y a ma sœur aussi qui est là pour quelque temps. Même si je ne lui ai rien demandé, je crois qu'elle est venue pour moi, pour m'aider. On a toujours été proches toutes les deux, même si nous sommes très différentes au fond. Je suis contente qu'elle soit là bien sûr, elle fait de son mieux et je lui en suis très reconnaissante. Grâce à elle, je me suis même rapprochée de l'une de mes collègues, Marine. En fait, je suis vraiment très bien entourée et pourtant, je me sens terriblement seule. Parce que chaque nuit, quand je me réveille, j'ai beau tendre la main, il n'y a plus personne à mes côtés dans le lit. Je suis toute seule, je dors seule. Ça ne m'était pas arrivé depuis des années. En réalité, je crois que depuis que je connais David, nous n'avions quasiment jamais dormi l'un sans l'autre. Seulement maintenant, mon lit est désespérément vide. Un peu comme mon cœur. Et ma vie.

Véronique hocha la tête tandis que Roxane reprenait son souffle après sa longue tirade. Ni l'une ni l'autre ne s'attendaient à autant de franchise. Mais il fallait que ça sorte...

— J'ai rencontré quelqu'un, lâcha Roxane juste avant de se mordre la lèvre très fort.

Trop tard, elle l'avait dit. Elle s'était pourtant promis de ne pas parler de Stéphane. Parce que c'était rien. Rien du tout. Ça ne voulait absolument rien dire et ça n'avait aucune espèce d'importance. Le fait d'en parler rendait les choses réelles. Voilà pourquoi elle ne voulait rien dire du tout. À personne et encore moins à sa psy qui analysait chacune de ses paroles à la loupe. Seulement, c'était trop tard, elle venait de l'évoquer sans même réfléchir.

Véronique hocha à nouveau la tête. Elle savait bien qu'il y avait quelque chose qui avait changé chez sa patiente. C'était donc ça, évidemment. Elle aurait dû s'en douter. Pour beaucoup, c'est ainsi que s'achevaient les séances. On pense ne jamais pouvoir oublier et puis finalement quelqu'un d'autre vient remplacer l'inoubliable. C'est ainsi... Il faut plus ou moins de temps et cela varie en fonction des personnes. Véronique n'aurait jamais cru que ce serait aussi rapide chez elle. Peut-être même que c'était encore loin d'être terminé. Mais c'était un bon début, un premier pas vers la guérison. Comme si quelqu'un là-haut refusait de nous voir souffrir et mettait sur notre chemin une nouvelle personne pour remplacer celle qui était partie. Maintenant, Véronique espérait que sa patiente serait suffisamment guérie pour accepter de laisser sa place au nouveau venu...

— C'est une très bonne chose, approuva Véronique. Comment le vivez-vous ?

— Mal, répondit Roxane sans une once d'hésitation. Au départ, j'ai eu l'impression de trahir David, même si je sais que c'est lui qui est parti. Vous savez, je n'ai eu que cet homme dans ma vie. Il n'y avait eu personne avant lui et j'espérais, peut-être un peu naïvement, qu'il n'y aurait personne après. Seulement, le destin en a voulu autrement. Aujourd'hui, David est parti et j'ai rencontré ce type dans un bar. Stéphane, c'est son prénom. Nous nous sommes embrassés et j'ai cru tromper David. Au départ du moins. Mais j'ai compris aujourd'hui que c'était moi que je trompais réellement en faisant ça.

— Vous n'en aviez pas envie ?

Roxane secoua la tête en repensant à ce baiser qu'ils avaient échangé. Elle sentait encore ses lèvres sur les siennes, sa barbe naissante frôlant ses joues. Elle pouvait presque sentir son parfum flottant autour d'elle. En avait-elle eu envie, oui ou non ?

— À l'instant où je l'ai fait, si. Ou du moins, je l'ai cru. Mais après je m'en suis voulu, terriblement.

— Pour quelles raisons exactement ?

— Mais enfin, c'est évident, s'emporta Roxane que les questions de la psy commençaient à exaspérer. Parce que je ne suis pas prête. Parce que c'est beaucoup trop tôt pour démarrer une nouvelle histoire. Parce que ce n'est pas ce que je veux. Parce que...

— Qui vous parle de nouvelle histoire ? la coupa à nouveau Véronique. Cet homme vous a dit clairement qu'il souhaitait construire quelque chose avec vous ?

— Je... Il... À vrai dire, non. Il m'a simplement dit qu'il me trouvait touchante et qu'il avait très envie de m'embrasser.

Véronique hocha la tête au moment où sa patiente baissait les yeux, gênée. Non, il n'avait jamais dit une chose pareille. C'est elle-même qui avait vu plus loin avec cet homme. Elle encore qui s'était imaginé la suite d'une histoire qui n'avait même pas encore commencé. Et à laquelle elle n'avait pas l'intention de laisser la moindre chance visiblement. Et pourtant, même si elle refusait de l'admettre, elle l'avait imaginé et elle y avait pensé. Souvent même, si l'on en croyait son regard fuyant.

— Et pourquoi ne pas simplement prendre du plaisir avec cet homme ? Il semble en avoir envie et vous...

— N'importe quoi, s'insurgea vivement Roxane en rougissant. Je ne suis pas comme ça !

— Comme quoi ? lui demanda Véronique en haussant les sourcils.

— Ce genre de femme qui couche avec les hommes uniquement pour... ça ne me ressemble pas, je vous le répète. Je n'ai connu que David dans ma vie. Je l'aimais. Et je l'aime encore d'ailleurs, alors je ne peux pas... Et puis de toute façon, ça ferait beaucoup trop de mal à mes filles.

Roxane avait prononcé ces derniers mots d'une toute petite voix. Comme si elle en avait honte et se cherchait simplement une excuse.

— Et vous Roxane ? Qu'est-ce qui vous ferait du bien, à vous ? Je comprends que vos filles soient très importantes pour vous et que leurs avis comptent beaucoup à vos yeux. Seulement, vous ne devez pas vous oublier dans cette histoire. Si vous ne voulez pas que vos filles souffrent de trop, il faut aussi que vous fassiez attention à vos émotions, vos ressentis. C'est important pour elles tout d'abord, parce que si vous n'êtes pas bien, elles ne pourront pas l'être. Mais ça l'est également pour vous. Vous ne pouvez pas toujours faire passer les autres avant vous.

— Et alors quoi, je devrais sauter dans les bras du premier venu ? Ce n'est pas ça qui me fera du bien si c'est ce que vous suggérez.

Roxane poussa un soupir. Elle s'en voulait d'avoir employé ces mots pour parler de Stéphane. Il ne le méritait pas. Seulement, elle ne supportait pas les suggestions de la praticienne à son sujet. Voilà pourquoi elle ne voulait pas parler de lui en venant ici.

— Ce n'est pas ce que j'ai dit, reprit Véronique. Seulement, je pense que vous devriez écouter davantage vos envies si vous souhaitez vous en sortir. Avec ce type comme vous dites ou avec un autre, peu importe. Maintenant, je vais vous laisser y réfléchir. La séance est terminée pour aujourd'hui.

— 22 —

À peine était-elle sortie du cabinet que Roxane avait pris la route du littoral pour rejoindre Saint-Gilles, sans trop savoir pourquoi. Une envie comme ça, une sorte de pulsion qui l'avait poussée à prendre la voiture pour rouler sans réfléchir en direction du bar qu'elle n'aurait jamais dû connaître en temps normal. Les paroles de Véronique Vivano résonnaient en boucle dans son esprit. Quand avait-elle vraiment fait quelque chose pour elle pour la dernière fois ? Pas pour faire plaisir aux filles ou à David, mais bien pour elle. Roxane aurait été bien incapable de répondre à cette question. Elle se demandait même si c'était déjà arrivé. Elle s'était toujours dévouée aux autres, corps et âme et au final, elle avait bien vu le résultat aujourd'hui. Alors pour une fois, elle allait penser à elle et à personne d'autre.

La jeune femme profita des bouchons sur la route du littoral pour envoyer un bref message à sa sœur, lui demandant de s'occuper des filles pour la soirée. Elle était certaine que Gwen ne pourrait pas lui refuser ça, pour une fois qu'elle décidait elle-même de sortir et de prendre du bon temps. Et puis, elle serait contente de s'occuper des filles, elle qui ne les voyait pas si souvent.

Roxane avait beau être déterminée, au fur et à mesure qu'elle approchait de Saint-Gilles, toute sa bonne volonté fondait comme neige au soleil. Elle n'était plus aussi sûre que ce soit une bonne idée finalement. Qu'allait-il penser en la voyant débarquer comme une fleur alors qu'elle s'était sauvée la dernière fois ? Et puis peut-être qu'il ne travaillait même pas ce soir. Après tout, elle ne connaissait rien de lui et encore moins son emploi du temps. Qu'est-ce qui lui avait pris d'écouter cette psy en qui elle ne croyait même pas il y a à peine un mois et de venir jusqu'ici ? C'était ridicule, c'était...

Elle était à deux doigts de faire demi-tour lorsque les premières notes d'une chanson diffusée à la radio retinrent toute son attention.

« Tout doucement, envie de changer d'atmosphère, d'altitude. Tout doucement, besoin d'amour pour remplacer l'habitude... »

Instinctivement, Roxane ralentit tout en augmentant le volume de l'autoradio. Elle avait toujours adoré Bibi et aujourd'hui, ces paroles qu'elle avait entendues des dizaines de fois avaient une saveur bien particulière pour elle. Oui elle avait besoin d'amour pour remplacer, non pas l'habitude, mais celui qu'elle avait perdu.

« Tout doucement, sur la pointe du cœur tourner la page. Tout doucement, choisir un nouveau livre d'images... »

Ce nouveau livre, pour l'instant il s'appelait Stéphane et elle se dirigeait droit vers lui. Et elle avait raison de le faire parce que c'était le seul moyen pour elle de passer à autre chose. À nouveau, elle appuya sur l'accélérateur et reprit sa route en direction de Saint-Gilles. Roxane avait pris la bonne décision. Si elle voulait soigner son petit cœur brisé, Stéphane était le meilleur médicament. Elle était bien placée pour le savoir puisque les médocs, elle en voyait à longueur de journée. Sauf que celui-ci n'était pas prescrit sur ordonnance, mais par sa psy.

Roxane tourna sur le parking juste à côté du bar auquel elle n'avait même pas osé jeter un coup d'œil. Elle espérait qu'il n'y ait aucune place. Ce qui l'aurait poussée à rentrer chez elle... Malheureusement à cette heure-ci le parking était presque désert. Alors, Roxane s'engouffra dans une place et coupa le contact. Ses mains tremblaient sur le volant. Elle avait l'impression d'être une adolescente qui se rendait à son premier rendez-vous. Ridicule... Décidément, elle était vraiment pathétique.

La jeune femme jeta un bref coup d'œil dans le rétroviseur pour analyser son apparence. Le noir autour de ses yeux avait presque entièrement coulé. Merde ! Elle n'avait même pas pris son mascara pour avoir l'air un minimum présentable. Et alors ? Au moins, elle n'aurait pas l'impression d'apparaître déguisée face à lui. Elle serait elle-même et rien d'autre. Après tout, c'est ce qui avait séduit David à l'époque alors peut-être que... Non, elle ne devait pas penser à ça. Les deux situations étaient totalement différentes. Et il fallait qu'elle arrête de toujours tout ramener à David comme ça, ce n'est pas de cette façon qu'elle allait s'en sortir et avancer. Pour l'instant, la seule chose qu'elle avait à faire, c'était de sortir de cette voiture et elle verrait ensuite.

Roxane expira un bon coup avant d'ouvrir sa portière. D'une main fébrile, elle lissa sa robe dont elle apercevait les reflets sur la carrosserie. Ce n'était pas celle qu'elle préférait. Elle la boudinait un peu et moulait trop ses hanches qu'elle avait toujours trouvées trop larges. Particulièrement depuis la naissance des filles qui avait nettement modifié sa silhouette. Seulement quand elle avait enfilé cette robe le matin même, elle ne s'attendait pas du tout à se retrouver ici en fin de journée.

Mais voilà, elle y était, alors, quitte à être venue jusqu'ici autant faire ce qu'elle avait prévu. Enfin si tant est qu'elle ait vraiment prévu quoi que ce soit avant de se lancer tête baissée vers l'inconnu. Roxane s'avança vers le bar et jusqu'au dernier instant, elle hésita à y entrer. Elle se demandait sans cesse comment il allait réagir en la voyant. Seulement, si elle n'entrait pas dans ce fichu bar, elle ne saurait jamais. Il paraît que dans la vie, il vaut mieux avoir des remords que des regrets. Alors, elle franchit les quelques mètres qui lui restaient à parcourir et s'accouda au comptoir, exactement comme elle l'avait fait la première fois qu'elle avait mis les pieds ici.

— Bonsoir madame, qu'est-ce qui vous ferait plaisir ? lui demanda un jeune homme en s'approchant d'elle avec un grand sourire.

Roxane parut un instant décontenancée. À vrai dire, elle n'avait pas prévu cette hypothèse-là. Elle s'était attendue à tomber directement sur Stéphane comme s'il était le seul barman de l'établissement. Seulement elle était bien forcée de reconnaître que ce type qui avait à peine une vingtaine d'années n'avait rien à voir avec celui qu'elle espérait trouver ici.

— Euh eh bien, je vais prendre un rosé limé. S'il vous plaît, ajouta-t-elle pour éviter une quelconque remontrance.

Le jeune homme haussa vaguement les sourcils sans pour autant faire le moindre commentaire. Il devait sûrement être étonné qu'une femme seule lui réclame du rosé alors qu'il était à peine 18 h. S'il la trouvait pathétique, il n'avait rien laissé paraître et elle lui en était reconnaissante. Il déposa face à elle le verre qu'elle avait réclamé sans un mot. Roxane y toucha à peine. Elle ne savait pas du tout ce qu'elle allait faire maintenant que son plan était tombé à l'eau. Si Stéphane n'était pas là, elle n'avait rien à faire ici. Elle s'apprêtait à se lever, laissant son verre intact sur le comptoir quand...

— Roxane ? Qu'est-ce que vous faites là ?

Stéphane avait failli renverser les plateaux qu'il tenait entre les mains lorsqu'il l'avait aperçue. Il faut dire qu'il ne s'attendait pas du tout à la trouver ici, encore moins un soir de semaine. À vrai dire, il pensait même ne jamais la revoir. Après s'être enfuie comme une voleuse, il n'aurait jamais cru qu'elle aurait envie de réitérer l'expérience. Sans parler du baiser bien sûr...

Et pourtant, elle était bien là, accoudée au comptoir dans sa petite robe noire. Et elle était toujours aussi séduisante. Peut-être même plus encore que les deux fois précédentes. S'il s'écoutait là maintenant, il se jetterait sur elle pour souder ses lèvres aux siennes. Mais il savait que ce n'était pas le moment. Roxane n'était pas prête. Alors pour éviter de tout gâcher il se mordit la lèvre et plongea son regard dans le sien.

— Bonsoir, s'exclama-t-elle en triturant ses mains. Eh bien, je... Je voulais m'excuser pour l'autre soir, je n'aurais pas dû disparaître comme ça.

— L'espace d'un instant, je me suis demandé si je n'avais pas embrassé Cendrillon, mais je n'ai trouvé aucune pantoufle de vair sur votre chemin alors...

Il esquissa un sourire auquel Roxane répondit. Elle avait eu raison de venir tout compte fait. Même si elle avait longuement hésité, elle avait fait le bon choix, elle l'avait su à l'instant où Stéphane était apparu face à elle.

— Rosé limé, dit-il en observant son verre par-dessus son épaule. Je vois que vous y avez pris goût !

— Je ne suis pas vraiment une experte en boisson, mais un charmant barman m'avait conseillé celle-ci. Ce soir-là, il paraît que j'en avais bien besoin, je crois que c'est toujours le cas aujourd'hui.

En disant ces mots, Roxane se sentit rougir. Qu'est-ce qui lui arrivait à la fin ? Il allait la prendre pour une midinette de pacotille avec ses phrases toutes faites. « Un charmant barman », est-ce qu'elle venait vraiment de lui dire ça ? Ridicule... Pourtant, Stéphane sourit à nouveau et Roxane sentit que ça n'avait rien à voir avec de la moquerie. Bien au contraire.

— Je pourrais vous faire découvrir d'autres boissons si...

— Est-ce que vous auriez le temps pour...

Ils avaient parlé en même temps et ils se mirent à rire tous les deux comme des adolescents. Si Gwen avait été là, elle aurait probablement crié « chips ! », comme elles le faisaient quand elles étaient petites. Heureusement, Roxane avait dépassé ce stade.

— Allez-y, sourit Stéphane.

— J'allais justement vous proposer de me faire découvrir d'autres boissons. Enfin si vous avez le temps et l'envie bien sûr, ajouta-t-elle, histoire de ne pas se montrer trop impérative, ni même insistante.

Roxane ne voulait en aucun cas lui forcer la main et encore moins passer pour une femme qui recherche à tout prix une compagnie masculine. Jusque-là, elle n'avait jamais invité aucun homme à boire un verre. Peut-être parce que le seul homme qu'elle avait fréquenté partageait tout avec elle. S'ils voulaient boire un verre, ils n'avaient qu'à ouvrir leur frigo et s'installer sur leur terrasse.

— J'aurais adoré, mais pour ce soir ça va être compliqué. Je suis de service, je suis désolé..., répondit Stéphane visiblement navré.

— Bien sûr, je comprends. Peut-être après votre service alors ?

Roxane ne voulait vraiment pas insister, mais elle en avait très envie. Et elle avait peur que si ce n'était pas ce soir, elle allait se défiler. Elle craignait que toute sa volonté s'effondre et elle était sûre de s'en vouloir terriblement par la suite. C'était maintenant ou jamais alors...

— Ça m'embête vraiment, je vais finir très tard ce soir. Pas avant la fermeture du bar. Ce n'est pas que je ne veux pas, bien au contraire, mais je ne serai pas libre avant 2 heures du matin. Peut-être, plus tard si jamais il y a du monde. Alors si vous voulez, je...

— Je vais attendre ! lui assura Roxane avec un large sourire. De toute façon, je ne suis pas pressée.

— 23 —

À peine avait-elle prononcé ces mots que Roxane les regretta. Bien sûr elle en avait envie et elle voulait à tout prix se changer les idées, mais n'allait-elle pas un peu trop vite ? Elle n'avait aucune envie de précipiter les choses, elle souhaitait simplement s'amuser et rien d'autre. Surtout ne rien prévoir. Juste vivre au jour le jour et laisser venir les choses. Voilà ce qu'elle voulait. Lui proposer de l'attendre jusqu'au milieu de la nuit, c'était probablement fou, mais à cet instant, c'est ce dont elle avait envie. Alors, elle allait suivre son instinct et ne plus se poser de questions. De toute façon, maintenant qu'elle le lui avait dit, elle n'avait plus d'autres choix que de l'attendre là bien sagement.

Stéphane apparaissait et disparaissait derrière le comptoir avec des verres emplis de différents liquides entre les mains. De temps en temps, il jetait quelques coups d'œil à Roxane qui lui adressait de brefs sourires ou un petit signe de tête par-ci par-là. Elle avait terminé son verre depuis un moment déjà, mais avait refusé le second qu'il lui avait proposé. Elle ne tenait pas très bien l'alcool, elle n'en avait pas l'habitude et elle préférait garder les idées claires pour le reste de la soirée. Déjà que sans, elle avait tendance à dérailler ces derniers temps, elle ne voulait prendre aucun risque. Souvent, elle observait sa montre à la dérobée, elle avait l'impression que le temps s'était arrêté. Ces maudites aiguilles n'avançaient pas ou à vitesse d'escargot. Mais quelle idée elle avait eue ? Il était à peine 21 h 30, ce qui lui laissait encore cinq heures trente à tuer. Autant dire une éternité.

Roxane poussa un profond soupir en espérant qu'il passerait inaperçu. Elle n'avait aucune envie qu'on la prenne pour une vieille bique qui s'ennuie dans un bar... C'était tout sauf glamour. Alors, elle se força à sourire encore plus lorsqu'elle aperçut Stéphane de l'autre côté du comptoir. Voilà pourquoi elle était là.

Autour d'elle, les gens commençaient déjà à s'agglutiner. C'était un soir de semaine alors il y avait moins de monde que lorsqu'elle était venue avec sa sœur et heureusement. Malgré tout, Roxane se sentait de plus en plus oppressée. Les sorties, ce n'était pas son truc lorsqu'elle était accompagnée, mais alors en solo, c'était une vraie torture. Et il était à peine 22 heures... Roxane avala d'une traite le verre d'eau que l'on avait déposé devant elle avant de se lever de son tabouret. Elle n'avait jamais été très patiente, mis à part avec ses filles. Peut-être qu'elle avait été un peu trop présomptueuse tout compte fait. Jamais elle ne serait capable d'attendre ici jusqu'à 2 heures du matin. Elle avait besoin de prendre un peu l'air. Il fallait qu'elle réfléchisse à tout ça. Sortir d'ici lui ferait le plus grand bien.

Roxane jeta un bref coup d'œil dans le bar à la recherche de Stéphane. Elle ne voulait pas qu'il s'inquiète en ne la voyant plus assise bien sagement sur son tabouret. Siège qu'elle occupait déjà depuis une bonne partie de la soirée, alors qu'elle n'avait consommé qu'un seul verre. Autant dire que le patron serait content de la voir déguerpir ! Elle fit signe à Stéphane pour l'informer qu'elle sortait quelques instants et qu'elle l'attendrait à l'extérieur. Même si elle n'avait aucune idée de ce qu'elle allait faire dehors, elle ne supportait plus cette effervescence.

Dès qu'elle fut sortie, Roxane inspira un bon coup. Elle se mit à frissonner. Elle avait eu tellement chaud à l'intérieur qu'elle avait du mal à ne pas trembloter. À force de vivre sur l'île, elle avait fini par devenir un peu frileuse, elle qui ne l'était pas du tout en Métropole. Ce soir, elle n'avait rien à se mettre sur le dos. Parce qu'elle était partie sur un coup de tête. À cette heure-ci, elle aurait dû être chez elle devant un plateau télé et non en pleine rue au cœur de Saint-Gilles. Elle travaillait le lendemain et elle n'avait aucune idée de l'heure à laquelle elle allait rentrer. Ni même si elle allait rentrer... Jamais elle n'aurait cru avoir ce genre d'idées. Pas déjà, pas si vite et pourtant elle était bien forcée de reconnaître qu'elle y avait pensé. Et si elle en avait ne serait-ce que l'intention, alors ça voulait tout dire. Elle n'était pas guérie, loin de là, mais au moins elle avait décidé de prendre les choses en mains et de tout faire pour aller de l'avant.

— Excusez-moi, vous n'auriez pas une cigarette s'il vous plaît ? demanda-t-elle à un homme à la sortie du bar. J'ai oublié mon paquet et j'ai désespérément besoin de nicotine, ajouta-t-elle en espérant le convaincre.

La jeune femme lui adressa un sourire qu'elle voulait charmeur, un brin séductrice. Tout le contraire de ce qu'elle était réellement. L'homme haussa les sourcils avant de plonger la main dans la poche de sa veste d'où il sortit son paquet de cigarettes. Il en tendit une à Roxane qui la glissa entre ses lèvres avec un large sourire. Elle le laissa l'allumer, masquant le vent d'une main contre sa joue.

— Merci, minauda-t-elle en tirant une taffe salvatrice.

— Y a pas de quoi. Votre sourire méritait bien que j'exauce votre souhait. Mais ne dites rien à ma femme si vous la croisez ! ajouta-t-il avec un sourire en coin.

Celui de Roxane fondit comme neige au soleil. Évidemment qu'elle ne dirait rien à cette pauvre femme qui attendait son mari certainement bien tranquillement chez eux alors que lui était là à draguer à la sortie des bars. C'était pathétique ! Autant qu'elle et cette cigarette qu'elle n'aurait jamais dû réclamer et dont elle n'avait plus du tout envie maintenant. Était-ce ainsi que David avait abordé cette fameuse Clara ? Est-ce que lui aussi il attendait à la sortie des bars alors qu'elle le croyait au boulot ? Roxane chassa cette idée aussi vite qu'elle était venue, elle n'avait pas envie d'y penser. Pas ce soir, pas maintenant.

Elle tira une longue taffe sur la cigarette du délit avant de s'éloigner et de la jeter dans un caniveau un peu plus loin. De toute façon, c'était ridicule, elle n'allait pas se mettre à fumer à 40 ans alors qu'elle faisait la guerre à sa fille aînée pour ne pas qu'elle y touche. Ce dont elle avait vraiment besoin, ce n'était pas de nicotine, mais plutôt d'un petit goût d'interdit. Quelque chose qui ne soit pas rattaché à David, qui n'appartienne qu'à elle. Et pour cela, il y avait Stéphane. Plus que 3 heures 30 avant qu'il ne sorte de ce bar. 3 heures 30 avant que...

Dans sa poche, son portable se mit à vibrer. Roxane poussa un profond soupir. Qui pouvait bien l'appeler à cette heure-ci ? En découvrant le nom de sa sœur sur l'écran, elle sentit un frisson la parcourir. Et s'il était arrivé quelque chose aux filles ? Elle ne se le pardonnerait jamais. À ses yeux, Océane et Manon étaient ce qu'il y avait de plus important au monde. Bien plus important que sa petite escapade stupide.

Fébrile, elle se dirigeait déjà vers sa voiture, prête à reprendre la route tout en appuyant sur le bouton vert pour prendre la communication.

— Allô ? s'exclama-t-elle, la voix tremblante.

— Rox ? Mais qu'est-ce que tu fous bon sang ? T'es où ? s'écria sa sœur à l'autre bout du fil.

— Il s'est passé quelque chose ? Comment vont les filles ?

Sa voix trahissait nettement son inquiétude soudaine. Et le soupir de Gwen de l'autre côté du combiné n'arrangeait rien. Qu'était-il arrivé ? Quelque chose de grave forcément, sans quoi elle ne l'appellerait pas aussi tard. Son cœur s'était mis à battre à cent à l'heure et ses mains tremblaient, si bien qu'elle trouvait un mal fou pour attraper ses clés dans son sac.

— Gwen, tu m'entends ?

— Les filles vont très bien. Elles sont couchées figure-toi. Il est 23 h 30 et on est mardi soir, où veux-tu qu'elles soient ? Par contre moi, ce que j'aimerais savoir c'est où tu es, toi, à cette heure-là !

Roxane ne put retenir un ouf de soulagement. Bien sûr que les filles allaient bien, qu'est-ce qu'elle s'était imaginé ? Elle était la seule à dérailler. Pour le reste, tout était normal. Ou presque.

— Je m'amuse, répliqua-t-elle comme une petite fille prise en flagrant délit, c'est bien ce que tu voulais, non ?

— J'ai vraiment du mal à te suivre en ce moment ! maugréa Gwen.

— Je suis tes conseils, tu devrais plutôt être contente. J'ai décidé de sortir, d'oublier.

— Rassure-moi Rox, tu ne vas pas faire de conneries là ? Tu sais les filles ont besoin de toi. Même si je suis vraiment super géniale comme tante, je ne suis pas leur mère et...

— T'inquiètes, je vais bien. Je t'assure.

Roxane esquissa un sourire le cœur gros. Elle était touchée de voir que malgré tout, elle n'était pas toute seule. Elle avait beau avoir perdu celui avec qui elle partageait sa vie, elle aurait toujours à ses côtés celle avec qui elle partageait tout depuis toujours et pour longtemps encore. Avec Gwen, elles avaient beau ne pas être d'accord sur tout, elles savaient toutes les deux qu'elles pouvaient compter l'une sur l'autre dans n'importe quelles circonstances. Parce qu'une sœur, c'est bien plus qu'une simple amie, c'est quelqu'un que l'on garde pour la vie à ses côtés. Et ça, Roxane l'avait bien compris.

— Et dis-moi Cendrillon, tu comptes rentrer avant minuit ? Même si ça m'étonnerait vu l'heure... Je te préviens, n'espère pas que je vienne te chercher parce que la voiture de location que j'ai récupérée n'a vraiment rien d'un carrosse !

—Je ne sais pas encore à quelle heure je vais rentrer. Mais je te tiens au courant. Promis, je t'enverrai un texto. Et Gwen, merci pour les filles !

— C'est rien, tu sais que j'adore passer du temps avec elles, je les vois pas souvent donc, c'est un plaisir. Profite ! Et pour le texto, t'es pas obligée, je ne suis pas maman. Mais j'avoue que ça me rassurerait...

Les deux sœurs avaient toujours charrié leur mère qui leur réclamait sans cesse un appel même lorsqu'elles partaient à 500 mètres de la maison. Adolescentes, elles trouvaient ça plutôt risible, voire un peu exagéré, mais depuis qu'elle-même était maman, Roxane savait à quel point ça pouvait être stressant de savoir ses enfants, seuls dans la nature. Ce sentiment s'était renforcé depuis que Manon avait l'âge de sortir avec ses copains, même le soir tard. Alors, elle comprenait.

— Merci.

Roxane envoya un baiser dans le combiné avant de raccrocher le sourire aux lèvres. Elle savait qu'elle pouvait compter sur sa petite sœur pour les filles, mais pas uniquement. Gwen serait toujours là dans les bons comme les mauvais moments. Justement parce que c'était sa petite sœur, et parfois, ça valait bien tous les David du monde...

La jeune femme rangea son téléphone dans sa poche. Cet échange avec sa frangine l'avait reboostée. Si elle avait douté jusqu'ici, à présent elle était sûre de sa décision. Elle avait le droit d'en profiter et c'est exactement ce qu'elle allait faire. Lorsqu'elle releva la tête, elle se trouva nez à nez avec Stéphane qui l'observait. Bon sang, ces dernières heures étaient passées si vite !

— Est-ce qu'il est déjà...

— Je suis sorti plus tôt, expliqua-t-il. Il n'y avait plus grand monde et je ne voulais pas vous faire attendre plus longtemps. À vrai dire, je me demandais même si vous seriez encore là...

Roxane esquissa un sourire en mordant sa lèvre inférieure. Ça lui faisait plaisir de se sentir ainsi désirée, attendue, ça faisait si longtemps que ça ne lui était plus arrivé.

— Je ne m'enfuirai pas ce soir, je vous le promets. Et sachez que je tiens toujours mes promesses.

— J'en suis ravi. Alors, allons-y. Je crois que nous avons suffisamment attendu, vous comme moi.

À ses mots, il la prit par le bras et Roxane se laissa entraîner vers l'inconnu. Un monde dont David ne faisait pas partie, mais qu'elle avait quand même envie de découvrir. Pour ce soir au moins...

— 24 —

Il y avait beaucoup de monde et autant de bruits, de lumières et d'agitation au parc Expo-Bat. Tout ce que Roxane avait beaucoup de mal à supporter en règle générale. Et pourtant, elle était contente d'être là ce soir. Ça lui faisait du bien de sortir, de se mêler à la foule et surtout de prendre du bon temps. Ce qui lui était peu arrivé ces derniers temps. Il faut dire que la présence de Stéphane à ses côtés n'y était certainement pas étrangère.

Depuis qu'elle lui avait subitement rendu visite au bar il y a un mois, ils s'étaient revus. Plusieurs fois. Roxane avait été bien forcée de reconnaître qu'elle avait passé une excellente soirée en sa compagnie. Ils avaient beaucoup discuté, de tout, de rien sans pour autant entrer dans les détails de leur vie privée. Elle lui avait parlé de ses filles sans pour autant évoquer leur père. Stéphane semblait avoir compris que le sujet était sensible alors il n'avait pas posé de questions. Et il savait que parler de ses ex lors d'un premier rendez-vous n'était pas du tout une bonne idée, alors il n'avait rien dit.

Le concernant, Roxane savait simplement qu'il n'avait pas d'enfants et aucune femme dans sa vie actuellement. Au bout du compte, elle n'avait pas vu le temps passer et il était très tard, ou très tôt, tout dépend du point de vue, lorsqu'elle avait repris la route.

Après cette soirée, il y en avait eu d'autres. Ils discutaient pendant des heures, découvrant toujours de nouveaux sujets à aborder et au moment de se séparer, elle le laissait parfois effleurer ses lèvres. Malgré tout, ça n'avait jamais été au-delà qu'un simple baiser, furtif. Stéphane semblait avoir compris que le sujet était épineux sans pour autant oser poser trop de questions. Roxane lui en était reconnaissante. Au fil de leurs rencontres, elle lui avait confié qu'elle n'était plus avec le père de ses filles depuis peu. Rien de plus. Et après tout, il n'avait pas besoin d'en savoir davantage. Elle parlerait quand elle serait prête. Un jour, peut-être.

En attendant ce vendredi soir, elle était là à ses côtés dans la foule de Saint-Paul. Chaque année les manèges et forains envahissaient la place pour le plus grand bonheur des petits et pas seulement. Roxane n'avait jamais été fan des attractions à sensation. Même si elle amenait les filles chaque année pour la fête nationale, c'était uniquement pour leur faire plaisir à elles. Et puis, c'était toujours en compagnie de David. Cette année, il n'était pas là, ses filles non plus et c'est Stéphane, un homme qu'elle ne connaissait même pas il y a quelques semaines qui marchait à ses côtés.

À plusieurs reprises, ses doigts avaient effleuré les siens. Elle avait senti dans son regard qu'il aurait aimé lui prendre la main, ici, au milieu de cette foule dense. Mais Roxane ne s'en sentait pas encore capable. Ça signifiait beaucoup. Avouer aux autres qu'il se passait quelque chose entre eux, elle n'était pas prête. Et puis, elle n'était pas sûre que ce soit vraiment le cas d'ailleurs. En réalité, pour l'avouer aux autres, il aurait déjà fallu qu'elle se l'avoue à elle-même. Ils avaient beaucoup discuté, leurs lèvres s'étaient effleurées et alors ? Ça ne voulait plus rien dire maintenant.

Soudain Stéphane lui tapota l'épaule en lui désignant un manège du doigt, la tirant brutalement de ses pensées.

— Regarde ! J'adorais ce manège quand j'étais plus jeune. On y va, ça te dit ?

Pardon ? La jeune femme l'observa avec de grands yeux écarquillés, comme s'il venait de lui annoncer qu'il avait été élu président de la République. Peut-être même qu'elle en aurait été moins étonnée ! Est-ce qu'elle avait bien compris ? Stéphane voulait vraiment qu'elle monte dans cette attraction où la moyenne d'âge était d'environ 16 ans ?

— Hors de question !

— Allez Roxane, juste un tour, s'il te plaît.

Voilà qu'il commençait à la supplier en la tirant gentiment par le bras pour l'attirer vers le manège, auquel elle n'osait même pas jeter un œil.

— Je ne suis pas sûre que ce soit autorisé pour les plus de 16 ans, tenta-t-elle pour s'esquiver.

— Bien sûr que si, regarde cet homme là-bas, il a au moins 50 ans. Ou même plus, parce que sans vouloir me vanter, je fais beaucoup plus jeune que lui.

— 50 ans peut-être, et presque autant de litres d'alcool dans le sang ! Ce n'est pas du tout un bon exemple.

En effet, l'homme en question était en train de quitter le manège avec une démarche, tout sauf assurée. Même à distance, Roxane avait l'impression de sentir le rhum émaner de sa personne. Si Stéphane pensait que c'était avec ça qu'il allait réussir à la convaincre, il se trompait royalement. Il allait en falloir beaucoup plus.

— Roxane, on a qu'une vie ! Et ça me ferait vraiment plaisir de revivre mes frasques d'adolescent à tes côtés.

Stéphane l'observait avec une tête de petit garçon. C'était limite s'il ne battait pas des cils pour essayer de la convaincre. Il ajouta un petit sourire à faire fondre la banquise. Malheureusement, ce n'est que son petit cœur qu'il réussit à liquéfier sur le champ.

— S'il te plaît Roxane !

Avec cette petite voix, il lui rappelait presque Océane quand elle venait lui réclamer quelque chose. Presque... Et jusqu'à présent, elle ne lui avait absolument jamais résisté. À croire qu'elle n'avait aucune volonté.

— Bon OK ! Mais un tour, pas plus. Et c'est uniquement pour te faire plaisir. En espérant que je ne croise aucun client dans les parages !

— T'en fais pas, vu à l'allure où va le manège, ils n'auront même pas le temps de te reconnaître.

Super, c'est certain que ça allait la rassurer ça ! Elle se demandait encore pourquoi elle avait dit oui. Ce n'était même pas par envie, car elle aurait certainement préféré aller défier les requins sur les plages de Saint-Denis que de monter dans ce manège. Mais ça semblait lui faire tellement plaisir... Stéphane déposa un léger baiser sur sa joue et elle eut du mal à ne pas rougir. Alors pour camoufler ses joues enflammées, elle sourit.

Elle suivit Stéphane dans la file et le laissa payer les places pour l'enfer. Elle avait observé les autres qui l'avaient précédée dans l'attraction et à chaque seconde, elle regrettait ces trois petites lettres qui avaient franchi ses lèvres. Peut-être qu'elle avait encore le temps de partir en courant... Même si elle n'avait jamais été vraiment douée en course à pied, encore moins s'il fallait tenter un sprint.

Stéphane attrapa sa main dans la sienne pour l'entraîner vers le manège et cette fois, elle sut qu'elle n'avait plus aucune échappatoire. Ils s'installèrent à l'un des bords du cercle et Roxane s'agrippa de toutes ses forces à la barre métallique comme elle avait vu les autres le faire lors du tour précédent. Le tout, c'était de ne pas lâcher. Jamais. Elle pouvait y arriver.

Dès que le manège se mit en route, elle se tourna vers Stéphane à qui elle adressa un bref sourire crispé. Alors que lui ne cessait de rire comme un gamin le jour de Noël. Heureusement qu'elle n'avait pas mangé avant de venir, parce que ça commençait à lui tordre les boyaux. Son ventre était en train de se transformer en machine à laver, exactement comme l'attraction.

— Allez, allez je veux du bruit, c'est parti !

Ah, parce que là, ce n'était pas encore parti ? Autour d'elle, les gens hurlaient, criaient en riant tandis qu'elle, la seule question qui occupait son esprit, c'était de savoir comment elle allait faire pour ne pas vomir avant l'arrêt complet du manège. Elle savait bien que ce n'était pas une bonne idée, elle n'avait jamais aimé les attractions de ce genre, c'est pas maintenant que ça allait commencer.

— Est-ce que tout le monde va bien là-dedans ?

Non, avait envie de hurler Roxane. Peut-être que comme ça, ils arrêteraient le manège et la laisseraient descendre. Malheureusement, sa négation fut noyée sous les hourras des autres personnes présentes. Stéphane en tête. Depuis qu'elle le connaissait, elle ne l'avait jamais vu aussi enthousiaste. À le voir comme ça, elle se demanda comment il réagirait lors de leur première fois. Et rien que le fait de penser à ça lui donna envie de vomir de plus belle.

— Je veux vous entendre encore plus fort !

Cette fois-ci Stéphane lui broya littéralement le tympan. Avec une oreille en moins, Roxane espérait pouvoir survivre jusqu'à la fin du tour. Ils tournaient de plus en plus vite et ses mains devenaient de plus en plus moites. Elle avait beau s'agripper comme une malade à cette satanée barre, elle sentait ses doigts glisser sur le métal froid au fur et à mesure qu'ils tournaient. Roxane n'avait jamais cru en Dieu, mais à cet instant elle se mit à prier pour que le tour se termine et vite.

— Est-ce que vous voulez refaire un autre tour ? demanda alors le forain à travers son micro. Allez pour un autre tour, je veux tous vous voir les mains en l'air !

Elle en était sûre à présent, Dieu n'existait pas. Ou alors, il était clairement en train de se foutre de sa gueule. Comment voulaient-ils qu'elle lève les mains en l'air alors qu'elle avait déjà du mal à tenir en s'agrippant aux barres ? À ses côtés, Stéphane levait les paumes vers le ciel sans pour autant perdre l'équilibre. Est-ce qu'il s'était collé au siège sans qu'elle ne le remarque avant le départ ? En les voyant tous comme ça, les bras levés, elle se demandait si elle n'allait pas voir surgir un assaillant avec une arme, comme on le voyait souvent dans les films, ce qui expliquerait qu'ils obéissent aussi facilement. De tout le manège, elle était la seule qui s'accrochait encore de toutes ses forces à la barre. Ou du moins qui essayait. Tant bien que mal.

L'espace d'une seconde, le manège s'immobilisa et Roxane se dit que son calvaire était peut-être enfin terminé. En face d'elle, un petit garçon d'une dizaine d'années fit le malin en allant se dandiner au milieu du cercle, là où il n'y avait aucune barre à laquelle se retenir. Elle était tellement contente que ce soit enfin terminé qu'elle était à deux doigts de faire pareil. Mais bien sûr, elle se contenta de souffler sur ses mains qui étaient aussi moites que s'il avait fait 40 °C et endolories à force d'avoir tant serré.

— Est-ce que vous voulez aller encore plus vite ?

Quoi ? Non ! La voix du forain la fit sursauter. Comment ça encore plus vite ? Elle pensait que c'était terminé, qu'elle allait pouvoir descendre et retrouver la terre ferme. Visiblement, elle était loin du compte ! Elle avait à peine eu le temps de dire ouf que le manège s'était ébranlé à nouveau à une vitesse folle. C'était allé si vite qu'elle n'avait pas pu se rattraper à la barre à temps. À cet instant, la seule chose à laquelle elle pouvait encore se raccrocher, c'était la cuisse de Stéphane. Elle s'y agrippa de toutes ses forces alors que l'attraction se mettait à secouer dans tous les sens comme si elle était prise de spasmes. Visiblement la machine à laver avait certains ratés.

À vive allure, ils tournèrent dans l'autre sens, ce qui fit perdre son équilibre à Roxane. Elle n'avait pas prévu le changement de sens et elle fut contrainte de s'agripper avec plus de hargne sur le jean de Stéphane. Surpris, ce dernier lui jeta un coup d'œil espiègle avant de lui faire lâcher prise.

— Désolé Roxane, mais je n'ai pas vraiment envie de finir le tour en caleçon, cria-t-il pour couvrir l'excitation.

— Sale traître ! maugréa Roxane qui se retrouva projetée au beau milieu du manège.

N'ayant d'autres choix, elle se laissa tomber au centre, rampant pour tenter de rattraper les sièges, en vain. Dans cette position, elle avait l'impression d'être un singe au milieu du zoo. Elle s'attendait même à ce qu'on lui jette des cacahuètes. Ce qui aurait été un vrai gâchis, car elle était absolument incapable d'avaler quoi que ce soit à l'heure actuelle.

À plusieurs reprises, le manège s'arrêta l'espace d'une micro seconde pendant lesquelles Roxane tenta de se relever jusqu'à ce qu'une nouvelle secousse la projette à nouveau au sol, sous les rires des participants et même du forain. Ah, ils devaient bien se foutre de sa gueule tous. Heureusement qu'elle avait mis un pantalon taille haute avec une tunique qui descendait suffisamment bas sans quoi, en plus d'être dans une posture pour le moins inconfortable, elle leur aurait en prime dévoilé une partie plutôt intime de son anatomie. Ce qui n'aurait pas manqué d'accentuer le spectacle, déjà qu'elle était la risée de tout le monde ! En levant les yeux vers Stéphane, elle découvrit qu'il riait autant que les autres, si ce n'est plus encore et il ne cherchait nullement à lui venir en aide. Il ne perdait rien pour attendre celui-là. Ça, il allait lui payer !

Enfin, le manège s'arrêta, pour de bon cette fois-ci, et tous se levèrent en riant, heureux du voyage. Roxane en profita pour se redresser au moment où le petit garçon vint lui taper dans la main avec un grand sourire. Au moins, elle aurait permis à cet enfant de passer une bonne soirée. Mais pour ça, elle avait payé de sa personne. Elle avait ses tripes aux bords des lèvres et son derrière avait tellement rebondi sur le sol du manège qu'elle se demandait si elle ne leur avait pas fait cadeau de son coccyx en prime.

Stéphane se leva à son tour et vint lui tendre la main pour l'aider à se relever, à l'instant où une ultime secousse fit tressauter le manège une dernière fois.

— Hey là ! Excusez-moi, j'ai pas fait exprès, se moqua le forain.

Stéphane se retrouva projeté sur le sol et Roxane ne put retenir son fou rire en le voyant les quatre fers en l'air à son tour. Finalement, peut-être qu'il y avait bien un Dieu quelque part et visiblement, ce soir, il avait l'esprit joueur.

Ils sortirent tous les deux, côte à côte avec un grand sourire. Sincère pour Stéphane, un peu jaune pour Roxane qui n'était pas prête de revivre une telle expérience. Jamais elle n'avait vécu un aussi long moment de solitude. Elle n'avait plus l'âge pour ça franchement. Heureusement, le ridicule ne tuait pas comme on dit. Quoique... Elle n'était pas sûre que sa dignité ait résisté à cette soirée.

— Plus jamais ! dit-elle à l'intention de Stéphane lorsqu'ils eurent tous deux remis les pieds sur la terre ferme.

— Arrête je suis sûre que tu as adoré, reconnais-le au moins.

— Oh, mais oui tu as raison, j'ai adoré me retrouver à plat ventre devant des dizaines de personnes qui avaient toutes l'âge d'être mes enfants ! répliqua-t-elle sceptique.

— Pourtant, tu sais, tu avais vraiment la classe, on aurait dit...

— Maman ?

— 25 —

Le sourire de Roxane s'évanouit aussitôt en entendant ce simple mot qu'elle aimait plus que tout d'ordinaire. Instinctivement, elle s'éloigna de Stéphane qu'elle trouvait soudain beaucoup trop près à son goût. Si ce dernier fut blessé, il n'en dit rien. Au fond, il avait bien compris qu'elle n'assumait pas complètement cette relation, si tant est qu'elle la considérât comme telle. Même s'il ne les avait encore jamais vues, Stéphane savait parfaitement qui étaient ces mystérieuses demoiselles face à eux. Et pas seulement parce que l'une d'entre elles avaient appelé Roxane maman. Elles lui ressemblaient tellement, l'une comme l'autre. La plus petite avait sa bouche et son nez tandis que la seconde avait ses yeux.

Des yeux qui à cet instant lançaient des éclairs. Heureusement qu'ils n'étaient pas armés sans quoi Stéphane serait mort sur le champ. Roxane sentait la culpabilité la consumer. Elle avait imaginé de nombreux scénarios. Elle se voyait croiser certains clients de la pharmacie ou des amis de David qui auraient pu la reconnaître, mais jamais sa sœur accompagnée de ses deux filles, sans quoi elle ne serait jamais venue ici jouer les adolescentes attardées.

— Qu'est-ce que tu fais là maman ? demanda Océane avec un grand sourire.

Justement, Roxane se le demandait. La naïveté d'Océane était bien loin d'égaler la colère de sa sœur aînée. Roxane tenta de chercher du soutien auprès de Gwen, mais cette dernière se contenta de hausser les épaules. Roxane ne lui avait jamais parlé de Stéphane, n'en ayant pas vu l'utilité, mais visiblement ça ne jouait pas en sa faveur maintenant.

— Eh bien alors, maman, tu ne nous présentes pas ? C'est qui lui ? cracha Manon, du venin dans la voix. Au cas où tu l'aurais oublié, tu es toujours mariée à papa !

Roxane baissa les yeux, de plus en plus mal à l'aise. Jamais elle n'aurait imaginé les présentations de cette façon. D'ailleurs, elle n'avait aucune intention de présenter Stéphane à ses filles. Pas maintenant. Pas si vite. Cela faisait à peine un mois qu'elle le connaissait et elle n'était même pas sûre du nom qu'elle devait employer pour qualifier leur relation. Cette rencontre impromptue était la pire chose qui puisse leur arriver. Et elle était la seule coupable. Elle avait toujours dit que ses filles passaient avant tout, elle aurait dû faire plus attention.

— Alors maman, tu réponds pas ? insista Manon.

— Je... Écoute, chérie, je...

— Laisse tomber, de toute façon, j'ai pas envie de savoir qui c'est, ce con !

Manon se tourna vers le con en question avec un regard plein de rage. Heureusement, Stéphane ne dit rien et Roxane lui en fut très reconnaissante. Elle se doutait que ça ne devait pas être agréable de se faire insulter de la sorte par une gamine qu'il ne connaissait même pas... Mais ce n'était vraiment pas le moment d'envenimer la situation, déjà bien assez complexe.

— Allez viens Océane, ça sert à rien de rester ici parce que visiblement, on dérange !

Manon attrapa la main de sa petite sœur pour l'entraîner plus loin, non sans avoir lancé un regard glacial à l'intention de sa mère. Roxane se mordit la lèvre en retenant ses larmes. Ses deux petites puces étaient en train de partir loin d'elle. Si Océane ne semblait pas vraiment avoir compris la situation, Manon quant à elle lui en voulait, ce qui ne risquait pas d'améliorer leur relation déjà conflictuelle ces derniers temps. Roxane ne pouvait pas rester là les bras ballants. Sa famille avait déjà explosé une première fois, elle se devait de sauver ce qui en restait.

Sans un regard pour Stéphane, qu'elle avait presque totalement oublié à cet instant, Roxane s'élança vers ses filles qui étaient déjà loin devant. Hélas, elle n'avait pas fait trois pas qu'une main se referma sur son poignet pour la retenir et l'empêcher d'aller plus loin. Roxane se retourna, agacée, prête à se libérer vivement pour poursuivre son chemin, mais le regard de sa sœur la fit stopper net.

— Laisse-leur le temps de digérer, Rox. Là, je pense que c'est encore trop tôt. C'est pas facile pour elles en ce moment, surtout pour Manon.

— Et pour moi, tu crois que ça l'est ? s'emporta Roxane. C'est mes filles, je sais encore ce qui est bon pour elles, ou non. Et puis d'abord, qu'est-ce que vous foutez là ?

Gwen n'avait toujours pas lâché le poignet de sa sœur, craignant qu'elle ne fasse une connerie qu'elle regretterait pas la suite, comme tenter de suivre ses filles par exemple. Elle savait très bien que Manon ne mâcherait pas ses mots si elle se trouvait face à sa mère maintenant. Et elle ne voulait pas que la jeune fille se dispute avec Roxane en disant des mots qu'elle ne pensait même pas, sous le coup de la colère.

— Les filles voulaient aller aux manèges, elles m'ont dit qu'elles y allaient tous les ans, alors je les ai amenées. Nous sommes vendredi, c'est les vacances, je ne vois pas pourquoi j'aurais refusé. Je ne pouvais pas savoir que...

La jeune femme jeta un œil en direction de Stéphane qui n'avait pas bougé, attendant sagement dans son coin que la crise soit passée. Même les cyclones qui ravageaient l'île à côté, c'était du gâteau... Pourtant jusque-là, il n'avait pas dit un mot, laissant éclater l'orage et priant pour que la foudre ne l'atteigne pas trop violemment.

— C'est qui ce charmant jeune homme ? reprit Gwen avec un clin d'œil. Pourquoi tu ne m'en as pas parlé ? Tu avais peur que je te le pique peut-être. Faut avouer qu'il est vraiment pas mal.

— J'ai pas de comptes à te rendre Gwen !

— Tu as raison, à moi non. Par contre, je pense que tu aurais dû en parler à tes filles, ce qui aurait évité de se retrouver dans ce genre de situation.

— Je n'avais absolument pas prévu ce genre de chose figure-toi ! Je ne pouvais pas deviner que tu allais débarquer ici avec les filles !

— Oh non, Rox, ne me mets pas tout sur le dos. Je m'occupe de tes filles comme je peux, alors s'il te plaît, ne m'accuse pas d'être responsable. Je fais ce que je peux et je n'étais même pas au courant que tu avais rencontré quelqu'un.

Roxane poussa un profond soupir. Elle n'avait aucune envie de se donner en spectacle en plein milieu d'une fête foraine. Elle ne cessait de jeter des regards en direction de ses filles qu'elle apercevait toujours au loin. Vaste petit point dans la foule. Bien sûr, Manon avait 16 ans, elle pouvait veiller sur sa sœur sans problème et elle l'avait déjà fait plus d'une fois, Roxane avait parfaitement confiance en elle pour ce genre de choses. Pourtant, elle ne pouvait s'empêcher d'avoir peur. Instinct maternel sûrement.

— Je n'ai rencontré personne, Gwen !

— Ah oui ? Alors, c'est qui ce type qui attend là-bas en te dévorant des yeux ? Un mec venu te demander l'heure, c'est ça ? Il a pas de chance, il s'est fait traiter de con par Manon pour rien alors ! Remarque il n'a pas l'air de l'avoir mal pris pour un inconnu. Serait-ce une réincarnation de Gandhi ? Franchement Rox, tu me prends vraiment pour une idiote !

Par chance, Gwen ne semblait pas avoir reconnu Stéphane. Il faut dire que les quelques fois où elle l'avait vu, son esprit était quelque peu embrumé par l'alcool.

— Lui, c'est... personne.

— Personne, bien sûr, oui ! Je comprends que tu souffres Rox, seulement ce personne comme tu le dis si bien, il n'y est pour rien. Alors, ne te venge pas sur lui. Parce que ça va lui faire du mal, à lui, à Manon, à Océane mais aussi et surtout à toi. Tes filles, elles n'attendent qu'une seule chose, c'est que leur père rentre à la maison, alors...

— Mais tu crois que ce n'est pas ce que j'attends moi aussi ? Je ne souhaite que ça, que David revienne à la maison. Je n'ai pas de sentiments pour ce type, c'est juste que... Il est gentil, je passe de bons moments avec lui, ça m'aide à oublier. Parce que David ne rentrera pas. Et même si c'est difficile, les filles seront bien forcées de le reconnaître.

— Alors, essaie de les ménager. Parce que là, elles ne sont clairement pas prêtes à accepter une autre figure masculine à tes côtés. Et pour tout te dire, je pense que toi non plus !

— De toute façon, quand elles auront leur petit frère ou leur petite sœur en face d'elle, elles n'auront plus le choix. Elles verront bien que la méchante dans l'histoire, ce n'est pas moi !

Gwen posa une main amicale sur l'épaule de sa sœur. Dans ces moments-là, elle n'avait qu'une envie, se retrouver face à David et lui arracher les yeux de ses propres mains. Parce qu'elle voyait la souffrance dans les traits de sa grande sœur et qu'elle détestait ça. S'il faisait du mal à Roxane, alors indirectement il lui en faisait à elle aussi. Elles avaient ce lien qui les reliait l'une et l'autre depuis l'enfance, même quand elles se disputaient étant petites. Et ce lien était plus fort que tout.

Depuis l'hôpital, elles n'avaient plus reparlé de cette histoire de bébé. Et à vrai dire, Gwen n'y pensait même plus. Pour elle, c'était impossible que David puisse faire une chose pareille. Qu'il trompe Roxane, passons, mais il serait incapable de mentir à ses filles. Il y avait forcément une autre explication... Gwen n'avait aucune envie que Roxane ressasse cette histoire. Ces derniers jours, elle semblait avoir retrouvé le sourire, en partie au moins, depuis ce fameux soir où elle avait joué les Cendrillon. Si elle s'était demandé ce qui avait bien pu se passer, Gwen n'avait posé aucune question, de peur de braquer sa sœur, ce qu'elle voulait à tout prix éviter. Aujourd'hui, elle comprenait mieux la raison de ses escapades régulières. Il faut dire que «personne« avait plutôt l'air charmant et visiblement il faisait du bien à sa sœur, contrairement à ce que qu'elle pouvait dire. Alors, soit... Elle n'avait qu'à profiter un peu. En espérant que ça n'aille pas trop loin.

— Écoute, pour ce soir, occupe-toi de lui, reprit Gwen en désignant Stéphane du menton, moi je me charge des filles. T'en fais pas, ça ira.

— Merci Gwen, je...

— Je suis là pour ça ! conclut Gwen en adressant à son aînée un sourire compatissant.

Elle fit demi-tour et partit rejoindre ses nièces. Roxane se mordit les lèvres une nouvelle fois, se retenant de ne pas la suivre. Elle en mourait d'envie, mais Gwen avait raison, ce n'était pas une bonne idée. C'était encore trop tôt. Et puis, elle n'était pas sûre d'avoir le courage de lire la haine dans le regard de sa fille... De toute façon, une nouvelle main se posait déjà sur son épaule. Un peu hésitante... Roxane tourna la tête et croisa le regard inquiet de Stéphane. À cet instant, elle ne savait plus très bien si elle souhaitait être là avec lui, ou non. Elle n'avait qu'une seule envie, se retrouver seule pour laisser aller sa tristesse et pleurer pendant des heures.

Roxane se dégagea et Stéphane laissa retomber sa main le long de son corps sans trop savoir que dire, ni comment réagir. Parfois, il se demandait dans quoi il s'était embarqué. Malheureusement, il était un peu tard pour s'en rendre compte.

— J'aurais préféré rencontrer tes filles dans d'autres circonstances, tenta-t-il avec un léger sourire timide, pour tenter d'alléger un peu l'atmosphère qui était plus que tendue.

Mais les mots n'étaient sûrement pas bien choisis, car la jeune femme le foudroya du regard. Elle, elle aurait préféré qu'il ne les rencontre pas du tout, mais évidemment elle ne pouvait pas lui dire une chose pareille.

— Je crois qu'il vaudrait mieux qu'on rentre. Je n'ai plus vraiment le cœur à m'amuser.

— 26 —

L'eau était plutôt bonne et pourtant, ça n'arrivait pas à l'apaiser. Roxane était installée au bord de la piscine, laissant son corps dorer au soleil et ses jambes pendre dans l'eau. Elle ne cessait de faire des mouvements du bout des orteils, s'éclaboussant parfois, pour contrer la nervosité qui l'habitait. Roxane tira une longue taffe sur sa cigarette, fermant les yeux pour laisser la fumée s'échapper. Depuis quelques semaines, elle avait recours à la nicotine assez régulièrement. C'était ridicule de se mettre à fumer à presque 40 ans, mais elle avait besoin de ça pour l'aider à se détendre. Elle ne travaillait pas cet après-midi et n'avait pas pu s'empêcher de passer par le bureau de tabac le matin-même en quittant la pharmacie pour acheter un nouveau paquet. Et pourtant, ça ne fonctionnait pas vraiment.

C'était la première fois qu'elle était en froid avec l'une de ses filles. Bien sûr, Manon avait toujours été un peu difficile, mais au fond on ne pouvait pas lui en vouloir. À son âge, c'était un peu le lot de tous les ados d'entrer en guerre contre leurs parents. Mais là, Roxane sentait que c'était plus qu'une simple crise d'ado. Manon lui en voulait vraiment. Lorsqu'elle était rentrée la veille, Roxane ne les avait pas croisées. Gwen et les filles étaient arrivées juste après elle, mais Manon s'était enfermée à double tour dans sa chambre sans même venir lui dire bonne nuit. Ça lui avait fait mal... Elle avait déjà perdu son mari, elle ne voulait pas en plus perdre l'amour de ses filles. Parce que ça, elle était certaine qu'elle ne le supporterait pas. Perdre David, c'était difficile, mais perdre Océane et Manon, c'était tout simplement impossible.

Tout au long de la journée, Stéphane lui avait envoyé de nombreux messages auxquels elle n'avait pas répondu. Il avait beau n'y être pour rien, elle le jugeait responsable. C'était à cause de lui si Manon refusait de lui parler. Penser ça, c'était plus facile que d'avouer qu'elle était la seule coupable à blâmer.

Un léger bruit en direction du portail la fit sursauter. Roxane jeta un bref coup d'œil à sa montre. 16 h 30. Manon rentrait du sport. Elles seraient seules toutes les deux, c'était l'occasion parfaite pour avoir une discussion. Celle que Roxane attendait depuis le début de la matinée. En espérant que Manon soit de bonne composition. En général après l'entraînement, elle était toujours plus détendue, mais la scène de la veille tournait en boucle dans sa tête et elle avait peur qu'il faille plus qu'une simple séance de basket avec ses copines pour tout oublier.

Dès qu'elle vit sa fille passer le portail, Roxane s'empressa de dissimuler la cigarette qu'elle n'avait pas entièrement consommée. Après l'avoir éteinte sur les lattes de la piscine, elle la glissa dans sa canette vide qu'elle s'empressa d'écraser. Ne laisser aucune trace. Elle testa son haleine sur sa main pour vérifier qu'elle n'empestait pas la nicotine, elle savait que Manon n'apprécierait pas et ce n'était pas le moment d'envenimer les choses. La situation était déjà bien assez compliquée comme ça.

Manon portait encore son casque sur les oreilles, la musique à plein tube dans les tympans. En apparence détendu, son visage se voila de colère dès qu'elle aperçut sa mère. Elle fila dans la cuisine, après avoir jeté son sac dans l'entrée, sans même lui adresser un regard. Ce qui brisa un peu plus le cœur de Roxane.

— Manon, j'aimerais qu'on discute, s'il te plaît, demanda-t-elle en la rejoignant.

La demoiselle ne répondit pas, se contentant d'ouvrir le réfrigérateur pour se servir un verre de jus d'ananas. Elle n'avait même pas pris la peine de retirer ses écouteurs pour bien signifier à sa mère qu'elle n'avait pas du tout l'intention d'avoir une conversation maintenant. Mais Roxane n'avait pas dit son dernier mot.

Elle se plaça face à Manon en lui faisant signe de lâcher son téléphone pour l'écouter, enfin. Mais l'adolescente prenait bien soin de ne surtout pas croiser son regard. Si elle ne la voyait pas, alors peut-être qu'elle ne serait pas obligée d'avoir cette fameuse discussion que sa mère attendait tant. L'indifférence, voilà ce qu'elle allait lui donner. De toute façon, c'est tout ce qu'elle méritait, rien de plus. Manon s'apprêtait à rejoindre l'étage pour s'enfermer dans sa chambre encore une fois, lorsque Roxane la rattrapa par le bras.

— Manon, s'il te plaît.

La jeune fille la foudroya du regard au moment où elle lui retirait ses écouteurs, posant le téléphone sur la table. Elle n'avait jamais été une mère très autoritaire, tout simplement parce qu'elle n'en avait jamais eu besoin. Elle savait se faire respecter et en général, ses filles l'écoutaient. Enfin quand elles n'avaient pas décidé de faire la tête évidemment.

— Non, mais je te permets pas ! cria Manon, ses yeux lançant des éclairs.

— Eh bien, moi je me permets. Jusqu'à preuve du contraire, je suis encore ta mère. Et j'aimerais qu'on discute toutes les deux. Alors, tu vas poser tes fesses sur cette chaise bien sagement et m'écouter. S'il te plaît, ajouta-t-elle plus doucement.

Manon poussa un profond soupir, agacée, avant de s'installer à l'endroit désigné par sa mère, qui elle-même soupira de soulagement. Manon avait beau être sur la défensive, elle n'était pas entièrement fermée à la discussion. C'était un bon début. Maintenant, c'était à Roxane de trouver les mots, ceux qui réussiraient à la convaincre ou au moins à l'apaiser, ne serait-ce qu'un peu.

— Écoute Manon, pour hier... Je suis désolée, je ne voulais pas que ça se passe de cette façon.

— Ah oui ? Et qu'est-ce que tu aurais voulu ? Qu'on se retrouve tous au resto autour d'un bon repas pour que tu puisses nous présenter ton nouveau mec ? Tu crois que ça aurait été mieux peut-être !

— Je n'ai pas... Ce n'est pas mon nouveau mec !

Roxane se sentait totalement démunie. Jamais elle n'aurait cru avoir ce genre de discussion un jour avec sa fille de 16 ans. À cet instant, elle maudissait Stéphane et cette idée stupide de se rendre à Expo-bat. Jamais elle n'aurait dû accepter et encore moins en avoir envie. Et pourtant, au fond d'elle, elle savait bien que ce n'était pas lui le véritable responsable. La faille était beaucoup plus profonde.

— Oh et puis mince, reprit-elle plus fermement. Je n'ai pas à me justifier devant ma fille de 16 ans. J'ai encore le droit de faire ce que je veux, non ?

— Et ce que tu veux, c'est te taper un nouveau mec alors que tu t'es à peine séparée de papa ? C'est ça ? Et encore, peut-être que c'est pas le seul. C'est ça, hein ? Parce que t'as 40 ans, t'as décidé de te taper un nouveau mec tous les soirs ? En fait, je comprends pourquoi papa est parti et à sa place, j'aurais fait pareil.

Cette fois, c'était trop. Sans qu'elle n'ait le temps de l'arrêter, Roxane sentit sa main partir pour s'abattre sur la joue de Manon. Cette dernière écarquilla grand les yeux en se relevant. Mais c'était trop tard...

— T'es complètement tarée ! cria Manon. Tu sais quoi ? Si on me demande mon avis, je dirai que j'ai envie de vivre avec papa.

La jeune fille monta les marches quatre à quatre après avoir craché son venin.

— Manon ! tenta de la rattraper Roxane même si elle savait que c'était trop tard, le contact était rompu.

Démunie, Roxane se laissa tomber sur la chaise qu'occupait sa fille quelques secondes auparavant. Elle prit sa tête entre ses mains. Qu'avait-elle fait ? C'est la première fois qu'elle levait la main sur l'une de ses filles. Avec David, ils avaient toujours décrété qu'une petite fessée, de temps en temps, et quand elle était justifiée, n'avait jamais fait de mal à personne. Ils en avaient eux-mêmes reçu quelques-unes tous les deux quand ils étaient enfants et ils n'en étaient pas morts, ni l'un ni l'autre, ni même traumatisés. Néanmoins, ils étaient loin d'être violents et jusque-là, ni Manon, ni Océane n'avaient mérité un tel traitement.

Jamais elle n'aurait dû frapper Manon maintenant. Certes, la jeune fille avait été trop loin dans ses propos au point de la pousser à bout, mais c'est simplement parce qu'elle n'allait pas bien. Pour elle aussi, la situation était compliquée et ça, Roxane en avait parfaitement conscience. Mais s'il y a bien une chose dont elle était sûre, c'est qu'une baffe n'était pas du tout la solution idéale, bien au contraire. Maintenant, Manon allait lui en vouloir encore plus et elle refuserait toute nouvelle tentative de discussion. Bravo, elle avait vraiment tout gagné.

Prise de remords, Roxane monta les marches sur la pointe des pieds, en prenant bien soin d'éviter la cinquième, celle qui avait tendance à grincer. Elle s'avança jusqu'à la chambre de Manon sans un bruit. Comme elle s'y attendait, la porte était fermée. À travers le battant, elle entendait de la musique à plein volume, signe que Manon s'était enfermée dans sa bulle et qu'elle n'avait aucune envie d'être dérangée. Ce n'était pas le bon moment. Roxane se contenta de poser sa main sur le bois blanc en fermant les yeux une seconde, comme pour sentir la présence de Manon de l'autre côté du mur.

— Je suis désolée ma chérie, murmura-t-elle plus pour elle-même que pour sa fille en définitive.

Avec un lourd poids sur les épaules, Roxane redescendit au rez-de-chaussée où elle reprit sa place au bord de la piscine. Elle avait plus que tout envie d'une nouvelle cigarette, mais là encore, ce n'était pas une bonne idée. D'abord parce que Manon était dans la maison. Et même s'il y avait peu de chance pour qu'elle redescende étant donné les circonstances, elle ne voulait prendre aucun risque. Et ensuite, parce que Gwen allait revenir d'une minute à l'autre avec Océane, qu'elle avait amenée se promener au Jardin de l'État[20]. La petite fille avait toujours été fan de cet endroit où elle passait des heures à observer les poissons au fond du bassin principal. Lorsque Gwen avait proposé de l'y amener, elle avait accepté sans hésiter. Mais vu l'heure, elles ne tarderaient pas à rentrer et Roxane ne voulait surtout pas que sa cadette lui en veuille elle aussi. Une sur deux, c'était déjà beaucoup plus qu'elle ne puisse supporter. Alors à défaut de cigarettes, elle commença à se ronger les ongles. Quelque chose qu'elle n'avait pas fait depuis des années. Mais ça faisait bien autant de temps qu'elle ne s'était pas sentie aussi désespérée.

Dans sa poche, son portable se mit à vibrer. Encore une fois. Elle n'avait même pas besoin de regarder l'écran pour connaître l'appelant. Stéphane... Il n'avait pas arrêté de la joindre depuis la veille, et toujours il se heurtait à la même chose, son répondeur. Si bien qu'il aurait pu le réciter par cœur. Roxane avait du mal à comprendre son acharnement soudain, lui qui n'avait jamais insisté jusque-là. La jeune femme n'en pouvait plus et elle ne voulait qu'une chose : que ça cesse. Et pour cela, il n'y avait pas trente-six solutions. Il fallait qu'elle lui réponde pour mettre les choses au clair une bonne fois pour toutes.

Agacée, Roxane attrapa donc le petit objet qui vibrait toujours au fond de sa poche. Elle jeta un bref coup d'œil à l'écran pour vérifier

---

[20] Jardin botanique situé à Saint-Denis

qu'elle ne s'était pas trompée, avant d'appuyer sur la touche verte afin de prendre l'appel.

— Il faut que tu arrêtes de m'appeler Stéphane maintenant. La situation est compliquée, je pense que tu l'as compris alors...

— Je sais, la coupa-t-il, et justement, je voulais savoir comment tu allais. Avec ce qu'il s'est passé hier soir, je m'inquiétais.

Roxane se mordit la lèvre en retenant ses larmes. Au fond, elle aurait préféré qu'il s'en fiche complètement plutôt que de montrer autant de compassion. Ça aurait été plus simple pour ce qu'elle s'apprêtait à faire.

— Comment veux-tu que ça aille ? Ma fille me déteste alors que je n'ai plus qu'elle au monde, avec sa sœur. Écoute franchement, je pense que ce n'est pas une bonne idée. Il vaudrait mieux que...

— Que l'on se voit ! la coupa-t-il à nouveau. Je suis de repos ce soir, j'aimerais t'inviter à dîner. Disons chez moi à 20 heures. S'il te plaît, ajouta-t-il.

La jeune femme jeta un bref coup d'œil en direction de l'étage. Comme si Manon pouvait l'entendre ou la voir, même si sa chambre donnait de l'autre côté de la maison. Roxane ne pouvait pas accepter cette proposition. Tout simplement parce que ce n'était pas une bonne idée. À quoi bon ? Les rares fois où ils s'étaient vus avec Stéphane, Roxane avait toujours refusé de se rendre chez lui. Que des lieux neutres et de préférence ouverts au public. Des restos, des bars, la plage... Seulement des endroits où ils ne risquaient pas de se retrouver seuls, rien que tous les deux. Parce qu'elle n'était pas encore prête pour ça. Et certainement pas ce soir, alors qu'elle s'apprêtait à lui dire que...

— S'il te plaît Roxane. Juste un dîner, je ne te demande rien de plus, reprit Stéphane, essayant toujours de la convaincre. Et après tu pourras prendre ta décision.

Roxane retint son souffle, fermant les yeux l'espace d'une seconde, comme pour mieux analyser la situation, les mains fermement agrippées sur son téléphone. Jusqu'à présent, elle avait toujours fait en sorte que ses filles passent avant tout, quitte à mettre son propre bonheur entre parenthèses pour préserver celui de Manon et Océane. N'était-ce pas le rôle d'une mère finalement ? Là encore, Roxane savait qu'elle aurait dû répondre à Stéphane par la négative. Elle devait à tout prix préserver ses filles et éviter d'aggraver les choses avec Manon, ce qui serait le cas si elle acceptait ce dîner. Et pourtant...

— C'est d'accord, s'entendit-elle lâcher au bout du fil comme si sa propre voix ne lui appartenait plus. Mais pas ce soir. J'ai promis aux filles de les accompagner au feu d'artifice à Saint-Denis, même si je ne suis pas sûre que ma présence fasse plaisir à Manon, j'ai besoin de passer cette soirée avec elles, tu comprends ? Disons la semaine prochaine.

— OK, alors mardi. À 20 h chez moi, je t'attendrai.

— Très bien, je viendrai. Ça nous permettra de... mettre les choses au clair.

À ces mots, Roxane raccrocha, tout en continuant de serrer le petit appareil si fort dans ses mains qu'elle aurait pu le briser. S'il y avait bien une chose que Roxane n'avait jamais été, que ce soit envers ses filles ou qui que ce soit d'autre, c'était lâche. Même si ça devait être la dernière fois qu'elle le voyait, elle se devait de parler à Stéphane de vive voix pour lui dire ce qu'elle avait à dire.

Dans les yeux de Manon
Publié le 14 juillet 2018 à 17 h 10

« Je crie de tout mon être sur un morceau de bois, plutôt que dans tes oreilles qui n'écoutent que toi… Je laisse couler mes larmes sur un papier froissé où de la main j'écris « Je te déteste » et puis… D.É.T.E.S.T.E. te déteste… »

Je te déteste — Vianney

Je déteste mes parents. Cette fois, c'est sûr, certain et irrémédiable. Je les déteste et au final, je sais que c'est ce qu'ils pensent de nous aussi, ma sœur et moi, même s'ils prétendent nous aimer, comme tous les parents normaux. Quand on aime vraiment ses enfants, on n'agit pas comme ils le font depuis des semaines.

Aimer ? Ils en sont tout bonnement incapables ou alors ils s'y prennent comme des manches. Évidemment, je sais ce que vous allez penser tous, que je n'ai pas encore d'enfants alors je ne peux pas comprendre. Que je suis trop jeune pour juger ! Qu'à leur place, je ne ferais peut-être pas mieux. Ce qu'il y a de sûr, c'est que je ne pourrais jamais faire pire ! Depuis plusieurs semaines, ils se comportent n'importe comment entre eux pour commencer et surtout avec nous. Et le pire, c'est qu'ils ne se rendent même pas compte du mal qu'ils sèment autour d'eux. Alors pour la palme des parents parfaits, on repassera. Là pour le moment, ce sont juste de vrais égoïstes.

Mon père d'abord. Il sourit constamment, un véritable benêt, comme si de cette façon, on allait oublier qu'il avait quitté la maison pour partir vivre ailleurs. J'en peux plus de ce sourire qui sonne tellement hypocrite. Il veut nous faire croire que tout va bien, que rien n'a changé, mais je sais bien que ce n'est pas vrai. Je suis pas dupe contrairement à ce qu'ils semblent penser. J'en ai marre qu'ils continuent de nous mentir. À Océane, passe encore ? Elle est jeune et je comprends qu'ils cherchent à la préserver. Mais moi ? Je suis suffisamment grande pour comprendre que tout fout le camp et que ce n'est certainement pas de notre faute à nous !

Mais le pire, je crois que c'est ma mère ! Elle, je lui décerne la palme de l'hypocrisie et de la mauvaise foi. Au fond, c'est tout le contraire de mon père. Lui, il sourit, elle, elle fait la gueule en permanence. Comme si le monde s'était effondré sur ses épaules. À la voir, on dirait qu'il n'y a qu'elle qui souffre, qui a mal à s'en arracher les tripes. De toute façon, si les autres avaient le malheur de lui faire part de leur douleur, elle ne le verrait pas tellement elle est obnubilée par ce qu'elle ressent, elle. Le reste, elle s'en fiche.

Du moins, c'est ce que je pensais. Jusqu'à ce que je découvre que c'était seulement du cinéma ! Tout ça parce qu'elle osait pas nous avouer qu'en réalité, elle était passée à autre chose. Elle a déjà rencontré quelqu'un. Un type sans intérêt. Un vieux beau qui pense qu'il a du charme parce qu'il plaît encore aux femmes délaissées par leur mari. Et ma mère est tombée dans le panneau ! Je me demande bien ce qu'elle lui trouve franchement. Moi la seule chose que je vois, c'est qu'il cherche à prendre la place de mon père. Je l'ai bien compris avec ces regards qu'il nous lançait. Il croit qu'en nous mettant dans sa poche, ce sera plus facile pour lui de s'immiscer dans la famille. Eh bien, il se met le doigt dans l'œil. Ma mère est peut-être naïve, voire carrément stupide, moi je ne le laisserai jamais marcher sur les plates-bandes de mon père.

Qu'il essaye, il sera servi ! Et tant pis si pour ça, je dois me mettre ma mère à dos. De toute façon, ça fait bien longtemps qu'on n'a plus grand-chose en commun elle et moi. Elle passe son temps à nous mentir sous ses faux airs de maman parfaite. Je peux vous dire qu'en réalité, elle est bien loin de l'être, parfaite. Je sais qu'elle nous le dira jamais, mais elle s'est mise à fumer. Je l'ai senti à son haleine et j'ai aperçu les mégots dans la poubelle. Pour quelqu'un qui m'a toujours interdit de le faire sous peine des pires sanctions, c'est un peu l'hôpital qui se fout de la charité.

Je suis sûre que c'est l'autre qui l'incite à le faire. Elle a toujours été faible et influençable. Enfin maintenant en tout cas, elle va plus pouvoir m'interdire grand-chose ! Si elle trouve mes mégots, je pourrais toujours répliquer que ce sont les siens qu'elle avait mal cachés.

Et même si elle essaie à nouveau de me gifler, je m'en fiche !

—

— 28 —

Dans l'ascenseur qui la menait jusque chez Stéphane, Roxane rajouta un peu de rouge sur ses lèvres. Elle avait toujours trouvé que c'est ce qui donnait le plus de charme aux femmes, pourtant elle n'en mettait jamais. Parce que David n'aimait pas ça. Ou plutôt sur les autres, ça ne le dérangeait pas, mais sur ses lèvres à elle, non jamais ! Il trouvait ça vulgaire. Et puis, elle n'avait pas besoin de ça. Son charme à elle était naturel, nul besoin d'artifice.

Mais ce soir, elle en avait eu envie. Et même plus que ça, elle en avait eu besoin. La femme qui se tenait là n'était pas vraiment la même que celle dont David avait partagé la vie. Depuis quelques semaines, Roxane se sentait différente. Elle ne cherchait pas à plaire, surtout vu ce qu'elle comptait dire à Stéphane, mais elle avait besoin de se sentir jolie. Non pas pour les autres, mais bel et bien pour elle.

Par chance, elle n'avait pas croisé Manon, ni Océane en quittant la maison. Bien sûr, elle n'avait aucun compte à leur rendre, mais elle ne voulait pas envenimer les choses. C'était mieux comme ça, même si elle se doutait bien que Manon ne manquerait pas d'imaginer différents scénarios et qu'elle lui en voudrait. C'est ce qu'elle savait faire de mieux ces derniers jours.

Au moins, ce serait la dernière fois. Ça, c'est la promesse que Roxane s'était faite...

***

David leva les yeux pour observer son reflet dans le miroir. Ce qu'il n'avait pas fait depuis bien longtemps. Ces derniers temps, il avait laissé pousser sa barbe. Enfin, si encore on pouvait appeler ainsi les quelques poils épars qui se battaient sur ses joues. Au moins, ça cachait, en partie seulement, les cernes, ses joues creusées et son teint blafard. Il était épuisé. Probablement l'approche pas-à-pas de la cinquantaine qu'il avait du mal à supporter.

Il passa une main un peu tremblante sur les rides qui s'étaient accentuées sur son visage. Des pattes d'oies qu'on appelait ça. Et c'était pire encore quand il souriait. D'autant qu'il avait maigri depuis sa séparation. Il essayait de le cacher à coup de joggings amples ou de t-shirt trop grands pour lui, mais ça devenait de plus en plus difficile à dissimuler. Surtout depuis que ça s'était propagé jusqu'à son visage. Ses joues étaient creusées. Plus il se regardait et plus David avait du mal à reconnaître l'homme qui lui faisait face. Souvent, il avait entendu dire que les séparations étaient l'un des meilleurs régimes qui soient. Aujourd'hui, il pouvait constater à quel point c'était vrai. Même s'il était loin d'en avoir besoin.

Et puis, il y avait aussi ses cheveux. Il les perdait de plus en plus. Merci la fatigue et le manque d'appétit qui jouaient sur son moral. Il avait lu quelque part que perdre des cheveux, c'était signe d'intelligence. Alors là, il n'y a pas à dire, il n'était pas loin d'avoir le QI d'Einstein ! Seulement, il aurait préféré qu'ils blanchissent au lieu de s'enfuir. Ça lui aurait donné un côté « vieux beau » comme aimait le dire Manon. Une sorte de George Clooney low-cost. Les femmes aimaient de plus en plus les hommes grisonnants. David, lui, avait gardé toute sa couleur, mais les cheveux, eux, étaient de moins en moins nombreux. Pourtant, il avait seulement 45 ans...

***

Roxane eut à peine le temps de frapper que déjà la porte s'ouvrait sur Stéphane. Il l'attendait. Il portait une chemise blanche, entrouverte sur son torse imberbe sur lequel on pouvait apercevoir la naissance d'un tatouage. Ses manches étaient relevées sur ses avant-bras musclés. Exactement comme la première fois qu'elle l'avait vu au bar. Cette fois où elle avait craqué... Aussitôt elle détourna le regard. Ce n'était pas le moment de flancher, elle n'était pas là pour ça. C'était même tout le contraire.

— Merci d'être venue, s'exclama Stéphane en s'effaçant pour la laisser passer.

Roxane entra en jetant un bref coup d'œil aux lieux. Souvent les intérieurs nous en apprennent beaucoup sur leur propriétaire. Ici, tout était plutôt neutre. Sur sa droite, elle pouvait apercevoir la cuisine de laquelle s'échappaient des odeurs d'épices qui vinrent titiller les narines de la jeune femme. À cet instant, elle se demanda si Stéphane était bon cuisinier. David, lui, ne l'était pas. Il s'approchait même très rarement des fourneaux, préférant laisser la place à sa femme. Pas par machisme, mais plus par manque de savoir-faire...

Le salon semblait plutôt cosy. Roxane s'approcha du canapé sur lequel elle déposa sa petite veste en laine. Ici, elle n'en aurait pas besoin. Au même instant, Stéphane appuya sur le bouton pour enclencher la clim. Presque aussitôt les palmes se mirent à tourner au dessus de leur tête et Roxane en fut contente, car depuis qu'elle avait franchi le seuil, elle sentait la chaleur l'envahir crescendo.

— Installe-toi si tu veux, lui proposa Stéphane en lui désignant la table au centre de la pièce.

Il avait tout prévu. Le couvert était mis pour deux personnes. Stéphane avait choisi de jolis verres en cristal. Ceux qu'elle-même ne sortait chez elle que pour les grandes occasions. C'est à dire assez rarement. À côté de cela, une bouteille attendait sagement dans un bac à glaçons. Même si elle n'y connaissait pas grand-chose en vin, elle avait reconnu celui-ci. Du rosé. Évidemment. Il n'avait pas fait les choses à moitié. Elle lui était reconnaissante de ne pas avoir ajouté de bougies, voire de pétales de fleurs pour parfaire le côté romantique. Elle se serait sentie vraiment mal à l'aise. Déjà qu'elle n'avait pas besoin de ça...

Stéphane attrapa la bouteille qu'il déboucha d'une main experte avant de remplir deux verres. Il en garda un pour lui et tendit le second à Roxane qui l'accepta, même si elle n'était pas certaine que ce soit une bonne idée de mêler l'alcool à la soirée. Il fallait vraiment qu'elle parle, maintenant. Ça ne servait à rien de faire durer les choses plus longtemps. Si elle ne lui disait pas tout de suite pourquoi elle était venue réellement, alors elle n'y arriverait jamais.

— Écoute Stéphane, je...

— À la nôtre ! la coupa-t-il en tendant son verre dans sa direction. Tu m'avais promis un dîner Roxane, alors s'il te plaît, dînons avons de parler. C'est pour ça que tu es venue, n'est-ce pas ?

La jeune femme l'observa en se mordillant la lèvre. Il savait très bien ce qu'elle s'apprêtait à lui dire et il n'avait aucunement envie de l'entendre. Voilà pourquoi il essayait désespérément de retarder ce moment. Reculer pour mieux sauter, un adage qu'il ne connaissait que trop bien. Et au final, il avait raison. Elle le lui avait promis, ce dîner et comme elle lui avait dit une fois déjà, elle tenait toujours ses promesses...

***

David se traîna péniblement jusqu'au canapé dans lequel il s'affala après avoir enclenché la clim. Ce soir, il avait chaud. D'autres fois, il avait tellement froid qu'il claquait des dents. Encore une autre conséquence de sa rupture. Son cœur était trop souvent glacé et il le ressentait dans tout son corps. D'ordinaire, c'était toujours Roxane qui le réchauffait, lui, le grand frileux. Il adorait mettre la clim à fond, même les mois d'hiver, simplement pour que sa chère et tendre vienne se blottir contre lui. Même si l'hiver sur l'île était beaucoup moins froid qu'en Métropole, une sorte de printemps, mais en mieux.

Ce soir pourtant, il savait bien que Roxane ne viendrait pas. Parce qu'il était parti. C'est lui-même qui avait décidé de mettre un terme à tout ça. La vie de couple, les câlins sur l'oreiller, les baisers dans le cou, la tendresse partagée... Mais il ne regrettait pas. C'était la meilleure chose à faire.

En se penchant sur la table basse pour attraper son portable, David fit défiler les contacts les uns après les autres, jusqu'à trouver celui qui l'intéressait. Il cliqua sur son prénom et appuya sur la touche verte, afin d'appeler une femme. Mais pas la sienne... Celle qui répondait au doux prénom de Clara.

***

Le dîner était déjà bien entamé, tout comme la bouteille de rosé à laquelle Roxane ne voulait pourtant pas toucher. Ils étaient arrivés au dessert et si l'ambiance était quelque peu tendue au départ, c'était retombé au fil des plats. Stéphane lui avait préparé un repas typiquement réunionnais et Roxane avait adoré. Elle avait beau être sur l'île depuis des années, c'était rare qu'elle prenne des risques en cuisine. Elle n'avait jamais été un grand cordon-bleu, alors elle se contentait bien souvent de plats méditerranéens, comme elle voyait sa mère faire quand elle était plus jeune à Nice.

En entrée, il lui avait préparé des samoussas, un met dont elle raffolait, principalement lorsqu'ils étaient au poulet ou au fromage. Ceux de Stéphane lui avaient mis l'eau à la bouche. Elle avait goûté ceux aux sarcives[21] avec réticence, mais elle avait adoré, tout comme ceux aux piments. Même si elle avait eu l'impression que son palais prenait feu. Et ce sentiment avait duré de longues minutes, d'autant que le verre de rosé qu'elle avait avalé pour faire passer la sensation de brûlure n'avait rien arrangé. Au contraire même. C'était peut-être pour ça d'ailleurs qu'elle n'en avait pris qu'un.

Heureusement, elle avait pu se venger sur les bouchons[22] agrémentés de siave[23]. Stéphane avait laissé du piment sur la table, mais elle n'y avait pas touché, sans quoi ils auraient été obligés d'appeler les pompiers pour éteindre l'incendie dans son palais.

En plat de résistance, Stéphane lui avait concocté un Ti'Jaque boucané. Au départ, le nom l'avait fait rire, elle ne connaissait pas du tout. Pourtant, c'était un plat très répandu par ici. Seulement, elle n'avait jamais eu l'occasion d'en goûter jusqu'ici. Il faut dire qu'elle n'avait pas fréquenté grand monde sur l'île susceptible de lui faire goûter un tel plat. Et David n'avait hérité d'aucun don culinaire de la part de sa grand-mère...

Stéphane lui avait expliqué qu'il s'agissait en réalité d'un cari spécial à base de fruits de jaquier. Un peu sceptique face à ces nouvelles saveurs, Roxane s'était régalée. Le mélange du fruit et de la poitrine de porc fumée était un vrai délice. Et elle était bien forcée de reconnaître que Stéphane se débrouillait comme un chef derrière les fourneaux.

— Je cale, s'exclama-t-elle en avalant la dernière bouchée.

---

[21] Plat de la cuisine réunionnaise composé de viande de porc ou de poulet et de miel
[22] Petite bouchée servie chaude comme apéritif sur l'île de la Réunion, le bouchon se compose de porc ou de poulet enroulé de pâte cuite à la vapeur
[23] Sauce soja souvent utilisée dans les recettes créoles

Elle était à deux doigts de lécher son assiette pour ne pas en perdre une miette, mais la bienséance lui interdisait de le faire.

— Tu ne veux pas de dessert ?

— C'était délicieux, vraiment, mais je crois que je ne pourrais plus rien avaler. Ça faisait bien longtemps que je n'avais pas autant mangé.

Et c'était vrai. Il faut dire que ces derniers temps, elle avait un peu perdu l'appétit. Ce soir, ses papilles s'étaient réveillées et elle avait l'impression d'avoir retrouvé goût à la nourriture. Peut-être qu'une nouvelle fois, Stéphane n'y était pas étranger, même si elle s'interdisait de penser à ça. À quoi ça servirait ? Il fallait qu'elle lui parle maintenant. C'est avant tout pour ça qu'elle était venue. Et après, elle s'en irait. Voilà c'était aussi simple que ça. Ou du moins, ça l'était avant qu'elle se retrouve face à lui.

Stéphane l'observa longuement, droit dans les yeux. Elle était bien forcée de reconnaître que son regard la troublait plus qu'il n'aurait dû. Il se leva soudainement et vint se placer juste derrière elle. Le fait qu'il ait rompu ainsi leur contact visuel la mit mal à l'aise. C'était étrange de sentir sa présence dans son dos. Que faisait-il ?

— C'est dommage, susurra-t-il tout contre son oreille, parce que je suis sûre que tu aurais adoré le dessert que j'avais prévu.

Stéphane posa une main sur son épaule dénudée, ce qui la fit frissonner. Non, pas maintenant. Ils devaient parler et rien d'autre !

— Stéphane s'il te plaît, il faut que...

Il se mit à l'embrasser dans le cou, d'abord doucement puis de plus en plus appuyé. Elle sentait sa barbe naissante sur sa peau. D'ordinaire, elle avait toujours détesté ça. Chez David, elle ne pouvait pas le supporter. Ça pique, ça gratte, qu'y a t-il d'agréable là-dedans ?

Pourtant, avec Stéphane, ça ne faisait qu'ajouter un côté sensuel à ses caresses. Roxane ne savait plus très bien où elle en était et ces baisers de plus en plus prononcés ne l'aidaient pas. Était-elle déjà trop enivrée par l'alcool ou tout simplement incapable de résister ?

— On ne devrait pas...

Roxane se leva, prête à lui faire face. Elle n'était pas lâche. Si elle refusait ses avances, alors elle le ferait en le regardant droit dans les yeux. Parce que c'était la meilleure chose à faire.

— Tu n'en as pas envie ? murmura Stéphane en frôlant ses lèvres, doucement, sensuellement.

En avait-elle envie ? Elle ne savait pas vraiment. Oui ? Non ? Peut-être ? Quoi qu'il en soit, elle savait qu'elle ne devait pas faire ça. Parce qu'elle allait le regretter, c'était certain. Et quand bien même elle en aurait eu envie, elle n'avait pas le droit de faire souffrir Stéphane juste pour aller mieux. C'était purement égoïste comme comportement et ce n'était pas son genre d'agir de la sorte. Pourtant...

Elle ne put s'empêcher de fermer les paupières, se laissant totalement aller aux caresses de Stéphane. Il savait exactement où appuyer pour lui faire mal... Ou peut-être que c'était ça justement le problème, il lui faisait tout sauf du mal. Au contraire même, ses baisers lui faisaient beaucoup trop de bien. Voilà pourquoi Roxane avait tant de mal à refuser ses avances. Peut-être parce qu'au fond, elle n'attendait que ça. Qu'un homme la prenne dans ses bras, exactement comme Stéphane était en train de le faire. Qu'il lui susurre des mots d'amour au creux de l'oreille. Ça lui avait tellement manqué ces dernières semaines, voire ces derniers mois... Elle avait simplement besoin de tendresse. Rien de plus...

— Regarde-moi dans les yeux Roxane et dis-moi que tu n'en as pas envie !

La jeune femme l'observa, plongeant son regard dans le sien. Les mots s'imprimaient, là, sous ses yeux, mais elle était incapable de les prononcer. Ils restaient coincés dans sa gorge comme si la barrière était infranchissable. Et évidemment, Stéphane interpréta son silence comme une réponse. Et peut-être que c'en était bel et bien une finalement.

Un faible sourire se dessina sur ses lèvres avant qu'il ne s'empare de celles de Roxane, qui cette fois n'opposa plus aucune résistance.

***

David compta les sonneries. Il espérait ne pas tomber sur le répondeur une nouvelle fois. Il en était déjà à sa troisième tentative. D'ordinaire, il n'insistait jamais autant, mais ce soir, c'était important. Même s'il n'aimait pas beaucoup la déranger. Si elle ne répondait pas cette fois-ci, alors tant pis... Il laisserait simplement un message avant d'aller se coucher. Il n'avait que ça à faire de toute façon. Enfin, au bout du fil, la tonalité changea avant de laisser la place à une voix féminine qu'il désespérait d'entendre.

— Allô ?

— Clara ? C'est David. Excuse-moi de te déranger si tard, mais...

— Y a pas de soucis. Je dînais dehors et je n'avais pas mon portable sur moi, je viens seulement de voir les notifications. Est-ce qu'il y a un problème ?

David soupira. Il était content de l'entendre. Il savait que c'était égoïste de sa part, elle devait sûrement être en famille ou avec des amis, mais il voulait simplement entendre une voix réconfortante. Et mis à part Clara, il ne savait pas vraiment vers qui se tourner en ce moment.

— Je... Je ne vais pas pouvoir venir demain, comme prévu.

— Que se passe-t-il David ?

La voix de Clara devint plus alarmiste et David s'en voulut aussitôt de l'inquiéter. Ce n'était pas du tout ce qu'il voulait. Encore moins, étant donné les circonstances.

— Rien de grave, ne t'en fais pas. J'ai simplement mal à la tête, mais ça va passer, je t'assure.

— Certain ? Peut-être qu'avec les médicaments, ça pourrait...

— Non, tu sais bien que je ne veux pas m'abrutir de médicaments. J'ai beau être médecin, je sais très bien que les médocs ne sont pas toujours la solution.

— Mais c'est pas raisonnable David. Et puis, un petit Doliprane, si ce n'est pas abusif, ça n'a jamais fait de mal à personne.

David sourit. Clara se comportait toujours ainsi avec lui, entre la mère et la petite épouse parfaite. Sa mère était décédée depuis des années maintenant et sa femme... ne l'était plus vraiment ou seulement sur le papier. Alors à l'instant, c'est exactement ce dont il avait besoin.

— Je te promets d'en prendre un si jamais le mal de crâne persiste. Et je te rappelle pour qu'on... fixe un nouveau rendez-vous.

— Ce n'est vraiment pas raisonnable, mais je sais que je n'arriverai pas à faire mieux... Le Doliprane, juste avant de se coucher pour passer une bonne nuit. Conseil d'infirmière, monsieur le médecin. Et s'il y a le moindre souci...

— Je t'appelle oui, ne t'en fais pas. Mais je ne veux surtout pas te déranger donc n'attends pas d'autre appel de ma part, ce soir. À moins que je sois moitié mourant.

— David ! s'offusqua Clara.

— Je rigole. D'ailleurs, je sens que ça va déjà mieux, sûrement le fait de t'avoir parlé. Je n'ai presque plus mal à la tête. Je te souhaite une bonne soirée Clara et encore merci.

Il l'entendit sourire à l'autre bout du fil et ça lui fit du bien. Un bien fou. Mais il ne voulait pas la retenir plus longtemps, il fallait qu'elle retourne à sa vie. C'était bien plus important que ses petits problèmes à lui.

— Je n'ai pas fait grand chose. Bonne nuit David. À bientôt.

***

Leur baiser dura longtemps comme si ni l'un, ni l'autre n'avait envie d'y mettre un terme. Roxane avait passé sa main dans le dos de Stéphane. Elle sentait ses muscles glisser sous ses doigts et étrangement, cette sensation lui plaisait. Elle s'imaginait presque retirer sa chemise pour laisser apparaître son torse viril. La raison se disputait avec son cœur et elle sentait bien que ce dernier était en train de gagner la partie.

Déjà Stéphane passait doucement ses mains sous sa robe qu'il faisait dangereusement remonter le long de ses hanches. Ils échangèrent un regard complice. Ce genre de regard qu'elle ne pensait jamais échanger qu'avec David... Stéphane comprit aussitôt. Il attrapa la jeune femme dans ses bras et la souleva pour l'entraîner dans sa chambre. Là où il rêvait de l'emmener depuis le début de la soirée. Tout en douceur, il la déposa sur le lit avant de la surplomber. Il l'observa un long moment. Avec elle, Stéphane avait envie de prendre tout son temps et surtout il voulait faire les choses bien. Il n'aurait peut-être pas de seconde chance et il le savait très bien. C'était déjà un miracle qu'elle ait accepté de le suivre jusque-là. Stéphane avait encore du mal à y croire alors il voulait laisser le désir enfler. Il le sentait dans ses yeux brillants et ça lui faisait plaisir au plus haut point. Elle le voulait, lui, et il ferait tout pour que son souhait soit exaucé.

De plus en plus impatiente, Roxane défit un à un les boutons de chemise de l'homme qui se trouvait face à elle. Le torse imberbe de Stéphane apparut sous ses yeux. Un tatouage ornait son pectoral droit. Un immense scorpion dont Roxane s'amusa à suivre le contour de son doigt manucuré. D'ordinaire, elle avait toujours détesté ça. Les tatouages, c'était bon pour les racailles ou les petites frappes qui envahissaient les prisons. Elle était un peu vieille école. Pourtant, ça devenait de plus en plus fréquent chez tout le monde. Certains prenaient même leur corps pour de véritables œuvres d'art. Pour sa part, elle n'avait jamais été une grande fan de peinture, encore moins quand c'était sur la peau. Mais, même si elle continuerait de faire la guerre à Manon qui réclamait un paille-en-queue [24] sur l'épaule, elle devait bien reconnaître que sur le torse de Stéphane, ce scorpion était plutôt pas mal. Ça avait même son charme. À cet instant, elle avait qu'une seule envie : sentir ce beau scorpion courir sous sa langue avide.

---

[24] Espèce protégée, c'est l'oiseau emblématique de l'île de la Réunion. Ce dernier est blanc avec des lignes noires et une longue queue.

***

David avala la dernière gorgée d'un trait avec une grimace de dégoût. Il avait toujours détesté le paracétamol et tous les médicaments en général d'ailleurs. Le comble pour un médecin ! Mais ce soir, il avait été forcé de suivre les conseils de Clara. Il avait attendu jusqu'au dernier moment, jusqu'à ce que la douleur soit réellement insupportable. Ça arrivait rarement, mais là, il avait vraiment cru que sa tête allait exploser. Il avait mal partout dans ses articulations, ses os, ses muscles... Pourtant, il avait toujours été très sportif. Avant chaque Grand Raid, il s'entraînait pendant des mois pour être au mieux de sa forme. Et il y avait participé plusieurs fois. De toutes les courses qu'il avait faites, c'était celle-ci qu'il avait préférée. Seulement, il n'avait plus 20 ans et parfois, ça se ressentait plus durement.

Finalement, l'endroit où il avait le plus mal, c'était celui qu'il ne pourrait jamais soigner, même en étant un aussi bon médecin que le docteur Valentin. Son cœur... Il avait l'impression que son organe vital battait beaucoup moins fort depuis qu'il était loin de ses filles. Océane et Manon lui manquaient énormément, et pour ça, même le meilleur des Doliprane ne pourrait rien.

***

Ça faisait des années que Roxane ne s'était pas retrouvée nue face à un homme pour la première fois. En réalité, ça ne lui était arrivé qu'avec un seul qui était devenu son mari par la suite. Elle était stressée, légèrement tremblante, comme si elle avait 16 ans et que c'était la première fois qu'elle se retrouvait dans une telle situation. Elle était un peu gauche, hésitait à chaque geste. Roxane était reconnaissante que Stéphane ait pensé à allumer les lampes de chevet et non celle du plafonnier. Ça créait une sorte de lumière tamisée qui lui était bénéfique.

Parce qu'il fallait bien le reconnaître, son corps n'était plus le même qu'il y a vingt ans. Elle avait changé, vieilli, et surtout, elle avait eu deux enfants. Même si c'était la plus belle chose qui lui était arrivée dans sa vie, devenir mère avait laissé des traces indélébiles sur son corps de femme. Elle n'en avait pas honte, bien au contraire, mais elle avait peur que les hommes ne l'acceptent pas. Elle était loin de ressembler à tous ces mannequins que l'on voit dans les magazines. Elle, c'était une femme de 40 ans avec des formes, des vergetures et beaucoup de défauts. Avec David, c'était différent, parce qu'il la connaissait avant. C'est à ses côtés que son corps s'était transformé pour devenir ce qu'il était aujourd'hui. Et surtout, parce qu'il connaissait la cause de chaque petite cicatrice et l'origine de toutes ses imperfections. Mais Stéphane ?

Ses craintes furent vite oubliées lorsqu'elle sentit les mains de Stéphane s'aventurer sur son corps. Il caressa d'abord ses hanches puis son ventre, ses cuisses avant de dégrafer son soutien-gorge d'une main experte. Des années après, Roxane se retrouvait de nouveau nue face à un homme pour la première fois. Et même si elle n'avait plus 20, mais 40 ans, c'était le même sourire qui se dessinait sur ses lèvres. À l'instant où Stéphane se fraya un chemin jusqu'à ses reins, Roxane sut qu'elle avait bien fait de venir parce qu'elle avait réellement besoin de se sentir femme à nouveau.

— 29 —

Il faisait tellement chaud qu'elle était à deux doigts de suffoquer. D'ordinaire, Roxane pensait toujours à allumer la climatisation avant de se coucher même en plein hiver, c'était tellement plus agréable et puis elle en avait pris l'habitude. Mais cette nuit, elle avait oublié. Sans prendre la peine d'ouvrir les paupières, la jeune femme tendit le bras pour s'étirer, tâtant le matelas à ses côtés comme elle le faisait chaque matin. Les nuits dernières, c'est ce qui lui avait le plus manqué, ne plus sentir de présence à ses côtés lorsqu'elle se réveillait en plein milieu de la nuit. Sa main se heurtait toujours au vide, rien d'autre... Plus personne ne partageait son lit. Les draps étaient aussi vides que son cœur. Et pourtant... Lorsqu'elle tendit la main, cette fois, ses doigts rencontrèrent une forme mouvante. Comme avant...

— David... murmura-t-elle.

Il était revenu, plein de regrets parce qu'il ne s'imaginait pas terminer sa vie avec quelqu'un d'autre que celle avec qui il avait tout partagé jusqu'ici. Il était revenu parce qu'il l'aimait plus que tout, il avait simplement mis un peu de temps à le réaliser, mais à présent il en était certain et il ne douterait plus. Il était revenu parce qu'il était incapable de faire autrement. David avait eu raison de faire marche arrière, elle lui pardonnerait, évidemment parce qu'elle aussi, elle l'aimait plus que tout. Les yeux clos, Roxane se blottit contre son homme, tellement heureuse de retrouver une chaleur humaine, de le retrouver lui...

Sauf que ce n'était pas lui... Elle ne reconnaissait pas son odeur, ni son corps qu'elle avait tant chéri et tant aimé. Il y avait bien un homme dans son lit, mais ce n'était pas David, son David. À contrecœur, Roxane se força à ouvrir les yeux et la vérité la frappa de plein fouet. Elle n'était pas chez elle, voilà pourquoi elle n'avait pas pensé à allumer la clim avant de se coucher. Elle était toujours chez Stéphane et c'était lui et non David comme elle l'avait cru l'espace d'un instant qui était couché entièrement nu à ses côtés.

Roxane se redressa, attrapant le drap pour camoufler sa poitrine dénudée. Elle sentit une larme solitaire rouler le long de sa joue. Elle avait été stupide de croire au retour de David. Il fallait qu'elle se mette dans la tête une bonne fois pour toutes qu'il ne reviendrait jamais. Elle avait passé un très bon moment en compagnie de Stéphane. C'est vrai qu'au départ, elle avait eu un peu peur, mais en fin de compte, elle avait pris beaucoup de plaisir. En fait, ce n'était pas mieux avec Stéphane. Ce n'était pas moins bien non plus. C'était juste différent... Et il faut croire que Roxane n'était pas encore prête pour accepter la différence.

Sans un bruit, pour être sûre de ne pas réveiller Stéphane, Roxane se leva, laissant apparaître sa nudité dans la pénombre. Sur la pointe des pieds, elle attrapa ses vêtements éparpillés un peu partout dans la pièce. Son soutien-gorge, sa robe, et jusqu'à sa petite culotte qu'elle renfila aussitôt. D'un coup, le fait d'être en tenue d'Ève la mettait mal à l'aise. Ce qui n'était jamais arrivé avec David. Même au tout début de leur histoire.

Lorsqu'elle fut entièrement habillée, Roxane se faufila vers l'entrée de la chambre, non sans jeter un dernier regard en direction de Stéphane. Elle s'en voulait, il ne méritait pas ça. D'autant qu'elle avait passé un très bon moment à ses côtés, mais elle n'avait pas le choix. Ce n'était pas sa faute à lui, c'était uniquement la sienne, à elle. Elle n'était pas prête à revivre une histoire avec quelqu'un maintenant. Stéphane était vraiment une belle personne et s'ils s'étaient rencontrés à un autre moment, Roxane était persuadée qu'ils auraient pu vivre quelque chose de fort tous les deux. Mais pas là, pas maintenant...

C'était trop tôt. Elle avait voulu y croire, mais elle était incapable de ressentir ce qu'il espérait d'elle. Il valait mieux qu'elle s'en aille, avant qu'il ne soit trop tard. Elle ne voulait pas le faire souffrir davantage alors autant arrêter les frais dès maintenant. Stéphane comprendrait, Roxane en était certaine. Et après tout, c'est pour ça qu'elle était venue ce soir à première vue, pour mettre un terme à ce semblant d'histoire qui ne rimait à rien.

Seulement, elle ne pouvait pas partir comme ça, comme une voleuse, ça ne lui ressemblait pas. Après avoir jeté un bref coup d'œil à la pièce, elle avisa un petit meuble sur lequel se trouvaient un calepin et un stylo. Exactement ce dont elle avait besoin. Roxane déchira une page et fit tourner le stylo entre ses doigts pour réfléchir. Elle n'avait jamais été très douée avec les mots, elle, c'était plutôt les maux qu'elle soignait, mais elle n'avait pas d'autres solutions. Elle ne se sentait pas capable de réveiller Stéphane pour le lui dire en face, même si c'était la réaction la moins lâche. Elle savait bien que si elle se retrouvait à nouveau face à lui, ça ne se terminerait pas du tout comme elle le souhaitait. Roxane ne voulait pas craquer encore une fois, alors elle allait lui écrire. Mais pour dire quoi ?

« Pardon... »

Bien trop léger pour exprimer tout ce qu'elle ressentait, même si c'était exactement ce qu'elle voulait lui dire, qu'elle était vraiment désolée, qu'elle aurait aimé que ça se passe différemment.

« Adieu... »

Beaucoup trop brutal. Ce n'était pas elle. Comment expliquer à quelqu'un qu'on ne peut pas l'aimer comme il souhaiterait sans lui faire trop de mal ? C'était impossible. Quels que soient les mots qu'elle choisirait, Roxane savait que Stéphane en souffrirait. Alors, sans plus réfléchir, elle griffonna une seule phrase qui symbolisait ce qu'elle ressentait à cet instant.

« Désolée, je n'y arrive pas... R. »

La jeune femme ne put retenir la nouvelle larme qui roula sur sa joue alors qu'elle déposait le petit mot sur la table, avec les vestiges de leur repas. Là où elle était certaine que Stéphane le verrait. Bien sûr, au réveil, il ne comprendrait pas lorsqu'il découvrirait la place vide à ses côtés. Ou peut-être que si, justement. Peut-être qu'il savait depuis le début que ça se terminerait de cette façon, mais il avait voulu tenter le tout pour le tout. Juste au cas où...

Comme on le dit si bien, mieux vaut avoir des remords que des regrets. Roxane, elle, ne regrettait rien de cette soirée. Si elle l'avait fait, c'est qu'elle en avait envie. Et ça lui avait fait du bien sur le moment. Seulement maintenant, ce qu'elle voulait plus que tout, c'était quitter cet endroit, où elle se sentait soudainement mal à l'aise. Il fallait qu'elle parte, maintenant. Pourtant, elle avait du mal à tourner les talons.

Un bruit, léger, dans la chambre la força à se décider. Elle ne voulait pas que Stéphane se réveille et la surprenne sur le fait. C'était peut-être lâche, mais c'était préférable. Elle ouvrit la porte en prenant bien soin de ne pas la faire grincer, et s'engouffra à l'extérieur. Dès qu'elle fut dans le couloir, Roxane se mit à courir. Elle voulait rejoindre sa voiture et partir au plus vite. Fuir le plus loin possible. Quitter Saint-Gilles, Stéphane et retrouver Saint-Denis, ses filles.

Roxane démarra sur les chapeaux de roues pour s'insérer dans la circulation, plutôt fluide à cette heure-ci. Il était 3 heures du matin, les bars venaient de fermer et toutes les personnes un peu alcoolisées allaient quand même reprendre le volant pour rentrer chez elles, voilà pourquoi Roxane détestait conduire à une heure pareille, mais d'ordinaire, elle n'avait pas à le faire, car elle ne sortait jamais aussi tard.

La jeune femme augmenta le volume de l'autoradio pour l'aider à se concentrer sur la route. Rouler de nuit ne lui plaisait pas du tout. Tout était décuplé. Les distances, les ombres, les phares des autres voitures qui lui arrivaient en pleine poire... Elle détestait ça. Et puis, cette station qui ne faisait que grésiller. De toute façon, à cette heure-ci, ils ne passaient plus que de l'extravadance comme ils appelaient ça, de la musique qui vous vrillait les tympans et vous donnait envie de rentrer chez vous le plus vite possible. Se retrouver chez elle, dans son lit, c'est exactement de ça dont elle avait envie, mais elle était incapable d'écouter de l'électro pendant tout le trajet. Les notes douces et mélodieuses d'une musique qu'elle connaissait bien envahirent l'habitacle...

« It's been seven hours and fiften day since you took you're love away... »[25]

Roxane n'avait jamais été très douée en anglais, mais cette chanson, elle la connaissait par cœur. Et ces derniers temps, elle avait une résonnance toute particulière pour elle... Ça faisait exactement trois mois et deux jours que David avait laissé leur amour derrière eux...

---

[25] Sept heures et quinze jours se sont écoulés depuis que tu as mis un terme à notre amour.

« I go out every night and sleep all day since you're took your love away... »[26]

Brièvement, Roxane jeta un coup d'œil sur sa droite en direction du siège passager qui était vide, désespérément vide. Et pourtant, l'espace d'une seconde à peine, elle eut l'impression d'apercevoir David qui lui souriait. Comme il le faisait avant... Dès qu'ils allaient quelque part, c'était souvent elle qui conduisait au retour parce que David avait toujours bu un verre ou deux alors ils préféraient être prudents. Quand il était là, ça ne la dérangeait pas de conduire de nuit, elle adorait sentir sa main sur sa cuisse et son regard posé sur elle. Sauf que ce soir, elle était désespérément seule avec cette foutue musique qui lui brisait un peu plus le cœur.

« Since you're been gone I can do whatever I want, I can see whomever I choose... »[27]

Mais à quoi bon faire ce qu'elle voulait si c'était sans lui ? Elle, tout ce qu'elle souhaitait, c'était d'être à ses côtés. Pour le meilleur et pour le pire. Comme il se l'était promis il y a des années...

« But nothing I said nothing can take away these blues cause... »[28]

---

[26] Je sors tous les soirs et dors toute la journée, depuis que tu as mis un terme à notre amour

[27] Depuis que tu es parti, je peux faire ce que je veux, je peux voir qui j'ai choisi

[28] Mais rien, j'ai bien dit rien, ne peut effacer ma mélancolie parce que...

Les larmes commençaient à brouiller sa vue et bientôt elle n'y verrait plus rien. Instinctivement, elle enclencha ses essuie-glaces comme s'ils avaient le pouvoir d'effacer sa peine en même temps que la pluie qui ne tombait pas ce soir.

« Nothing compares, nothing compares to you... »[29]

Rien ne pourrait jamais remplacer David et l'amour qu'ils partageaient. Parce que chaque amour est unique. Stéphane avait beau être quelqu'un de bien, il ne pourrait pas remplacer son mari. Personne ne le pourrait jamais.

Roxane donna un violent coup de volant pour se garer sur le bord de la route. Elle venait à peine de quitter Saint-Gilles, elle n'avait pas fait plus de deux kilomètres. Pour une fuyarde, elle se posait un peu là... Mais elle était incapable d'aller plus loin. Sa vue était totalement brouillée par les larmes et son cœur sur le point d'exploser.

Sans même prendre la peine d'éteindre le moteur, Roxane se rua à l'extérieur et vomit dans le fossé, ses tripes, sa rancœur et sa douleur. Elle était seule en pleine nuit au milieu d'une route déserte et par la porte ouverte, elle entendait toujours Sinéad O'Connor qui criait que *« nothing compares, nothing compares to you »*. Alors, Roxane s'agrippa au capot et se pencha en avant pour vomir à nouveau parce que rien, non rien n'était comparable à lui...

---

[29] Rien, rien n'est comparable à toi

Dans les yeux de Manon
Publié le 18 juillet à 17 h 32

«Toute première fois, toute toute première fois...»

Toute première fois — Jeanne Mas

L'avantage avec des parents tout le temps absents, c'est qu'on peut faire ce qu'on veut sans qu'ils ne nous posent de questions. Pour ça, faudrait déjà qu'ils s'intéressent à nous un minimum et c'est clairement plus le cas depuis quelque temps. Ma mère est un véritable courant d'air et quand elle est là, elle est totalement absente. Alors finalement, je me demande si je ne préfère pas quand elle est partie. Quant à mon père, depuis qu'il a quitté la maison on le voit à peine comme s'il nous avait reléguées aux oubliettes. Il a pas seulement quitté maman dans l'histoire, il nous a quittées toutes les trois.

Au début, ça m'a terriblement blessée, mais j'ai fini par me faire une raison. Et puis, il est hors de question que je gâche mes vacances, le moment que je préfère dans l'année, parce que mes parents ont décidé de se la jouer ados attardés. L'ado de la famille, c'est moi et personne d'autre ! Ce serait mon rôle de faire des conneries, pas celui des parents qui sont censés être responsables. Censé étant le mot clé de la phrase précédente ! Mais je compte bien reprendre ma place et en profiter au maximum. Ils verront ce que ça fait.

Voilà pourquoi hier soir, j'ai passé la nuit avec Robin. Enfin pas exactement la nuit entière parce qu'il fallait que je sois présente au petit-déj pour ne pas attirer l'attention. Ti Gwen est adorable, et je lui suis très reconnaissante d'être là parce que sans elle, je sais pas comment on ferait, mais elle est quand même hyper curieuse. Elle pose des questions en permanence, sur tout, l'école, nos potes, nos vies... Sous prétexte qu'elle ne nous voit pas souvent, elle se la joue inspecteur tout droit sorti des experts. Horacio Caine n'a qu'à bien se tenir...

Pourtant, elle n'a pas eu l'air de comprendre ce qui s'était passé cette nuit. À croire que le mythe comme quoi une jeune fille qui vient de perdre sa virginité se remarque à des kilomètres à la ronde est faux. Ou alors Ti Gwen a sérieusement besoin d'une petite visite chez Afflelou. Même si j'ai essayé de le cacher au maximum, je suis certaine que mon père l'aurait remarqué, lui. Il voit toujours tout, particulièrement quand c'est un changement physique. Sûrement son côté médecin. Enfin, il voyait tout, quand il était encore à la maison bien sûr...

Pour ma part, je sais pas exactement ce que je ressens. J'ai longtemps attendu ce moment, comme toutes les petites filles, je crois. Mais j'avais idéalisé les choses à mon avis. Je m'imaginais un moment féérique, grandiose comme ceux qu'on voit dans les films. Des femmes qui hurlent comme ces tennismen en pleine action. Des corps qui se touchent, se frôlent, se reconnaissent alors qu'ils s'apprivoisent pour la première fois. Mon modèle absolu, c'était la scène de Titanic. Vous savez celle dans la voiture avec la buée sur les vitres et cette main qui glisse le long du carreau... Dans la réalité, c'était un peu différent...

Déjà, j'ai refusé que Robin allume la lumière parce que même si j'avais prévu le coup et que je m'étais épilée, je l'avais fait moi-même. Ma mère n'aurait pas compris que je prenne un rendez-vous chez l'esthéticienne et puis j'ai un peu trop peur de laisser cette partie-là de mon intimité entre les mains d'une inconnue... Déjà qu'avec Robin je n'étais pas vraiment rassurée, et pourtant lui, je le connais plutôt bien. Tout ça pour dire que mon épilation était loin d'égaler celle des actrices de films X. Non pas que j'en ai déjà regardés bien sûr. Là, ça se rapprochait plus du poulet fraîchement pelé et bien cuit. Pas vraiment glamour comme image...

Pour ce qui est des cris, j'en ai poussés oui, mais pas vraiment ceux d'une tenniswoman ou alors juste après qu'elle se soit fracassé le genou sur le cours. Ça ressemblait plus à un animal qu'on égorge qu'à un cri sensuel et romantique.

Je n'ai aucun point de comparaison comme c'était la première fois, mais je ne crois pas que Robin soit un expert en délicatesse. Ou alors, peut-être qu'il était juste un peu stressé. Je ne peux pas vraiment l'en blâmer parce que je sais que je l'étais moi aussi. Peut-être même plus que lui. Heureusement, ça n'a pas duré bien longtemps et après il m'a prise dans ses bras. On était tous les deux en sueur, un peu essoufflés. Si on avait été dans un film, c'est à ce moment-là que j'aurais dû faire glisser ma main le long des carreaux de sa chambre. Mais je ne suis pas Rose et je me suis dit que sa mère aurait moyennement apprécié de découvrir des traces pareilles au moment de faire les vitres. Parce que ça m'étonnerait que ce soit lui qui fasse les carreaux !

Alors, je me suis contentée de poser ma main sur son torse. Au moins là, si ça laisse la moindre trace, ça partira à la première douche. J'avais terriblement envie de faire pipi, mais je me suis retenue. Au début au moins, pour ne pas briser le côté romantique de l'instant. Au final, ce n'était peut-être pas aussi bien que ce que j'avais imaginé, mais c'était réel.

C'est la meilleure chose qui me soit arrivée depuis des semaines. Et de loin...

En poussant la lourde porte verte cet après-midi-là, Roxane savait que ce serait la dernière fois. Elle sentait qu'elle n'aurait plus besoin de revenir. Non pas qu'elle soit totalement guérie, loin de là même, mais elle arrivait au bout du chemin. À présent, elle se sentait assez forte pour finir la route toute seule. Contrairement à ce qu'elle pouvait penser au départ, ça lui avait fait du bien de discuter avec Véronique Vivano, de mettre des mots sur le mal qui l'assaillait. Mais à présent, elle avait tout dit. Et surtout, elle avait compris que la blessure ne se refermerait jamais vraiment. Elle s'était atténuée bien sûr, mais sans pour autant disparaître complètement. Un peu comme une cicatrice. Même si ce n'était pas à vif comme aux premiers jours, il restait toujours une petite trace à la surface pour se rappeler du drame vécu. Et surtout, pour nous empêcher d'oublier ces souvenirs qui nous marquent à jamais et font de nous ce que nous sommes.

— Comment allez-vous aujourd'hui ? demanda Véronique Vivano lorsque Roxane s'assit en face d'elle dans ce petit cabinet qu'elle connaissait bien à présent.

La jeune femme réfléchit un instant avant de répondre. Pour cette dernière séance, elle voulait être sûre de ne pas se tromper. Elle ne pouvait pas dire que ça allait parce que ce serait mentir. Néanmoins, elle était forcée de reconnaître qu'en comparaison du premier jour où elle avait posé ses fesses sur ce fauteuil, elle n'était plus totalement la même. Son moral, sans être au beau fixe, avait légèrement remonté la pente. Un ciel nuageux après un violent cyclone qui avait tout ravagé sur son passage.

— Mieux, dit-elle enfin. Je ne dis pas que je n'ai plus mal, mais je me suis fait une raison. Mon mari est parti. Je ne suis pas la première à qui ça arrive et certainement pas la dernière non plus. Mais ce n'est pas une raison pour tout arrêter. Il va me falloir du temps, mais je vais me relever. Il le faut pour mes filles et surtout pour moi.

Véronique hocha la tête en notant quelques mots sur son fameux carnet que Roxane n'avait jamais pu voir, bien qu'elle en mourrait d'envie. La praticienne semblait contente. Elle était même à deux doigts de sourire.

— Et cet homme dont vous m'aviez parlé la dernière fois, l'avez-vous revu finalement ?

Roxane se mordit la lèvre. Elle se doutait bien qu'elle n'échapperait pas à la question qui ramènerait, l'espace d'un instant, Stéphane sur le tapis. Ça faisait déjà tout juste six jours qu'elle était partie de chez lui comme une voleuse. Depuis, elle n'avait eu aucune nouvelle, elle ne lui en voulait pas, elle s'y attendait même. Roxane se doutait qu'il avait vu son petit mot et qu'il avait besoin de temps pour encaisser. Au fond, elle était contente qu'il n'ait pas cherché à la recontacter, car elle aurait été bien incapable de lui répondre. Qu'est-ce qu'elle aurait pu lui dire de plus ? Rien qui ne changerait la situation.

— Oui, répondit Roxane. Vous savez, je déteste faire de la peine aux gens. Ça me fait du mal quand les personnes qui m'entourent sont tristes alors j'essaie de tout faire pour qu'elles ne le soient pas. Sinon, je suis triste moi aussi. Au départ, ça m'arrivait surtout avec mes proches, mais ça s'est vite élargi. Parfois, ça devient vraiment gênant, voire même handicapant, parce que j'ai beaucoup de mal à dire non. Parce que dire non à quelqu'un, ça peut le blesser, vous comprenez ? Attendez, je ne suis pas du tout en train de dire que Stéphane m'a forcée, parce que ce n'est pas le cas, bien au contraire.

Seulement, même si j'aurais préféré dire non, parce que ça aurait été beaucoup mieux comme ça, j'en ai été incapable.

— Parce que vous en aviez envie ? tenta Véronique.

Roxane fronça les sourcils.

— Parce que ça lui aurait fait de la peine avant tout. Je ne pouvais pas refuser d'aller le voir une dernière fois. Il fallait que je lui parle de vive voix. Que je mette un terme à ce semblant d'idylle en l'ayant en face de moi.

— Et avez-vous réussi à lui dire non de vive voix ?

— Je... Nous avons couché ensemble, avoua Roxane d'une toute petite voix, presque honteuse. C'était une idée stupide, mais sur le moment, j'ai cru que ça pourrait m'aider à oublier. Je n'ai pas du tout pensé à David, seulement à mon désir. Mais j'avais tort. Rien ne peut m'aider, si ce n'est le temps, parce que j'ai compris que personne ne pourra remplacer David. Du moins pas de la façon dont je l'imagine et pas si vite. Alors, je suis partie en laissant un simple mot d'excuses. C'est lâche, je sais, et ce n'est pas ce que je voulais au départ, mais...

— Donc vous lui avez dit non !

— Pardon ?

— Vous avez enfin réussi à dire non à quelqu'un, qui plus est quelqu'un à qui vous aviez l'air de tenir. Vous vouliez simplement passer du bon temps sans entamer une nouvelle relation, contrairement à ce qu'il souhaitait, lui. Vous avez dit non, quitte à lui faire de la peine, ce que vous m'avez dit détester. C'est une bonne chose, Roxane.

Cette dernière fronça les sourcils à nouveau. Elle avait un peu de mal à suivre. En quoi était-ce une bonne chose d'avoir fait du mal à Stéphane ? Elle s'en voulait suffisamment comme ça depuis. Elle imaginait sa tristesse et ça lui tordait le ventre à chaque fois parce que ce n'était pas ce qu'elle voulait. Bien sûr, elle se doutait bien qu'il allait s'en remettre, c'était un grand garçon, mais quand même... Elle aurait préféré qu'aucun homme ne soit obligé de la détester pour qu'elle puisse aller mieux.

— Je ne comprends pas vraiment, je...

— Chaque personne qui entre dans nos vies le fait pour une bonne raison. Rien n'est laissé au hasard. Et si cet homme avait croisé votre chemin pour qu'enfin vous appreniez à dire non ?

— Techniquement, j'ai d'abord dit oui, avant de me sauver comme une voleuse avec un stupide mot d'excuses. J'ai agi comme une adolescente. Je ne pense pas que...

— Détrompez-vous, vous saviez que votre fuite allait faire de la peine à ce monsieur, pourtant vous l'avez fait quand même. Pour quelle raison ?

Roxane fouilla jusqu'aux tréfonds de son esprit pour répondre à cette question, pourtant toute simple. Pourquoi avait-elle décidé de partir ? Sur le moment, elle savait seulement que c'était la seule solution possible, alors elle n'avait pas réfléchi.

— J'ai pensé aux filles au départ, comme je le fais tout le temps. Océane est encore petite, elle ne comprend pas bien, mais Manon ne supporterait pas de me voir avec un autre homme que son père. J'ai pensé à David aussi bien sûr. Cet homme n'était pas lui. Je cherche à le remplacer par tous les moyens, mais j'ai compris que c'était impossible et que ça ne servait à rien.

Elle se tut, prenant une profonde inspiration.

— Et puis, je crois que j'ai pensé à moi, reprit-elle enfin. Je ne pouvais pas être là, je n'en avais plus envie alors je suis partie sans réfléchir au mal que cela allait causer. Je savais que j'allais faire du tort à Stéphane en agissant de cette façon, mais pour une fois, je n'avais pas envie de me sacrifier moi, simplement pour éviter de faire souffrir les autres.

Véronique Vivano hocha la tête en notant une dernière chose sur son mystérieux calepin. Roxane aurait juré voir apparaître un léger sourire sur les lèvres de la praticienne. Il avait été fugace, mais bien présent.

— C'est très bien Roxane, pour une fois vous avez pensé à vous avant tout. Ça prouve que vous avancez. Je pense que nous allons nous arrêter là pour aujourd'hui. Nous fixons un nouveau rendez-vous pour la semaine prochaine ?

— Je crois que ce ne sera pas nécessaire. Je veux dire, je sais que j'ai encore beaucoup de chemin à parcourir, mais à présent je me sens capable d'avancer seule.

Roxane affronta le regard de la praticienne, certainement pour la dernière fois. Elle se sentait comme un oisillon qui, après une chute, recommence à voler. Ses ailes n'étaient pas encore très musclées, mais elle les savait capables de prendre leur envol et de la soutenir sur un court trajet, au moins pour commencer. Et puis, elle n'était pas vraiment seule. Il y avait Gwen et ses filles aussi, autant de petits oiseaux qui étaient prêts à la porter et à la soutenir si besoin.

— Très bien, répondit Véronique Vivano après un long silence. Dans ce cas, je vous souhaite une très bonne continuation. Vous êtes sur le bon chemin Roxane, il vous suffit de trouver la force et je sais que vous l'avez au fond de vous. Vous vous en sortirez plus forte, je n'ai aucun doute là-dessus. Bon courage, Roxane.

La jeune femme sentit une émotion profonde l'envahir au moment où Véronique Vivano lui serra la main avant de fermer la porte derrière elle. Une larme solitaire se fraya un passage sur sa joue avant de s'écraser sur sa main encore tendue. Elle savait que c'était la dernière qu'elle verserait ici. Celle qui marquait le début de la guérison. La vraie...

— 32 —

Gwen inspira un grand coup tout en plongeant son regard vers l'horizon. Depuis qu'elle venait ici pour rendre visite à sa sœur, c'était l'endroit qu'elle préférait de l'île. Il faut dire aussi que c'était le plus près. De chez Roxane, elle n'avait qu'à traverser la route pour se retrouver au parc de la Trinité. C'est là qu'elle avait décidé d'amener les filles cet après-midi. Il faisait très beau alors autant en profiter. Ce serait toujours mieux que de rester enfermées. Bien sûr, elles pouvaient profiter de la piscine, mais si elle était à température ambiante pour Gwen, les filles, qui étaient habituées au climat de la Réunion la trouvaient beaucoup trop froide. C'est à peine si elles y trempaient un orteil en cette saison. Il faut dire qu'ici, c'était l'hiver, même si ce jour-là le soleil était éclatant avec plus de 25 °C.

Voilà pourquoi Gwen avait jugé que le parc de la Trinité était une excellente idée. Océane en profitait pour s'amuser sur les différents portiques et toboggans, sous l'œil attentif de sa tante. Au moins, elle côtoyait d'autres enfants et oubliait, ne serait-ce qu'un temps, les soucis qu'elles avaient laissés à la maison. La voyant sourire, Gwen reporta son attention sur le paysage dont elle avait tant de mal à se détacher. Bien qu'il y ait de très jolis coins en Métropole également, elle n'en avait trouvé aucun qui puisse égaler celui-ci. Même sa chère promenade des Anglais, qu'elle adorait plus que tout, ne faisait pas le poids dans son cœur. Chaque fois qu'elle venait sur l'île, elle adorait monter sur la butte et en prendre plein les yeux. Au loin, l'océan se battait avec le ciel, tous deux aussi bleu l'un que l'autre ce jour-là. On distinguait même la route du littoral, se perdant derrière les falaises. Sous leurs yeux, Saint-Denis s'étendait à perte de vue.

Gwen savait bien que ce n'était pas le plus beau panorama réunionnais, ni même de la ville. Il y a quelques années, Roxane l'avait amenée à la montagne et la vue lui avait coupé le souffle. Les deux sœurs avaient fait des dizaines de photos où elles s'amusaient à sauter au-dessus de la ville. Le saut de l'ange, mais en beaucoup moins dangereux puisqu'elles n'étaient même pas à cinquante centimètres du sol. Oui, c'était magnifique. Pourtant, rien n'égalerait jamais l'ambiance qui régnait au parc de la Trinité. C'est d'ailleurs le seul endroit où elle ait jamais accepté de faire des footings, simplement pour y passer du temps et admirer la vue. Elle ne s'en lasserait jamais.

Ce qui ne semblait pas être le cas de sa nièce, qui, depuis leur arrivée n'avait pas détaché son regard de son portable, qui était cramponné dans ses mains. Gwen ne put s'empêcher de penser à une moule sur son rocher. Dure comparaison.

— Dis, tu ne veux pas lâcher ton truc deux minutes et observer autour de toi ? Regarde un peu comme c'est beau ! s'extasia Gwen.

Manon leva à peine les yeux de son écran.

— Tu sais, ce décor là, je le vois tous les jours alors bon ! Et puis, je sais que c'est beau sinon je n'aurais pas pris une photo pour mettre en story sur Snap et Insta !

Évidemment ! À entendre ce genre de réflexion, Gwen se sentit plus vieille qu'elle ne l'était en réalité. Bien sûr, elle connaissait très bien Snapchat et Instagram, elle utilisait même très régulièrement ces deux applications, faut pas exagérer, elle n'était quand même pas si vieille que ça ! Mais elle se désolait de voir la place que cela prenait maintenant chez les adolescents. Les jeunes de nos jours étaient incapables de voir la beauté avec leurs yeux. Il fallait toujours que ça passe par écrans interposés. Pourtant, Gwen en était certaine, nul filtre ne pourrait améliorer la beauté d'un tel lieu.

— Manon, s'il te plaît, j'aimerais vraiment que tu lâches ton portable, qu'on puisse discuter un peu toutes les deux.

Gwen lança un regard implorant vers sa nièce, qui daigna enfin lever les yeux dans sa direction. Avec un soupir, elle verrouilla son téléphone et le posa sur ses genoux, ce qui fit plaisir à sa tante, malgré le manque total de conviction. À vrai dire, elle s'attendait à beaucoup plus de résistance de la part de la jeune fille. Ce n'était pas vraiment un hasard si elle avait choisi de venir ici cet après-midi avec ses nièces. Gwen se doutait bien qu'Océane partirait jouer, avec l'insouciance de son âge, ce qui lui permettrait de se retrouver seule avec Manon. Exactement ce qu'elle voulait. Manon n'avait jamais été très expressive, pour cela, elles se ressemblaient un peu toutes les deux. Voilà pourquoi elle se disait que ce serait peut-être plus simple pour la jeune fille de parler avec elle. Mais pour ça, il allait falloir la pousser un petit peu...

— Tu sais bichette, je vois bien que tu souffres, mais tu ne devrais pas être aussi dure avec ta mère. Pour elle aussi c'est difficile. Vous devriez vous soutenir, et pas vous tirer dans les pattes.

La jeune fille leva les yeux vers sa tante, suspicieuse. Déjà, elle avait repris son téléphone et s'apprêtait à le rallumer pour aller se perdre sur Instagram et cet autre monde virtuel. Une façon pour elle d'oublier la réalité qui était beaucoup trop dure à supporter en ce moment.

Gwen se mordit la lèvre. Elle avait peut-être été un peu trop directe. Manon allait la voir venir de loin avec ses gros sabots. Elle savait bien pourtant qu'il ne fallait pas la brusquer sinon elle risquait de se braquer et alors elle refuserait toute communication. Exactement comme elle le faisait avec sa mère. Il fallait que Gwen la joue plus fine.

— J'ai eu ton âge, même si on dirait pas comme ça, reprit-elle avec un grand sourire.

Elle espérait que ça dériderait sa nièce, mais là encore, elle se heurta à un échec. Manon n'esquissa même pas un sourire. Est-ce qu'elle avait perdu tous ses super pouvoirs ?

— Moi aussi, à 16 ans, j'étais en guerre contre mes parents et particulièrement contre ma mère. Je m'opposais toujours à elle, en permanence en rébellion pour un oui, pour un non. À cette période, je suis certaine que ta grand-mère m'aurait volontiers fait adopter si elle avait pu, tellement je lui menais la vie dure.

— Est-ce que tu essayes de me dire que ma mère cherche à me faire adopter ?

Enfin une réflexion ! Bon pas exactement celle qu'elle attendait, mais au moins Manon était sortie de son silence. Gwen jeta un bref coup d'œil en direction d'Océane pour vérifier que tout allait bien de ce côté-là avant de se tourner à nouveau vers Manon.

— Non, pas du tout, ta mère t'aime beaucoup trop pour ça ! sourit Gwen. Non pas que ta grand-mère ne m'aimait pas, mais j'étais vraiment une enfant très difficile. Toi à côté, c'est du pipi de chat, je t'assure. Mais quand même... Roxane n'est peut-être pas la mère idéale, mais à mon avis, y a pire, non ?

Manon ne répondit pas, se contentant de baisser les yeux, observant l'écran noir de son téléphone le suppliant de s'allumer pour lui donner une porte de sortie. Malheureusement, il resta désespérément éteint. Même lui s'était désolidarisé, la laissant seule contre tous.

— Tu ne devrais pas mettre toutes ces choses sur Internet bichette, reprit Gwen après un long silence en fixant le petit objet à son tour. D'abord parce que c'est ta vie privée et que ça ne regarde que toi. Ensuite parce que tu ne sais pas qui peut lire ce que tu écris. Je sais que c'est plus facile de se cacher derrière un écran, mais ce n'est pas la solution.

— Comment tu sais ? se récria Manon, sur la défensive soudain.

— Contrairement à ce que tu dois sûrement penser, je sais très bien me servir d'Internet. J'y accède même depuis mon iPhone figure-toi ! Et c'est comme ça que je suis tombée sur ton blog. Par hasard. Je n'ai pas eu beaucoup de mal à reconnaître les protagonistes vu que tu n'as même pas pris la peine de changer les noms.

À nouveau, la jeune fille baissa les yeux. Honteuse cette fois. Son blog, ça avait toujours été son jardin secret. Et ces derniers temps, c'est vrai qu'elle avait eu besoin de s'y évader souvent. Écrire lui faisait du bien. Quand elle tapait sur son clavier, elle ne pensait plus à rien d'autre. Les mots fusaient et peu importe qui les lisait. À vrai dire, elle n'y avait jamais vraiment pensé.

— Je ne vais pas te faire le bon vieux couplet comme quoi « Internet c'est dangereux », parce que j'aurais vraiment l'air d'être une vieille peau, ce que je ne suis pas. Mais n'empêche... À l'époque, nous, on écrivait sur des journaux intimes, et à part nos parents ou à la rigueur notre sœur, tu demanderas à ta mère, personne ne pouvait violer notre intimité. Là, ce que tu écris n'importe qui peut le lire. La preuve, je suis tombée dessus pourtant je suis certaine que tu n'avais aucune envie que je lise ces articles !

— J'ai jamais rien dit de secret. Et puis, j'ai très peu de vue sur le blog. À peine dix visiteurs par jour et encore la plupart, c'est moi avec mon tél, ma tablette et mon ordi.

— Ce qui laisse quand même sept personnes que tu ne connais pas, et dont tu ne soupçonnes même pas l'identité.

— Hum, six, si on te compte toi !

Gwen lança un regard mi-complice, mi-sévère à sa nièce. Elle voulait lui faire comprendre que ce n'était pas un jeu. Raconter des choses personnelles sur Internet n'était pas une bonne idée. Gwen faisait partie de ceux qui pensent qu'Internet aurait dû rester un outil professionnel. Pourtant, elle était accro aux réseaux sociaux, comme beaucoup, et elle faisait régulièrement du shopping sur Vente Privée, mais tout le reste était beaucoup trop dangereux, particulièrement entre de jeunes mains innocentes.

— Fais attention, ma bichette, c'est tout ce que je te demande. Et arrête de dire toutes ces choses sur tes parents et en particulier sur ta mère. Je ne la défends pas simplement parce que c'est ma sœur, mais parce que je sais que tu l'aimes très fort et elle aussi elle t'aime plus que tout au monde. Même si elle a du mal à l'exprimer en ce moment.

— Je le fais pas pour mal, c'est juste que... En ce moment, elle me saoule, je la comprends plus !

— Elle souffre, comme toi. Elle aussi ça lui fait du mal le départ de ton père et elle ne sait pas comment réagir face à tout ça. Ton père n'est plus à la maison, mais quoi qu'il arrive, il sera toujours ton papa. Alors qu'elle, elle a perdu son mari, celui qu'elle pensait être l'homme de sa vie et qui a finalement préféré partir. Donc c'est difficile pour elle, tu comprends ? Je sais que ce n'est pas facile pour toi non plus, mais tu peux peut-être essayer de l'aider un peu, non ? En étant plus aimable avec elle déjà pour commencer.

Manon fit la moue. Une moue qui se transformait presque en sourire. Gwen sentait à quel point elle était émue. Les larmes menaçaient de s'inviter au tableau, même si Manon tentait par tous les moyens de les retenir. C'était bon signe. Ça prouvait que le petit discours de Gwen avait porté ses fruits. Principalement tout ce qui concernait Roxane. C'est exactement ce qu'elle voulait. La faire réagir. Elle savait à quel point Roxane souffrait de sa séparation et pour aller mieux, elle avait plus que tout besoin de ses deux filles. Tout comme Océane et Manon avaient besoin de leur mère pour combler l'absence paternelle.

Par contre, Gwen n'avait pas envie que sa nièce se mette à pleurer au beau milieu du parc. Elle n'avait jamais supporté les larmes, ça la mettait mal à l'aise et puis ça aurait fait tache dans le décor. Alors, elle se mit à lui faire des guillies au niveau du ventre. Exactement comme elle le faisait quand Manon était plus petite. La réaction fut immédiate. La jeune fille se mit à rire, poussant de hauts cris pour essayer de se défendre. Très vite, Gwen arrêta sa torture pour éviter de se faire remarquer et Manon vint poser sa tête sur l'épaule de sa tante.

— Ma bichette !

Gwen passa son bras autour des épaules de la jeune fille avant de déposer un baiser sur sa joue mouillée. Les larmes silencieuses avaient enfin coulé et ce n'était peut-être pas une si mauvaise chose finalement. Elle avait besoin d'évacuer ce trop-plein d'émotion. Ce n'était pas vraiment des larmes de tristesse, ni des larmes de joie. C'était simplement la fuite de sentiments trop lourds à porter pour une jeune fille de 16 ans.

— Tu vois, y a un de tes articles qui m'a particulièrement plu, c'est celui sur la fée. Je ne sais pas qui c'était cette Ti Gwen dont tu parlais, mais elle a l'air sacrément cool !

— 33 —

Cela faisait maintenant trois mois que Gwenaëlle Girandier avait posé ses valises chez sa sœur. Et même si Roxane n'avait rien dit, elle savait bien que cette présence indéterminée commençait à lui peser. Oh bien sûr, Gwen s'occupait très bien des filles, participait pour les courses chaque semaine et partageait les tâches ménagères. Elle lui avait même proposé une participation pour le loyer des trois derniers mois, ce qui n'était pas refus. Mais quand même... Avec tous les chambardements qu'il y avait eu dans sa vie dernièrement, Roxane avait besoin de retrouver une certaine stabilité et surtout un semblant de normalité. Même si évidemment plus rien ne serait jamais plus comme avant, ça, elle l'avait bien compris, la présence de sa sœur ne faisait qu'accentuer le fait que sa vie n'était plus la même.

Roxane ne dirait jamais rien, elle était beaucoup trop diplomate pour ça, mais il n'y avait pas besoin. Gwen la connaissait par cœur après toutes ces années de pratique. Elle lisait en elle comme dans un livre ouvert, exactement comme Lorie avec sa meilleure amie. Et en ce moment, ce qu'elle lisait, c'était la question lancinante : « Combien de temps encore comptes-tu rester ? ». Nous étions désormais fin juillet, les filles ne tarderaient pas à reprendre le chemin de l'école[30], quant à Gwen, il lui faudrait regagner Nice, sa vie et ses habitudes. Roxane l'avait interrogée sur son boulot et Gwen avait botté en touche, prétextant un congé sans solde. « Tant que tu auras besoin de moi, je serai là » avait-elle ajouté. Sauf que ce n'était pas aussi simple...

---

[30] À la Réunion, l'école reprend entre le 15 et le 20 août, car les élèves ont un mois de vacances à Noël de mi-décembre à fin janvier, représentant l'été austral.

La jeune femme n'était pas dupe. Elle savait bien que le fait de débarquer comme ça, du jour au lendemain, sans donner de date de départ, allait finir par paraître louche aux yeux de sa sœur. Pour l'instant, elle avait été trop occupée par ses propres problèmes pour la cuisiner réellement, mais sur le long terme, elle se doutait bien que l'excuse du congé sans solde n'allait pas faire long feu. Pourtant, elle n'avait pas menti. Gwen était bel et bien venue à la Réunion pour aider sa sœur dans ce moment difficile. Elle n'en pouvait plus de cette distance qui les séparait au quotidien. Presque 10 000 kilomètres, ce n'est quand même pas rien. Elles avaient toujours été si proches que de simples texto ou coups de fil de temps en temps ne suffisaient plus. Et encore moins aux vues des circonstances.

Seulement, ce n'était pas la seule raison qui l'avait poussée à sauter dans le premier avion sans prendre la peine de demander un billet retour. Elle ne savait absolument pas quand elle allait rentrer tout simplement parce que plus rien ne la retenait à Nice, ville où elle avait pourtant passé tout son temps. Elle n'avait personne dans sa vie, pas même l'ombre d'une histoire naissante. Les hommes qu'elle rencontrait n'étaient jamais à la hauteur. Avec le temps, elle devenait de plus en plus difficile. Elle savait ce qu'elle voulait et surtout ce qu'elle ne voulait pas. Celui-ci était trop jeune, lui pas assez mature, cet autre trop vieux, un encore ne partageait aucune de ses passions et le dernier en date se trompait de prénom au téléphone. Alors, elle vivait seule, dans un petit appartement qu'elle louait. Même ça, elle n'était pas capable d'en avoir un à elle, elle se contentait d'occuper celui des autres, versant un loyer chaque mois. Seuls les meubles lui appartenaient, mais elle en avait si peu qu'ils logeaient tous dans le garage de sa mère, sans la gêner le moins du monde. Finalement, la seule chose qui comptait vraiment pour Gwen, c'était son boulot. Et pourtant, même ça, elle n'avait pas su le garder...

Ce matin, la jeune femme était bien décidée à changer les choses. Elle ne pouvait pas continuer à laisser pourrir la situation en se faisant héberger par sa sœur sans même lui avoir demandé son avis au préalable. Ce n'était pas correct. Elle se devait de prendre les choses en mains. Voilà pourquoi elle se tenait là, munie d'une pochette plastique contenant CV et lettres de motivation qu'elle avait pris soin d'imprimer la veille avant de supprimer l'historique. Faire disparaître toute trace, c'était la règle lorsque l'on n'avait pas tout dit. Après avoir tenté au centre hospitalier où elle avait laissé ses papiers à une femme austère qui ressemblait plus à une porte de prison qu'à une secrétaire dans le milieu médical, Gwen tentait maintenant sa chance à Bellepierre[31]. Au CHU, elle se disait que ce serait sûrement plus simple, d'autant que son CV était plutôt bien fourni, ce dont elle était assez fière. La jeune femme afficha donc un sourire assuré et pénétra d'un pas décidé dans le grand hall. Même si elle était sûre d'elle et de ses capacités, elle ne pouvait s'empêcher de stresser. Ses mains étaient moites et elle prit une profonde inspiration tout en se dirigeant vers la dame de l'accueil.

À première vue, celle-ci était plutôt jeune. Plus jeune qu'elle en tous les cas. C'était une petite métisse avec un large sourire. Au moins, ça contrastait avec celle qu'elle avait vue précédemment. Gwen sourit à son tour et s'avança jusqu'au comptoir.

— Bonjour s'exclama-t-elle, je souhaiterais déposer une candidature. J'ai un CV et une lettre de motivation. Je peux vous les laisser ici ?

— Bonzour, lui répondit la jeune femme. C'est pas moin y occupe de ça, ou doit monte dan' bureau là-haut.

---

[31] Centre hospitalier Félix Guyon, situé au lieu dit Bellepierre à l'entrée de Saint-Denis, plus communément appelé par les habitants Hôpital Bellepierre

Gwen écarquilla les yeux. Elle s'attendait à beaucoup de réactions de la part de ses interlocuteurs lorsqu'elle venait leur déposer son CV, mais une telle réponse, ça ne lui était encore jamais arrivé. La jeune femme avait parlé tellement vite en créole, qu'elle n'avait absolument rien compris. Pourtant, elle était certaine qu'elle avait prononcé des mots qu'elle connaissait bien, mais... autant en anglais, elle pouvait encore se débrouiller, même avec les Américains et leur fort accent, en créole c'était trop lui demander !

La jeune femme eut l'air de comprendre qu'elle l'avait perdue en cours de route, parce qu'elle se reprit aussitôt, beaucoup plus lentement cette fois.

— Oh pardon, je pensais que vous étiez d'ici. Montez à l'étage, au bureau. Ils vous le prendront sèrtinman.

Elle lui désigna les ascenseurs du menton et Gwen la remercia. Même ça, dire merci, elle ne pouvait pas le faire en créole. Et elle n'était pas certaine que sa sœur, qui vivait pourtant ici depuis des années soit capable de s'exprimer dans ce langage. Contrairement aux filles qui usaient régulièrement d'expressions créoles, qu'elles avaient certainement entendues à l'école. À croire que c'était plus facile à leur âge. Mais Gwen ne demandait qu'à apprendre. Et peut-être qu'un jour, si on lui laissait sa chance ici, elle serait ravie de pouvoir accueillir les futurs patients en créole elle aussi.

Dès qu'elle se retrouva à l'étage, Gwen s'imprégna des lieux. Elle croisa plusieurs personnes habillées de blouses blanches, les éternels crocs multicolores aux pieds et elle sut qu'elle était à sa place. C'est exactement là qu'elle voulait être et nulle part ailleurs. En règle générale, les gens avaient tendance à fuir les hôpitaux, mais pas elle. Gwen devait bien l'avouer, tout ça lui avait manqué. Les odeurs familières, les brancards dans chaque couloir, et surtout les patients... Il lui fallait tout ça pour se sentir utile. Et même si le fait d'aider sa sœur en ce moment remplissait certaines de ces fonctions, elle avait besoin de cette atmosphère-là pour être pleinement elle-même. Pour cela, Gwen n'avait pas d'autres choix que d'être acceptée ici. Il fallait que son CV se démarque des autres.

D'un pas assuré, Gwen s'avança jusqu'au bureau des infirmières qu'elle devinait au bout du couloir, sur la droite certainement. Au final, tous les hôpitaux se ressemblaient un peu. Sa pochette serrée contre sa poitrine, elle se posta devant la porte ouverte. Elle ne put s'empêcher de laisser errer son regard à l'intérieur, même s'il semblait n'y avoir personne. Les murs étaient ornés de photos et de dessins d'enfants principalement. Ça aussi, ça lui avait manqué. À Nice, elle avait un classeur entier rempli de dessins offerts par ses patients ou leur progéniture. Ça lui avait toujours plu. C'était le petit privilège des infirmières, pour les remercier de leurs bons soins.

— Bonjour, vous cherchez quelque chose ?

Gwen sursauta. Perdue dans ses pensées, elle n'avait pas entendu arriver son interlocutrice. Pourtant lorsqu'elle tourna la tête, elle se retrouva face à une infirmière, tout en rondeur qui devait avoir une cinquantaine d'années et qui la fixait à travers les verres de ses lunettes en demi-lune.

— Je cherche un emploi d'infirmière. J'ai un CV et une lettre de motivation. On m'a dit de monter ici, est-ce que...

— Donnez-moi ça !

La jeune femme s'exécuta. Elle aurait préféré tomber directement sur un responsable, mais ce n'était jamais évident dans un hôpital tel que celui-ci. Et puis, dans le pire des cas, elle pourrait toujours tenter à Saint-

Pierre. Ce n'était pas à côté bien sûr, mais l'autre bout de l'île restait toujours plus près que la Côte d'Azur à l'autre bout du monde.

— Vous avez travaillé à Nice. Bien. Et qu'est-ce qui vous a poussé à quitter votre poste là-bas ?

— Eh bien en fait, je...

— Melvina, est-ce que tu peux me donner le dossier du petit Léone, chambre 1604. Il devait sortir aujourd'hui, mais je crains une infection et il n'a pas encore vu le médecin.

Comment voulait-elle que son CV se démarque dans ces conditions ? Au mieux, la dénommée Melvina allait le laisser sur le bureau et très vite, il se retrouverait entassé sous des dizaines d'autres papiers jugés plus importants. Personne n'y prêterait jamais attention et Gwen pouvait dire adieu à un éventuel poste dans cet hôpital.

Bien sûr, elle savait ce que c'était. Elle avait été à leur place pendant des années et elle avait bien conscience qu'un jeune patient était hautement plus important qu'une inconnue venue réclamer un poste. D'autant que ce n'était pas aux infirmières de s'occuper de ça logiquement. Gwen n'avait aucune envie de déranger, néanmoins, elle se sentit obligée de toussoter pour rappeler sa présence. Aussitôt, la seconde infirmière, qui ne semblait pas l'avoir remarquée jusque-là, se tourna dans sa direction, un peu confuse.

— Oh pardon, je ne vous avais pas vue, s'excusa-t-elle avec un petit sourire, presque enfantin.

Contrairement à Melvina, cette dernière était plutôt fine, si ce n'est au niveau du ventre. Malgré la blouse assez large, on devinait aisément une proéminence qui ne laissait aucun doute sur le fait qu'un petit habitant poussait là-dedans et à un stade plutôt avancé.

— Y a pas de mal, je sais ce que c'est, sourit Gwen. Je suis du...

Le dernier mot resta bloqué entre ses lèvres à l'instant où elle vit le badge de la jeune infirmière. Gwen se sentit soudain mal à l'aise. Ce prénom, sa grossesse... Oh mon dieu ! Ça ne pouvait être que...

— Du métier, termina Gwen en reprenant une contenance. Je travaillais à Nice jusqu'à dernièrement, mais j'aimerais me rapprocher de ma sœur. Elle et mon beau-frère vivent à Saint-Denis depuis des années. Oh, mais j'y pense, vous le connaissez peut-être. Il est médecin ici. Le docteur Valentin.

Gwen observa vivement la jeune femme pour déceler la moindre réaction sur son visage. Elle crut percevoir un certain trouble chez Clara qui disparut presque aussitôt. Peut-être l'avait-elle simplement imaginé...

— David ! Bien sûr qu'on le connaît, répondit Melvina. C'est l'un des meilleurs médecins du service. Enfin, je devrais plutôt dire c'était, parce que ça fait un petit moment qu'on ne l'a pas vu dans le coin. Personne ne sait vraiment pourquoi d'ailleurs... Certains disent qu'il aurait démissionné. Si c'est le cas, eh bien c'est bien dommage parce que...

— Il a pris un congé, la coupa Clara. Enfin, c'est ce qui se dit par ici. Et je préfère croire à cette hypothèse-là !

Bien sûr oui ! Gwenaëlle repensa à cette fois où il lui avait semblé apercevoir David à la plage. Sur le moment, elle avait été persuadée qu'il s'agissait de son beau-frère, mais bien vite, elle avait compris qu'elle faisait erreur. C'était impossible enfin. David était médecin, un pédiatre de renom qu'est-ce qu'il irait faire avec un tablier dans une paillote sur la plage ? Il ne pouvait s'agir que de quelqu'un qui lui ressemblait beaucoup, rien de plus. Après tout, il paraît que nous avons tous nos sosies sur terre. Alors, elle n'y avait plus repensé. Du moins jusqu'à aujourd'hui...

Cette histoire de congés paraissait étrange. Pourquoi David aurait-il pris des vacances spécialement maintenant, lui qui en prenait si peu d'ordinaire ? Son déménagement soudain à Saint-Paul était déjà un mystère pour la jeune femme, mais à présent, elle commençait vraiment à se poser des questions. Et si, comme le pensait sa sœur, certaines réponses étaient juste devant elle en la personne de cette femme avec son gros ventre ? Cette dernière avait coupé sa collègue si vivement, un peu sur la défensive, comme si elle en savait beaucoup plus qu'elle ne voulait bien l'avouer.

— C'est pour bientôt ? demanda soudainement Gwen, changeant totalement de sujet en désignant le ventre de l'infirmière du menton.

— Elle ne devrait déjà plus être là ! Si ça continue, elle va finir par accoucher en plein service ! s'exclama Melvina d'un ton faussement sévère, sans un sourire et sourcils froncés. Remarquez, elle ne sera pas loin de la maternité au moins.

Gwen se tourna dans sa direction. Décidément, elle ne pouvait pas s'empêcher de répondre à la place des autres celle-là. Sous ses côtés austères, elle semblait en savoir beaucoup sur tout le monde. Sûrement la commère de l'étage, il y en avait toujours une dans chaque service. Pourtant, à cet instant, Gwen aurait préféré se retrouver seule avec cette fameuse Clara pour lui tirer les vers du nez. Cette dernière semblait s'être détendue maintenant que David n'était plus au cœur du sujet. Même si d'après Roxane, les deux thèmes étaient vraisemblablement liés.

— En réalité, c'est seulement pour dans un mois et demi, le terme est prévu pour le 22 septembre, j'ai encore le temps, dit la jeune femme d'un air entendu en se tournant vers Melvina, avant de reporter son attention sur Gwen. Je vais encore très bien alors je préfère aller le plus loin possible et profiter de mon congé lorsque le bébé sera là !

— Bien sûr, je comprends. Et puis j'imagine que le papa doit vous aider également ? demanda Gwen nonchalamment.

Elle s'attendait à voir un changement sur le visage de Clara, une quelconque gêne peut-être, n'importe quoi qui puisse prouver que ce fameux papa était le même que celui de ses nièces. Même si évidemment, elle se doutait que la jeune infirmière n'allait pas tout avouer comme ça de but en blanc, à une parfaite inconnue, qui plus est la belle-sœur de David, mais elle espérait au moins lire une réponse dans ses yeux. Quelque chose qui la trahirait, mais non rien... Clara continuait de sourire largement avec un air totalement innocent tout en caressant son ventre. Soit, c'était une très bonne comédienne qui méritait sa nomination aux Oscars. Soit, Roxane s'était trompée depuis le début...

— Oh oui, il est ravi lui aussi. C'est notre premier alors nous sommes sur un petit nuage !

Pendant que Roxane, elle, touchait le fond... Mais Gwen était de moins en moins persuadée que cette fille en soit réellement la cause. David avait bel et bien quitté sa famille, mais visiblement, ce n'était pas la faute de Clara, comme le pensait Roxane depuis le début.

— Bon eh bien, je vais vous laisser travailler, je suppose que vous avez beaucoup à faire. Et j'espère un jour pouvoir faire partie de vos collègues.

— Je transmets votre CV, lui dit Melvina, qu'elle avait presque oubliée. Et je vais préciser que vous êtes de la famille du docteur Valentin, on sait jamais, il est très apprécié. Alors peut-être que...

Toujours sans esquisser le moindre sourire, la Réunionnaise croisa les doigts en direction de Gwen et cette dernière hocha la tête. Ça ne lui déplairait pas de travailler ici, alors elle aussi croisa les doigts intérieurement. Et si toutefois elle n'était pas prise, elle pourrait toujours se reconvertir en tant que détective.

Si sa recherche d'emploi n'aboutissait pas, la visite lui aurait au moins permis de rencontrer cette Clara. Elle était persuadée que c'était la même personne dont lui avait parlé sa sœur. Des femmes enceintes prénommées Clara, il ne devait pas y en avoir cinquante dans l'hôpital ! Il fallait qu'elle parle à Roxane. Elle s'était mis une idée en tête sur de simples présomptions, mais Gwen était de plus en plus persuadée qu'elle faisait fausse route. David n'était pas le père de cet enfant à venir. Certes il était parti et avait quitté Roxane, mais ce n'était pas à cause de cette Clara. Bien sûr, ça n'aiderait pas sa sœur à aller mieux, mais il fallait qu'elle le sache. David n'avait pas quitté le domicile conjugal parce qu'il avait mis une autre femme enceinte. Alors pourquoi ? Parce que quelle que soit la raison, il était bel et bien parti. Et si ce n'était pas à cause de cette Clara, c'est qu'il y avait forcément une autre explication, mais laquelle ?

Gwen avait le cerveau en ébullition en quittant le bureau des infirmières. Elle s'imaginait des dizaines de scénari dans le but d'aider sa sœur et de comprendre pourquoi son beau-frère avait déserté. La tromperie était la version la plus plausible, mais visiblement ce n'était pas celle choisie par David. Ou peut-être qu'il l'avait simplement fait croire à sa femme pour cacher la véritable raison. Démon de la quarantaine avec quelques années de retard ? Ou alors....

— Madame ?

Elle se retourna au moment où une main se posait sur son bras. Comme à chaque fois, Gwen serra les dents à l'entente du madame qui lui faisait prendre dix ans en l'espace de deux secondes et trois syllabes. Elle ne s'y ferait jamais. Elle n'avait pas compris comment elle était passée du statut de mademoiselle à celui de madame. Est-ce qu'elle paraissait si vieille que ça ? Elle était pourtant encore très canon du haut de ses 37 ans. Et ses cheveux blonds n'avaient pas une trace de blanc, ni son visage la moindre ride... Elle vérifiait chaque jour dans le miroir.

Lorsqu'elle fit volte-face, elle se trouva nez à nez avec Clara. Cette dernière plongea son regard dans celui de Gwen, qui en fut aussitôt déstabilisée. Peut-être qu'elle avait éliminé l'hypothèse de la tromperie un peu vite finalement... Parce qu'à cet instant, la jeune infirmière avait bel et bien l'air coupable et non innocente comme Gwen l'avait pensé précédemment. Évidemment, elle n'avait rien voulu dire devant sa collègue, ça pouvait se comprendre... Si elle pensait l'apitoyer, même en étant enceinte jusqu'aux yeux, elle se trompait royalement. Gwen n'était pas prête à se laisser berner.

— Vous avez vu David récemment ? demanda Clara, masquant à peine son inquiétude.

— Comme vous le savez très certainement, il a quitté la maison et brisé le cœur de ma sœur au passage, donc non, je ne l'ai pas vu ! Et c'est avant tout pour ça que je suis venue sur l'île, pour réparer le mal qu'il a causé.

Gwen n'arrivait plus à cacher sa hargne envers cette femme qu'elle ne connaissait même pas. Elle sentait que cette dernière lui cachait quelque chose et elle était prête à tout pour le découvrir. Dès qu'on touchait à sa sœur, elle n'hésitait pas à sortir les griffes.

— Non, je ne le savais pas, je suis vraiment désolée..., répondit Clara, visiblement confuse. Écoutez, je ne sais pas ce que David vous a dit, mais... Je m'inquiète beaucoup pour lui. Je pense qu'il a vraiment besoin que sa famille soit à ses côtés, particulièrement en ce moment.

— Sa famille ? Vous voulez dire, celle qu'il a foutue en l'air pour...

Son regard tomba sur le ventre proéminent de la jeune infirmière. Décidément, Gwen ne savait plus du tout quoi penser. Et il faut dire que cette gamine ne l'aidait pas beaucoup. Elle avait quoi ? 26, 27 ans au maximum. Si leur première hypothèse était la bonne, alors comment David pouvait-il faire une chose pareille à Roxane ? Il la dégoûtait.

Clara suivit le regard de Gwen et sembla enfin comprendre. Elle secoua vivement la tête alors que le rouge lui montait aux joues. Visiblement, elle avait l'air mal à l'aise, mais Gwen n'aurait pas su dire s'il s'agissait de honte, de culpabilité ou tout simplement de tristesse.

— Oh non, non. Ce n'est pas ce que vous croyez. Pas du tout. Il faut que vous parliez à David. Ce n'est pas à moi de le faire et il m'en voudrait si je vous révélais quoi que ce soit... Je lui ai pourtant conseillé de tout dire à sa famille. Parce que vous avez le droit de savoir... Parlez-lui, vraiment...

Gwen n'aimait pas beaucoup recevoir des ordres, encore moins de la part d'une femme, qu'elle ne connaissait ni d'Ève, ni d'Adam et qui avait l'âge d'être sa petite sœur. Néanmoins, les propos de cette fille l'avaient intriguée. Voilà pourquoi elle avait sauté dans sa voiture de location pour prendre la direction de Saint-Paul rendre une petite visite à son beau-frère. Elle avait extorqué l'adresse à Manon en échange d'une journée shopping. Vu l'état de ses comptes en ce moment, ce n'était certainement pas une excellente idée, mais elle sentait qu'il fallait qu'elle parle avec David. C'était important, voire primordial.

La jeune femme inspira un grand coup avant de frapper. Elle n'était même pas certaine de le trouver chez lui. Il était 16 h 30. Encore une bonne heure avant qu'il ne fasse nuit noire. Gwen avait vaguement observé le quartier en venant. Ça avait l'air sympa. L'immeuble indiqué par Manon semblait récent et plutôt moderne, même si c'était très différent de leur maison à Saint-Denis. Elle avait repéré un hôpital à deux pas. Décidément... Elle avait presque voulu s'arrêter pour y déposer un CV, mais elle n'avait pas le temps. Pas maintenant... Rien ne l'empêcherait de repasser plus tard. Une fois qu'elle aurait réglé cette histoire avec David.

Franchement Gwen ne cessait de se demander pourquoi son beau-frère était venu s'enterrer ici. Ça ne lui ressemblait tellement pas. Bien sûr, la résidence avait l'air agréable, mais pourquoi aller prendre un appartement à Saint-Paul lorsqu'on bosse à l'hôpital de Saint-Denis ? Surtout si votre nouvelle compagne attend un enfant justement dans la préfecture. Enfin si tant est que cette hypothèse soit valable bien sûr. Et elle n'y croyait pas malgré les propos décousus de la jeune infirmière. Il y avait autre chose, mais quoi ? Elle...

La porte s'ouvrit et Gwenaëlle ne put s'empêcher de sursauter. Perdue dans ses pensées, elle avait presque oublié la présence de son beau-frère derrière cette porte.

— Gwen ? Quelle surprise !

Il faut croire qu'il ne s'attendait pas du tout à la trouver sur son palier. Ce qui n'augurait rien de bon. Surpris, il l'était en effet, mais pas dans le bon sens du terme. Il paraissait plus agacé que content de sa visite. Pourtant d'ordinaire, il était toujours ravi de la voir. Peu importe ! Gwen se faufila dans l'entrée sans attendre qu'il l'invite à le faire. De toute façon, elle n'était pas certaine qu'il en ait envie alors autant prendre les devants. Elle ne partirait pas d'ici sans avoir eu des réponses à ses questions.

En pénétrant dans le salon, Gwen jeta un bref coup d'œil aux lieux. Comme elle l'avait constaté à l'extérieur déjà, ça avait l'air sympa. Sans plus... Pourtant, la vue au-dehors était sublime. Le soleil se reflétait sur les montagnes et les couleurs renvoyées par ce paysage étaient à couper le souffle. De ce côté-là, c'est certain que c'était un plus par rapport à la maison de Saint-Denis où la seule vue qu'ils avaient, c'était les toits des habitations voisines. Mais pour le reste, ça restait encore un mystère...

David venait de terminer l'ascension des escaliers et le regard de Gwen tomba enfin sur son beau-frère. À le voir comme ça, on aurait dit qu'il venait de finir le Grand Raid et non de monter seulement quelques marches. Même elle, qui était pourtant loin d'être une grande sportive, aurait pu les monter plusieurs fois d'affilée sans afficher cette mine de déterré. Elle n'avait pas fait attention lorsqu'il lui avait ouvert, mais David avait vraiment une sale tête ! Il portait un jogging dépenaillé et n'était même pas rasé. Lui qui avait toujours porté que des costumes, tirés à quatre épingles, le contraste était saisissant et pour le moins déstabilisant ! C'est clair que ce n'était pas de cette façon qu'il aurait pu séduire la petite Clara. Ou alors elle avait vraiment de drôle de goût. Parce qu'à cet instant, le docteur Valentin était loin de faire rêver. Non, cette fois, Gwen en était sûre, il y avait une autre explication...

Se pouvait-il qu'il soit tombé dans la drogue ? Ce qui expliquerait son allure de déterré et sa mine à faire peur. Ça arrivait parfois chez les médecins. À côtoyer des médicaments en permanence et des malades, plus ou moins graves, à longueur de journée, c'était facile d'être tenté. Elle n'avait jamais pensé que David en soit capable, elle l'avait toujours considéré comme un médecin intègre, mais après tout pourquoi pas ? Et ça expliquerait également le fait que Clara, en tant qu'infirmière soit au courant. Même si elle risquait gros à le couvrir. Peut-être que, prise de remords, elle lui avait conseillé d'aller parler à son beau frère en espérant que Gwen réussirait à le ramener à la raison ? C'était totalement tordu comme raisonnement... Il fallait vraiment qu'elle arrête de regarder la télé, ça jouait sur son imagination, mais pas forcément en bien.

Et pourtant... Gwen n'aurait jamais cru David capable de quitter Roxane, or, il l'avait bel et bien fait. Alors maintenant, plus rien ne l'étonnait. Mais peu importe la raison, elle voulait savoir. Et pour ça, elle n'avait pas d'autres choix que de le forcer à parler, bien qu'il ne semble pas décidé à le faire.

— Roxane va mal, commença-t-elle, préférant aller directement au cœur du sujet. Je m'attendais à te trouver pimpant et heureux, toi qui t'es enfin libéré du poids que semblait être devenu le mariage à tes yeux, mais je vois bien que ce n'est pas du tout le cas. Alors, tu m'expliques ?

David l'observa longuement. Il aimait bien Gwen, mais elle était très différente de sa sœur. Quand elle avait quelque chose en tête, elle était prête à aller jusqu'au bout. Et là en l'occurrence elle comptait bien lui tirer les vers du nez. Elle n'allait pas le lâcher comme ça. Il poussa un profond soupir. Comme s'il avait besoin de ça.

— Je me doutais bien que t'étais pas venue simplement pour dire bonjour !

— Tu as brisé le cœur de ma sœur alors ne t'attends pas à ce que je vienne faire copain-copine avec toi. En tout cas pas tant que tu ne m'auras pas fourni une bonne explication. Alors, vas-y, je t'écoute.

— Tu veux une dodo ?

— N'essaie pas de faire diversion. Je me fiche de ta bière, je ne suis pas là pour ça, tu le sais très bien. Je suis venue pour savoir pourquoi tu as quitté celle que tu as toujours considérée comme la femme de ta vie.

Sans prendre en compte les propos de sa belle sœur, David ouvrit le frigo et attrapa une bière qu'il décapsula aussitôt avant d'en avaler une longue gorgée. Elle n'en voulait peut-être pas, mais lui en avait bien besoin. Il allait devoir passer à table et il ne savait absolument pas par où commencer. Il s'installa sur le canapé et posa ses coudes sur ses genoux.

— J'aime réellement Roxane, contrairement à ce que vous pouvez penser, tous.

— Je crois que tu te trompes de temps là, non ? Tu l'aimais, à l'imparfait. Ça, j'en ai jamais douté. Seulement visiblement, il y a quelque chose qui t'a fait changé d'avis. Parce qu'à preuve du contraire, on ne quitte pas les gens qu'on aime !

— Je n'avais pas le choix ! cria David, avant de prendre sa tête entre ses mains, de plus en plus désemparé.

Instinctivement, Gwen se tourna vers les grandes baies vitrées entrouvertes. Elle n'aimait pas vraiment le fait de se donner en spectacle auprès de gens qu'elle ne connaissait pas. Et surtout, elle détestait ce que David était en train de faire, se poser en victime alors que c'était lui qui avait foutu sa famille en l'air. C'était plutôt gonflé !

— Mais bien sûr oui, s'agaça Gwen. Et tu vas me dire que tu n'as pas eu le choix de mettre ton infirmière enceinte aussi ? Ben oui, t'as pas fait exprès ! Tu as glissé et oh mince, Clara se retrouve enceinte, quel dommage ! Tu vas faire passer ça pour un accident du travail, j'espère ? Parce que j'imagine que ça s'est passé là-bas, à l'hôpital, non ?

David releva les yeux ahuris et Gwen savoura sa victoire. Même si elle ne croyait plus du tout à cette hypothèse, elle avait mentionné la jeune infirmière volontairement, pour le faire réagir, exactement comme elle l'avait fait avec Clara, un peu plus tôt. Et à vrai dire, elle n'était pas mécontente de la réaction de son beau-frère. À cet instant, il semblait se demander si elle ne descendait pas tout droit de Mars.

— Clara ? Mais qu'est ce que tu racontes ? Et surtout, qu'est-ce qu'elle vient faire là-dedans ?

— Roxane est tombée sur un message, il y a quelques mois, alors il suffisait de pas grand-chose pour qu'elle se fasse des films. Tu la connais, et puis tu es parti sans explication, alors forcément...

— Mais c'est n'importe quoi ! J'ai jamais couché avec Clara, ni avec qui que ce soit d'ailleurs, mis à part Roxane évidemment. Clara c'est juste une infirmière de mon service et... une amie. Mais rien de plus. Elle est enceinte de Damien, un brancardier. Je sais pas comment vous avez pu vous imaginer que... c'est ridicule !

— Pas plus ridicule que le fait de t'avoir surpris sur la plage en bon petit serveur alors qu'aux dernières nouvelles tu es censé être un grand médecin. À quoi tu joues, sérieux ?

Évidemment ! David se doutait que ça finirait par arriver. Il savait bien que Gwen l'avait vu ce jour-là, même s'il avait tout fait pour se cacher. Il s'était passé tellement de choses depuis, qu'il avait presque oublié et il pensait que c'en était de même pour Gwen. Mais visiblement, ce n'était pas le cas... Au fond, il était plutôt content que ce soit sa belle sœur qui l'ait vu et non ses filles. Elles n'auraient pas compris... Et il n'aurait jamais eu le courage de leur expliquer. D'ailleurs, il n'en avait pas plus envie avec Gwen. Il n'avait plus qu'à jouer sa dernière carte.

— Et toi ? Tu viens jusqu'ici pour me faire la morale, mais je pense que tu es plutôt mal placée, non, tu ne crois pas ? Ça fait quoi ? Presque quatre mois que tu es là. Et ton boulot, l'hôpital, Nice ?

— On ne parle pas de moi là ! se défendit Gwen. Et si je suis là, c'est uniquement pour réparer le mal que tu as causé ! l'accusa-t-elle en pointant un doigt menaçant dans sa direction.

Elle n'avait absolument pas prévu que la situation se retourne contre elle. Gwen pensait être la maîtresse du jeu, mais les dés étaient en train de s'inverser. Et elle ne s'attendait pas du tout à ça.

— Tu m'accuses alors que toi aussi tu mens à tout le monde depuis que t'es arrivée. Sans mauvais jeux de mots, c'est un peu l'hôpital qui se fout de la charité, tu ne crois pas ? Tu ne travailles plus à Nice, je me trompe ?

Cette fois, ce fut au tour de Gwen de soupirer. Finalement, elle aurait peut-être dû accepter la bière que David lui avait proposé lorsqu'elle était arrivée. À cet instant, elle en aurait eu besoin. Mais comme elle ne se voyait pas aller fouiller dans le frigo alors qu'elle n'était pas chez elle, Gwen se contenta de s'asseoir sur le fauteuil pour faire face à David en triturant ses mains. Décidément, c'était la grande soirée confidences, sauf que ça prenait un tour auquel elle n'avait absolument pas pensé en venant ici.

— Je... J'ai été virée ! lâcha Gwen sans oser croiser le regard de son beau-frère.

— Comment c'est possible ? Tu as toujours été une excellente infirmière, je n'en ai jamais douté. J'aurais même adoré t'avoir dans mon équipe, je te l'avais déjà dit. Comment ils ont pu te virer, toi ?

— Recoupement budgétaire. Ça arrive dans beaucoup d'hôpitaux, on n'y a pas échappé. Comme je suis seule, sans mec ni enfants à charge, j'étais une des premières sur la sellette. J'ai débarqué chez vous, enfin... À Saint-Denis, pour soutenir Roxane, mais je serais venue même sans toute cette histoire. Enfin peut-être que j'aurais pris un hôtel si tu avais été encore là... J'ai laissé mon appart. De toute façon, mon bail arrivait à échéance. Mes meubles sont chez ma mère, plus rien ne me retient à Nice.

— Et tu as dit tout ça à Roxane ?

Gwen leva enfin les yeux en direction de son beau-frère, en se mordant la lèvre. Elle se sentait à la fois coupable de n'avoir rien dit plus tôt à sa sœur et en colère contre David qui l'avait forcée à agir de cette façon.

— Elle avait déjà suffisamment de soucis comme ça en ce moment, sans que j'en rajoute une couche avec mes histoires, répondit-elle froidement.

— Je ne voulais pas faire de mal à Roxane. Au contraire, je voulais... juste la protéger.

Sa voix se brisa sur les derniers mots et Gwen se sentit soudainement terriblement mal à l'aise. Elle n'avait encore jamais vu David comme ça, aussi mal. Quel secret cachait-il ? Était-ce si grave que ça ? Il paraissait tellement sincère. Gwen était quelqu'un de pudique. Elle n'aimait pas montrer ses faiblesses, ni être confrontée à celles des autres, alors malgré le fait qu'elle soit venue ici pour réclamer des explications, elle se sentit obligée de changer de sujet. David était sur le point de craquer, elle le sentait, les vannes allaient s'ouvrir d'une seconde à l'autre et elle n'était plus aussi sûre d'avoir envie de savoir ce qui le mettait dans cet état. Elle avait peur de ne pas être prête pour accueillir ce lourd secret que son beau frère s'obstinait à cacher depuis des mois.

— J'aimerais m'installer ici. Enfin à la Réunion, je veux dire. Pour me rapprocher de ma sœur et de mes nièces. J'ai toujours été proche de Roxane et ça me tue de la voir aussi peu. Sans parler des filles qui ont tellement changé à chacune de mes visites. En habitant ici, je pourrais les voir grandir. C'est pour ça que j'ai déposé mon CV à Saint-Denis. Et c'est là que j'ai rencontré Clara. On a discuté un peu. Oh, pas de toi, ajouta-t-elle face au regard inquiet, presque terrifié, de David. Au fond, je n'ai jamais vraiment cru à l'hypothèse de Roxane comme quoi tu étais le père de l'enfant qu'elle porte. J'ai essayé de lui tirer les vers du nez pourtant, et tu me connais je suis coriace, mais Clara n'a rien lâché. Elle m'a simplement conseillé de parler avec toi. C'est pour ça que je suis venue. Tu pourrais peut-être appuyer ma candidature. Je ne suis pas pour le piston en général, mais je veux dire tu es quelqu'un de...

— Je ne travaille plus à l'hôpital ! Mais ça tu le sais déjà...

Voilà, il avait lâché la bombe. Une partie du moins. De toute façon, il n'en pouvait plus de garder ça pour lui. Il fallait que ça sorte, qu'il se libère de ce poids qui lui vrillait les neurones, comme tout le reste. Il n'en pouvait plus d'avoir mal. Il avait beau s'y être préparé, jamais il n'aurait pu imaginer que ce soit aussi intense. C'était une bonne chose que Gwen soit venue finalement. Peut-être que ça lui ferait du bien de lâcher ces mots qu'il retenait depuis trop longtemps. Et ce serait plus facile avec elle qu'avec Roxane. Même si bien sûr, il ne pourrait pas y échapper. C'était une sorte d'entraînement en somme. Le purgatoire avant l'enfer...

— Pourquoi ? demanda Gwen en venant s'asseoir à côté de David sur le canapé.

À cet instant, elle ne lui en voulait plus d'avoir fait souffrir Roxane. Comme elle le faisait avec ses patients, Gwen voulait être là pour lui parce qu'elle sentait que son beau frère allait en avoir besoin. Elle posa une main sur son épaule pour l'inciter à parler. À présent, ce n'était plus l'homme qui avait brisé le cœur de sa sœur qui se tenait là face à elle, mais simplement quelqu'un rongé par la douleur.

— Dis-moi ce qui se passe, David.

— 35 —

— Il faut que tu parles à Roxane, je ne vais pas pouvoir garder ça pour moi...

Tels étaient les derniers mots qu'avait prononcés Gwen avant de quitter David. Elle ne lui avait pas laissé le choix. De toute façon, il comptait parler à sa femme. Évidemment qu'il allait le faire. Mais il avait tenté de repousser ce moment. Reculer pour mieux sauter. Même s'il n'y échapperait pas. Ça faisait des mois qu'il préparait cette conversation dans sa tête. Bien sûr, il se doutait bien que ce serait plus difficile lorsque Roxane serait en face de lui. David avait simplement demandé à Gwen de préparer sa sœur. Elles avaient beau être du même sang, elles étaient très différentes toutes les deux. Roxane avait toujours été beaucoup plus fragile que Gwen...

Cette dernière avait accepté. De toute façon, avait-elle vraiment le choix ? Elle n'avait aucune envie de ramasser sa sœur à la petite cuillère, même s'il n'y aurait sûrement pas d'autres options. Gwenaëlle était rentrée jusqu'à Saint-Denis en pilote automatique. Elle roulait en direction du Nord parce qu'il le fallait, mais elle avait beaucoup de mal à réellement voir la route. Ce n'était pas dans ses habitudes de chialer comme une madeleine et pourtant, elle n'avait pas pu s'en empêcher. Ses mains tremblaient sur le volant. Ça ne lui ressemblait tellement pas. Ce n'était pas à elle de réagir comme ça, mais comment pourrait-elle faire autrement ? Elle avait été obligée de s'arrêter devant l'église de la Trinité juste avant d'arriver chez sa sœur pour reprendre ses esprits. Gwen ne pouvait définitivement pas débarquer chez Roxane avec les yeux rouges et les joues bouffies. Il fallait qu'elle se calme, qu'elle sèche ses larmes surtout et qu'elle accroche un sourire, même factice, sur son visage. Pour ce soir au moins.

L'espace d'une seconde, Gwen avait songé au fait d'aller prier. Après tout, ce n'était pas un hasard si elle s'était arrêtée justement devant une église. Elle se voyait presque brûler un cierge, les mains jointes et les yeux tournés vers le ciel. S'il vous plaît mon Dieu ! Seulement Gwen n'avait jamais été croyante. Et puis si Dieu existait réellement, comment pouvait-il laisser faire des choses pareilles ? C'était tellement... cruel. Non, il fallait qu'elle arrête sans quoi elle ne pourrait jamais rentrer. Elle était sortie un moment de sa voiture, contre laquelle elle s'était appuyée pour prendre l'air, inspirant et expirant longuement.

Une demi-heure. Il lui avait fallu attendre une demi-heure avant de reprendre le volant pour parcourir les quelques kilomètres qui la séparaient encore du domicile de sa sœur. Cette dernière était dans la cuisine quand elle était arrivée. Et elle lui avait adressé un sourire. Ça faisait un moment que Roxane n'avait pas souri, réellement et surtout sincèrement. Alors, Gwen n'avait rien pu lui dire. Pas ce soir... Pas comme ça... Elle attendrait le lendemain. De toute façon, un jour de plus ou de moins, ça ne changerait rien au verdict et aux mots qu'elle devrait employer.

Prétextant une migraine, Gwen s'était enfermée dans sa chambre. Elle était incapable de faire semblant, en regardant Roxane dans les yeux. Elle se demandait comment David avait fait durant ces longs mois. Finalement, même si elle ne cautionnait absolument pas, elle comprenait sa décision. Fuir était tellement plus simple.

Il était déjà tard quand elle était rentrée et elle n'avait pas dîné, mais elle n'avait rien dit. De toute façon, elle aurait été incapable d'avaler quoi que ce soit. Elle avait une boule au creux de l'estomac. La jeune femme s'était étendue sur le lit, observant les pales du ventilo qu'elle avait enclenchées. Ses yeux étaient restés fixés au plafond des heures et des heures. Elle était incapable de dormir. Elle se repassait en boucle les paroles de David. Ces mots que l'on espère ne jamais entendre de la bouche de nos proches. Sur les coups de 3 h 30, alors qu'elle n'avait pas encore fermé l'œil, elle avait attrapé son téléphone pour envoyer un SMS à son beau-frère.

Gwen, 01/08/18 à 3 h 34

« Je parle à Rox demain. Attends-toi à ce qu'elle débarque... »

Son téléphone ne mit pas longtemps à vibrer annonçant l'arrivée d'une réponse. Vu l'heure, elle espérait ne pas l'avoir réveillé, même si elle se doutait que David ne dormait pas tranquillement ces derniers temps. Exactement comme elle, maintenant qu'elle était au courant.

David, 01/08/18 à 3 h 36

« Je vais lui donner rendez-vous. Je lui dirai tout... »

Tout... À nouveau les larmes roulèrent sur les joues de Gwen, sans un bruit. Si elle s'écoutait, elle courrait rejoindre sa sœur dans son lit, elle la prendrait dans ses bras et elles dormiraient toutes les deux, blotties l'une contre l'autre comme elles le faisaient quand elles étaient petites. Seulement, elle ne pouvait pas... Elle voulait que Roxane puisse passer au moins une dernière nuit sereine avant... Gwen connaissait sa sœur par cœur. Quand elle saurait, Roxane serait brisée, bien plus encore que ces dernières semaines. Elle aurait besoin de beaucoup de soutien. À ce moment-là, il faudrait que Gwen soit forte, pour deux. Au fond, c'est ce qu'elle avait toujours fait. C'était elle la tête dure, la boute-en-train de la famille. Elle endosserait son rôle. Ce soir, elle pouvait craquer, se laisser aller et demain elle remettrait son armure. Elle était une fée, super Ti-Gwen comme le disait si bien Manon.

Lorsqu'elle ouvrit les yeux, il était 7 h 14... Elle avait finalement réussi à s'endormir même si sa courte nuit avait été peuplée de rêves atroces. Gwen s'extirpa du lit en grimaçant. Elle avait l'impression qu'un marteau piqueur était enfermé dans son crâne. Non, ce n'était pas un cauchemar... Les paroles de David étaient bel et bien réelles. À travers la porte fermée de la chambre d'amis, Gwen entendit sa sœur qui descendait les escaliers. À cette heure-ci, ça ne pouvait être qu'elle. Les filles avaient tendance à faire la grasse matinée, surtout en période de vacances. Gwen inspira un grand coup, tout en attrapant son gilet qu'elle passa sur ses épaules, avant de descendre à son tour. Elle tremblait et était frigorifiée, mais il fallait qu'elle y aille. Elle n'avait plus le choix. C'était maintenant ou jamais.

Sa sœur s'affairait dans la cuisine pour préparer le petit déjeuner. Elle avait déjà sorti le jus d'orange et d'ananas qu'elle avait déposé dehors sur la table de la pergola, et elle s'occupait des croissants qu'elle faisait chauffer au four. Et le pire, c'est qu'elle... chantonnait ! Gwen n'arrivait pas y croire. Comment pourrait-elle lui briser le cœur à nouveau alors qu'elle semblait remonter la pente, doucement ? Pourtant, elle n'avait pas le choix, il fallait qu'elle lui dise car elle finirait pas l'apprendre tôt ou tard, et alors, ce serait encore pire...

— Ça a l'air d'aller mieux, on dirait.

Roxane sursauta. Elle était tellement occupée qu'elle n'avait pas entendu sa sœur approcher. Il faut dire qu'il était tôt. Elle ne s'attendait pas à ce qu'elle soit déjà levée. Depuis qu'elle vivait à la Réunion, Roxane avait tendance à sortir du lit aux aurores pour profiter de chaque jour au maximum. Il faisait nuit de bonne heure alors pour apprécier le soleil le plus possible, il fallait se lever en même temps que lui. Et ce matin, Roxane avait eu envie de faire les choses bien. C'était bientôt la rentrée alors elle voulait que ses filles profitent de leurs derniers jours de congé.

Ces derniers temps, elle était triste tout le temps. Après le départ de David, elle avait réellement eu l'impression de toucher le fond. Pourtant, ce matin, elle était heureuse. Ou presque. Disons que c'était le sentiment qui se rapprochait le plus du bonheur depuis le départ de son mari. Voilà pourquoi elle avait beaucoup de mal à effacer ce sourire sur son visage.

— Oui, j'ai... J'ai parlé avec Manon hier soir. On a eu une longue conversation toutes les deux et... Merci !

— De quoi ?

— Je sais que tu as discuté avec elle, alors merci. Je ne supportais plus d'être en froid avec l'une de mes filles. Si tu n'avais pas été là...

— Y a pas de quoi.

Gwen était terriblement tendue. Ça lui faisait du bien de voir sa sœur sourire, elle n'attendait que ça depuis des semaines. Seulement, il y avait cette terrible boule dans sa gorge. Bien sûr, elle était contente que Manon ait fait un pas vers sa mère. Elles avaient parlé la veille au soir... pendant qu'elle-même apprenait une terrible nouvelle. Ça lui faisait de la peine de se dire que ce sourire allait bientôt disparaître à nouveau...

— Wahou ! C'est quoi tout ça ! s'exclama Manon en apparaissant dans la petite cuisine.

— T'es tombée du lit toi ce matin ? l'accueillit Gwen.

La jeune fille s'avança vers la table dressée après avoir déposé un léger baiser sur la joue de sa mère. Cette dernière était aux anges, ça se voyait et Gwen aurait dû l'être également, seulement... Elle ne pourrait rien dire devant les filles alors il allait falloir qu'elle attende encore un peu, qu'elle fasse semblant devant Manon.

— J'ai rendez-vous avec... une copine, lâcha Manon avant de jeter un coup d'œil en direction de sa tante. On va à l'Ermitage pour profiter des derniers jours de congé avant la rentrée.

Gwen se doutait que la «copine« en question se prénommait Robin et que Manon n'avait encore rien dit à sa mère à propos du jeune homme. Tant pis... Après tout, ils ne faisaient rien de mal, ils étaient jeunes, ils avaient raison d'en profiter. Et puis, elles venaient tout juste de se réconcilier, avec sa mère, ce n'était pas le moment de mettre de l'huile sur le feu au risque de briser cette accalmie fragile.

— Franchement c'est une super idée, ce petit-déj ! J'adore, s'exclama l'adolescente, la bouche pleine.

Les yeux de Roxane pétillaient. Ça faisait longtemps qu'elle n'avait pas vu sa fille d'aussi bonne humeur. Elle ne se faisait pas d'illusions, elle savait que ça ne durerait certainement pas, mais elle avait plus que tout envie d'en profiter. Finalement, il ne manquait qu'une personne pour que le spectacle soit complet. Mais Roxane n'avait pas envie de penser à ça maintenant. Après tout, c'est lui qui avait choisi de partir...

— Dis-moi, j'ai comme l'impression que ça sent le cramé là, non ? s'exclama la jeune fille en fronçant le nez.

— Oh mon Dieu, les croissants !

Roxane se leva précipitamment, attrapant les gants pour extirper les viennoiseries du four. Les pauvres, ils étaient totalement cramés sur le dessus. Toute à sa joie de passer un moment agréable avec sa fille, elle les avait complètement oubliés. Elle les déposa quand même sur une assiette et s'apprêtait à les amener avec le reste sur la table lorsque son portable se mit à vibrer sur le plan de travail, annonçant l'arrivée d'un nouveau message. Roxane y jeta un coup d'œil et ce qu'elle vit manqua de lui faire échapper l'assiette qu'elle tenait toujours entre les mains. C'était un message de David... Elle n'avait pas pu se résigner à changer le nom de contact qu'elle utilisait pour lui depuis des années : mon mari ♥. Depuis des mois, elle espérait voir ce nom apparaître sur son écran, comme avant. Elle le voulait tellement que parfois elle l'imaginait... Mais ce n'était jamais lui quand elle recevait un message. Ça faisait longtemps qu'elle avait arrêté d'y croire... Et pourtant, c'était précisément ce nom-là qu'il y avait sur l'écran à cet instant.

Posant l'assiette sur le plan de travail, Roxane s'empara du petit objet. D'un doigt fébrile, elle tapa le code afin de déverrouiller l'appareil. Il ne fallait pas qu'elle s'emballe, ce n'était sûrement rien. Il voulait probablement prendre les filles quelques jours avant la rentrée. Rien de plus... Elle était même étonnée qu'il ne l'ait pas demandé plus tôt. Ça faisait des semaines qu'il ne les avait pas vues. Et puis, si ça concernait les filles, il l'aurait appelée sur le fixe, comme il l'avait fait jusque-là. Ou bien, il serait passé par Manon, après tout, elle avait son propre téléphone portable. Non, cette fois, Roxane sentait que c'était différent. Ça n'avait aucun lien avec les filles. C'était à elle qu'il envoyait un message, à elle, sa femme...

David, 01/08/18 à 9 h 12

« Il faut que je te parle... RDV à notre endroit. Je t'attendrai... »

Le cœur de Roxane se mit à battre à toute allure. Il voulait lui parler, c'est bien ce qu'il avait écrit. Qu'est-ce qu'il pouvait bien vouloir lui dire ? Et puis en avait-elle vraiment envie ? Elle était loin d'avoir tourné la page. On n'oublie pas vingt ans d'une vie en seulement quelques mois... Mais depuis quelques semaines, elle était doucement en train de remonter à la surface, alors elle n'avait pas envie de couler à nouveau. Ce message, elle l'avait attendu pendant des jours, si bien qu'elle s'était résignée à ne jamais le recevoir.

Ce n'était pas une bonne idée de revoir David maintenant. À quoi ça servirait ? Il voulait lui donner des explications ? Mais pourquoi il ne l'avait pas fait il y a quatre mois, quand il était parti ? Pourquoi attendre autant de temps ? C'était ridicule. Elle n'avait pas envie de l'entendre avouer qu'il avait rencontré quelqu'un et qu'il attendait un gosse avec cette femme. Non, c'était au-dessus de ses forces. Elle préférait ne pas avoir d'explications. Elle savait déjà tout, alors à quoi bon revoir David pour ça ? Non...

— Bon c'est pour aujourd'hui ou pour demain les croissants ? Faut que j'y aille moi.

Bordel ! Même ça, il fallait qu'il lui gâche ! Pour une fois qu'elle passait un bon moment avec sa fille aînée. Roxane balança son téléphone sur le plan de travail, avant de rattraper l'assiette contenant les viennoiseries. Elle retourna sous la pergola, mais son sourire avait totalement disparu.

— Désolée, ils sont complètement cramés !

— Et c'est pour ça que tu fais cette tête ? s'exclama Manon en haussant les sourcils. Tu sais, c'est que des croissants y a pas mort d'homme, ça va !

Gwen croisa brièvement le regard de sa sœur. Elle semblait avoir compris que c'était bien plus grave que de simples viennoiseries brûlées. Seulement, elle ne pouvait rien dire, pas devant Manon. Cette dernière attrapa un croissant qu'elle avala en une bouchée tout en se levant, son sac sur le dos.

— Tu pars déjà ? lui demanda sa mère.

— Ouais, faut que j'y aille. Ma pote m'attend, dit-elle, tout en fuyant le regard de Gwen. Merci pour le petit-déj '.

— De rien, lâcha Roxane dans un souffle.

Le moment était déjà brisé de toute façon alors ça ne servait à rien d'essayer de la retenir. Roxane observa sa fille s'éloigner, franchir le portail et disparaître sans un mot. Elle n'avait encore rien avalé du festin qu'elle avait préparé. De toute façon, elle serait incapable de manger quoi que ce soit. Comme souvent ces derniers temps. La bonne humeur était retombée aussi rapidement qu'un soufflé.

— Ça va pas ? lui demanda Gwen en posant une main sur la sienne, même si elle savait déjà ce que sa sœur allait dire.

— Non... J'ai reçu un message de David...

Voilà, exactement la réponse à laquelle elle s'attendait... C'était le moment ou jamais. Il fallait que Gwen trouve les mots justes. Et elle avait beau tourner ça en boucle dans sa tête depuis la veille au soir, ça n'allait pas être facile.

— Qu'est-ce qu'il t'a dit ?

— Il veut me parler. Il m'a donné rendez-vous, mais... Je ne pense pas que ce soit une bonne idée.

— Pourquoi ? C'est peut-être important.

Roxane leva les yeux vers sa sœur, la foudroyant du regard. Jamais elle n'avait pris la défense de David auparavant. Au contraire même. Elle était plutôt du genre à l'enfoncer. Toujours cette foutue haine envers les hommes. Gwen semblait être totalement allergique aux mecs. En tant qu'amis tout allait bien, mais dès que ça dépassait ce stade, elle mettait des barrières. Voilà pourquoi elle n'avait jamais eu de vrais compagnons. Ses histoires ne duraient jamais plus de quelques mois. Roxane n'en avait rencontré qu'un seul, Alexis, qui l'avait accompagné une fois lors de l'un de ses voyages. Elle pensait sincèrement que ça durerait, d'autant qu'Alexis lui avait fait une très bonne impression. Mais quelque mois plus tard, et sans aucune explication de la part de sa sœur, c'était terminé. Elle n'avait plus jamais parlé d'Alexis et ce dernier avait totalement disparu de la circulation.

Alors, Roxane avait un peu de mal avec ses conseils sur les relations amoureuses. Même si elle adorait sa sœur, évidemment, elle n'était pas vraiment la mieux placée pour l'aider dans ce domaine.

— Important ? Si c'est pour me dire que sa pouffe vient d'accoucher et qu'il est heureux d'être à nouveau papa, je n'ai pas envie de le savoir. Je me passerai même très bien de ce genre d'informations capitales, si tu veux mon avis !

— David ne te trompe pas ! lâcha Gwen.

Elle avait de plus en plus de mal à regarder sa sœur dans les yeux alors elle dirigea son regard vers la piscine. Le vent léger créait de jolies vaguelettes à la surface. C'était tellement paisible. Tout le contraire de son état actuel. Elle bouillonnait à l'intérieur et c'était de plus en plus difficile pour elle de se canaliser.

— Techniquement il ne me trompe plus, non, vu qu'on est plus ensemble. Et puis... Comment tu sais ça, toi ? T'avais bien dit pourtant que... T'es au courant de quelque chose ?

Gwen se leva et se dirigea vers la piscine qu'elle fixait toujours, troublée. Tout plutôt que d'affronter le regard de sa sœur. Roxane l'imita aussitôt. Elle s'était transformée en boule de nerfs. D'abord le message énigmatique de David qui venait troubler un petit déjeuner aux apparences tranquilles et maintenant le comportement étrange de Gwen, c'était bien plus qu'elle ne puisse supporter. Elle avait envie de hurler, mais elle ne voulait pas réveiller Océane et encore moins alerter les voisins.

— Gwen ! Qu'est-ce qui se passe ? Si tu sais quelque chose, tu dois me le dire !

— Ce n'est pas à moi de t'en parler, répondit Gwen en lui faisant enfin face. Je pense que tu devrais vraiment aller à ce rendez-vous et écouter ce qu'il a à te dire.

— Mais tu sais ce qui se passe ? répéta Roxane. Co... Comment ?

— J'ai vu David hier soir, on a pas mal discuté. Il... Il faut vraiment que tu le voies, c'est important Rox.

Son visage avait blêmi. Roxane connaissait sa sœur par cœur et à cet instant, son regard ne lui disait rien qui vaille. Elle avait l'air réellement paniquée et ça ne lui ressemblait pas.

— C'est si grave que ça ?

Gwen se mordit la lèvre. Elle détestait ce genre de situation, même si elle avait eu l'occasion d'en vivre des centaines à l'hôpital. Le moment où l'on parle aux familles, où l'on commence à lire la détresse dans leurs yeux... Ça l'avait toujours brisée de l'intérieur, chaque fois un peu plus. Elle ne s'y ferait absolument jamais parce qu'on ne se fait pas à ce genre de situations... Seulement d'ordinaire, c'était des gens qu'elle ne connaissait pas ou si peu. Là, il s'agissait de sa grande sœur et c'était totalement différent.

— Je ne peux rien te dire Rox, c'est à lui de le faire. Mais... oui c'est grave. Vas-y. Va le voir.

Roxane passa une main tremblante sur son visage. Elle avait tellement de mal à y croire et d'ailleurs, elle ne savait même pas ce qu'elle devait croire. Son monde était en train de s'effondrer. Pour la deuxième fois en l'espace de quelques mois. C'était beaucoup trop. Perdue et fébrile, elle jeta un bref coup d'œil en direction de l'étage où sa fille cadette dormait toujours profondément.

— T'en fais pas, je m'occupe d'Océane. Vas-y, l'encouragea Gwen. Va rejoindre ton mari.

Ses yeux étaient brillants et il n'en fallait pas plus pour convaincre Roxane d'y aller. Elle était déjà convaincue depuis longtemps... Cette dernière se rua à l'intérieur pour récupérer son sac et ses clés de voiture. Elle était paniquée, mais elle savait qu'elle serait en mesure de conduire. De toute façon, elle n'avait pas d'autres solutions. Lorsqu'elle passa devant sa cadette, qui n'avait pas bougé d'un pouce, Gwen lui attrapa la main, qu'elle serra fort dans la sienne. Roxane se jeta dans les bras de sa sœur pour puiser de sa force. Elle sentait qu'elle allait en avoir bien besoin dans les heures à venir. En se libérant de son étreinte, Roxane savait qu'elle n'avait plus le choix. Il fallait qu'elle aille rejoindre David et qu'elle entende ses explications, une bonne fois pour toutes.

— Rox, l'appela Gwen alors qu'elle s'apprêtait à franchir le portail blanc, tu sais que je serai toujours là pour toi. Quoi qu'il arrive...

Roxane Valentin avait toujours aimé la route du littoral. Rouler aux portes de l'océan, c'était un réel plaisir. Bien sûr, parfois les éléments reprenaient leur droit, forçant les pauvres humains à basculer la route.[32] Voilà les conséquences à vouloir grignoter la nature. D'autres fois, particulièrement aux heures de pointe, c'était les voitures qui délivraient leurs pots d'échappement, privant ce si beau paysage d'une partie de son oxygène.

C'était le cas ce matin, il y avait énormément de circulation, pourtant, Roxane se sentait seule au monde sur cette route qu'elle adorait. S'il y avait d'autres automobilistes, elle ne les voyait pas, trop absorbée qu'elle était par sa quête. Ses vitres étaient ouvertes et ses cheveux volaient au vent, mais ça lui était égal. Elle aurait voulu pleurer, mais les larmes refusaient de couler, à croire qu'elle en avait trop versé ces derniers temps. Ses mains étaient crispées sur le volant, blanchissant ses phalanges. Elle serrait si fort que ses ongles s'enfonçaient dans sa peau. Mais elle s'en fichait. Elle n'avait plus qu'un but, rejoindre Saint-Paul au plus vite. Retrouver David et enfin entendre ses explications...

Elle conduisait comme un automate, suivant la route qu'elle connaissait par cœur. Troisième. Cinquième. Stop. S'arrêter au feu

---

[32] La route du Littoral est une route très empruntée puisqu'elle dessert la ville de Saint-Denis en direction de Saint-Paul. Cette route à quatre voies est située avec l'océan d'un côté et la montagne de l'autre. Or, en cas d'intempéries, la route est basculée. Si le danger vient de la mer, la route est alors basculée côté montagne et inversement si le danger provient des hauteurs. C'est un phénomène qui arrive régulièrement sur l'île créant de nombreux bouchons.

rouge. Redémarrer quand le feu passe au vert. Première... Devant ses yeux défilaient, non pas la route et les paysages, mais ses souvenirs. Ceux qu'elle avait partagés avec David.

***

La salle était absolument bondée, comme Roxane s'y attendait. Elle se fraya un chemin parmi la foule pour aller s'installer dans le fond, où elle était sûre de passer inaperçue. Gwen, elle, préférait toujours s'asseoir au premier rang, ce que sa sœur n'avait jamais compris. Mais aujourd'hui, ce n'était pas une si mauvaise idée, tout compte fait. De sa place, Roxane apercevait la queue de cheval de sa sœur qui dépassait tout juste du siège et la tignasse du type brun qui l'accompagnait. Parfait ! Elle se cala dans son fauteuil avec son cornet de pop corn et croisa les jambes en attendant que le film commence. Là, son poste d'observation était absolument parfait et rien ne pourrait venir perturber la mission qu'elle s'était fixée.

— Excuse-moi ce siège est libre ?

La bouche pleine, Roxane se tourna vers le jeune homme qui venait de troubler son observation assidue. Qu'est-ce qu'il lui voulait celui-là ? Il y avait encore des places un peu partout, alors pourquoi venir s'asseoir justement ici ? Vaguement agacée, elle hocha la tête tout en retirant son blouson du siège qu'elle espérait garder vide à ses côtés. Elle n'avait jamais aimé mentir... Même si à cet instant, elle aurait adoré pouvoir répondre « oui ».

Le garçon, auquel elle avait à peine jeté un coup d'œil, s'assit après avoir bredouillé un bref merci et se mit à engloutir le pop-corn qu'il avait également sur les genoux. Et on peut dire qu'il était tout sauf silencieux, ce qui lui valut un coup d'œil agacé de la part de Roxane.

— Tu es venue toute seule ? demanda-t-il pour engager la conversation.

Nouvelle œillade dans sa direction. Elle n'avait pas du tout envie de discuter, elle n'était pas venue là pour ça. Le film n'allait pas tarder à commencer. Et puis, elle ne voulait pas quitter des yeux la tignasse brune qu'elle apercevait toujours quelques sièges plus bas, tant qu'elle restait à distance de la queue de cheval, alors tout irait bien. Pour toute réponse, elle se contenta de hocher la tête, espérant ainsi faire taire son nouveau voisin.

— Moi aussi, il paraît que ce film est génial.

— Il l'est ! approuva Roxane. Je l'ai déjà vu le jour de sa sortie. C'est à mourir de rire.

Il l'observa en haussant les sourcils et pour la première fois, leur regard se croisèrent juste avant que les lumières ne s'éteignent annonçant le début de la séance. Roxane sentit un frisson la parcourir. Elle l'avait à peine regardé jusqu'ici, pourtant elle aurait dû parce qu'il était vraiment craquant. Elle le connaissait de vue, elle savait qu'il était en médecine et qu'il était ami avec Marc, un mec qu'elle avait préféré rayer totalement de sa mémoire. Avait-il fait exprès de venir s'asseoir à côté d'elle ? L'avait-il reconnue lui aussi ou était-ce simplement un hasard ?

— Qu'est-ce que tu fais là alors si tu l'as déjà vu ? murmura-t-il en se penchant tout contre son oreille.

— Je suis en mission, répondit-elle sur le même ton en espérant ne pas passer pour une folle. En réalité, ma sœur est ici, dans cette salle avec son nouveau petit copain, un type dont le QI ne doit même pas dépasser le niveau de la mer. Je sais très bien ce qu'il se passe dans les salles de cinéma, peut-être pas quand elles sont aussi bondées, mais quand même j'ai eu 17 ans avant elle, alors je surveille !

Le jeune homme se mit à rire franchement. Ça faisait longtemps qu'il n'avait pas rencontré une fille pareille. En fait, ce n'était même jamais arrivé. Elle avait un petit truc en plus, un grain de folie qui lui plaisait particulièrement. Sans oublier cette chevelure de feu et ce regard à faire fondre la banquise. Oui, c'est certain, cette fille lui plaisait.

— Tu es absolument exceptionnelle ! J'imagine qu'on te l'a déjà dit ? Moi c'est David.

Elle le savait déjà, mais préférait ne pas le mentionner. Elle n'avait aucune envie de passer pour une espèce de groupie.

— Roxane.

— Silence ! rouspéta quelqu'un derrière eux.

David adressa un regard d'excuse à l'attention des gens mécontents avant de se pencher davantage vers Roxane. Il était si près à présent que son souffle venait caresser doucement le lobe de son oreille.

— Ça te dit qu'on se voit après le film ? Quand tu auras vérifié que ta sœur est bien rentrée à la maison évidemment et sans le type au QI d'une huître.

À l'écran, Pierre Brochant venait de se faire un tour de rein, tandis que dans la salle deux jeunes adultes étaient en train de succomber à ce qu'on appelle communément un coup de foudre.

***

— J'ai beaucoup réfléchi Rox, et...

David se tut un instant, comme s'il cherchait ses mots, ce qui eut le don d'inquiéter Roxane. Lorsqu'il lui avait dit «il faut qu'on parle«, elle n'était déjà pas sereine, maintenant, un millier de scénarios se bousculaient dans son esprit.

— Ben dis-moi, qu'est-ce qu'il y a ? Tu me fais peur là ?

— Je m'étais toujours dit qu'après mes études, je partirais. Je n'ai jamais voulu vivre ici à Nice. En réalité, depuis que je suis tout petit, je savais que j'irai un jour à la Réunion, c'est l'île où sont nés mes grands-parents, où ont grandi mes parents... Alors, je voudrais poursuivre la lignée là-bas, ma vie avait toujours été réglée de cette façon. Jusqu'à toi...

Roxane attrapa son verre pour en boire une longue rasade. À cet instant, elle regrettait d'avoir pris un simple diabolo parce qu'elle aurait apprécié un peu de soutien... Une bonne bière n'aurait pas été de refus, même si elle détestait ça. Cette discussion ne lui disait absolument rien qui vaille. Elle sentait venir le fameux « c'est pas toi, c'est moi... ». Contre la Réunion, elle ne pouvait pas faire grand-chose, elle ne faisait clairement pas le poids.

— Et donc ? s'exclama-t-elle, plus violemment qu'elle ne l'aurait voulu. C'est ici que tu vas me dire que tu m'aimes bien, mais que...

— Viens avec moi !

— Pardon ?

— Tu m'as très bien compris Rox. Viens vivre avec moi là-bas. Tu m'as toujours dit que tu adorais Nice, mais que tu n'étais pas ancrée ici, alors partons. On vit ensemble depuis un moment maintenant et je ne me vois pas partir là-bas sans toi. Évidemment, je comprendrais que tu aies besoin de réfléchir un peu, c'est une décision importante, mais... J'aimerais tellement te faire découvrir mon île, celle dont je suis originaire. Et avec toi, elle ne pourrait être que plus belle...

***

L'avion commençait tout juste sa descente et Roxane s'agrippa au fauteuil en fermant les yeux. Elle avait toujours détesté les avions. C'était certes le moyen de transport le plus sûr, sauf que le jour où il y avait un crash, il n'y avait aucune chance de survie. Elle se souvenait très bien de cette famille, dont les enfants avaient été à l'école avec elle, et qui avait péri alors qu'ils partaient simplement en vacances. À cause d'un avion qui n'était jamais arrivé à destination. Ils ne rentreraient jamais chez eux. Ils s'étaient envolés et s'étaient éteints entre là-haut et ici bas. Comme ça, en un claquement de doigts alors qu'ils n'avaient rien demandé à personne. À chaque fois qu'elle montait dans un tel engin, elle repensait à eux et voyait leur visage. Alors, elle espérait que ce ne soit pas pour aujourd'hui. À travers le hublot, à côté duquel elle avait absolument tenu à s'asseoir, l'île se rapprochait de plus en plus.

— Regarde comme c'est beau ! s'extasia David posant sa main sur la sienne avant de se pencher vers elle pour observer la vue.

Roxane était bien forcée de le reconnaître, c'était sublime. Saint-Denis se dessinait fièrement sous leurs yeux de jeunes tourtereaux ébahis. Déménager ici, c'était une idée commune. Elle avait 22 ans, David 27. Il venait tout juste de terminer ses études en pédiatrie, dix ans de dur labeur avant la récompense tant attendue. Ça y est, il avait le droit d'exercer comme pédiatre, mais il ne voulait pas le faire n'importe où. Il voulait retrouver ses racines et les terres où était né son grand-père et où ses parents vivaient encore. S'envoler pour la Réunion. Son île, sa maison. Jusque-là, il y était seulement venu en vacances, mais c'est la première fois que ses bagages étaient aussi chargés parce qu'il emportait un bien très précieux dans ses valises. Roxane. Celle qu'il avait rencontrée sur le sol niçois et qu'il ne voulait plus jamais quitter. Ça faisait deux ans qu'ils vivaient ensemble, amoureux comme au premier jour alors elle n'avait pas hésité une seconde quand il lui avait demandé de l'accompagner. Ils étaient jeunes, avaient des projets plein la tête et ils avaient hâte de démarrer leur nouvelle vie dans les DOM TOM, à deux.

L'avion amorça son dernier virage avant l'atterrissage. Roxane ferma à nouveau les yeux en s'agrippant de plus en plus fort aux accoudoirs de chaque côté. S'ils rataient leur atterrissage, elle ne voulait pas le voir. Tout l'appareil se mit à trembler au moment où les roues touchèrent enfin le sol et la jeune femme sursauta lorsque tout le monde applaudit. Elle n'avait jamais compris ça. Personne ne frappe dans ses mains quand un boulanger sort sa baguette toute chaude du four, pourtant c'est son métier à lui aussi. Même si évidemment il n'avait pas la vie d'une bonne centaine de personnes entre les mains.

À ses côtés, David semblait aux anges. Excité comme une puce à l'idée de retrouver l'île qui lui avait tant manqué. Et sa bonne humeur était contagieuse. Il prit sa main dans la sienne à nouveau au moment où la voix du commandant de bord se fit entendre dans les haut-parleurs.

— Mesdames et messieurs, il est 9 heures et 30 minutes, bienvenue à Saint-Denis de la Réunion. La température est de 28 °C.

Cette fois, ça y est, ils étaient arrivés. Ils étaient chez eux...

***

Tirant leurs lourdes valises derrière eux, main dans la main, ils arrivèrent à l'entrée de l'aéroport Rolland Garros. En même temps, ils relevèrent les yeux qu'ils avaient chaussés de lunettes de soleil. Un seul mot sortit de leur bouche : « Wahou ! ». Il paraît que ça faisait toujours cet effet-là la première fois. Et les suivantes aussi... À cet instant, Roxane découvrait un paysage somptueux et David retrouvait ce décor qu'il n'aurait jamais pu oublier.

Les hautes montagnes verdoyantes et majestueuses se perdaient dans les nuages. Le ciel était d'un bleu éclatant, avec seulement quelques taches, comme du coton posé sur le décor. Les palmiers à l'entrée rendaient le tout sublime. Comme s'ils entraient dans un conte de fées. Ils se rendirent compte à cet instant à quel point leur vie allait changer. Ils avaient atterri sur une île magnifique, entourés de paysages magnifiques avec des gens... magnifiques. Évidemment, David lui en avait parlé maintes et maintes fois, mais c'était autre chose de l'avoir sous les yeux pour de vrai. Ça paraissait presque irréel. Une beauté pareille, on ne peut y croire sans le voir. À cet instant, elle savait qu'elle avait fait le bon choix en suivant David jusqu'ici. Ils étaient heureux, amoureux et particulièrement comblés.

— Bienvenue chez nous mon amour ! s'exclama David avant d'embrasser Roxane à pleine bouche.

Oui, absolument magnifique...

***

— Moi j'aimais mieux l'autre, maugréa Roxane. Au moins, elle était proche des commerces. Il y avait même un vidéo club à 500 mètres. Et puis, on voyait la montagne en ouvrant les volets.

Ils venaient de visiter une dizaine de maisons sans savoir encore dans laquelle ils poseraient leurs valises pour de bon. Assez nombreuses les valises et il n'y avait plus assez de place pour les loger dans leur chambre d'hôtel, qui devenait chaque jour un peu plus étroite.

— Tu ne préférais pas plutôt celle avec la piscine ?

— On est à une demi-heure de la plage, sur une île somptueuse, la piscine n'est pas une priorité pour moi. Et puis Montplaisir, c'est tellement joli, tu n'es pas d'accord ?

— Si bien sûr, seulement il y a une ravine[33] de l'autre côté de la rue. Et en période de cyclone, je peux t'assurer que ce sera moins un plaisir, crois-moi !

---

[33] Lit de béton construit afin de faire passer l'eau pendant les périodes pluvieuses. Lors de grands cyclones, il peut y avoir beaucoup de courant.

Il en avait connu des cyclones quand il était plus jeune et qu'il venait rendre visite à ses grands-parents. Notamment un qui l'avait particulièrement marqué. Le cyclone Hyacinthe en 1980... Il avait 7 ans et pourtant il s'en souvenait encore tant certaines images avaient heurté son cœur d'enfant. Il avait plu sans discontinuer durant tout son séjour, soit près de deux semaines causant de lourds dégâts sur toute l'île. Il revoyait particulièrement les arbres secoués par les bourrasques et les ravines encore en crue plusieurs jours après le départ du cyclone qui avait fait vingt-cinq victimes. Alors non, cette maison ne lui plaisait pas.

— La villa avec la piscine était quand même beaucoup plus grande. Il y avait trois chambres, sans oublier le bureau qui pourrait servir de chambre d'amis pour accueillir ta sœur ou ta mère par exemple.

— À quoi bon avoir autant de chambres, nous ne sommes que deux je te rappelle !

— Je le sais seulement je n'ai pas l'intention que l'on reste seulement tous les deux, répliqua David. Là-bas, il y a le parc à deux pas. Tu n'imagines pas ce que pourrait être notre famille dans cette maison ?

Les yeux de la jeune femme s'arrondirent. Ils n'avaient encore jamais parlé enfants, famille... Roxane en rêvait bien sûr, mais elle ne voulait en aucun cas brusquer David et lui faire peur avec des envies soudaines de transformer leur duo en trio. Néanmoins, c'est certain, cet argument était le meilleur qu'il puisse trouver. Ils choisiraient la maison avec la piscine. Et ses quatre chambres... Voilà ce qui fera mon plaisir, avait pensé Roxane.

David tenait Roxane par les épaules pour la guider. Il lui avait bandé les yeux, pour le trajet. Le jeune homme ne voulait pas qu'elle se doute un instant de l'endroit où il l'amenait. Nous étions le 22 avril 2001, ça faisait exactement trois ans jour pour jour qu'ils s'étaient rencontrés dans cette salle de cinéma. Alors pour l'occasion, David avait voulu marquer le coup et il avait fait les choses en grand en lui préparant une surprise sur mesure. Et autant dire que Roxane n'aimait pas beaucoup ça. Surtout si elle risquait de se tordre une cheville au moindre pas sur le chemin escarpé. Pourtant, il lui répétait sans cesse qu'il était médecin maintenant, donc si elle chutait, il saurait comment réagir, d'ailleurs, il n'avait aucune intention de la laisser tomber, il n'y avait rien à faire, elle n'était pas rassurée. Roxane porta une nouvelle fois les mains au foulard pour essayer de l'enlever en râlant comme elle savait si bien le faire.

— Attends ma chérie, on est presque arrivés !

— Mais où est-ce que tu m'amènes ? ronchonna-t-elle.

— Là ! Encore un pas. Voilà, tu y es. Attention, je vais enlever le bandeau, tu es prête ?

Roxane se laissa faire et cligna des yeux à plusieurs reprises pour se réhabituer à la lumière et... Oh ! Mais où était-elle bon sang ? La ville s'étendait sous ses pieds. Elle se trouvait sur un immense rocher qui surplombait tout Saint-Denis. C'était absolument sublime. Il n'y avait pas d'autres mots pour décrire ce paysage à couper le souffle.

— Wahou !

Elle étendit les bras, cheveux au vent. À cet instant, elle se sentait invincible. Elle avait envie de hurler «Je suis la reine du monde«, comme Léonardo Di Caprio, mais pour cela elle avait envie que David la rejoigne. Elle se tourna vers lui et l'aperçut, à genoux, face au rocher. La jeune femme écarquilla les yeux avant de porter les mains devant sa bouche.

— Je voulais t'amener dans cet endroit pour que ce soit parfait ! Quand j'étais petit, je venais souvent ici avec mes parents quand on montait sur Saint-Denis. Alors, je savais que c'était le lieu idéal. Je t'aime Roxane et je sais que tu es la femme de ma vie.

Il plongea la main dans sa poche pour en extirper un petit écrin qu'il lui tendit. Roxane avait peur de ne pas voir la suite tant sa vue était brouillée par les larmes. Pourtant, elle ne voulait absolument rien rater de cette scène dont elle comptait bien se souvenir toute sa vie.

— Roxane, poursuivit David la voix éraillée, est-ce que tu veux bien m'épouser ?

***

Les cloches sonnèrent alors que les larmes coulaient sur les joues de Roxane. De Girandier, elle était devenue Valentin. Madame Roxane Valentin, ça en jetait ! Bien sûr, c'était des larmes de joie, mais elle avait de plus en plus de mal à les contenir. À ses côtés, elle voyait bien que David était ému lui aussi. Ils avaient tous quitté l'église, ils ne restaient plus qu'eux, les jeunes mariés. Son nouvel époux serra fort sa main dans la sienne avant d'arriver au bout de la nef.

Ils avaient choisi l'église de Saint-Gilles, parce que c'est de là qu'étaient originaires les grands-parents paternels de David. Même s'ils n'étaient plus là, ni l'un ni l'autre pour assister à la cérémonie, c'était important pour lui. Un moyen de leur rendre hommage et de penser à eux en ce jour si spécial. De cette façon, ils étaient un peu là avec eux. Et puis, cette église était magnifique. De l'intérieur déjà, elle était somptueuse avec son haut plafond et ses murs entièrement vêtus de blanc. À travers la porte ouverte, Roxane apercevait les nombreux invités, famille, amis et au loin, l'océan. Ce jour-là, elle avait dit oui, non seulement à David, l'homme qu'elle aimait, mais également à cette île qui l'accueillait depuis un peu plus d'un an.

David lui jeta un bref coup d'œil, un brin malicieux avant de l'attirer vers lui pour la prendre dans ses bras. Surprise, Roxane poussa un petit cri avant d'agripper ses bras autour du cou de son mari. Sa longue robe blanche pendait entre eux. Et c'est ainsi en Scarlett O'Hara et Rhett Butler qu'ils franchirent les portes de l'église sous les hourras des convives, les flashs des appareils photo et les pluies de pétales de roses.

***

Elle avait le souffle court et les jambes en coton. Elle ne cessait d'éponger son front, en sueur. Il faisait tellement chaud... Pourquoi avaient-ils choisi spécialement ce jour-là pour aller crapahuter ? Ça faisait des mois qu'elle en rêvait. Depuis qu'ils avaient aménagé sur l'île en réalité. Mais peut-être qu'elle avait un peu surestimé ses forces.

Les roches volcaniques s'étendaient autour d'eux à perte de vue. En arrivant, Roxane avait trouvé ça magnifique, mais à présent, elle se demandait quand elle parviendrait jusqu'en haut. Si encore elle y parvenait un jour. Sans oublier qu'il faudrait refaire ce même chemin dans l'autre sens, si elle voulait rentrer à Saint-Denis. Elle avait pensé rester ici et habiter sur la lave, mais elle n'était pas certaine que ce soit autorisé de construire une maison sur un volcan. Encore moins un volcan qui était toujours en activité, tel que le Piton de la Fournaise.

Les touristes n'arrêtaient pas de la dépasser et à en juger par leur taille, certains d'entre eux avaient à peine dix ans. Il fallait vraiment qu'elle pense à faire plus de sport. C'était tellement agréable sur l'île en plus. Même David était plusieurs mètres devant elle. En la voyant à la traîne, il fit demi-tour en courant pour la rejoindre. Comment arrivait-il à marcher aussi bien sur ces roches dont aucune n'avait la même forme ?

David la prit par la main, moite et humide, pour l'entraîner à sa suite. Elle souffla comme un bœuf pour monter jusqu'en haut. Il fallait vraiment qu'ils pensent à inventer des remontes pentes sur les volcans ! Mais dès qu'elle arriva au sommet, elle sut que ça valait le coup d'en baver autant. Au loin, on voyait l'océan et ce qu'elle devinait être Sainte-Rose. Et en dessous, il y avait le cratère. Un trou immense et majestueux. Roxane aurait voulu prendre des photos pour se souvenir de cette image et la conserver à jamais dans sa mémoire et ses souvenirs. Seulement, elle savait bien que ce ne serait pas pareil. Un tel spectacle, ça se vit avec les yeux et ça s'imprime automatiquement dans la rétine. Pour toujours.

La jeune femme scrutait le paysage, des étoiles dans les yeux. Elle en prenait plein la vue. Par endroits, il lui semblait apercevoir de la fumée s'échappant du cratère. Elle espérait que le volcan n'allait pas se réveiller tout de suite, même si elle savait que tout cela était bien surveillé. Il faisait si chaud là-haut, ce n'était pas pour rien qu'on l'appelait le Piton de la Fournaise ! Le spectacle était absolument fabuleux. Depuis qu'ils avaient aménagé sur l'île, chaque paysage qu'elle découvrait était tous plus somptueux les uns que les autres, mais celui-ci était de loin celui qu'elle préférait.

Elle savait que c'était ici qu'elle voulait lui dire. Faire cette annonce dont ils se souviendraient tout deux durant toute leur vie. Roxane fit glisser de son épaule son sac, qu'elle avait absolument tenu à garder, et en sortit un petit tube blanc qu'elle tendit à David, qui écarquilla les yeux sans vraiment comprendre. Elle priait pour qu'il ne le laisse pas tomber au milieu du cratère Dolomieux sous le coup de la surprise.

— Dans quelques mois, nous serons trois. Je suis enceinte ! lui annonça-t-elle des trémolos dans la voix.

***

— Bon sang ce que j'ai mal !

Roxane agrippait ses deux mains aux barreaux du lit. Elle serrait si fort qu'elle avait l'impression que ses ongles allaient rentrer dans sa peau. Les douleurs lui décimaient le ventre à chaque contraction. On lui avait dit que ça faisait mal, mais elle ne s'attendait pas à ce que ce soit à ce point-là. À chaque nouvelle contraction, elle avait envie de hurler à la mort. Et d'ailleurs, c'est exactement ce qu'elle faisait, elle criait comme une demeurée jusqu'à s'en décrocher la mâchoire.

— Faites quelque chose, s'il vous plaît ou sinon je vous jure que je vais le sortir d'ici toute seule, beugla-t-elle à l'intention de la sage femme qui venait d'entrer dans la chambre en désignant son ventre proéminent. Est-ce que vous avez des ciseaux dans votre putain d'hôpital ?

David lança un regard d'excuses à cette pauvre femme qui n'avait absolument rien demandé, mais qui devait subir le courroux de

Roxane. Ça faisait des heures qu'il en faisait les frais lui-même. Il ne l'avait jamais vu dans un état pareil. Et il faut bien avouer que si on ne la connaissait pas, ça pouvait faire peur, même s'il se doutait bien que l'infirmière en avait vu d'autres.

— Rox, calme-toi, je sais que tu as mal, mais...

— Tu sais ? s'écria Roxane rouge de colère. Comment tu peux savoir, toi, t'as déjà éjecté des enfants de ton utérus peut-être ? Je ne crois pas, non, alors tu ne sais rien du tout. Et moi tout ce que je... Aaaah ! Bon sang !

**

David ne prenait que très rarement des congés, pas plus de jours de repos, alors quand ça arrivait, ils en profitaient pour organiser des sorties en famille, c'est-à-dire tous les trois. C'était plus régulier depuis la naissance de Manon. David avait compris que ses patients n'étaient pas le centre du monde. Ils les soignaient du mieux qu'il pouvait quand il était dans l'enceinte de l'hôpital, mais dès qu'il en sortait, il coupait tout pour se consacrer entièrement à sa famille, à savoir sa femme et sa fille qui ne demandaient qu'à passer du bon temps en sa compagnie. Ça lui faisait du bien d'oublier les malades et de profiter simplement de la vie.

Ce jour-là, ils s'étaient rendus sur la plage de l'Ermittage. Roxane adorait cet endroit où l'eau était calme grâce à la barrière de corail. Elle câlinait son bébé, qui grandissait de jour en jour, tout en observant David faire la planche. L'eau était tellement salée qu'il y arrivait sans effort ici alors qu'il en était totalement incapable dans leur piscine.

— Papa ! gazouilla Manon en montrant son père du doigt.

— Oui, il est fort ton papa. Est-ce que tu veux qu'on aille le rejoindre ?

— Voui, veux.

La petite fille gigota, échappant aux bras de sa mère qui l'observa fouler le sol à quatre pattes avant de se lever, prenant appui sur les genoux de Roxane. D'abord hésitante, Manon fit quelques pas sur le sable chaud sous le regard attendri de sa mère qui ne la quittait pas des yeux. À 14 mois, c'était ses premiers pas et Roxane ne put retenir ses larmes. C'est toujours tellement impressionnant de voir son enfant prendre son envol.

— David ! David ! Regarde Manon, elle marche. Regarde !

La planche coula dans un grand plouf au moment où la petite tombait sur les fesses.

***

Les jeunes parents avaient le regard rivé sur leur nouveau-né. Encore une petite fille. Il y a quelques minutes, Roxane s'était demandé comment elle avait pu accepter une nouvelle fois l'épreuve de l'accouchement... Mais en plongeant son regard dans celui de sa fille cadette, elle savait.

— Que penses-tu de Loélia ? suggéra David. Quand j'étais plus jeune, c'était le prénom de ma petite voisine. Une jolie petite blonde, aux yeux bleus, je l'adorais. Je crois qu'ils étaient bretons.

— Tu étais amoureux d'elle ? demanda Roxane en l'observant en coin. Je ne suis pas certaine que ce soit une excellente idée de donner à notre fille le prénom de l'une de tes ex.

— Enfin Rox, j'avais à peine 10 ans, tu ne vas quand même pas être jalouse !

La jeune femme posa un doigt sur ses lèvres en désignant le bébé. La petite fille venait tout juste de s'assoupir, elle n'avait aucune envie de la réveiller. C'était tellement mignon de la voir endormie avec ses deux petits poings serrés.

— On aurait dû réfléchir à un prénom féminin avant, juste au cas où. On a eu l'air tellement idiot devant la sage femme quand elle nous a demandé un prénom pour notre fille alors qu'on attendait un garçon...

— L'erreur est humaine. Bon et alors Loélia, qu'est-ce que tu en dis ? Ça ressemble un peu à Ludovic qu'on avait choisi.

Roxane fit la moue. Elle aimait bien, c'était même un très joli prénom, mais elle n'avait pas le coup de cœur. Et la raison donnée par David ne lui plaisait pas beaucoup. Elle savait bien qu'ils auraient dû réfléchir à deux prénoms, un pour chaque sexe. Juste au cas où. Mais ils s'attendaient tellement à avoir un petit garçon, qu'ils n'avaient pas cherché plus loin. C'est d'ailleurs ce qu'on leur avait dit à l'échographie. « Félicitations, ce sera un joli petit mec ». Le choix du roi, elle était ravie... Et maintenant, leur fille était née et elle n'avait même pas d'identité.

— Et Océane, qu'est-ce que tu en penses ? proposa soudain David.

— Océane ? répéta Roxane pour tester la sonorité. C'est joli. C'est très joli même.

— Océane Valentin, ça sonne bien, non ?

—J'adore. C'est comme ça qu'on va t'appeler, hein ma chérie ? Océane.

La jeune maman caressa sa petite joue d'une main avant de déposer un baiser sur les lèvres du papa. Cette fois, leur famille était au complet.

***

Roxane était dans la cuisine, un simple paréo recouvrait son corps encore mouillé de sa baignade avec les filles à leur sortie de l'école. Elle avait levé les yeux en entendant le portail comme chaque soir. Il déposerait d'abord sa mallette dans le salon avant de desserrer sa cravate et de la rejoindre dans la cuisine où il l'attraperait par la taille avant de déposer un baiser dans son cou. Leur rituel du soir. Ensuite, il appellerait les filles pour mettre le couvert et elles descendraient chacune leur tour, Océane, surexcitée à l'idée de raconter sa journée à son papa et Manon, traînant des pieds, son casque sur les oreilles. Comme tous les soirs... Roxane aimait ces moments du quotidien partagés en famille. Loin d'être lassée de cette routine qui s'était installée, elle chérissait chaque instant que la vie lui offrait en compagnie de son mari et de ses filles.

Elle attendit un moment. Longtemps. Trop longtemps. Elle entendait la musique dans la chambre de Manon. À plein volume comme d'habitude. Elle poussa un soupir avant de sortir sous la pergola où elle retrouva David. Ce dernier était assis à la table, le regard dans le vague, sa mallette posée devant lui. Quelque chose n'allait pas. Un mauvais pressentiment envahit Roxane. Elle s'approcha doucement, un peu inquiète et déposa une main sur l'épaule de son mari.

— Qu'est-ce qui se passe ? demanda-t-elle alors face au silence devenant pesant de David.

La jeune femme était persuadée qu'il y avait un problème. David avait le regard vide, morne, ça ne lui ressemblait pas, lui qui était toujours de très bonne humeur, particulièrement lorsqu'il rentrait après une longue journée. Quand il revenait à la maison, il était toujours heureux de les retrouver, elle et les filles. Il avait certainement passé une mauvaise journée, un souci avec un patient peut-être... Même s'il faisait tout pour les soigner au mieux, c'était parfois plus compliqué. Il lui était déjà arrivé de perdre des patients et ces jours-là, il avait beaucoup de mal à voir encore la vie en rose. Elle ne voyait pas autre chose.

— Tu as passé une mauvaise journée ? Il y a eu un souci à l'hôpital ?

— Je... Je n'y arrive plus. Je ne veux plus faire semblant.

— Pardon ?

— C'est fini, Roxane. Je vais partir, prendre un appart ailleurs, et j'aimerais qu'on l'annonce aux filles. Le plus tôt sera le mieux.

Roxane attrapa la chaise face à elle pour se retenir et ne pas tomber. Elle avait dû mal entendre, ce n'était pas possible autrement. C'est vrai qu'il était un peu étrange ces derniers temps. Il était tendu, parfois distant. Il se plaignait souvent de migraine ou de mal de dos et elle lui reprochait d'en faire trop. Il passait tellement de temps à l'hôpital, ce n'était pas étonnant qu'il soit crevé chaque soir. Il fallait qu'il lève le pied, qu'il se ménage et surtout qu'il s'accorde plus de temps libre s'il voulait éviter le burn-out. Jamais elle n'aurait pensé que c'était elle le problème. Et pourtant...

—Je vais partir, Roxane...

***

Cette dernière ouvrit les paupières. Ça faisait plusieurs minutes qu'elle était arrivée au lieu de rendez-vous, pourtant elle n'avait pas encore coupé le contact. Elle n'y arrivait pas. Comme si elle tentait de retarder l'échéance. Reculer pour mieux sauter... Elle avait peur de ce que David avait à lui annoncer. Peur que ce soit pire encore que ce qu'elle avait imaginé jusque-là. Peur tout simplement...

Ses mains tremblaient sur le volant qu'elle n'arrivait pas à lâcher. Elle tourna les yeux et croisa le regard d'une petite fille qui la fixait dans la voiture d'à côté. Elle devait avoir à peine 4 ans, peut-être 5 tout au plus. Elle était innocente. Et à cet instant, Roxane aurait adoré être à sa place plutôt qu'à la sienne. Tout plutôt que d'affronter cette conversation pourtant nécessaire. Il fallait qu'elle sache, sans quoi elle ne pourrait jamais être en paix. Elle n'avait plus le choix.

Alors, elle coupa le contact et poussa un profond soupir avant de sortir pour, enfin, affronter la vérité. Cette fois, elle ne pouvait plus reculer...

— 37 —

« Puisque l'ombre gagne, puisqu'il n'est pas de montagne au-delà des vents plus haute que les marches de l'oubli »

Cette chanson inondait l'habitacle lorsqu'elle avait coupé le moteur et à présent, elle imprégnait son esprit. Elle était tellement de circonstances... Parce que David était parti il y a quatre mois et qu'aujourd'hui, elle s'apprêtait à découvrir pourquoi.

Roxane l'aperçut presque aussitôt. Il était là, assis sur cette plage minuscule où des années auparavant ils s'étaient aimés follement. Elle dans sa somptueuse robe blanche, lui dans son costume sombre qui le faisait ressembler à Pierce Brosnan dans James Bond. Le jour où ils s'étaient dit oui devant leur famille, leurs amis, ils étaient venus jouer les mannequins ici. La photo trônait encore sur sa table de chevet. Jamais elle n'avait pu se résigner à l'enlever. Elle symbolisait leur amour. Un amour qu'elle croyait mort depuis quelques mois, mais l'était-il vraiment finalement ? Elle n'en était plus aussi certaine.

« Puisqu'il faut apprendre, à défaut de le comprendre, à rêver nos désirs et vivre des ainsi soit-il »

Elle l'observa un long moment avant de se décider enfin. Elle se demandait même comment elle faisait pour encore avancer. Ses jambes s'arquaient toutes seules comme téléguidées. Un pied devant l'autre. Gauche. Droite... Roxane ne pouvait pas s'empêcher de trembler. Le duvet sur ses bras s'était hérissé dès sa sortie de voiture. Sans savoir pourquoi, elle avait froid, alors qu'il devait faire au moins 26 °C ce jour-là sur l'île.

David n'avait pas bougé. Il était assis, ses jambes remontées contre son torse et le regard dirigé vers l'océan ou au-delà. Roxane franchit les derniers pas qui la séparaient encore de celui qu'elle avait toujours appelé son mari. Elle laissa un mètre à peine entre eux. Elle debout, lui assis pour symboliser cette cassure entre eux depuis des mois. Comme un périmètre de sécurité pour se protéger.

« Et puisque tu penses, comme une intime évidence que parfois tout donner n'est pas forcément suffire »

— Merci d'être venue, dit David sans esquisser le moindre geste.

Il n'avait pas besoin de se retourner pour savoir qu'elle était là. Il avait senti sa présence, il la connaissait si bien. Vingt ans de vie commune, ça ne s'oublie pas comme ça. Il reconnaissait son parfum, qui ne l'avait pas quitté ces derniers mois. Des effluves de *La vie est belle.*

— Qu'est-ce que tu voulais me dire, David ? demanda alors Roxane.

Elle espérait que sa voix ne tremblerait pas. Elle ne voulait pas lui montrer à quel point elle était troublée. Même si elle l'était, terriblement.

—Je... C'est pas évident, murmura David.

Pourtant, les mots étaient sortis presque facilement avec Gwen. Ça n'avait pas été simple bien sûr, mais il l'avait dit, il avait réussi. Seulement Gwen, ce n'était pas Roxane, ce n'était pas sa femme. Il n'arrivait même pas à lui faire face, à la regarder dans les yeux. Voilà pourquoi il avait préféré mentir jusque-là. Parce que la vérité était trop lourde à supporter, trop dure à avouer. Il préférait se séparer de la femme de sa vie plutôt que de lui avouer qu'il allait devoir la quitter réellement, et ce, pour toujours...

« Puisque c'est ailleurs qu'ira mieux battre ton cœur et puisque nous t'aimons trop pour te retenir. Puisque tu pars... »

—Je vais partir Roxane...

Sa voix n'était plus qu'un souffle qui se perdait dans l'océan. Au loin. C'était les mêmes mots exactement qu'il avait prononcés ce jour où sa vie s'était effondrée. La jeune femme secoua la tête. Non, elle ne voulait pas entendre ce qu'il cherchait à lui révéler. Elle ne voulait pas qu'il aille plus loin et qu'il lui brise le cœur à nouveau. Parce qu'elle savait que cette fois, rien ne pourrait plus le réparer.

— Tu es déjà parti David. Ça fait des mois que tu es parti, que tu nous as laissé les filles et moi parce que soi-disant tu n'y arrivais plus, parce que...

—J'ai un cancer...

Voilà, les mots étaient sortis. Ces mots atroces que l'on aimerait ne jamais avoir à dire et surtout ne jamais entendre. David les avait prononcés et Roxane les avait entendus. Un courant glacial l'avait transpercée de part en part. Il faisait super beau sur l'île ce jour-là, mais le cœur de Roxane, lui, était gelé et il le resterait encore longtemps.

« Que les vents te mènent où d'autres âmes plus belles sauront t'aimer mieux que nous puisque l'on ne peut t'aimer plus... »

Ses jambes ne la portaient plus et elle se laissa tomber aux côtés de David. Bien sûr qu'elle y avait pensé quand elle avait compris que c'était grave. C'était même la première chose qui lui avait traversé l'esprit. Ce mot atroce, cancer... On l'entend partout maintenant, comme si tout le monde se faisait mordre par le crabe, n'importe où et à n'importe quel âge. C'était devenu un fléau. Mais jusque-là, ça ne l'avait jamais touchée d'aussi près. Bien sûr qu'elle connaissait des gens qui avaient été foudroyés par le cancer, qui peut prétendre ne pas en connaître ? Seulement, c'était de simples connaissances, des personnes qu'elle fréquentait à peine. Pas son mari. Pas David. Non, lui, c'était impossible. Elle refusait d'y croire. Parce que c'était totalement incroyable...

— Tu... tu le sais depuis quand ? bredouilla-t-elle.

Elle avait parlé si bas qu'elle se demandait s'il l'avait réellement entendue. David laissa planer un long silence entre eux. Le temps de lui laisser assimiler la nouvelle ou tout simplement de la digérer lui même.

— Depuis quelques mois. Je l'ai appris quelque temps avant de... de vous quitter, les filles et toi.

— C'est où ? Est-ce que tu peux te faire opérer ? Tu es déjà sous chimio ? Tu...

— C'est trop tard Rox, la coupa-t-il avant qu'elle ne s'emballe trop. J'ai tiré le gros lot, la boule noire. C'est le pancréas. L'un des plus virulents, je... Il n'y a rien à faire.

« Que la vie t'apprenne, mais que tu restes le même, si tu te trahissais, nous t'aurions tout à fait perdu... »

Roxane secoua la tête, encore une fois. À croire qu'elle ne savait plus faire que ça désormais. Non, non, non... C'était un cauchemar, elle allait finir par se réveiller. Elle ferma les yeux une seconde. Elle espérait qu'en soulevant les paupières, elle se retrouverait dans son lit, tendrement blottie dans les bras de son mari, loin de cette plage, de l'horreur... Mais quand elle ouvrit les yeux, Roxane était toujours là. Rien n'avait bougé. Ce n'était pas un cauchemar, mais la triste réalité. David avait un cancer et ils étaient totalement impuissants...

— Mais tu es médecin David, tu peux...

— Je ne peux rien faire. Médecin ou non, c'est trop tard. Comme souvent avec ce type de cancer, on s'en est rendu compte trop tard. À présent, je suis au stade 4. D'autres organes sont touchés, il n'y a plus rien à faire, vraiment...

Plus rien à faire... Roxane avait tant de mal à assimiler les mots prononcés par son mari. Sa tête semblait prise dans un étau. Mais enfin qu'est-ce qu'il voulait dire par là ? Elle se tourna vers lui et pour la première fois depuis qu'elle était arrivée, elle l'observa réellement, même s'il s'obstinait à fuir son regard. C'est vrai qu'il avait changé. Il paraissait épuisé, ses traits étaient tirés, les cernes mangeaient ses joues et son teint était pâle, presque jaune. Il était malade. David, son David, était rongé par la maladie et elle n'avait rien vu. Comment avait-elle pu passer à côté d'une telle chose ? Être aveugle à ce point ?

— Quand est-ce que tu commences la chimio ? demanda-t-elle alors, tentant de se raccrocher aux branches comme elle le pouvait.

« Garde cette chance, que nous t'envions en silence, cette force de penser que le plus beau reste à venir... »

Tout n'était pas encore perdu. Il y avait des solutions. Elle ne laisserait pas le crabe lui prendre son mari. Vivre sans lui, elle avait déjà essayé et elle se rendait compte chaque jour à quel point c'était difficile... Elle en était capable bien sûr, mais elle n'en avait pas envie. Tout était plus beau quand il était là. Alors, elle allait se battre jusqu'au bout, pour deux même s'il le fallait. Elle refusait de baisser les bras.

— Tu ne comprends pas, Rox. Je ne ferai pas de chimio, lâcha David après un long silence.

Il se tourna enfin vers elle et croisa son regard. C'était certainement la chose la plus difficile qu'il avait à lui dire. Pire encore que de la quitter, en la regardant droit dans les yeux alors qu'il l'aimait à en crever. Comme au premier jour...

— Je ne ferai pas de chimio, ni quoi que ce soit d'autre, reprit-il en reportant son regard sur l'océan. Comme tu l'as dit, je suis médecin alors je sais ce que c'est. Je les vois bien tous ces patients qui souffrent le martyre et périssent à vue d'œil, même s'ils font tout pour se battre, pour survivre. Pour la plupart, la chimio ne les aide pas à guérir. Elle leur permet juste de grappiller quelques semaines, mais dans quel état ? Je ne veux pas ça Rox, je ne le supporterai pas. Tu me connais, tu sais dans quel état je suis lorsque j'ai ne serait-ce qu'un petit rhume. Je ne supporterai pas un tel traitement et de toute façon, il est déjà trop tard. Il s'est propagé. Les métastases ont atteint le fois, les os, c'est...

Trop tard, oui, elle avait compris. Sauf qu'elle ne voulait pas entendre ça. C'était trop dur.

« *Sans drame, sans larmes, pauvres et dérisoires armes, parce qu'il est des douleurs qui ne pleurent qu'à l'intérieur...* »

— Mais alors, qu'est-ce que...

La fin de sa phrase mourut sur ses lèvres et Roxane sentit une larme solitaire rouler sur sa joue. David se tourna à nouveau vers elle. Il n'avait pas besoin de le dire, il savait qu'elle avait compris. Avec son pouce, il essuya cette larme et caressa longuement sa joue. Elle ne pouvait plus retenir ses sanglots. Elle pensait avoir suffisamment pleuré ces derniers mois, mais jamais elle n'aurait pu imaginer qu'elle devrait faire face à une telle nouvelle. Non... C'était impossible. Faites qu'elle se réveille...

À cet instant, Roxane se dit qu'elle aurait mille fois préféré le premier scénario qu'elle avait imaginé. Celui de Clara, de son jeune âge et de son gros ventre. Contre elle, elle pouvait encore rivaliser, mais contre la mort, qu'est-ce qu'elle pouvait bien faire ? Elle n'était pas de taille...

David passa un bras par-dessus ses épaules et la serra fort contre lui. Un geste qu'il rêvait de faire depuis des mois, serrer sa femme dans ses bras. Il voulait simplement la protéger, l'épargner dans cette histoire. S'effacer petit à petit pour que la douleur soit moins forte le jour où il partirait vraiment...

« Puisque ta maison, aujourd'hui c'est l'horizon... »

Il avait attendu jusqu'au bout pour profiter encore un peu de ses filles et de la vie tout simplement. Au fond, il n'avait aucune envie de partir, de tout laisser derrière lui. Il avait déjà dû quitter l'hôpital, ce lieu dans lequel il avait passé une bonne partie de sa carrière et au sein duquel il avait sauvé de nombreuses vies. Lui qui adorait son métier plus que tout au monde, il était désormais incapable de l'exercer. Comment pourrait-il encore sauver des vies alors qu'il n'était même pas fichu de se sauver lui-même ? C'était devenu trop difficile. Côtoyer la maladie et la mort en permanence, au boulot comme à la maison, c'était insupportable pour lui. Alors, il avait tout quitté. Ses dossiers étaient à jour, il avait pris soin de transmettre les cas les plus importants à ses confrères. Au moins, il était sûr de ne pas commettre d'erreur.

À l'hôpital, personne ne savait rien. Seule Clara était au courant. Cette jeune infirmière l'avait surpris en salle de repos le jour où il avait appris la terrible nouvelle... David aimait bien cette fille qu'il avait prise sous son aile dès son arrivée à Bellepierre. Elle avait beau être encore jeune, elle était très douée. David lui avait fait promettre de ne rien à personne et elle avait fini par accepter, le cœur lourd, en lui conseillant de parler à sa famille. Ce qu'il comptait faire de toute façon, même s'il ne savait pas encore quand...

« *Et loin de nos villes, comme octobre l'est d'avril, sache qu'ici reste de toi comme une empreinte indélébile...* »

Il avait fui l'hôpital autant que son foyer. Seulement, il ne se voyait pas tourner en rond dans son nouvel appartement qu'il trouvait trop petit, trop loin de sa famille, trop triste... S'il restait là, il allait finir par devenir dingue. Il n'avait aucune envie de ressasser la situation et d'attendre bêtement d'être trop faible pour agir. Alors, il avait postulé comme serveur sur la plage. C'est là que Gwen l'avait surpris. C'était aux antipodes de ce qu'il faisait en temps normal, mais c'est exactement de ça dont il avait besoin à ce moment-là. Oublier la maladie, l'hôpital, les traitements qui ne serviraient à rien si ce n'est à retarder l'affreuse échéance. Et puis, il n'y a pas à dire, c'était beaucoup moins grave de rater sa citronnade qu'un diagnostic...

David savait qu'il n'avait pas le choix. Il avait très peu de chances de s'en sortir et il ne voulait pas finir comme ça. Un squelette sur un lit d'hôpital. Ce n'était pas lui. Il voulait partir dignement, en souffrant le moins possible. S'éteindre quand il l'aurait décidé. Et il savait que c'était le moment. Avant que la douleur ne soit totalement insupportable et qu'il ne puisse même plus reconnaître son reflet dans une glace. Il voulait s'en aller en étant encore lui-même.

— Je ne pourrai pas vivre sans toi... murmura Roxane tout contre son épaule.

— Bien sûr que si. Tu l'as très bien fait ces derniers mois.

— Mais ça n'avait rien à voir, ces derniers mois, tu étais vivant ! s'offusqua Roxane. Tu étais là quelque part, même si tu n'étais pas à mes côtés. Et je n'attendais qu'une chose, c'est que tu reviennes. Comment pourrais-je espérer une chose pareille... après ?

Sa voix s'était brisée sur les derniers mots. C'était trop dur. La jeune femme s'était retirée de son étreinte. Il sentait la colère poindre en elle. Peu importe les touristes et tous ces gens qui se trouvaient autour d'eux, elle avait besoin de laisser éclater sa rage et ce qu'elle considérait comme une injustice. Pourquoi lui ? Pourquoi David ? Qu'est-ce qu'il avait fait pour mériter ça ? Quand la maladie frappe à votre porte, vous vous demandez pourquoi on vient vous punir. Mais la vérité, c'est que la maladie ne choisit pas, elle tombe sur vous par hasard. Et vous ne pouvez rien y faire...

« Dans ton exil, essaie d'apprendre à revenir, mais pas trop tard... »

— Je serai toujours avec toi Roxane, quoi qu'il arrive. Je crois que je ne vais pas être très original, parce qu'on a déjà dû entendre ça dans les films, mais... Tu es la femme de ma vie, Rox. Sauf que moi, ma vie s'arrête ici. Toi, la tienne va continuer encore longtemps, alors continue d'aimer, de rire et de vivre tout simplement. Pour toi, mais également pour moi. Fais-le pour nous deux, et pour les filles aussi. C'est difficile de perdre un parent, elles sont encore si jeunes alors, fais en sorte d'être là pour elles. Elles vont en avoir besoin.

— Et moi ? Qui sera là pour moi ?

— Il paraît que tu as rencontré quelqu'un...

David l'observa en coin. Il voyait les larmes rouler sur ses joues et ça le brisait un peu plus. Il aurait tellement aimé la consoler, mais comment faire ? Il ne se sentait pas suffisamment fort pour lui mentir encore une fois. Lui dire que tout allait bien alors qu'il savait parfaitement que ce ne serait pas le cas. À l'hôpital, il voyait bien les familles de ses patients. Les morts, eux, ne sentaient plus rien. Une fois que c'était terminé, c'était terminé. Le plus difficile, c'était toujours pour ceux qui restaient... C'est eux qui souffraient le plus au fond. Alors, il savait très bien ce que pourrait vivre Roxane. Ou du moins, il l'imaginait...

— C'est pas pareil, et tu le sais très bien. Même si ça avait été le meilleur homme du monde, ce n'est pas toi...

— Sauf que moi, je ne serai plus là.

— Ne dis pas ça ! hurla Roxane.

Elle n'était pas prête à entendre ce genre de paroles. Pas encore. D'ailleurs, elle n'était pas certaine d'être prête un jour. Et lui non plus ne le serait pas. Jamais. Qui peut dire qu'il est réellement prêt à mourir ? À abandonner une vie telle que la sienne, qui était tout sauf ennuyeuse ? À quitter ses proches, sa femme, ses filles et tous ces gens qu'il aimait ? Bien sûr que non il n'était pas prêt.

Comme un réflexe, il tendit la main en direction de Roxane pour la forcer à se rapprocher. Cette dernière baissa les yeux, daignant enfin quitter le calme de l'océan pour regarder ces cinq doigts qui s'apprêtaient à recevoir les siens. Peut-être pour la dernière fois... Alors, elle tendit la main à son tour et serra celle de son mari. Fort, très fort. Comme si elle essayait de le retenir même si elle savait que c'était impossible.

— Tu sais David, je peux te pardonner de m'avoir menti, mais pas de mourir...

« J'aurai pu donner tant d'amour et tant de force, mais tout ce que je pouvais ça n'était pas encore assez, pas assez... »

Il s'était juré de ne pas pleurer, de rester fort, pourtant il sentit une larme rouler sur sa joue à son tour. Il avait tout prévu. Partir, mettre de la distance entre sa femme et lui, même s'il était incapable de couper totalement les ponts et de ne plus voir les filles. Il voulait encore profiter d'elles, ne serait-ce qu'un petit peu. Mais il souhaitait simplement les habituer à son absence, petit à petit, pour que le jour J, ce soit plus facile à accepter. Moins soudain. Il avait fait pareil avec l'hôpital, il s'était effacé en douceur jusqu'à le quitter totalement. Il était médecin, il savait exactement comment faire pour partir, quand il le souhaitait et où il le souhaitait. Même s'il avait accepté sa maladie, parce qu'il n'avait pas d'autres choix, il ne laisserait pas le crabe gagner. Non, c'était hors de question.

Et le moment, c'était maintenant. Il n'avait pas dit au revoir à ses filles, mais il s'en savait totalement incapable. C'était déjà si difficile avec Roxane. Il ne pourrait jamais regarder ses filles dans les yeux, tout en sachant que c'était la dernière fois. Alors, il leur avait laissé une lettre qu'il avait déposée chez lui avec leur prénom à chacune. Une lettre dans laquelle il leur disait qu'il les aimait plus que tout et qu'il serait toujours avec elles, quoi qu'il arrive.

Tout était prêt... Tout, sauf lui. David se tourna à nouveau vers sa femme et, incapable d'attendre plus longtemps, il chercha ses lèvres. Elle se laissa faire, d'abord un peu timidement, puis de plus en plus passionnément. C'était une envie commune, mais surtout un besoin. Ils s'embrassèrent comme ils ne l'avaient encore jamais fait. Avec fougue, fièvre et surtout, beaucoup d'amour. Parce qu'ils s'aimaient plus que tout et qu'ils avaient déjà perdu suffisamment de temps. Surtout que du temps, ils n'en avaient plus. Cette fois, ils n'avaient pas d'autres choix.

À travers le rideau de larmes qui coulaient sur les joues de Roxane, David murmura les mots dont il voulait qu'elle se souvienne pour toujours.

— Mi aim a ou...[34]

« Dans ton histoire, garde en mémoire, notre au revoir, puisque tu pars... »

---

[34] «Je t'aime » en créole réunionnais

Dans les yeux de Manon
Publié le 4 août 2018 à 22 h 16

« Mon petit papa [a] succombé à son cancer... »

Mon père — Keen='V

C'est fini... Et cette fois, ça a une résonnance bien particulière. Mon père est parti cet après-midi. On dit parti pour protéger les autres, mais protéger qui au fond ? Parce que tout le monde sait très bien que mon père n'est pas seulement parti. Il est mort. Il nous a quittés et cette fois, il ne reviendra plus. Jamais...

Il est parti trop tôt. Beaucoup trop tôt... Il a été rejoindre les anges. Et finalement, c'est ce qu'il était, un ange dans nos vies. Ils avaient sûrement besoin de lui là-haut, c'est pour ça qu'ils l'ont rappelé si vite. Sauf qu'ici-bas, moi aussi j'avais encore besoin de mon papa. Alors les anges, je les trouve bien égoïstes sur ce coup-là.

J'entends encore les tous derniers mots qu'il m'a dits. Il s'apprêtait à quitter la pièce, et il est revenu sur ses pas pour me dire : « Je t'aime mon gros titi ». Je détestais quand il m'appelait mon gros titi. C'était drôle quand j'avais cinq ans, un peu moins maintenant que j'en ai 16. Pourtant, vous savez quoi ? Aujourd'hui, je donnerais n'importe quoi pour l'entendre à nouveau m'appeler son gros titi... Si seulement, c'était possible. Sauf que ça ne l'est pas, parce que mon père est mort et qu'il ne reviendra jamais. Sa voix a beau résonner dans ma tête, en boucle, je sais que je ne l'entendrai plus pour de vrai. Parfois, j'ai peur de l'oublier... Sa voix qui m'a donné tant de conseils, appris tellement de choses, j'ai peur qu'elle s'éteigne pour toujours...

C'était une belle cérémonie, même si je ne suis pas sûre que beau soit le bon qualificatif pour décrire un enterrement. Encore moins celui de son papa. Il y avait un monde fou sur la place. Ils étaient tous venus pour lui. Il faut dire qu'il aimait tout le monde et tout le monde l'adorait sans faire de différence. C'était un homme généreux et un médecin hors pair. Il était toujours prêt à aider les autres, dans son métier, mais pas seulement. Voilà pourquoi ils étaient tous là aujourd'hui. Pour lui, pour un dernier adieu avant le grand voyage.

Mamie était là... Elle a fait le voyage samedi quand elle a appris. Elle a dû payer son billet une fortune et puis elle n'est plus toute jeune, alors douze heures d'avion, pour elle, ce n'est pas rien. C'est pour ça que maman ne voulait pas qu'elle vienne, mais elle est venue quand même. Et je pense qu'au fond, ça a fait beaucoup de bien à maman, elle était contente que sa mère soit là. Elle en avait besoin. Ti Gwen, toute seule, n'aurait rien pu faire, même avec ses super pouvoirs. Et puis, elle était déjà bien occupée avec nous, ma sœur et moi. Elle nous a tenues dans ses bras pendant toute la cérémonie. Elle et Marc, mon parrain.

Depuis que je le connais, c'est-à-dire depuis ma naissance, je l'ai toujours vu avec le sourire. Marc, c'est un clown, il s'amuse toujours à nous faire rire, ma sœur et moi. Mais aujourd'hui, il avait jeté son nez rouge... À la place, ce sont ses yeux qui étaient rouges d'avoir pleuré. Et ça m'a fait encore plus de peine. Parce que si Marc aussi pleure, lui qui ne pleure absolument jamais, alors ça veut dire que tout ça est bien réel... Mon papa est parti, et lui, il a perdu son meilleur ami. Je sais que maman ne l'aime pas beaucoup, même si je n'ai jamais compris pourquoi. Pourtant, à la fin de la cérémonie, ils se sont effondrés dans les bras l'un de l'autre, et je ne saurais pas dire lequel des deux supportaient le plus l'autre... C'est là que j'ai compris que je ne reverrai pas mon papa. Plus jamais...

On ne se rend pas vraiment compte du sens de ce mot en réalité. Quand on dit qu'on ne fera plus jamais ceci ou cela... Qu'est-ce que ça veut dire ? Je suis sûre que vous avez déjà dit en sortant du grand huit par exemple que vous ne le referez plus jamais parce que vous avez eu tellement peur que vous avez cru mourir...

Pourtant, si on vous le propose à nouveau quelques mois plus tard, vous le referez, n'est-ce pas ? Alors qu'est-ce qu'il voulait dire exactement votre « jamais » ? Rien du tout... Moi je sais que plus JAMAIS je ne verrai mon père, il ne m'embrassera plus JAMAIS, il ne m'amènera plus JAMAIS au cinéma, ni au parc, ni nulle part ailleurs, il ne verra JAMAIS mon mari et ne m'accompagnera JAMAIS devant l'autel contrairement à ce qu'il avait toujours dit, il ne connaîtra JAMAIS mes enfants et ces derniers, si j'en ai un jour, ne pourront JAMAIS l'appeler papy comme j'en ai toujours rêvé. Je ne fêterai plus JAMAIS mes anniversaires en compagnie de mon père, je n'entendrai plus JAMAIS sa voix, cette voix qui me manque déjà tellement. En réalité, je ne ferai plus JAMAIS rien avec lui.... Jamais... Et je n'utiliserai plus JAMAIS ce mot à la légère parce qu'aujourd'hui je sais réellement ce qu'il veut dire...

Je repense à tous nos souvenirs. J'ai souvent entendu la phrase comme quoi, ce sont les meilleurs qui partent les premiers, eh bien c'est la vérité. Super papa s'en est allé. Je ne pleure pas souvent, parce que je trouve ça ringard et ridicule, mais là, je me demande si j'arriverai un jour à m'arrêter. J'ai failli noyer mon ordinateur tout à l'heure, pourtant c'est un MAC et j'y tiens. On entend parler de la montée des océans, ils disent que c'est à cause du réchauffement climatique, moi je crois plutôt que c'est à cause de tous ces enfants qui ont perdu l'un de leurs parents beaucoup trop tôt... Peu importe l'âge que l'on a, 7, 16 ou même 50 ans, on n'est jamais prêts à dire au revoir à ceux que l'on appelle papa et maman. Parce que quel que soit notre âge, avec eux, on restera toujours des enfants.

Alors oui, ce soir je pleure, parce que je n'arrive pas à croire que tout ça soit réel. Comment la vie peut-elle être aussi cruelle ? Je déteste ces mots « cancer », « tumeur » que l'on entend dans toutes les bouches désormais. Parce que bien souvent, si tu es touché par le cancer, alors « tumeur », tu meurs... Un mot qui porte bien son nom décidément ! Cet après-midi, j'ai vu mamie prier à la fin de la cérémonie. Pour que David repose en paix m'a-t-elle dit. Elle implorait Dieu de l'accueillir comme il se doit parmi les siens. Et c'est exactement ce qu'à répété le curé inlassablement. Mais vous pensez vraiment que si Dieu existait là-haut, il aurait fait partir mon papa à seulement 45 ans ? Vous pensez qu'il laisserait faire les guerres dans lesquelles des gens s'entretuent ? La famine qui condamne des milliers de personnes, dont de jeunes enfants ? Les maladies qui touchent de plus en plus de gens, alors qu'ils n'avaient absolument rien demandé ? Si c'est le cas, alors ce Dieu que mamie priait, eh bien je le trouve vraiment dégueulasse et égoïste... Autant que la vie qui est injuste.

J'ai beaucoup repensé à ce que m'a dit Ti Gwen à propos de cette histoire de blog, de vie qui est la mienne et qui n'a rien à faire sur Internet, et je crois qu'au fond elle a raison.... (Elle serait ravie de lire ça, je le sais.) Alors, je suis désolée, mais cet article sera le dernier. Après sa publication, j'arrêterai le blog. Je continuerai d'écrire parce que je ne peux pas m'en empêcher et que j'aime trop ça, c'est dans mes veines. Mais je ne publierai plus par ici. J'écrirai dans des cahiers, de toute façon je sais que quoi que je fasse, mon père le lira, parce qu'il me l'a écrit dans la lettre qu'il m'a laissée, il sera toujours là avec moi, à mes côtés. Je sais qu'après lui, je n'arriverai plus à trouver les mots pour écrire par ici. Parce que rien ne peut passer après mon papa.

Pour finir, je dirais donc simplement ces quelques mots qu'il lira, j'en suis certaine... Je t'aime, mon super papa.

Playlist du roman

Page 2 : *C'est fini* — Jean-Louis Aubert

Page 53 : *La fée* — Zaz

Page 65 à 69 : *Après toi* — Christophe Willem

Page 131 : *La salsa du démon* — Le grand orchestre du splendid

Pages 152 à 154 : *Don't be so shy* — Imany

Page 165 : *Le plus fort c'est mon père* — Linda Lemay

Page 169 à 178 : *L'amour en solitaire* — Juliette Armanet

Page 187 : *Tout doucement* — Bibi

Page 226 : *Je te déteste* — Vianney

Page 248 à 250 : *Nothing compare 2 U* — Sinéad O'connor

Page 252 : *Toute première fois* — Jeanne Mas

Page 328 à 341 : *Puisque tu pars* — Jean-Jacques Goldman

Page 342 : *Mon père* — Keen'V

Remerciements

Et voilà, il est déjà temps de refermer la dernière page, et si vous êtes arrivés jusque-là, alors je vous remercie, parce que cela signifie que, parmi tous ces livres qui abondent, vous avez choisi le mien. Et j'espère sincèrement que vous avez passé un bon moment en compagnie de Roxane, David et tous les autres.

Lorsque j'ai commencé à écrire cette histoire, il était seulement question de séparation. Ce thème s'était imposé à moi et à la fin, les héros devaient se retrouver, pour leurs enfants, au moment où l'un d'eux s'apprêtait à s'envoler pour la Métropole. Je n'avais pas encore décidé lequel partait, mais c'est comme ça que ça devait se passer. Et puis, comme souvent, les personnages ont choisi un chemin un peu différent. Habituellement, quand j'entendais les auteurs dire que c'était leurs personnages qui décidaient de leur histoire, je trouvais ça un peu étrange. Parce qu'au fond, c'est bien nous qui écrivons, nous encore qui tenons le stylo pour les faire naître sous nos doigts, alors je partais du principe qu'on pouvait leur faire faire ce que l'on veut. Eh bien en fait, pas vraiment... Parce qu'au fil des pages, ce sont eux qui vivent, et eux seuls qui choisissent leur destin. Ici, c'est ce qu'il s'est passé.

Je n'avais pas forcément prévu d'aborder ce thème (et je ne dirai rien ici, car je sais que certains ont tendance à lire les remerciements en premier), mais une nouvelle fois, c'est lui qui s'est imposé à moi. Et je suis certaine qu'il parlera à beaucoup de gens, car malheureusement de plus en plus de personnes sont touchées par ce fléau. Et puis, c'était une façon pour moi de rendre hommage à l'un de mes premiers lecteurs qui n'est plus là pour en parler avec moi… Même si je ne doute pas qu'il continue à me lire là où il se trouve aujourd'hui.

On dit souvent que l'écriture est un moment que l'on vit en solitaire et c'est sûrement vrai, en partie du moins. Parce que l'écriture, c'est également un excellent moyen de rencontrer de très belles personnes et je vais profiter de ces quelques lignes pour les remercier, car si vous tenez ce livre entre vos mains, c'est en partie grâce à eux.

En premier lieu, je tenais particulièrement à remercier Claire Casti de Rocco pour tous les conseils qu'elle m'a donnés. Sans elle, je n'aurais certainement jamais franchi le pas. Claire, je l'ai découverte par hasard, le jour où j'ai choisi son livre sur les étals de ma librairie. Comme quoi choisir un livre peut parfois amener à de chouettes conséquences, parce que depuis j'adore échanger avec Claire à propos de notre passion commune, à savoir l'écriture. Si vous ne connaissez pas encore ses livres, je vous invite vivement à découvrir sa plume. Je vous assure que vous ne serez pas déçus.

Je remercie également Salva Ferrando qui a réalisé la couverture de ce roman. Il a réussi à retranscrire mes idées, et il faut dire que les ébauches que je lui envoyais n'étaient pas toujours très ressemblantes. On est passé par plusieurs idées, j'ai souvent changé d'avis, mais je suis très contente du résultat final.

S'il y a bien des gens qu'il faut remercier pour tout, ce sont ma famille et particulièrement ma petite sœur et mes parents, qui sont mes premiers lecteurs. Avant tout le monde, ce sont eux qui jettent un œil sur mon texte, qui repèrent ce qui va ou non et surtout, qui me donnent leur avis. Et ce sont eux encore qui m'assistent pendant des heures, voire des jours même, pour que tout soit fait au mieux. Alors j'espère que vous êtes satisfaits du résultat parce qu'on y a mis tout notre cœur.

Et puis, enfin, parce qu'il faut toujours terminer par le plus important, il y a vous. Vous qui tenez mon livre entre vos mains. Sans lecteur, il n'y aurait pas de roman, alors je voulais une nouvelle fois vous dire merci d'avoir choisi le mien parmi d'autres. Et j'espère sincèrement que vous ne l'avez pas regretté et qu'un jour, grâce à vous l'aventure va se poursuivre...

Retrouvez l'auteur :

Sur Facebook :

Mon rêve d'été

Sur Wordpress :

https://monrevedete.wordpress.com/

Sur Instagram :

@monrevedete

Printed in Great Britain
by Amazon

74331985R00199